新典社研究叢書
297

源氏物語の史的意識と方法

湯淺 幸代 著

新典社刊行

目 次

II 冷泉朝と光源氏
――「帝王」と「臣下」の二面性から――

Ⅲ　『源氏物語』の「后」と「后がね」
――理想の「后」の表象――

凡　例

一　『源氏物語』本文は、『新編日本古典文学全集』（小学館）により、巻名・巻数・頁数を記した。ただし表記は一部改めたところがある。

二　六国史・『類聚国史』・『日本紀略』・『本朝世紀』は、『新訂増補　国史大系』（吉川弘文館）によった。ただし、表記と返り点は一部改めたところがある。

三　『万葉集』の本文・歌番号は、『新編日本古典文学全集』（小学館）により、それ以外の歌は、『新編国歌大観』（角川書店）によった。ただし表記は一部改めたところがある。

四　右記以外の文献については、引用の都度に出典を示した。

序

一　桐壺巻の史的意識と蛍巻の物語論

『源氏物語』の桐壺巻には、主人公・光源氏出生以前の出来事が語られている。父・桐壺帝と母・桐壺更衣の物語である。

いづれの御時にか、女御、更衣あまたさぶらひたまひける中に、いとやむごとなき際にはあらぬが、すぐれて時めきたまふありけり。はじめより我はと思ひあがりたまへる御方々、めざましきものにおとしめそねみたまふ。同じほど、それより下臈の更衣たちはましてやすからず。

（「桐壺」一―一七頁）

主人公より前の世代から物語を語り起こす手法は、既に『うつほ物語』に見られるものではある。ただし、『源氏物語』は、当時のような摂関政治の時代にあって、その権力争いの中心となる後宮の複雑な事情――身分の高くない更衣が帝から過分な寵愛を受け、後宮のあらゆる身分の女性たちが更衣（光源氏の母）を不快に感じているという、いわば後宮に起こっている深刻な事態から語り起こす。このことは、物語が最初から王権や政治のありよう[1]、またそれに翻弄される人々の生き方について描くことを、主要なテーマとして見定めていたことを示している。

さらに、この後、帝をはじめ、按察大納言家、右大臣家など、政治権力をめぐる人々の思惑が語られることは、主人公の生が、それらの人々に支配され、既定されたところから始まることを意味する。光源氏の臣籍降下は、その最たるものと言えるが、彼が桐壺帝をはじめとする人々の願いに応えつつ、いかにして自身の運命を切り拓き、その栄華を実現していくのか。それこそ、光源氏に課せられた試練、及び物語第一部の主眼であろう。

このように、物語が桐壺帝に始まる皇統の行方、あるいは臣籍降下した光源氏独自の宿世の行方を描くにあたり、歴史への意識を媒介とする宣言もまた、物語冒頭部に示されている。「いづれの御時にか」の語り出しは、それまでの常套句「今は昔」とは異なり、物語の時代設定を明確にする表現である。(2) 実際、『紫明抄』以来の古注釈書が、この冒頭部に対し、実在する天皇の治世を「准拠」として挙げている。このような読者の歴史観を刺激する表現は、以後、随所に見られ、物語に描かれる治世、及び皇統のありようは、明らかに特定の時代への眼差しを意図的に含んだ手法として立ち現れている。

また、この特定の時代を『河海抄』は、「桐壺御門は延喜（醍醐）、朱雀院は天慶（朱雀）、冷泉院は天暦（村上）」と定式化する。このような見方が当時の「延喜天暦聖代観」に基づくことは自明であるが、(3) 物語が見据える範囲は、延喜・天暦期に留まらないとの指摘もなされている。たとえば桐壺帝の治世については、仁明、光孝、宇多、あるいは嵯峨朝まで視野に入れて論じられてきた。(4) 現在、『源氏物語』の准拠論は、古注釈の指摘をその時代の「読み」として位置づけつつ、それらを端緒とすることで、物語独自の史的意識（各時代への眼差し）と方法（表現の積み重ね）とを見定め、その世界で何が語られようとしているのかを明確に指摘する必要があろう。

その一方で、なぜ『源氏物語』がこのように歴史を意識し、それを方法化する物語として屹立するのか。その理由についてもおさえておかねばなるまい。答えの一端は、蛍巻の物語論に示されている。

蛍巻では、光源氏とその養女・玉鬘の女君によって、物語についての議論が展開される。この物語論における光源氏の発言は、古来、作者の物語観を示したものとして理解され、特に「日本紀（史書）などはただかたそばぞかし。

これら（物語）にこそ道々しくくはしきことはあらめ」の言葉について、史書を越える物語の創作を自負する作者の意図が読み取られてきた。つまり、物語にこそ、人間の普遍的な姿があり、その価値こそ近代にも通じるような物語の虚構論が展開されているという指摘である。(5)

確かに、桐壺巻の書き出しに加え、作者が「物語」を執筆するにあたり、「歴史」を強く意識していたことがわかるくだりと言える。また、同じ作者の手になる『紫式部日記』にも、やはり「日本紀(6)」に関する次のような記述がある。

左衛門の内侍といふ人はべり。あやしうすずろによからず思ひけるも、え知りはべらぬ心憂きしりうごとの、おほう聞こえはべりし。内裏の上の、源氏の物語、人に読ませたまひつつ聞こしめしけるに、「この人は、日本紀をこそ読みたまふべけれ。まことに才あるべし」と、のたまはせけるを、ふと推しはかりに、「いみじうなん才がる」と、殿上人などにいひちらして、日本紀の御局とぞつけたりける、いとをかしくぞはべる。このふるさとの女の前にてだにつつみはべるものを、さる所にて、才さかし出ではべらんよ。

（新日本古典文学大系『紫式部日記』三一四頁、表記・本文は一部改めた）

このように、それまで女性や子供の読み物とされてきた虚構の作り物語である『源氏物語』を時の天皇が読み、その作者について「日本紀の講読ができる(7)」と評した事は、それまでの物語への見方に対し、一大転換を促すものであった。たとえ冗談であったにせよ、物語（そらごと）と史書（まこと）とが天皇によって同一次元で捉えられたのである。日記中、宰相の君のふるまいを物語の姫君に、道長の息・頼通を物語の貴公子になずらえるように、日頃から現実世界と物語世界との間をその想像力から自由に行き来できていた作者にとって、この言葉ほどうれしいものはなかったであろう。

さらに、このような出来事が起きた背景には、作者の才能とは別に、一条朝という特別な時代状況があった。『権記』には、一条天皇が新たな国史編纂を試みようとしていたことが記されており、[8]また三十年毎に行われていた「日本紀講書」が再び催される時期を迎えていた。実際、一条天皇の行動は、大江匡衡に醍醐・村上に連なるものとして意識され、[9]『江吏部集』「帝徳部」の注には、「長保・寛弘之政、擬二延喜・天暦一」と記載されている。一条天皇が評したごとく、歴史への深い理解を前提とする『源氏物語』を受け入れる素地が、この時代にあったことになる。[10]

また、一条天皇の時代、皇統は迭立化し、その皇位継承も権力者たちの思惑を孕み、複雑な様相を呈していた。そのような時代にあって、天皇が仰ぎ見ていたのは、近くは父・円融の時代であり、さらに祖父・村上を皇統の祖として意識した時、自然、「延喜・天暦の治」として讃えられる醍醐の聖代に思い及んだことだろう。『源氏物語』が一条天皇によりその価値を大いに認められたのは、そのような天皇の意識に沿った物語であったからではなかったか。桐壺巻から始発する光源氏の観相をはじめ、『源氏物語』が含み持つ王権物語としての位相は、このような時代状況に合致したものだったのである。

ただ実際には、新たな史書作成や「日本紀講書」は行われず、史書が果たしていた役割は、新たに個々の漢文日記が担うこととなった。[11]指摘されるように、かつての「日本紀講書」の意義が、君臣間による歴史意識の共有にあったとするならば、[12]そのような男たちの潜在的な欲求をも満たすべく、『源氏物語』が生まれた可能性も考えられよう。作者である紫式部は、紀伝道を専攻した藤原為時の娘である。為時は、「日本紀講書」が行われていれば、当然参加していたはずの知識人であり、一条天皇が物語を読んだ感想は、そのような作者の出自に鑑みた発言であったかもしれない。つまり、歴史意識を共有する「日本紀講書」の意義に対し、『源氏物語』を読むことは、物語の人々の生き様と思いを共有できるという意義があった。それは読み手によって、「教訓」ともなり、「なぐさめ」ともなる。そのような多面性こそ[13]、新たな物語の有した魅力であり、読者を広げた要因でもあったはずだ。

光源氏の物語論は、光源氏と玉鬘、双方の主張や対応を示すことで、旧来の女性読者と新たな男性読者、双方の物語読者に対し、明確にその本義を説いていたのである。

このように、物語と史書、あるいは虚構と事実との対比関係については、作者自身が自覚し、それを物語中に方法化していると考える。この方法化とは、ただ史書や人々の記憶にある出来事を、物語叙述の先例とするのでなく、それらに照らし合わせ、あるいは枠組み（共通認識）とした上で、さらなる虚構の世界を築き上げるものである。具体的には、「表現」の積み重ねによって立ち現れるが、そこに歌の本歌取りにも似た、歴史叙述そのものの変奏がなされ、意味の重層化が起こる。そのことにより、物語独自の世界――特に第一部は、光源氏を中心とする物語的理想世界が描かれ、そこに、物語論において光源氏が述べるような、確かに史書には書かれていない、より細やかな人々の生き様、心情が記されていくのである。また強調しておきたいのは、それが可能態の、いわば選ばれなかったもう一つの歴史として描かれる場合があり、未来への示唆ともなるような物語のあり方である[14]。

本書では、そのような物語の歴史に対する意識、解釈が、どのように表現され、何を意図しているのかを明らかにすることを目標とする。それは、物語の「主題」を探る試みでもあり、方法としての「表現」のありようを分析する試みともなろう。

二　本書の構成について

本書は、四篇十七章からなる。まず、「Ⅰ　桐壺朝と朱雀朝―「帝王の治世」と「摂関政治」―」では、桐壺帝の治世時における重要な出来事――光源氏の観相と藤壺宮入内、さらに桐壺朝を聖代たらしめる行事である「紅葉賀」と「花宴」をとりあげた。これらの論考では、表現に浮かび上がる史上の治世や先行作品による意味の重層性を考慮しつつ、物語の桐壺治世がどのような世界として描かれているのかを検討する。

桐壺帝は、己の「継嗣」となりうる独自の「帝王相」を有する光源氏を臣籍降下させ（第一章）、生前有力な帝であったとおぼしき「先帝」の娘・藤壺を入内させる（第二章）。また「紅葉賀」においては、光源氏が一院と桐壺帝、両者の威徳をそれぞれ「紅葉」と「菊」の「かざし」にして舞うことで、桐壺帝の聖代を寿ぎ（第三章）、南殿で催された「花宴」では、仁明朝の萩花宴のような「嵯峨朝復古」が桐壺帝によって意図される。このような「花宴」が治世の末期に催されたのは、物語の朱雀朝においても史上の嵯峨同様、桐壺帝は「太上天皇」として君臨し続ける意志があったからだろう（第四章）。また桐壺院の死後に描かれる朱雀朝の「摂関政治」については、なぜこのような政治が一時的に出来し、消えていくのか、史上の摂関・母后のありようを基に考察する（第五章）。

次いで「Ⅱ　冷泉朝と光源氏―「帝王」と「臣下」の二面性から―」では、須磨・明石の流離から帰京した光源氏が、実子・冷泉帝の治世において、「臣下」という立場の中、どのように自身の「帝王相」と向き合い、「宿世」を受け入れつつも、自己の栄華を実現していくのか、その過程について、主に史書や史上の治世と比較することで論じる。

澪標巻は、「源氏の大臣」たる政治家・光源氏の「再生」が描かれ（第六章）、薄雲巻は、冷泉朝の危機に際し、新たに光源氏との関係が「親子」として結び直される節目の巻である（第七章）。また光源氏の六条院は、その邸宅自体に、源氏の二面性が表れており、光源氏が築く理想世界の実相を浮かび上がらせる（第八章）。さらに、若菜上巻に描かれる光源氏の算賀では、「帝王」と「臣下」の二面的なあり方を脱し、ついに「准太上天皇」という明確な地位を得たことで、かえって突きつけられた光源氏の限界に迫る（第九章）。

続く「Ⅲ『源氏物語』の「后」と「后がね」—理想の「后」の表象—」では、まず冷泉朝の尚侍となる玉鬘、中宮となる秋好に焦点を当て、「后がね」、また「后」としての人物造型が、主に史上の后のありようを踏まえていかに造型されているかについて考察する（第十・十一・十二章）。また『源氏物語』に描かれる立后について、繰り返し異議や争いが強調される物語のあり方から、史上の例と比較し、最終的に明石中宮が理想の后として語られていること、さらに東宮候補として三皇子が現れる宇治十帖の世界について、同時代の政治への問題提起として捉えられる可能性を指摘する（第十三章）。

最終篇「Ⅳ　物語の基層—もののけ・夢・王権—」は、古代の物語特有の思想・制度の所産である「もののけ」「夢」「王権」を軸に考察した論考である（第十四・十五・十六・十七章）。これらのモチーフは、当時の人々の生活や考え方に根ざしたものであるがゆえに、登場人物たちの「生」を如実に映し出し、物語展開の大きな原動力となっている。ここでも歴史的視点や先行作品を踏まえつつ、物語の基層となる各モチーフがいかに物語を領導しているか、検討する。

以上が本書の構成であるが、このような『源氏物語』の歴史への意識、あるいは史実との関わりについては、物語の意図や表現を明らかにする上で欠かせない視点であり、既に多くの著作が上梓されている。本書は、そのような先人の研究成果を基にしながらも、「王権」に関しては、天皇を中心としつつ、太上天皇や后など、他の構成要素を含む多極的な構造体として捉え、その権力の補完・分有関係を意識しつつ、各治世のありようや人物について論じた。主人公である光源氏も例外なく、その権力構造の影響を受けるのであり、彼自身、どのような役割を果たすことで、その帝王相を発揮し、一回的な独自の栄華を築くのか、またそのような光源氏と関わり合う人々の生き様にはどのような意味があるのか、探っていきたい。

概して、『源氏物語』の世界は、大きな歴史のうねりの中で足掻き、憂い、憤ってきた人々に対し、深い敬意を以て捧げられるとともに、当時の読者と、未来の読者に向けてなされた問題提起としてあることが、深く了解されるはずである。

注

（1）本書における「王権」の語は、王個人の権威・権力として捉えるだけでなく、一つの統治機構とみなし（大平聡「日本古代王権継承試論」『歴史評論』四二九、一九八六年一月）、他の構成要素（太上天皇・キサキ・皇太子）を含む多極的な構造体（荒木敏夫「王権論の現在―日本古代を中心として―」『歴史評論』五六四、一九九七年四月）として捉える。

（2）清水好子「源氏物語における準拠」（『源氏物語の文体と方法』東京大学出版会、一九八〇年）

（3）『紫明抄』には、物語の時代を桓武（桐壺）・嵯峨（朱雀）・淳和（冷泉）になずらえる説も見えるが、問答の中で否定され、最後は醍醐（桐壺）・朱雀（朱雀）・村上（冷泉）の三代こそ、物語の時代にかなうとする記述を載せる。その後、物語の事件もその時代の出来事になずらえられるとする「延喜天暦准拠説」を、物語全体にわたって定式化したのは『河海抄』である（早くは『光源氏物語抄』に「准拠」と思しき注釈は見える）。ただし「此物語のならひ古今准拠なき事をは不載也」（「賢木」冒頭注）という徹底した注釈方針から、その方針に外れる例を「作物語のならひ」として斥ける『河海抄』の論理を「詭弁」と称したり（篠原昭二「桐壺巻の基盤について―准拠・歴史・物語―」『源氏物語の論理』東京大学出版会、一九九二年）、注釈書としての「限界」を指摘する声（加藤洋介「中世源氏学における准拠説の発生―中世の「准拠」概念をめぐって―」『国語と国文学』六八―三、一九九一年三月）もある。

（4）桐壺朝における仁明や光孝の事蹟への言及は古注に遡り（本書第二章参照）、現在でも多くの論考がなされている。また宇多天皇の治世との重なりについては、日向一雅『源氏物語の準拠と話型』（至文堂、一九九九年）、袴田光康『源氏物語の史的回路―皇統回帰の物語と宇多天皇の時代』（おうふう、二〇〇九年）が指摘している。また桐壺朝の嵯峨朝への志向を指摘する論に、浅尾広良「嵯峨朝復古の桐壺帝―朱雀院行幸と花宴―」（『源氏物語の准拠と系譜』翰林書房、二〇〇四年）、及び本書第四章「嵯峨天皇と花宴巻の桐壺帝」（初出二〇〇五年）がある。

（5）秋山虔「「螢」巻の物語論」（『日本文学』三五―二、一九八六年二月）等。ただし、このように正史を言い落してまで物語を擁護する極端な主張、玉鬘の物語への熱中ぶりを批判していた光源氏の変化には、源氏を警戒する玉鬘の頑なな心を解さんとする下心も垣間見え（神野藤昭夫「螢巻物語論場面の論理構造」『国文学研究』六七、一九七九年三月）、そのまま作者の物語観と見なしてよいかについては疑問が呈されている。その後の研究では、物語の展開に即して二人の対話を読み解くことで、「物語」という女性たちの領域にまで侵入し掌握しようとする光源氏の超越性（安藤徹「会話の政治学・序説」『源氏物語と物語社会』森話社、二〇〇六年、初出一九九六年、河添房江「蛍巻の物語論と性差」『源氏研究』1、翰林書房、一九九六年四月）、あるいは玉鬘の抵抗によりそのような光源氏の説く源氏中心の物語（源氏の玉鬘への恋情を正当化するような）に疑義を呈する意味（三田村雅子「ただいとまことのことこそ思ふ給へられけれ―偽りがマコトとなる瞬間―蛍巻物語論の力学」『国文学』四五―九、二〇〇〇年七月）などが指摘されている。また近年、阿部秋生『源氏物語の物語論』（岩波書店、一九八五年）の主張を引き継ぎ、儒教的文学観に則ったものとして光源氏の物語論を捉え、物語の社会的価値を主張しようとしたと読む工藤重矩『平安朝文学と儒教の文学観』（笠間書院、二〇一四年）がある。また同じく物語論の政教的言説に注目しながらも、そのような文学観を越えて、物語は人間と社会のあらゆる問題を主題として取り上げられるものとして論じたものに日向一雅「源氏物語「蛍」巻の物語論をめぐって―政教主義的文学観との関わりを考える―」（日向一雅編『源氏物語の礎』青簡舎、二〇一二年）がある。

（6）六国史の総称と見る説もあるが、神野志隆光「平安期における「日本紀」」（『古代天皇神話論』若草書房、一九九九年）に説かれるように、ここでは、『日本書紀』及び『日本書紀』をめぐって生み出された言説空間を含む意とする。この語が当時、史書を代表する権威的な書を示すものとしてあったことは疑いない。

（7）「日本紀」を「読む」の意については、浅尾広良「紫式部と『日本紀』―呼び起こされる歴史意識―」（『源氏物語の皇統と論理』翰林書房、二〇一六年）に整理があり、浅尾氏は、必ずしも日本紀を講義することとは限らないとするが、著者（湯淺）は、この後、彰子への『白氏文集』進講の記述が続くことに鑑み、実際はありえない作者の講義をほのめかした発言と捉える。また本文の「読みたまふべけれ」については、底本では「よみたまへけれ」とあり、多くの注釈書では「よみたるべけれ」と改訂するが、工藤氏注（5）前掲書第四章「紫式部日記の「日本紀をこそ読みたまへけれ」について—本文改訂と日本紀を読む」の解釈に従い、「読みたまふべけれ」（講義なさるべきだ）とした。

（8）『権記』（史料纂集）寛弘七年（一〇一〇）八月十三日条に「國史を修すること久しく絶ゆ。作り續ぐべきの事、定め申すべし」といった一条天皇の命令が見える。

（9）『江吏部集』「神道部」（勉誠出版、二〇一〇年、以下『江吏部集』の引用は同書）に「延喜天暦二代聖主」が母后の為に金字で法華経を手書し、さらに今、「聖上」（一条天皇）が母である東三条院詮子の為に同行為を成すにあたり、その願文を「延喜天暦」期同様、江家が作ることに感激して詠まれた絶句がある。その詩句には「稽古我君酬二母徳一、応レ同天暦与二延長一」（表記は一部改めた）とある。

（10）このような歴史への意識の高まりとは別に、『源氏物語』の「准拠」が、白居易擬制の方法のように、公的文体の姿を装い擬し、史実を文脈に持ち込みながら齟齬をしかけて虚構を作る平安中期漢文学に磨かれた方法であった可能性を、長瀬由美「菅原文時「封事三箇条」について—『源氏物語』以前の一つの文学—」（日向一雅編『源氏物語の礎』青簡舎、二〇一二年）が指摘している。

（11）遠藤慶太『六国史—日本書紀に始まる古代の「正史」』（中公新書、二〇一六年）

（12）注（7）浅尾論文

（13）日向一雅『源氏物語の世界』（岩波新書、二〇〇四年）は、『河海抄』「料簡」にある「誠に君臣の交、仁義の道、好色の媒、菩提の縁にいたるまでこれをのせずといふことなし。そのおもむき荘子の寓言におなじき物歟。」を引用し、多義的多面的な構造体としての物語のありようを指し示しているとする。

（14）皇位継承にまつわる未来への示唆については、本書第十三章で言及したが、他にも『源氏物語』以後に実現した事柄として、即位しなかった皇子の院号取得（小一条院）や皇女腹の皇子の即位（後三条天皇）がある。

I

桐壺朝と朱雀朝

――「帝王の治世」と「摂関政治」――

第一章　光源氏の観相と漢籍に見る観相説話

――継嗣に関わる観相を中心に――

一　「高麗相人の予言」から「光源氏の観相」へ

桐壺巻に記される光源氏の観相については、予言内容の解釈から他の観相説話との比較検討に至るまで、既に様々な考察が試みられている。従来の研究では、光源氏の観相は主に「高麗相人の予言」として認知されてきたが、それは相人が「高麗人」という外国人であることを重視するとともに(1)、この観相を物語に敷設された予言群の一つとして、その機能を問うことの表明であったと言える。これまで比較検討されてきた観相説話が主に日本の文献に見られる異人観相説話に限られていたのも、状況設定や観相される人物の位相において、他の観相説話に比べて物語と近い距離にあるだけでなく(2)、その名が示す通り、外国人による観相であることが比較対象の条件として強く意識されていたからであろう。

確かに、「高麗人」である相人は、「国家の外側から、光源氏が超越的な存在であることを保証する異国の権威(3)」であり、皇位継承に絡む他の観相説話にも外国の相人が登場していることから、光源氏の場合も相人が外国人であることの意味は大きいと思われる。また、占う側の位相を確認することは、発せられた予言を解釈する上で重要な意味を持つはずだ。

しかし、古注釈[4]は、日本の文献に見られる異人観相説話の他に、『史記』の観相説話を例として挙げている[5]。

史記曰、韋丞相賢者魯人也、以二読書術一為レ吏、至二大鴻臚一、有二相工一相レ之、当レ至二丞相一、有二男四人一、使レ相レ之、至二第二子其名玄成一、相工曰、此子貴当レ封レ侯

（「紫明抄」玉上琢彌編『紫明抄河海抄』角川書店、一八頁、ただし田坂憲二編『紫明抄』（おうふう）の校異編を参照し一部表記を改めた）

右記は、『史記』「張丞相列伝第三十六」からの引用であり、光孝天皇の観相記事[6]（『三代実録』）に次いで記載されているものである。この記述は、韋丞相賢が大鴻臚の地位にあった時、将来丞相となる予言を得たため、四人の息子たちを観相させたところ、第二子である玄成が、「貴い相を持っており、侯に封ぜられる」と予言される内容となっている。また『史記』の記述では、この予言に対して「自分がもし丞相となれば、それを継ぐ長男がいるのに、どうやって次男が侯に封ぜられるのか」といった韋丞相賢の言葉が続いて記される[7]。しかし、韋丞相賢の死後、罪を犯した長男の代わりに次男・玄成がその跡を継ぎ、予言は実現の運びとなる。

また、『河海抄』はこの話の他にもう一例、『史記』から別の観相説話を記載する。

又曰、老父相二呂后一曰、夫人天下貴人、令レ相二両子一、見二孝恵一曰、夫人所三以貴一者乃此男、相二魯元一亦皆貴

（『河海抄』玉上琢彌編『紫明抄河海抄』角川書店、二〇五頁、読点・返り点は補入した）

これは、『史記』の「高祖本紀」に見られる観相説話中の相人の発言を引用したもので、観相されているのは高祖の后である呂后と、その子供たちである。相人は、まず呂后を「天下の貴人である」と指摘した後、その息である孝恵を見て「后が貴いのはこの息子がいるからだ」と言い、娘である魯元についても「また貴い」と発言する。後の『史記』の記述で、高祖は寵愛する戚夫人との間に出来た子・趙王如意を孝恵の代わりに跡継ぎにしようと考えるが、最終的に孝恵が即位しており、この予言は孝恵が高祖の跡目として即位することを予言したものであったと見ることができる。

このように、古注釈に挙げられる『史記』の観相説話は、双方子供の観相が示され、またその子供が父親の跡を継ぐ継嗣[8]となる点で共通している。光源氏の場合も、「源氏の異相は、仏教的瑞相ではなく皇位継承にかかわるもの」[9]と言われるように、やはり継嗣に関わる観相として押さえることができる。強調されることは少ないが、桐壺帝が光君の処遇を正式に決定していない間は、当然のことながら朱雀即位後に光君が立坊する可能性が残されていた。平安朝では、平城・嵯峨・淳和、朱雀・村上、冷泉・円融、後一条・後朱雀、後冷泉・後三条など、帝位を続けて兄弟間で継承する例が多く見られる。実際、物語中でも表面上は兄弟である朱雀から冷泉へ帝位が受け継がれている。

ただし、兄弟間の継承問題に関わる観相説話については、日本の文献に見られる異人観相説話にも、異母兄・草壁皇子と競争関係にあった大津皇子の例があり、後に壬申の乱で叔父と帝位を争うことになる大友皇子、それまでの皇統とは別の皇統から擁立された光孝天皇の観相も、広く継承問題に関わる観相説話であると言える。

しかし、それらの例と『史記』の観相説話が決定的に異なっているのは、そこに親の存在が書き込まれている点である。「張丞相列伝第三十六」に見られる観相の場合、はじめに父親である韋丞相賢が将来丞相となる予言を得たために、父親の命によって子供たちの観相が行われている。また、「高祖本紀」の観相でも、先に母親である呂后の貴相が指摘された後、子供たちの相が示されている。光源氏の観相も、父親である桐壺帝の命によって行われ、その結果をもとに子である光君の処遇が決定されるからには、『史記』に見られる観相説話同様、親の存在が明確に記された観相であると言える。

漢籍の中に、このような継嗣に関わる観相説話が存在している以上、物語の多様な漢籍引用に留意し、これらの説話には注意を払う必要があろう。また、この観相は、物語中に記される他の予言との密接な関わりの下、主として「予言」の名で論じられてきたため、「観相」という占い形態そのものの特性が考慮されることはほとんどなかったようだ。

そこで、本章では、従来「高麗相人の予言」として捉えられてきたこの観相を、あえて「光源氏の観相」と位置付け、漢籍に見られる継嗣に関わる観相説話、また観相理論を媒介に考察を試みるものである。「臣籍降下」という光源氏の人生にとっての大事を決定づける観相のモチーフには、どのような意味が込められているのか。改めて一つの私見を提示したい。

二　漢籍に見られる観相説話の系譜意識

そのころ、高麗人の参れる中に、かしこき相人ありけるを聞こしめして、宮の内に召さむことは宇多帝の御誡

あれば、いみじう忍びてこの皇子を鴻臚館に遣はしたり。（「桐壺」一―三九頁）

光源氏の観相でまず注意すべきことは、この観相が桐壺帝の意志により意図的に行われたものであったということである。光君を鴻臚館に遣わす際には「いみじう忍びて」と語られ、さらに皇子を「右大弁の子のやうに思はせ」たというように、その計画は大変慎重に進められている。おそらく桐壺帝は、東宮側の不安を煽らないために、また相人に先入観を与えることなく光君を観相させようと配慮したのであろう。後に、相人と朝廷との間で多くの贈物がやりとりされた事から、自然と事が世に知れ渡り、「春宮の祖父大臣」などが疑念を抱いたと記されるが、そこには朱雀立坊を経ても、桐壺帝鍾愛の皇子である光君への畏怖を払拭できない東宮側の懸念が示されている。継嗣問題をめぐる朝廷内の緊張は、皇太子決定後も続いていたのである。

一方、『聖徳太子伝暦』に記される聖徳太子の観相は、太子が身をやつして相人の元に赴く所など、光源氏の場合とよく似ているが、(10) その観相が帝の命に背いたところで行われる点は、光源氏の観相と決定的に異なっている。(11) また『懐風藻』の大友皇子や大津皇子については、観相に至るまでの具体的な状況は一切記されていない。さらに『文徳天皇実録』には、橘嘉智子（嵯峨皇太后）の父・清友の観相が記されているが、(12) この観相は、清友が高麗使節団の接待役として偶然相人の元に赴いたことから行われており、同様に『三代実録』の光孝天皇も、渤海国の大使が拝朝する場に臨席した際、その場で見出されて観相されている。つまり、これらの例は偶然行われた観相として記されているのであって、光源氏のように、父親が子供に観相を受けさせるといった話は、日本の異人観相説話には見ることができないのである。

しかし、漢籍の中には、光源氏同様、父親が子供を相人に観相させる話が存在する。先に挙げた『紫明抄』『河海抄』双方が准拠として指摘する『史記』「張丞相列伝第三十六」の例がそれであり、また、『春秋左氏伝』には次のような記述が見られる。

元年、春、王使二内史叔服來會一レ葬。公孫敖聞二其能相一レ人也、見二其二子一焉。叔服曰、穀也食レ子。難也收レ子。穀也豐下。必有レ後二於魯國一。

（新釈漢文大系『春秋左氏伝』「文公元年」）

偶然使者として魯國を訪れた叔服が、優れた相人であることを聞いた公孫敖は、二人の息子を叔服に面会させる。叔服は、この二人の息子について、「穀は父を養い、難は父の葬式を行うだろう」と言い、続けて「穀」の子孫が栄えることを予言する。おそらくこの観相は、暗に「穀」が継嗣となってその子孫を繁栄させることを予言したものであろう。

また『史記』は、古注の指摘する話とは別に、趙家の簡子が、姑布子卿という相人に、自分の子供たちを観相させる話を収載する。

異日、姑布子卿見二簡子一。簡子徧召二諸子一相レ之。子卿曰、無下爲二將軍一者上。簡子曰、趙氏其滅乎。子卿曰、吾嘗見二一子於路一。殆君之子也。簡子召二子毋卹一。毋卹至則子卿起曰、此眞將軍矣。簡子曰、此其母賤。翟婢也。奚道レ貴哉。子卿曰、天所レ授、雖レ賤必貴。自レ是之後、簡子盡召二諸子一與語。毋卹最賢。簡子乃告二諸子一曰、吾藏二寶符於常山上一。先得者賞。諸子馳之二常山上一。求無レ所レ得。毋卹還曰、已得レ符矣。簡子曰、奏レ之。毋卹曰、從二常山上一臨レ代、代可レ取也。簡子於レ是知二毋卹果賢一、乃廢二太子伯魯一、而以二毋卹一爲二太子一。

（新釈漢文大系『史記』「趙世家第十三」以下、『史記』の引用は同書、表記は一部改めた）

姑布子卿は子供たちを観相し、「将軍となるものはいない」と言ったため、父親の簡子は「一族は滅びるのか」と憂える。しかし、姑布子卿は、路上でもう一人簡子の子供（毋卹）を見たと言うので、その子を連れてきて観相させたところ、「この子供こそまさしく将軍になる」と予言する。父親は、「その子の母親は賤しい身分であるのに、どうして尊貴になるなどと言えようか」と反論するが、姑布子卿はそれに対して「天が授けたからには、たとえ賤しい母親から生まれたとしても、必ず尊貴になるのです」と答えている。予言の確信を得るため、簡子は自ら子供たちを試していくが、その結果、相人の言葉通り、賤しい生まれの子供が最も賢いことが判明し、最後の傍線部では、もとの太子を廃して、代わりに姑布子卿が指し示した子供を太子としている。

このように、父親が子供を相人に見せる観相説話の内容には、国や一族がいつ滅ぼされてもおかしくない当時の時代状況が深く関わっていよう。戦乱の世を生きていた彼らにとって、一族の系譜をつないでいくことは至難の業であり、当然、継嗣選定にあたっても慎重を期したのだと思われる。また、「張丞相列伝第三十六」の例では、父親が自らの出世を一族の吉事として捉え、それを誰に受け継がせ一族の系譜をつないでいくかに強い関心があったことがわかる。そして「趙世家第十三」の例では、子供の観相以前に親である簡子が一族に関する夢告を得ており[13]、観相以前から一族の系譜意識が示されている。

『史記』の場合、そのような系譜意識は書物の性格とも考えられるが、特に父親が子供を観相させる例には、より明確な系譜意識をそこに見て取ることができるのである。また、『河海抄』が例として挙げる「高祖本紀」の観相も、母親である呂后と子供たちの観相ではあるが、孝恵が後に高祖の継嗣となったことで、呂后の一族が世を席巻したと考えれば、高祖ではなく呂后が観相の場に居合わせることも、やはり系譜意識が関係していると見てよいだろう。

　一方、光源氏の観相の場合、桐壺帝が光君を観相させた理由については、光君自身の将来を案じたためとするのが一般的な見解である。確かに、光源氏の観相は、光君一人が観相を受ける点、ほぼ子供たち全員が観相を受ける漢籍の観相説話に比べると、明確に継嗣選定のために観相が行われているとは言い難い。しかしながら、物語の桐壺帝は、先帝皇統とは別の新たな皇統から立てられた天皇であり(14)、その皇統を確立すべく努力する姿が描かれるからには(15)、桐壺帝主導で行われるこの観相が、親から子へと受け継がれる系譜を自然と意識させるモチーフになっていると考えられる。

　ただし、やはり継嗣となることが明言される漢籍の観相説話とは異なり、光源氏の予言は複雑な位相を示している。よって、この段階ではまだ光君が桐壺帝の継嗣となることが予言されているとは言い切れない。まずは、光源氏に与えられた予言内容そのものを読み解くことが必要であろう。

三　観相の特性

　光源氏に与えられた予言は、観相の結果、導き出されたものである。そのため、予言の内容を読み解くには、占い方法としての観相の特性を十分考慮すべきであろう。そこで、ここでは漢籍に記された観相理論からその特性を探り、光源氏の観相の位相を確認したい。

　はじめに、観相を受ける以前、光君の容貌については次のように語られる。

前の世にも御契りや深かりけん、世になくきよらなる玉の男御子さへ生まれたまひぬ。いつしかと心もとながらせたまひて、急ぎ参らせて御覧ずるに、めづらかなる児の御容貌なり。（「桐壺」一―一八頁）

それにつけても世の譏りのみ多かれど、この皇子のおよすけもておはする御容貌心ばへありがたくめづらしきまで見えたまふを、えそねみあへたまはず。ものの心知りたまふ人は、かかる人も世に出でおはするものなりけりと、あさましきまで目をおどろかしたまふ。（「桐壺」一―二一頁）

月日経て若宮参りたまひぬ。いとどこの世のものならずきよらにおよすけたまへれば、いとゆゆしう思したり。（「桐壺」一―三七頁）

いみじき武士、仇敵なりとも、見てはうち笑まれぬべきさまのしたまへれば、えさし放ちたまはず。（「桐壺」一―三九頁）

傍線部は、すべて光君の卓越した容貌を讃える記述となっている。これらの記述の特徴は、「世になく」、あるいは「この世のものならず」のように、常人とはかけ離れた容貌の美しさがことさら強調されるところである。桐壺帝がその際立った容姿を中心に判断するだけでなく、宿曜のような別視点からも光君の行く末を占わせた事が既に指摘されているが、(16)確かに観相という占い方法は、光君の際立った容姿ゆえに選択されたと考えることができそうである。また「いみじき武士、仇敵なりとも、見てはうち笑まれぬべきさま」といった表現については、『古今和歌集』の仮名序冒頭にある和歌の本質について触れた一文と類似するとし、光源氏の美質はそのような伝承の古代を基盤としているとの見方もある。(17)しかしながら、ことさら強調される光君の卓越した容貌は、漢籍の世界に当てはめると、帝王や覇王に備わる異形の一つとも考えられる。

人曰㆓命難㆒㆑知、命甚易㆑知。知㆑之何用。用㆓之骨體㆒。人命稟㆓於天㆒、則有㆔表候〔見㆓〕於體㆒。察㆓表候㆒以知㆑命、猶㆘察㆓斗斛㆒以知㆖㆑容矣。表候者、骨法之謂也。傳言、黄帝龍顔、顓頊戴干（午）、帝嚳駢齒、堯眉八采、舜目重瞳、禹耳三漏、湯臂再肘、文王四乳、武王望陽、周公背僂、皐陶馬口、孔子反羽。斯十二聖者、皆在㆓帝王之位㆒、或輔㆑主憂㆑世。世所㆓共聞㆒、儒所㆓共說㆒、在㆓經傳㆒者、較著可㆑信。若㆓夫短書俗記、竹帛胤文㆒、非㆓儒者所㆒㆑見、衆多非㆑一。蒼頡四目、爲㆓黄帝史㆒。晉公子重耳仳脅、爲㆓諸侯霸㆒。蘇秦骨鼻、爲㆓六國相㆒。張儀仳脅、亦相㆓秦魏㆒。項羽重瞳、云㆓虞舜之後㆒、與㆓高祖㆒分㆓王天下㆒。陳平貧而飲食不㆑足、貌體佼好、而衆人怪㆑之、曰、平何食而肥。及㆘韓信爲㆓滕公所㆒㆑鑒、免㆗於鈇質㆖、亦以㆓面狀有㆒㆑異。面狀肥佼、亦一相也。

（新釈漢文大系『論衡』「骨相第十一」一八〇～一八二頁、表記は一部改めた）

引用文は、後漢時代の思想家・王充によって書かれた哲学書『論衡』「骨相第十一」の記述であり、ここでは観相の理論が示されている。前半の点線部では、伝承上の帝王である黄帝をはじめ、光源氏が物語中自らをなずらえる周公など、十二人の容貌が記されている。「黄帝は龍顔、顓頊はいかり肩、帝嚳は一枚前歯、堯は八の字眉、舜は一つの目に二つの瞳がある」といった具合に、各々異形そのものの容貌が明かされる。そして、傍線部では、「これら十二人の聖人は、いずれも天子の位に至り、あるいは主君を補佐して世の中のことを気にかけた」と記されている。さらに、続けて七人の人物の容貌と功績について列挙されるが、最後の点線部、韓信については、その容貌が特に美しかったことから死刑を免れるに至ったと記され、二重傍線部では「顔や体つきが太っていたり美しかったりするのも、やはり観相における人相の一つである」と記述されている。この韓信の話は『史記』からの引用だが[18]、『史記』には他にも「美士」ゆえに赦され刑を免れた人物の話が記されており[19]、光君も同様に、卓越した容貌の美しさが敵方の戦意喪失をもたらしたと考えられる。

　このように、観相において優れた人相と判断される容貌の特徴とは、一見して常人とは異なる異形の容貌を持つことであるが、このような観相の判断基準は、日本の文献にも見ることができる。

①　唐使劉徳高。見而異曰。此皇子。風骨不レ似二世間人一。實非二此國之分一。
［魁岸奇偉。風範弘深。眼中精耀。顧盼煒燁。］　（日本古典文学大系『懐風藻』「大友皇子伝」七〇頁）

②　詔二皇子一曰。太子骨法。不二是人臣之相一。以レ此久在二下位一。恐不レ全レ身。
［状貌魁梧。器宇峻遠。］　（日本古典文学大系『懐風藻』「大津皇子伝」七四・七五頁）

③　宝亀八年高麗國遣レ使修レ聘。清友年在二弱冠一。以二良家子姿儀魁偉一。接二對遣客一。―略―都蒙明二於相法一。語二野上一云。此人毛骨非レ常。子孫大貴。
［身長六尺二寸。眉目如レ畫。］　（『日本文徳天皇実録』嘉祥三年（八五〇）五月五日条）

　まず①の傍線部は、大友皇子を観相した唐使・劉徳高の発言であるが、最初に皇子の骨法が人並みはずれたものであることを指摘し、次に「實非二此國之分一」と日本を小国と見なした上で、その国に不相応な程優れた相をしていると述べる。また②の傍線部、大津皇子を観相した新羅僧・行心の「骨法が臣下の相ではない」という発言も、いわば帝王相＝常人の域を越える相の持ち主であることを示している。続く③の傍線部は、橘嘉智子（嵯峨皇太后）の父・清友を観相した高麗大使・都蒙の発言であるが、ここでもまず常人とは異なる骨法であることが指摘された後、「子孫大貴」と予言内容が告げられている。そして、これらの例では、観相の記述以前に、それぞれ［　］内のような容貌に関する記述が見られ、皆、その容貌が誰の目にも明らかに立派であったことがあらかじめ示されているのである。

観相は、『論衡』の最初の波線部に「察㆓表候㆒以知㆑命」とあるように、容貌を観察することでその人の運命を知る占いである。そして、特異な容貌の場合、それは明らかに人とは異なる運命の持ち主である印として認識される。観相に先立って、繰り返しその特異な美しさ、容貌について語られる光君は、観相を受けることで、改めてその容貌が人とは異なる特別な運命を指し示していることが確認されるわけである。しかし、優れた相が必ずしも本人を幸運に導くとは限らない。『論衡』の「骨相第十一」に挙げられていた覇王の中には、項羽や韓信のように滅ぼされて敗死した者もいる。また大友皇子は、叔父の大海人皇子に滅ぼされ、大津皇子は謀反を起こした罪により処刑された。おそらく桐壺帝は、朱雀を立坊させてなお、ますます光君の人並みはずれた容貌の意味を明らかにする必要を感じていたのだろう。光君の相は、次の継嗣として帝位を継ぐ運命を表しているのか、あるいは大友皇子や大津皇子のように、身の破滅を招く運命を示唆しているのか。どちらにせよ、彼の存在が桐壺帝の系譜に大きな影響を及ぼすことは間違いない。

このように、光源氏の観相は、類稀なる容貌の記述が伏線としてはたらいており、必然的に物語に呼び込まれたものであると言える。また、そのような伏線を張ることで、桐壺帝の観相の意図は、漢籍に見られる観相説話のように、光君を継嗣として判断するだけでなく、光君の特異な容貌が、不運を呼ぶ相であるのか否か、見極めるものであったことがわかる。

それでは、実際観相の結果、導かれた予言はいかなるものであったのか、具体的な検討に入りたい。

四　吉凶混合の予言 —— 桐壺帝の継嗣として

御後見だちて仕うまつる右大弁の子のやうに思はせて率てたてまつるに、相人おどろきて、あまたたび傾きあやしぶ。「国の親となりて、帝王の上なき位にのぼるべき相おはします人の、そなたにて見れば、乱れ憂ふることやあらむ。朝廷のかためとなりて、天の下を輔くる方にて見れば、またその相違ふべし」と言ふ。

（「桐壺」一―三九・四〇頁）

この相人の発言をめぐっては、古注以来、様々な解釈が試みられ[20]、現在に至っても、光君は「乱れ憂ふること」をセットにされた帝王相を保有し、臣下の方面で観てもやはり臣下の相ではないとする通説（臣下の身分が光君にとって不足であったとしても、とにかく桐壺帝は光君の帝王相に関わる「乱れ憂ふること」を避ける決断をしたのだとする説）以外に、確たる定説はない。光源氏に与えられる予言は、読者にとって決して明解なものではなく、確かにその謎が物語の展開を導くものとして機能している[21]。そして、その謎とは、主に予言の後半、「臣下の方面で観てもやはり臣下の相ではない」という部分にあろう。

また、予言前半部分、「乱れ憂ふること」をセットにされた帝王相を保有していることについては、光君の吉凶混合の相を意味しており、このような予言は日本の文献に見られる観相説話には多く見られるものである。大友皇子の場合、「風骨不レ似二世間人一。實非二此國之分一。」と言われているが、これはすべて吉相を示しているのではなく、容貌が人並み外れて立派であると言われる前半部分は吉としても、その相が国の分に過ぎているとなれば必ずしも吉相とは言えない。[22] また大津皇子は、臣下の相ではない、とその相の素晴らしさが指摘されるが、それゆえに「恐不レ全レ身。」と凶事が予告されており、吉凶混合の予言となっている。さらに橘嘉智子の父・清友の観相では、「此人毛骨非レ常。子孫大貴。」と予言した後、清友の寿命について聞かれた相人は、「卅二有レ厄。過レ此無レ恙。」と答えており、清友は結局三十二歳で亡くなるため、これも吉凶混合の予言の例と言える。[23]

　このように、吉相とともに命に関わる凶事が示される例として、他に『聖徳太子伝暦』の崇峻天皇の観相[24]（聖徳太子による）、『三代実録』の藤原良縄の観相[25]（興福寺僧圓壹による）が挙げられる。また、聖徳太子の観相においても、日羅にその正体を見破られた後、太子は日羅に対して「子之命盡。可レ惜二被レ害。聖人猶亦未レ免。吾亦如何。」と日羅の命が危ないことを予言するとともに、自らについてもその危険をほのめかしている。これは、吉凶混合の予言とは言えないが、太子が自分の優れた相を言い当てられた後、自分にも当てはまる事柄として日羅の凶事を予言することは、太子の吉凶混合の相が示されているとも言えるだろう。

　これらの例に鑑みると、確かに優れた相は必ずしも幸運を導くとは限らず、不運を呼ぶ例があると考えられていたことがわかる。そして、光君も同じく帝王相という吉相とともに、「乱れ憂ふること」という凶相を持ち合わせていた。しかし、この事は、占うまでもなく光君本人のありようと当時の政治状況を照らし合わせて考えれば、それほど驚くべき結果ではない。むしろ、予言の後半部分、臣下の相ではない、と言われる所に、この予言の独自性があろう。

　ところで、漢籍に見られる観相説話では、観相される子供は具体的に将来の地位を言い当てられていることが多い。『史記』「張丞相列伝第三十六」の観相説話では、「此子貴当レ封レ侯」と予言され、同じく『史記』「趙世家第十三」の説話では、「此眞將軍矣」と言われている。そして、これらの地位は、現在の父親の地位、もしくはそれを超える地位を示しており、その子がまさに父親の跡を継いで継嗣となることを予言しているのである。

同様に、光源氏の場合も、その地位は「国の親」、「帝王の上なき位」と実に具体的である。そして、この地位は、漢籍に見られる観相説話に照らして考えると、この時点では間違いなく父親である桐壺帝が当時ついていた地位――帝位を示しているように思われる。しかし、そのように父親の跡を継ぐ可能性が示唆されていても、そこに「乱れ憂ふること」が付随している限り、父親である桐壺帝としては、当然光君に帝位を継がせるわけにはいかないだろう。予言がここで終わっていれば、光君を臣下に下す桐壺帝の決断に何ら疑いを挟む余地はなく、光君が継嗣となる可能性も断たれたと言える。しかし予言は続いていた。「朝廷のかためとなりて、天の下を輔くる方にて見れば、またその相違ふべし」と。つまり、臣下の相ではない、という意味であるが、この一文は、光君が桐壺帝の継嗣となる可能性をかろうじて繋ぎとめるものと言えよう。また、臣下の相ではない、と言われた光君を、迷うことなく臣下に下した桐壺帝の決断の根拠は、やはり予言後半にある。その決断は、確かに光君の帝王相に関わる「乱れ憂ふること」を避けようとした決断であったが、臣下の相として観られた時にそのような凶相が指摘されなかったことが、桐壺帝の決断を後押ししたのではなかろうか。しかし、臣下の相ではないという相人の言葉からは、何らかの形で光君の帝王相が立ち現れてくることが予想され、それがどのような形で現れるのか、その際「乱れ憂ふること」はどうなるのかなど、実に不可解な謎を物語にもたらすことになったのである。そして、光君の帝王相の発現がここで示唆される限り、彼が桐壺帝の継嗣となる可能性も、依然残されていくと言えよう。

光源氏の観相によって、物語が引き受けることになった帝王相の謎は、後に光源氏が冷泉帝の父親となること、また准太上天皇位につく形で具体的に解き明かされる。ただし、これらの出来事は、必ずしも光源氏が継嗣として桐壺帝の跡を継いだ結果であるとは考えにくい。しかし、澪標巻では、光源氏が主宰する故桐壺院追善の法華八講の記事があり、この記事が単に孝心の表れとしてあるのではなく、そこに桐壺院の正統な後継者であることを宣言する光源氏の政治的意図を読み取る意見がある。(26) また、光源氏の四十賀では、音楽によって、嵯峨朝文化を復興しようとした桐壺帝の治世を回顧させ、その継承者として光源氏を位置付けようとしていることが指摘されている。(27) 光源氏は、皇位を継承せずとも、桐壺帝の政治的文化的側面を引き継ぐ形で継嗣となったと言えるだろう。

このように、光源氏の観相は、漢籍に見られる継嗣に関わる観相説話の観相と、日本の文献に見られる吉凶混合の予言を含む観相、両方の位相を合わせ持っており、さらに予言の後半部分（「臣下の相ではない」という発言）を加えることで、物語に謎として機能する予言を見事に作り上げたと言える。また、光源氏の人生は、父帝主導の観相により、親から子へと受け継がれる系譜が意識される中、父帝の思惑の内に始まっている。桐壺帝と光源氏、この父子の物語も、まさにここから始まるのである。

注

（1）「高麗人」については、物語成立時に存在した高麗《こうらい》国か、その頃には既に滅んでいた渤海国からの使節か議論もあったが、奥村恒哉「桐壺の巻「高麗人」の解釈―付、準拠の問題―」（『文学』四六―四、一九七八年四月）、辻村全弘「高麗人」考―『宇津保物語』・『源氏物語』の准拠として」（國學院大學大学院『文学研究科論集』一八、一九九一年三月）により、物語同様、鴻臚館に宿泊したのは渤海の使節であったことが指摘され、現在は渤海人と見るのが通説である。

（2）深澤三千男「源語と日本紀」（『源氏物語の形成』桜楓社、一九七二年）は、光源氏と大津皇子とを比較し、異母兄と立太子をめぐって競争関係に立ったことなど、多くの共通点を指摘した。また、後藤祥子「叛逆の系譜―「桐壺」の観相をめぐって」（『源氏物語の史的空間』東京大学出版会、一九八六年）も、異人観相説話を網羅的に検証するが、中でも大津皇子との共通点を重視する。このような悲運の皇子の例に重ね合わせて読む論考と対照的なのが、篠原昭二「桐壺巻の基盤について―準拠・歴史・物語―」（『源氏物語の論理』東京大学出版会、一九九二年）や、田中隆昭『源氏物語』における高麗人登場の意味と背景」（『交錯する古代』勉誠社、二〇〇四年）で、光源氏と同じく渤海人による観相であり、将来光源氏の即位を見通すように、光孝天皇の例が重ねられていると指摘する。また河添房江「光る君の誕生と予言」（『源氏物語表現史』翰林書房、一九九八年）、秋澤亙「相人の予言と准拠」（『源氏物語の准拠と諸相』おうふう、二〇〇七年）は、光源氏の例について、光孝天皇の事例が最も距離が近く、その例を基盤としながらも、決定的な先蹤はなく、独自の位相を保つことを指摘する。

（4）まず『紫明抄』が光孝天皇（『三代実録』）と韋丞相の子供たち（『史記』）の記事を挙げ、さらに『河海抄』では、呂后と子供たち（『史記』）、保明太子・左大臣時平・右大臣道真（「大鏡勘文」）、源高明（「或記」）の例を挙げる。

（5）土方洋一「高麗の相人の予言を読む」（『源氏物語のテクスト生成論』笠間書院、二〇〇〇年）は、『紫明抄』『河海抄』に多くの観相例が引かれていること、また崇峻天皇（『聖徳太子伝暦』）・大友皇子（『懐風藻』）・大津皇子（『懐風藻』）・橘清友（『文徳天皇実録』）・藤原良縄（『三代実録』）等の観相例の存在を指摘するが、特に大津皇子の実姉・大伯皇女との詩的擬制としての恋愛や、異母兄の寵愛対象であった石川郎女に通じたありようを、光源氏と藤壺、朧月夜との関係に類するとし、大津皇子の例を重視する。

（6）「光孝天皇嘉祥二年、渤海国入覲大使王文矩望下見天皇在二諸親王中一拝起之儀上、謂二所親一曰、此公子者有二至貴之相一、其登二天位一必矣」（『紫明抄河海抄』一八頁、返り点・表記は一部改めた）

（7）「韋丞相言曰、我即爲二丞相一、有二長子一。是安從得レ之。後竟爲二丞相一。病死。而長子有レ罪、論不レ得レ嗣。而立二玄成一。玄成時佯狂不レ肯レ立。竟立レ之。有二譲レ國之名一。」（新釈漢文大系『史記』「張丞相列伝第三十六」二六六頁）

（8）「継嗣」の語は、『漢書』「成帝紀」や『史記』「司馬相如列伝」に見られる他、日本の文献においては、『日本書紀』「継体天皇即位前紀」に帝位を継ぐ御子がいない事を「可絶繼嗣」と記しており、『令義解』「継嗣・継嗣条」にもその語を確認できる。ここでは、『日本国語大辞典』の項目にある「あとつぎ。よつぎ。」の意で使用する。

（9）注（2）後藤論文

（10）松本三枝子「光源氏と聖徳太子」（『へいあんぶんがく』第一号、一九六七年七月）、堀内秀晃「光源氏と聖徳太子信仰」（『講座源氏物語の世界』第二集、有斐閣、一九八〇年）、中哲裕「源氏物語と聖徳太子伝説」（『富山工業高等専門学校紀要』一六―一、一九八二年三月）、佐藤勢紀子「桐壺巻の構成と聖徳太子伝―「光君」命名記事をめぐって―」（日向一雅・仁平道明編『源氏物語の始発―桐壺巻論集』竹林舎、二〇〇六年）

（11）聖徳太子は、百済の賢者・日羅に会いに行くことを敏達天皇に奏上するも、「天皇不レ許。太子密諮二皇子一。御二之微服一。従二諸童子一。」（続群書類従、敏達天皇十二年七月条、返り点は補入した。以下『伝暦』の引用は同書）とある。

（12）「宝亀八年高麗國遣レ使修レ聘。清友年在二弱冠一。以二良家子姿儀魁偉一。接二對遣客一。高麗大使獻可大夫史都蒙見レ之而器レ之。」（『日本文徳天皇実録』嘉祥三年（八五〇）五月五日条）

（13）病気の簾子は昏睡状態から目覚めると、夢で天帝に会い、自分の「七世之孫」に舜の後裔の女を娶せようと言われたことを話している。

（14）日向一雅「桐壺帝の物語の方法」（『源氏物語の準拠と話型』至文堂、一九九九年）

（15）湯淺幸代「変貌する帝―桐壺聖代への道―」（明治大学大学院『文学研究論集』一四、二〇〇一年二月）

（16）藤本勝義「源氏物語における宿曜」（『源氏物語の想像力』笠間書院、一九九四年）

（17）鈴木日出男「天地・鬼神を動かす力―光源氏一面―」（『文学』五〇、一九八二年八月）

（18）「信亡レ楚歸レ漢、未レ得レ知レ名。爲二連敖一、坐レ法當レ斬。其輩十三人皆已斬、次至レ信。信乃仰視、適見二滕公一曰、上不レ欲レ就二天下一乎、何爲斬二壯士一。滕公奇二其言一、壯二其貌一、釋不レ斬。與語大說レ之、言二於上一。」（『史記』「淮陰侯列伝第三十二」）

（19）「蒼坐レ法當レ斬、解レ衣伏レ質。身長大肥白如レ瓠、時王陵見而怪二其美士一、乃言二沛公一、赦勿レ斬。」（『史記』「張丞相列伝第三十六」）

（20）言葉の解釈は『花鳥余情』に始まる。主たる議論は、「国の親」を帝位とするか准太上天皇位（あるいは帝の父）とするか、「乱れ憂ふること」を天下動乱とするか須磨流謫（あるいは藤壺との密通）とするか、「その相違ふべし」を乱憂を避けられるとするか臣下の相でないとするか、といったものであり、現在、各々の語はより詳細に検討され、その解釈も様々である。たとえば「その相違ふべし」については、『花鳥余情』説を支持する森一郎『源氏物語の方法と構造』第一編「光源氏像の造型」（和泉書院、二〇一〇年）が、「臣下の相でない（帝王相に回帰する）」としており、『弄花抄』以下の説を支持する仁平道明「またその相違ふべし―高麗の相人の言葉の解釈をめぐって―」（『明治大学古代学研究所紀要』第二〇号、二〇一四年）は、「乱憂を避けられる」と解釈している。

（21）日向一雅「予言とは何か」（『解釈と鑑賞』四五、一九八〇年五月）

（22）『河海抄』は、光源氏の観相の注釈として、保明親王・藤原時平・菅原道真が異国の相人に観相される話を「大鏡勘文」の引用として記載するが、各々優れた相が国の分に過ぎると言われた後、「不可久歟」と凶相が指摘されている。

（23）「野上云。請問㆓命之長短㆒。都蒙云。卅二有㆑厄。過㆑此無㆑恙。其後清友娶㆓田口氏女㆒。生㆑后。延暦五年爲㆓内舎人㆒。八年病終㆓於家㆒。時年卅二。驗㆑之果如㆓都蒙之言㆒。」（『日本文徳天皇実録』嘉祥三年五月五日条）

（24）「天皇密召㆓太子㆒曰。人言。汝有㆓神通之意㆒。復能相㆑人。汝相㆓朕之體㆒。勿有㆓形迹㆒。太子奏曰。陛下玉體實有㆓仁君之相㆒。然恐非㆓命忽至㆒。伏請。能守㆓左右㆒。勿容㆓姧客㆒。」（『聖徳太子伝暦』崇峻天皇元年三月条）

（25）「興福寺僧圓壹好相㆑人。見㆓良縄狀皃㆒云。必登㆓卿相㆒。榮寵無㆑比。退語㆓同志㆒云。嗟呼於㆑命獨有㆑可㆑惜矣。」（『日本三代実録』貞観十年（八六八）二月十八日条）

（26）甲斐稔「『源氏物語』と法華八講」（『風俗』七二、一九八二年九月）

（27）浅尾広良「光源氏の算賀―四十賀の典礼―」（『源氏物語の准拠と系譜』翰林書房、二〇〇四年）

第二章　藤壺宮入内の論理
――「先帝」の語義検証と先帝皇女の入内について ――

一　はじめに

光源氏の母であり、帝の寵愛を独占していた桐壺更衣亡き後、長いことその悲しみに囚われていた桐壺帝は、宿老の典侍から、更衣によく似た先帝の皇女・四の宮の話を聞く。

……先帝の四の宮の、御容貌すぐれたまへる聞こえ高くおはします、母后世になくかしづききこえたまふを、上にさぶらふ典侍は、先帝の御時の人にて、かの宮にも親しう参り馴れたりければ、いはけなくおはしましし時より見たてまつり、今もほの見たてまつりて、「亡せたまひにし御息所の御容貌に似たまへる人を、三代の宮仕に伝はりぬるに、え見たてまつりつけぬを、后の宮の姫宮こそいとようおぼえて生ひ出でさせたまへりけれ。ありがたき御容貌人になん」と奏しけるに、まことにやと御心とまりて、ねむごろに聞こえさせたまひけり。

（「桐壺」一―四一・四二頁）

このように、典侍によって見出され、新たに帝の意中の人となった先帝の四の宮は、後に桐壺帝の後宮に入内し藤壺と呼ばれる。この記事は、桐壺巻の後半、光源氏の観相が描かれ、帝が光君の臣籍降下を決めた直後に置かれている。物語の主人公・光源氏の多様な恋が、この藤壺への恋を基軸に展開することを考えれば、双方、光源氏の人生を決定づける大事であり、この配置はまさに意図的と言えよう。

また、この記事には、もう一つ重要な要素が書き込まれている。それは、藤壺の父である「先帝」の存在と、「三代の宮仕」の語によって明らかとなる桐壺帝より前の二人の帝の存在である。つまり、以上の記述は、桐壺巻の終末部に至り、初めて物語に桐壺帝の皇親の存在を示し、その系譜を想起させるのである。これまで、桐壺帝の父母・兄弟、外戚筋等については、一切物語に語られてこなかった。そのため、読者は、冒頭の句「いづれの御時にか」と語り出される時代設定についても、思いをめぐらせてきたはずである。

しかし、その一方で、桐壺巻から多く指摘のある「准拠」を踏まえた表現により、およそ、その指し示す範囲を想定できたことも確かである。

たとえば、桐壺更衣への「輦車の宣旨」、また死後の「三位の位贈りたまふよし」は、仁明天皇女御・藤原沢子（光孝天皇母）の事例と重なっており、[1]桐壺帝が更衣をしのんで明け暮れ眺める「長恨歌の御絵」は、かつて宇多上皇が作らせたものと語られる。[2]このような記述は、その世界に、史上の仁明・光孝・宇多、及び醍醐の治世を呼び込むものと言えるだろう。[3]

また、『河海抄』では、この巻で立坊した東宮が朱雀帝となることなど、後の展開を先取りする形で、桐壺巻から積極的に、史上の「醍醐―朱雀―村上」の治世を、物語の「桐壺―朱雀―冷泉」の治世に当てはめた注釈を施している。次の「先帝の四の宮」に関する注記も例外ではない。

> 此先帝相当光孝天皇歟典侍詞にも三代宮つかへとあり光孝宇多醍醐（たるへき）歟醍醐帝女御和子号承香殿女御為子内親王は仁和皇女也此等例歟
>
> （玉上琢彌編『紫明抄河海抄』角川書店、二〇七頁）

「三代の宮仕」については、『弄花抄』に「たゝ久しくつかへたると云心可然歟[4]」とあるが、ここはやはり、宣長の言うように[5]、「三代」と明示される意味をしっかり汲み取るべきだろう。『河海抄』では、桐壺帝を醍醐天皇になずらえる視点から、「先帝」を光孝とし、この「三代」について、「光孝―宇多―醍醐」（先帝―一院―桐壺帝）の系譜を想定しており、宣長も、「河海に従ふべし、先帝も、光孝天皇に當たるなるべし[6]」と述べている。

ところが、この三代の系譜のありようについては、物語中、具体的に明らかにされることがなく、論者の間で説が分かれている[7]。ただし、紅葉賀巻において、桐壺帝が、「一院」と称される上皇の元に、宇多法皇五十賀を髣髴とさせる行幸を行うことなど[8]から、一院を宇多になずらえ、桐壺帝の父とする見方は有力である。また、この朱雀院行幸は、一院―桐壺帝―東宮（後の朱雀）の三世代が儀式の場に揃うことで、一院を祖とする皇統を讃えるとともに、桐壺帝の治世が聖代であることを世に示す意図があったと見られる。

時代は下るが、鳥羽天皇の誕生に際し、『中右記』に「天皇・法皇・孫皇子三代相並、延喜聖代御時、宇多院以後、全以無二如レ此例一、聖代勝事今在二此時一[9]」とあり、三世代が相並ぶ延喜の例が、聖代の証と考えられていたようである。つまり、一院が、桐壺帝の父院と明記されることはないものの、この行幸に鑑みれば、そのように捉えることは妥当と言える。そこで、問題となるのは、やはり「先帝」の位置づけである。

『河海抄』は、「先帝」を光孝に比定しているが、その根拠として、醍醐後宮への、光孝皇女・為子内親王と源和子の入内を挙げる。これは、物語の「先帝の四の宮」（藤壺宮）の入内との重なりを指摘していると思われるが、「先帝」を光孝に準じて桐壺帝の祖父に位置づける古注の見方は、登場人物たちの年齢等[10]、様々な問題を抱えている。また、このような問題を解決すべく、系譜が明示されていない点を重んじ、「先帝」が別皇統であった可能性を示唆する論も見られる[11]。しかし、徐々に積み重ねられる「准拠」によって、特定の時代がおぼろげながらも想起される中、現れる「先帝」という言葉から、真っ先に思い起こされたのは、やはり古注の指摘する通り、光孝天皇ではなかったか。厳密に言えば、「先帝」の語義自体も、明確には意見の一致を見ておらず、検討の余地があると思われるが、特に、この物語においては、「先帝」という言葉が、皇女の入内に伴って初めて記されることに注意を払う必要があろう。

本章では、「先帝」の語義について、改めて検証しながら、「先帝」と呼ばれた天皇の皇女入内を検討することで、物語における藤壺宮入内の論理を解き明かしたい。物語の「先帝」は、いかなる存在であって、その皇女・藤壺宮の入内は、一体何を意味しているのか。先帝の系譜と桐壺帝の皇統との関係も視野に入れつつ、考察してみたい。

二　「先帝」の語義と系譜 ―― 仮名テキストを中心に ――

「先帝」の語については、原田芳起氏が、一貫して醍醐天皇を「先帝」とする『後撰和歌集』や、物語の朱雀帝・嵯峨院以外の帝を指す『うつほ物語』などの用例から、在位中、もしくは譲位後すぐに崩御し、院号を受けることがなかった帝、と定義しており[12]、清水好子氏も、その説を『大和物語』『九暦』『貞信公記』等の例から支持した[13]。

一方、藤本勝義氏は、『大和物語』が一部、宇多天皇と清和天皇を「先帝」の名で記すことから、むしろ院号の有無よりは、文字通り「先代の帝」（前代の帝）の意で取るべきであり、ごく近い時代に亡くなった帝を指す、との見解を示した。[14]

さらに、このような「先帝」（前帝）の解釈に対し、廣川勝美氏は、主に漢籍を踏まえる史書の用例から、原田氏の説を支持し、必ずしも前代の帝を指すとは限らない例（桓武天皇が天智天皇を「先帝」と呼ぶ）を挙げた上で、「先帝」とは、世祖についての格別な崇敬の念をこめた称辞であり、帝王として聖業を遺した徳を称讃する表現であると述べた。[15]

また、濱橋顕一氏も、三巻本『枕草子』に「村上の先帝の御時」とあり、さらに『大鏡』にも、「醍醐の先帝」「村上の先帝」といった用例が見られることから、必ずしも直前の帝を指す言葉でないことを指摘している。[16]

『源氏物語』においては、この「先帝」の語が、直前の帝を指すかどうかが、一院の存在を含め、三代の系譜に大きく関わっており、「先代の帝」（前代の帝）とする藤本氏は、登場人物の年齢も踏まえ、その即位順を①一院、②先帝、③桐壺帝、とし、先帝を一院の弟と見る。[17]

一方、清水氏は、光孝天皇を「先帝」に重ねる『河海抄』の例を重視することから、先帝─一院─桐壺帝の系図を支持し、即位もその順とする。[18]　また、濱橋氏は、登場人物の年齢を巻毎にイメージが変わるものとして考慮に入れず、清水氏の説に賛同する。[19]　さらに、廣川氏も、清水氏と同様の即位順を示すが、「先帝」は「一院」の父ではなく、母を異にする兄弟と見る。[20]　しかも、「先帝」の皇統は跡絶えているが、「先帝」の呼称により、一院の皇統からその事跡が重んじられていることを指摘する。[21]

また、同じく、先帝─一院─桐壺帝、の即位順を示し、廣川氏同様、「先帝」が別皇統であることを重視する日向一雅氏は、横笛巻に記される「陽成院の御笛」が、先帝の子である式部卿宮に伝えられていることから、物語の「先帝」を史上の陽成院に比定する。(22) さらに、史上の式部卿任官について検討した袴田光康氏も、先帝の后腹第一皇子（兵部卿宮）ではなく、桐壺帝の同腹の兄弟が式部卿になっている点から、先帝と一院が別皇統である可能性を指摘する。(23)

以上、「先帝」の語義、及び系譜について、議論の概略を示したが、まず、原田芳起氏の検討は、『後撰和歌集』と『うつほ物語』に限られており、氏が言われる平安中期全体の傾向とするには、用例に乏しい。また、清水氏が補足された『大和物語』や『九暦』等の例では、必ずしも院号の有無が「先帝」の呼称を左右しているとは言えず、主として朱雀朝から醍醐朝の前代が「先帝の御時」として捉えられている例のため、逆に「先帝」は「先代の帝」（前代の帝）であるとする藤本氏の意見を補強するようでもある。

しかし、史書に見る「先帝」の用例や、『枕草子』『大鏡』の例に鑑みれば、やはり、前代の帝を指すに留まらない語義を有しているのではないだろうか。そこで、再度、各テキストの性格に配慮した上で、語義の検証を行ってみたい。

管見によれば、平安中期までに、「先帝」の語を含む仮名テキストは以下の通りである。

①『後撰和歌集』……三例（全て醍醐天皇）
②『拾遺和歌集』……一例（村上天皇）
③『兼輔集』…………一例（醍醐天皇）
④『中務集』…………四例（全て村上天皇）
⑤『斎宮女御集』……二例（全て村上天皇）
⑥『兼盛集』…………一例（村上天皇）

⑦『大和物語』……………七例（醍醐天皇五例、清和天皇一例、宇多天皇一例）
⑧『蜻蛉日記』……………一例（村上天皇）
⑨『枕草子』………………一例（村上天皇）
⑩『うつほ物語』…………一例（嵯峨院の可能性もあり[24]）
⑪『源氏物語』……………四例（全て同一人物）
⑫『栄花物語』……………二十二例（醍醐天皇一例、村上天皇十六例、冷泉・円融・後一条・後朱雀・後三条天皇、各一例）
⑬『大鏡』…………………六例（醍醐天皇一例、村上天皇四例、後一条天皇一例）

まず、①『後撰和歌集』では、醍醐天皇に宛てた近江更衣の歌の詞書に一例見られ、他は、醍醐天皇の崩御に際し、三条右大臣・藤原定方が詠んだ哀傷歌の詞書に二例見られる。[25]村上天皇の勅によって編まれた『後撰和歌集』は、日常歌とされる贈答歌が多く、その詞書も「○○なる女」といった形で作者名が記されるなど、歌物語の文章、または私家集の詞書に近いと言われている。[26]また、このような詞書の視点は、贈答歌の一首目だけでなく、二首ともに等距離から捉えるものであり、[27]その文体は、より和歌に密接した形をとることから、一つの和歌的世界が創り出されているとの指摘がある。[28]

以上の点から考えると、①に見られる「先帝」の語も、二人の関係、及び、贈答歌との強い結びつきの元に用いられているのではないだろうか。廣川勝美氏は、醍醐との関係が深かった近江更衣・藤原定方の両者が、その死に際し格別の想いを抱いたであろうこと、またその私情が「先帝」の語に表れていることを指摘するが、[29]テキストと詞書の性格に鑑みても、やはりここでの「先帝」の語は、単に前代の帝を指すのではなく、二人の関係における醍醐の存在が示されていると考えられる。実際、近江更衣と醍醐天皇との贈答、また亡き醍醐天皇をしのぶ藤原定方と従弟・藤原兼輔との贈答は、ともに醍醐を、敬愛の情を込めて「先帝」と呼ぶにふさわしい内容を有している。③『兼輔集』の例も、醍醐が譲位した際、定方との贈答を記したものであり[30]、双方、醍醐天皇との関係の深さが窺える。

また、④『中務集』では、三例が村上天皇の屏風に詠進する歌の詞書であり、残り一例は、中宮主催の藤原師輔五十賀の屏風のために、村上天皇が召した歌の詞書である[31]。宇多の皇子・敦慶親王と伊勢の間に生まれた中務は、専門歌人の一人であったが、その屏風歌は、歌集の三分の一以上を占め、まさに、屏風歌こそ、歌人・中務の本領を示すものと言えるが[32]、そのような自身の名誉を示す歌の詞書において、村上天皇を特に「先帝」と呼ぶのは、やはり特別な意味があると思われる。

さらに、⑤『斎宮女御集』では、重明親王の娘・徽子女王の歌集の詞書に見られ[33]、二例とも、徽子の夫である村上天皇を指す。特に一例目は、天皇の形見の品を女房に見せての贈答であり、天皇への深い追慕が示されている。また、②『拾遺和歌集』における唯一の例は、一条摂政・藤原伊尹の歌の詞書にあり、村上天皇の乳母の元に忍び、逢瀬が叶わなかったことを嘆く歌となっている[34]。拾遺集は、花山天皇の親撰と見られており、花山にとってはともに祖父である伊尹、村上天皇が関わる歌だけに、「先帝」の語も重要な意味を帯びてくるのではないだろうか。⑥『兼盛集』の例も、一例のみだが、村上天皇の聖代を象徴する「天徳内裏歌合」で詠進された歌の詞書であることに鑑みるなら[35]、やはりこの「先帝」の語も、前代の帝の意で取るだけでは不十分であろう。

このように、歌集においては、「先帝」の語が、すべて醍醐・村上の両天皇を指して使われている。しかし、同時代でない、歌集以外のテキストでも、醍醐・村上の両治世を、なずらえるべき聖代として扱う文脈に、「先帝」の語が見られる。⑨『枕草子』では、村上天皇の期待に応えて機知を示す女房・兵衛蔵人の話を収載するが[36]、その書き出しが「村上の先帝の御時」とあり、この二人の関係は、定子と作者に置き換えられ[37]、作者が範とする形が示されていると言われる[38]。次に、⑬『大鏡』の記述を見てみよう。

> 世の中のかしこき帝の御例に、もろこしには堯・舜の帝と申し、この国には延喜・天暦とこそは申すめれ。延喜とは醍醐の先帝、天暦とは村上の先帝の御ことなり。
> （新編日本古典文学全集『大鏡』「師尹伝」一一九頁）

右記は、醍醐・村上朝への聖代観を表すとされる記述であるが[39]、ここでの「先帝」の語は、やはり、近い時代に亡くなった帝の意ではなく、過去の帝に対して崇敬の意が込められていると見るべきではないだろうか。

また、⑧『蜻蛉日記』の例は、急に兼家の訪れがなくなったことを嘆く作者に対し、侍女が「……先帝の皇女たちがならむ」と、その相手を推測するのであるが[40]、特に⑫『栄花物語』の場合、村上の皇子女を中心に、その子孫に言及する際、村上を「先帝」と称する例が多く見受けられる[41]。

このように、仮名テキストにおいては、「先帝」の語が、ほとんど醍醐・村上を指し、その意味も、前代の帝を指すに留まらない語義を有していると思われる。ただし、⑦『大和物語』においては、醍醐の他、宇多、清和も「先帝」の語で呼ばれており、⑩『うつほ物語』⑪『源氏物語』といった作物語に登場する「先帝」も、醍醐・村上に比定できる存在ではない。つまり、『源氏物語』の「先帝」を考える上では、さらなる語義の検証が求められると言えよう。

そこで、次節では、主に史書の用例を検討し、「先帝」の系譜まで視野にいれながら、先帝皇女の入内について考えてみたい。

三　先帝皇女の入内 ―― 史上の例から藤壺宮まで

まず、古記録の例では、『貞信公記』が一貫して「先帝」の語を醍醐天皇に用い、『九暦』は光孝・醍醐・清和を「先帝」と呼称するが、特に光孝は「仁和先帝」と呼ばれ、醍醐の「先帝」とは区別されている。[42]

また、史書については、廣川勝美氏の検討において、その多くが「在位の間、もしくは譲位直後に崩御し、「太上天皇」と呼ばれる期間がなかった天皇」[43]とされ、その記述も、譲位・崩御・法要・遺言など、「天皇の死」（観念的な意を含む）に関わる文脈に多く見られる。そのため、自然と「近い時代に没した天皇」を指す用例は多いが、何代も前に没した天智天皇の例や、太上天皇として君臨した嵯峨上皇の例もあり、必ずしも全用例には当てはまらない。むしろ、本章では、例外に見られるような、主に「祖」として意識される「先帝」の語に注意を払ってみたい。

たとえば、『日本書紀』の用例（四例）は、すべて仁徳天皇即位前紀中の応神天皇を指し、皇位継承をめぐり、『漢書』や『魏志』からの引用を踏まえ、父・応神の言葉・事跡等が顧みられる記述において、「先帝」の語が用いられる。[44]また『日本紀略』によれば、平安初期、天武系から天智系への皇統交替に伴い、自身の系譜を確認する必要のあった桓武天皇が、平安京遷都の詔の中で、天智天皇の旧都をまさに「先帝旧都」と呼んでいる。[45]この例については、高祖の都を「先帝之舊墟」と記す『文選』「東京賦」（後漢・張衡）との類似が指摘されており、[46]史書で用いられている「先帝」の語には、確かに漢籍の表現を踏まえているものがある。桓武から帝位を継いだ平城天皇も、即位から間もない詔の中で、「伏惟先帝」と、父・桓武の聖業を継ぎ、自身も、聖君である堯帝や禹帝の心を以て世を治める決意を示している。[47]

一方、嵯峨天皇は、薬子の変の首謀者・藤原仲成らを捕らえた後、勅を出すが[48]、その中で「先帝の萬代宮と定賜へる平安京」「先帝の親王夫人を凌侮て」というように、「先帝」の語を用いている。前者は、平城上皇が平城京への遷都の命を下したことを、平安京に万代の宮城を定めた「先帝」・桓武の意向に背く行為と位置づけ、後者は、藤原仲成が妹・薬子への寵愛に乗じ勢力を強め、「先帝」・桓武の皇子である伊予親王と桓武の夫人であった吉子を、奸計（謀反の疑いをかける）により陵辱した行為を咎める文脈の一部である。ともに、「先帝」（祖）への意識からその罪が規定されていると言えよう。

また、仁明朝においても、藤原良房の宣を受けた意見文の中で、嵯峨上皇の遺詔が「先帝遺誡」と記されており[49]、仁明天皇の父祖、及び聖君としての嵯峨を崇敬する姿勢を示す。

以上、このような「先帝」の語は、主に、系譜上の「祖」である天皇を敬うべく、用いられていると見てよいだろう。また、『大和物語』の「先帝」については、清和・陽成に関する歌語り章段において、清和天皇を指すとの指摘があるが[50]、どの天皇を「祖」として意識するかにより、「先帝」と称される人物は変わる場合があるのではないだろうか。『源氏物語』では、語り手が地の文において「先帝」と呼称するわけだが、この語り手が光源氏周辺の女房であるとすれば[51]、「先帝」は、やはり紫の上の祖父として、崇敬すべき対象であったはずである。しかし、その系譜については分明でないため、一院―桐壺帝とは、別皇統であったと考えられるが、やはりその人物が「先帝」と呼称される以上、その事跡は一院皇統から重んじられていたと見るべきではないだろうか。

実際、平安初期以降、史上に見られる先帝皇女の入内は、皇統交替や皇位継承をめぐる王権の危機に際して行われ、その安定を図ろうとするものであった[52]。いわば、その入内は、王権が父系的に確立していない中、「先帝」の皇女を娶ることにより、系譜上の「祖」との関係を強化する意味を持ち得ていたのである。

たとえば、桓武天皇は、光仁天皇の皇女・酒人内親王を娶り、平城天皇は、桓武皇女である朝原内親王と大宅内親王、二人の皇女を妻にしている。同様に、嵯峨天皇と淳和天皇も、それぞれ桓武皇女（高津内親王・高志内親王）を入内させており、以上、すべて異母兄妹婚である。このような現象については、皇統の交替により、その世代において、異母妹以外、結婚可能な「天皇の女」が存在しなかったことが指摘されているが[53]、王権の危機にあって、皇女の入内がいかに大きな意味を有していたか理解できよう。

しかし、このように入内した皇女たちは、政略結婚の意義が強かったせいか、寵愛も薄く、妃を途中で廃されるなど、薄倖な者たちが多い[54]。淳和天皇の元に入内した嵯峨皇女・正子内親王は、立后し、所生の皇子・恒貞親王も東宮となるが、承和の変により、皇子はその地位を剝奪されている。また、仁明天皇の即位以降、直系継承が確立し、王権の安定を見るようになると、先帝皇女の入内は意義を失い、行われなくなる。ところが、光孝天皇の即位により、再び皇統の交替が起こると、先帝皇女の入内は復活するのである。醍醐天皇への光孝皇女・為子内親王の入内は、宇多上皇の積極的なはたらきかけがあったとみられており[55]、このような政策は、宇多の平安初期王権への志向を裏付けるものと言えるだろう[56]。しかも、為子内親王は、出産と同時に亡くなるため、奇しくも平安初期に入内した先帝皇女たちの不運をなぞる結果となった。

『源氏物語』における古注の指摘は、まさにこの醍醐朝における為子内親王の事例を、藤壺宮入内の「准拠」として指摘するものである。現在、藤壺は、後に「かかやくひの宮」と呼ばれることから、「妃の宮」の意がかけられているとして、特に史上の「妃」であった為子内親王との共通性が論じられている[57]。また、出産の際、生死をめぐる藤壺の言説が、やはり為子内親王の事例を喚起するとし、そこからの逆転劇に史実と物語とのありようを見定める見解も示されている[58]。ただし、光孝―宇多―醍醐の系譜を、そのまま先帝―一院―桐壺帝に引き当てるには、年齢の整合性がつかないなど、矛盾が多い。しかしながら、物語の「准拠」によって、桐壺朝が宇多朝以降の治世——主に醍醐朝と重ねて読まれてきた中にあっては、実体的な系譜を越えて、「先帝」の語が、光孝天皇を想起させるのではないだろうか。ここで再度、本文にかえり、藤壺宮の存在が呼び込まれる過程を振り返ってみたい。

年月にそへて、御息所の御事を思し忘るるをりなし。慰むやと、さるべき人々参らせたまへど、なずらひに思さるるだにいとかたき世かなと、疎ましうのみよろづに思しなりぬるに、先帝の四の宮の、御容貌すぐれたまへる聞こえ高くおはします、母后世になくかしづききこえたまふを、上にさぶらふ典侍は、先帝の御時の人にて、かの宮にも親しう参り馴れたりければ、いはけなくおはしましし時より見たてまつり、今もほの見たてまつりて、「亡せたまひにし御息所の御容貌に似たまへる人を、三代の宮仕に伝はりぬるに、え見たてまつりつけぬを、后の宮の姫宮こそいとようおぼえて生ひ出でさせたまへりけれ。ありがたき御容貌人になん」と奏しけるに、まことにやと御心とまりて、ねむごろに聞こえさせたまひけり。

（「桐壺」一—四一・四二頁）

桐壺帝は、亡き更衣をしのぶあまり、「疎ましうのみよろづに思しなりぬる」、いわば現世を厭い、出家したくなるような気持ちに駆られていた。帝の出家が、退位を意味する以上、桐壺帝の王権は、危機に晒されていたと言えるだろう。ここで登場する典侍については、「三代の宮仕」とあることから、一院との関係も指摘されているが[59]、確かに、史上の宇多のように、一院の意図によって進められた先帝皇女の入内であったかもしれない。実際、この入内は、桐壺帝の心を慰め、弘徽殿女御の台頭を抑えることに成功しており、桐壺帝の王権に安定がもたらされている。

このような藤壺入内の効果を見る限り、その父・「先帝」は、生前の事跡を重んじられる有力な帝であった可能性が高い。藤壺は、后腹であり、この「先帝」に后がいること自体、皇統が途絶えた陽成天皇や花山天皇とは状況が異なっている。おそらく、物語における「先帝」の語は、藤壺宮の父帝が、語り手を中心に崇敬される存在であったことを示すとともに、その皇女・藤壺を、光孝天皇の皇女・為子内親王に代表される先帝皇女たちになずらえる意味を有している。

先帝皇女の入内に、政治的思惑が強くはたらいていることは、先述した通りであるが、そのような「薄倖の妃」の物語は、藤壺の物語にも期待の地平として開かれることになる。出産で亡くなる為子内親王の事例は、その最たるものと言えるだろう。しかし、物語は、光源氏との密通、不義の子・冷泉の即位など、史実とは別の展開を見せていくのである。

また、系譜に関して言えば、物語における先帝の子孫は、史上の光孝同様、常に祟られる側に位置しており(60)、そのような点からも、過去における先帝系の栄光が窺われる。つまり、先帝の一族は、一院―桐壺帝の皇統とどのように関わるかは不明であるが、皇統回帰の可能性を十分に秘めており、常に桐壺帝は、先帝系を睨みつつ、政治を執る必要があったのではないだろうか。不明確な三代の系譜は、緊張を孕んだ複雑な王権の事情を示しているのである。

四　結　語

桐壺巻に見る藤壺宮の入内では、「先帝」と「三代」の言葉より、桐壺帝の皇親と系譜に関する情報が、初めて物語にもたらされる。しかし、それまで織り込まれてきた「准拠」は、桐壺帝の治世を、史上の仁明・光孝・宇多、及び醍醐朝を想起させるものとして位置づけてきた。中でも「醍醐―朱雀―村上」と、物語の「桐壺―朱雀―冷泉」の系譜を、積極的に対応させる『河海抄』は、「先帝」を光孝天皇に比し、藤壺宮の入内を、醍醐朝における先帝皇女・為子内親王と源和子の入内になずらえて注釈する。物語の「先帝」を、桐壺帝の祖父とみることについては、登場人物の年齢等、様々な問題を抱えているが、それでも、桐壺巻の「先帝」の語は、「准拠」の積み重ねにより、実体的な系譜を越えて、特に光孝天皇とその娘・為子内親王の存在を喚起させる。

また、「先帝」の語そのものについては、「譲位後すぐに崩御し、院号を受けることがなかった帝」、あるいは「文字通り、「先代の帝」（直前の帝）を指す」との指摘がなされているが、院と呼ばれた帝、あるいは数代前の帝であっても、「先帝」と称する例があり、それらは、語義のすべてとは言えない。実際、仮名テキストにおける「先帝」の用例は、醍醐・村上両天皇を指す事例が多く、後代においては、明確に崇敬の意を込めて使用された例が見られる。

さらに、史書では、『日本書紀』から漢籍の聖君になずらえる形で「先帝」の語を用いており、叙述の対象とする天皇を、系譜上の「祖」として位置づけようとする例が多い。つまり、どの天皇を「祖」と見るかで、「先帝」と呼ばれる帝は変わるのであり、『源氏物語』においては、語り手から、紫の上の祖父が「先帝」と呼称されるのも自然なことと言える。また、語り手だけでなく、一院―桐壺帝の皇統からも、その事跡が重んじられていたであろうことは、先帝皇女・藤壺宮の入内に明らかである。

物語の「准拠」として指摘される光孝皇女・為子内親王の入内は、平安初期に見られた先帝皇女たちの入内をなぞるものであり、皇統交替や皇位継承をめぐってゆらいだ王権の安定を図るべく行われた。つまり、このような入内は、その皇女が、崇敬の対象である天皇――「先帝」の娘であることが重要だったはずである。物語の桐壺帝は、主に精神性の問題から、王権の危機に直面していたが、藤壺の入内により、精神的にも、実質的にも、王権に安定がもたらされた。このような入内の効果を見る限り、その父・「先帝」は、生前、有力な帝であった可能性が高い。先帝の一族が、一院―桐壺帝の皇統と、具体的にどのような関係にあったかは不明であるが、過去の栄光に鑑みれば、桐壺帝にとって、常に注意が必要な一族であったことは確かだろう。

このような先帝皇女の入内が、政治的思惑に強く裏付けられたものである以上、史上の例を見ても、帝の愛情を期待することは難しく、物語の藤壺宮も、寵愛を受けたとはいえ、所詮、桐壺更衣の身代わりに過ぎない。藤壺も史上の皇女たちのように、「薄倖の妃」の生をなぞる可能性が示唆されている。[61] 藤壺の物語は、そのような史上の皇妃たちの存在を呼び起こしながら、光源氏との密通、不義の子・冷泉の即位といった独自の展開を見せていくのである。

しかし、藤壺宮の生き方が、実際、「薄倖の妃」たちの物語から、どれだけ自由であったのか。表の栄華とは裏腹に、切実な苦悩を抱えた物語の藤壺もまた、同様の物語を紡ぐ一人であったかもしれない。

注

（1）『続日本後紀』承和六年（八三九）六月三十日条の藤原沢子の卒伝に「寵愛之隆。獨冠㆓後宮㆒。俄病而困篤。載㆓之小車㆒。出㆑自㆓禁中㆒。纔到㆓里第㆒便絶矣。天皇聞㆑之哀悼。遣㆓中使㆒贈㆓従三位㆒也。」とある。

（2）このごろ、明け暮れ御覧ずる長恨歌の御絵、亭子院の描かせたまひて、伊勢、貫之に詠ませたまへる、大和言の葉をも、唐土の詩をも、ただその筋をぞ、枕言にせさせたまふ。（「桐壺」一―三三頁）

（3）吉野誠「歴史をよぶ桐壺巻―仁明・光孝・宇多・醍醐朝との交錯点―」（日向一雅編『源氏物語　重層する歴史の諸相』竹林舎、二〇〇六年）

（4）『弄花抄』桐壺巻、一六頁（源氏物語古注集成、桜楓社）

（5）本居宣長「源氏物語玉の小櫛」（『本居宣長全集』第四巻、筑摩書房、一九六九年、三二八頁）

（6）注（5）に同じ。

（7）諸説は、以下、およそ五通りに分類される。A先帝を一院の父とする（清水好子「天皇家の系譜と準拠」『源氏物語の文体と方法』東京大学出版会、一九八〇年、濱橋顕一『源氏物語』の先帝について—作中人物の年齢の問題—」『源氏物語考』笠間書院、一九九七年、新潮日本古典集成の注）。B先帝を一院の子で桐壺帝の兄とする（玉上琢彌『源氏物語評釈』第一巻、角川書店、一九六四年、一二三頁）。C先帝を一院の弟とする（坂本共展「故前坊妃六条御息所」『源氏物語構想論』明治書院、一九八一年、藤本勝義「源氏物語における先帝」『源氏物語の想像力—史実と虚構—』笠間書院、一九九四年、同「藤壺と先帝をめぐって—逆転する史実と準拠」『源氏物語の表現と史実』笠間書院、二〇一二年、田坂憲二「髭黒一族と式部卿宮家—源氏物語における〈政治の季節〉・その二—」『源氏物語の人物と構想』和泉書院、一九九三年、等）。D先帝を一院の異母兄弟とする（廣川勝美「先帝と一院」伊井春樹編『源氏物語と古代世界』新典社、一九九七年）。E先帝と一院は別皇統であるとする（日向一雅「桐壺帝と大臣家の物語—準拠と話型構造論の観点から—」『源氏物語の準拠と話型』至文堂、一九九九年、袴田光康「『源氏物語』における式部卿任官の論理—先帝と一院の皇統に関する一視点—」『源氏物語の史的回路—皇統回帰の物語と宇多天皇の時代』おうふう、二〇〇九年）。

A　①先帝——②一院——③桐壺

B　①一院
　②先帝
　③桐壺

C　①一院——③桐壺
　②先帝

D　①先帝
　②一院——③桐壺

E　①先帝
　②一院——③桐壺

（8）浅尾広良「嵯峨朝復古の桐壺帝—朱雀院行幸と花宴—」（『源氏物語の准拠と系譜』翰林書房、二〇〇四年）

（9）『中右記』康和五年（一一〇三）正月十七日条（大日本古記録）

（10）先帝の子である藤壺と兄・兵部卿宮が、桐壺帝より若く設定されていることから、桐壺帝の父の世代に属することを適当でないとみる説（注（7）日向論文）や、後に登場する朱雀後宮の藤壺女御（先帝の更衣腹の皇女）の存在から、先帝が娘をひ孫の妻にすることを不自然とみる意見（注（7）藤本論文「源氏物語における逆転する史実と準拠」）、また藤壺女御の年齢に鑑みて、先帝と桐壺帝の間に即位した一院の在位期間を設定すると、極端に短くなってしまうことを疑問視する見解（広瀬唯二「一院と先帝をめぐって―藤壺女御を視座に―」『鳴尾説林』七、一九九九年十二月）などがある。

(11) 注（7）日向論文
(12) 原田芳起「第二章「先帝」名義弁証付「先坊」」（『平安時代文学語彙の研究』続編　風間書房、一九七三年）
(13) 注（7）清水論文
(14) 注（7）藤本論文
(15) 注（7）廣川論文
(16) 注（7）濱橋論文
(17) 注（7）藤本論文
(18) 注（7）清水論文
(19) 注（7）濱橋論文
(20) 注（7）廣川論文
(21) 注（7）廣川論文
(22) 注（7）日向論文
(23) 注（7）袴田論文
(24) 『うつほ物語』では、「先帝」の語が、直前に言われる「今の帝」（朱雀院）と対比的に用いられているとの指摘があり（注（7）藤本論文）、その場合、「先帝」は別の人物ではなく、物語の嵯峨院を指す可能性が考えられる。
(25) 　ははのぶくにてさとに侍りけるに、せんだいの御ふみたまへりける御返ごとに　近江更衣

さみだれにぬれにし袖にいとどしくつゆおきそふる秋のわびしさ

御返し　延喜御製

おほかたも秋はわびしき時なれどつゆけかるらん袖をしぞ思ふ　（『後撰和歌集』秋中、二七七・二七八）

先帝おはしまさで、世中思ひなげきてつかはしける　三条右大臣
はかなくて世にふるよりは山しなの宮の草木とならましものを
返し　兼輔朝臣
山しなの宮の草木と君ならば我はしづくにぬるばかりなり　（『後撰和歌集』哀傷歌、一三八九・一三九〇）
先帝おはしまさで又の年の正月一日おくり侍りける　三条右大臣
いたづらにけふやくれなんあたらしき春の始は昔ながらに
返し　兼輔朝臣
なく涙ふりにし年の衣手はあたらしきにもかはらざりけり　（『後撰和歌集』哀傷歌、一三九六・一三九七）

(26) 片桐洋一『後撰集』『拾遺抄』『拾遺集』の詞書—論じて、その成立事情に及ぶ—」（『古今和歌集以後』笠間書院、二〇〇〇年、初出一九八一年）、小笠原彰子「後撰和歌集の詞書に関する一考察—人物記載をめぐって—」（『国文』六五号、一九八六年七月）

(27) 平野由紀子「後撰集の詞書の謎」（『平安和歌研究』風間書房、二〇〇八年、初出一九九七年）

(28) 辻田昌三「後撰集詞書の場合—仮名文生成の一段階として」（『国語語彙史の研究』一四、一九九四年八月）

(29) 注（7）廣川論文

(30) 先帝のおりゐさせ給へるに、三条の大臣
かはりなん世にはいかでかすまふべき思ひやれどもゆかぬ心を
そのかへし
秋ふかき色かはるらむ菊の花君がよはひの千世しとまらば　（『兼輔集』一一〇・一一一）

(31) 「村上の先帝の御屏風に、の火やくところ」（『中務集』一七〜二一の詞書）
「村上の先帝の御屏風に、国国の所所の名をかかせたまへる」（『中務集』二二〜三一の詞書）
「村上の先帝の御屏風のゐに、ゐなかいへにをとこまらうどきたり」（『中務集』三五〜四四の詞書）
「坊城の右のおほいとのの五十賀中宮したまふ、村上の先帝のめしたる」（『中務集』六八〜七七の詞書）

（32）新井裕子「中務歌の表現」（『中古文学』五三、一九九四年五月）、稲賀敬二『中務』（新典社、一九九九年）等。

（33）せんだいの御そう分に、かかせたまへるものを、むまの内侍にみせさせたまひければ、うへのみせむとのたまひしを、かくれさせたまひにしかばくちをしかりしに、いとうれしくて

たづねてもかくてもあとはみづぐきのゆくへもしらぬむかしなになり

とてなかにいれて、御ふみには

君にのみとどめおきてしいにしへのたえにしあとをみぬぞかなしき　（『斎宮女御集』四九・五〇）

（34）正月一日、そう［　］殿の女御のかたに、せんだい

いつしかとまつにおとせぬうぐひすのこころのうちのねたくもあるかな

御かへし、みかどをうらみたてまつりて、女御

かくれぬにおひたるあしのうきねしてはてはつれなくみゆるころかな　（『斎宮女御集』一四三・一四四）

侍従に侍りける時、むらかみの先帝の御めのとに、しのびて物のたうびけるにつきなき事なりとて、さらにあはず侍りければ　一条摂政

かくれぬのそこの心ぞうらめしきいかにせよとてつれなかるらん　（『拾遺和歌集』恋二、七五八）

（35）先帝の御時歌合、三月卅日　（『兼盛集』九〇～一〇四の詞書）

（36）新編日本古典文学全集『枕草子』一七五段、三〇四・三〇五頁

（37）稲賀敬二「蛙が火櫃に飛びこむ確率は―枕草子「村上の先帝の御時」の段―」『古代中世国文学』一二、一九七九年九月）

（38）安藤亨子「村上朝の意味するもの」（『物語そして枕草子』おうふう、二〇〇二年、初出一九八六年）

（39）桜井宏徳「〈昔物語〉における村上聖代―醍醐聖代との比較を通じて―」（『物語文学としての大鏡』新典社、二〇〇九年）

（40）新編日本古典文学全集『蜻蛉日記』（中巻）天禄元年（九七〇）六月～七月、二〇三頁。はじめに侍女の一人が兼家の新たな相手を藤原実頼の召人のような女と推測するが、作者への訪問を断つほどの相手ではないとし、次に村上天皇の皇女が疑われる。

(41) 十六例中、十二例見られる。中村康夫氏は「〈みかど〉について―〈みかど〉造型上の問題」(『栄花物語の基層』風間書房、二〇〇二年、初出一九七三年)で、村上天皇の造型の記述が、漢籍を踏まえた史書の表現に類似することから、『栄花』の史書を受け継ぐ姿勢を指摘するが、後述する「祖」として意識される「先帝」の用例と関わる可能性がある。

(42) 青木賜鶴子「大和物語の「先帝」をめぐって」(『女子大文学』四三、一九九二年三月)ただし青木氏は、清和天皇を「先帝」とみる大日本古記録の注を誤りとする。

(43) 注(7)廣川論文

(44)「四十一年春二月。譽田天皇崩。時太子菟道稚郎子。讓二位于大鷦鷯尊一、未レ即二帝位一。仍諮二大鷦鷯尊一。『夫君二天下一以治二萬民一者。盖之如レ天。容之如レ地。上有二驩心一。以使二百姓。百姓欣然。天下安矣。今我也弟之。且文獻不レ足。何敢繼二嗣位一登二天業一乎。大王者風姿岐嶷。仁孝遠聆。以齒且長。足レ爲二天下之君一。其先帝立レ我爲二太子一。豈有二能才一乎。唯愛之者也。亦奉二宗廟社稷一重事也。僕之不レ佞。不レ足二以稱一。夫昆上而季下。聖君而愚臣。古今之常典焉。願王勿レ疑。須即二帝位一。我則爲レ臣之助耳。』大鷦鷯尊對言。『先皇謂。皇位者一日之不レ可レ空。故預選二明徳一。立レ王爲レ貳。祚之以レ嗣。授之以レ民。崇二其寵章一。令レ聞二於國一。我雖二不賢一。豈棄二先帝之命一。輙從二弟王之願一乎。』固辭不レ承。各相讓之。」(『日本書紀』仁徳天皇即位前紀)菟道稚郎子の言葉には『漢書』「高后紀」、『漢書』「文帝紀」が、大鷦鷯尊の言葉には、『三国志』「魏書」文帝紀註所引献帝伝の記述が踏まえられている。

(45)「詔。云々。山勢実二合前聞一。云々。此国山河襟帯、自然作レ城。因二斯勝一、可レ制二新号一。宜改二山背国一、為二山城国一。又子来之民、謳歌之輩、異口同辞、号曰二平安京一。又近江国滋賀郡古津者、先帝旧都、今接二輦下一。可下追二昔号一改中称大津上。云々。」(『日本後紀』逸文延暦十三年(『日本紀略』)(七九四)十一月八日条)

(46) 注(7)廣川論文。全釈漢文大系『文選』一「東京賦」二〇〇頁に、「望二先帝之舊墟一、慨長思而懷レ古。俟二閶風一而西遐、致二恭祀乎高祖一。」とある。

(47)「手詔曰。朕以二庸虚一。謬承二先業一。雖レ奉二丕訓一。猶暗二政治一。負二重春氷一。取レ喩方易。御二朽秋駕一。比レ懼非レ難。伏惟先帝。括レ地宣レ風。統レ天立レ化。布二堯心一而撫育。垂二禹泣一而哀矜。」(『日本後紀』大同元年(八〇六)六月十日条)

(48)『日本後紀』弘仁元年(八一〇)九月十日条

(49)「文章博士従五位上春澄宿祢善繩。大内記従五位下菅原朝臣是善等。被二大納言正三位藤原朝臣良房宣一偁。先帝遺誡曰。世間之事。毎レ有二物恠一。寄二崇先靈一。是甚無レ謂也者。今随レ有二物恠一。令下二所司一卜筮上。先靈之崇明二于卦兆一。臣等擬レ信。則忤二遺誥之旨一。不レ用則忍二當代之咎一。進退惟谷。未レ知二何從一。若遺誡後有レ可レ改。臣子商量。改レ之耶以否。―以下略」(『続日本後紀』承和十一年(八四四)八月五日条)

(50) 雨海博洋『大和物語』の「先帝」(『物語文学の史的論考』桜楓社、一九九一年、初出一九七六年)

(51) 物語の語り手については、場面ごとに複数設定されていると考えられるが、基本的には、玉上琢彌『源氏物語評釈』別巻一(角川書店、一九六六年)の説に従い、第一の語り手は、光源氏の生活を見聞した古御達(竹河巻で「紫のゆかり」と呼ばれるような)とする。

(52) 山本一也「日本古代の近親婚と皇位継承―異母兄妹婚を素材として―」(『古代文化』五三―八・九、二〇〇一年)、石和田京子「古代皇女の役割とその意義―摂関期を中心として」(『聖心女子大学大学院論集』二五、二〇〇三年七月)等。また朱雀皇女・昌子内親王の冷泉後宮への入内は、前代の兄弟継承から冷泉への直系化を意図して行われており、王権の安定化が図られた入内と言えるが(河内祥輔「宇多「院政」論」『古代政治史における天皇制の論理』増訂版、吉川弘文館、二〇一四年、初版一九八六年)、本章では「祖」としての「先帝」、及びその皇女入内を問題としているため、検討から除外した。

(53) 注(52)山本論文

(54) 平城妃・朝原内親王は、寵愛が薄く『日本後紀』弘仁三年(八一二)五月十六日条に「妃二品朝原内親王辞レ職。許レ之。」とある。また同妃・大宅内親王も、この十日後に妃を辞している。嵯峨妃・高津内親王は、『続日本後紀』承和八年(八四一)四月十七日条の薨伝に「即立爲レ妃。未レ幾而廢。」とあり、やはり妃を廃されたことがわかる。さらに淳和妃・高志内親王は、天皇の寵愛を受けるが、二十一歳で亡くなっており、一度は立坊した皇子・恒世親王も早世している。ちなみに、『日本後紀』逸文(『東大寺要録』巻十・『日本紀略』)天長六年(八二九)八月二十日条には、桓武妃・酒人内親王の薨伝が見えるが、「為レ性倨傲、情操不レ修、天皇不レ禁、任二其所レ欲。婬行弥增、不レ能二自制一。」とあり、藤壺の密通事件との関わりを窺わせる。

（55）注（52）河内論文、等。

（56）たとえば嵯峨朝に盛んだった「文人賦詩」を宇多が志向していたことについては、波戸岡旭「「九月十日」詩」（『宮廷詩人菅原道真—『菅家文草』・『菅家後集』の世界—』笠間書院、二〇〇五年、初出一九八九年）が指摘している。

（57）小松登美「「妃の宮」考」（『テーマで読む源氏物語論』三、勉誠出版、二〇〇八年、初出一九七一年）、今西祐一郎「「かかやくひの宮」考」（『文学』五〇—七、一九八二年七月）。ただし増田繁夫氏は、藤壺が弘徽殿女御を追い越して立后すると語られることから、その地位が〈妃〉であったとは考えにくいと言われる（「藤壺は令制の〈妃〉か」『源氏物語と貴族社会』吉川弘文館、二〇〇二年、初出一九九一年）。

（58）吉野誠「藤壺「妃の宮」の出産と生死をめぐって—物語における「史実」考—」（『物語研究』二、二〇〇二年三月）

（59）注（7）袴田論文

（60）浅尾広良「源氏物語における物の怪—六条御息所と先帝—」（『源氏物語の准拠と系譜』翰林書房、二〇〇四年）では、物の怪に憑かれる人物（鬚黒もと北の方・紫の上・女三宮・夕顔、ただし夕顔は浅尾氏の想定）が、多く先帝の系譜に連なることを指摘しており、先帝・光孝天皇と、六条河原院・源融の確執を物語に読み取る。

（61）吉海直人「藤壺入内の深層—人物論の再検討Ⅱ—」（『國學院雑誌』九三—四、一九九二年四月、後に『源氏物語の視角—桐壺巻新解』翰林書房、一九九二年、『源氏物語の新考察—人物と表現の虚実—』おうふう、二〇〇三年、所収）では、藤壺の入内について「桐壺帝が本当に必要なのは藤壺という個性なのではなく、あくまで桐壺更衣の代償であり、なおかつ弘徽殿を凌ぐような強い女性（内親王）なのである」と述べる。

第三章　朱雀院行幸の舞人・光源氏の菊の「かざし」

――紅葉と菊の「かざし」の特性、及び対照性から――

一　はじめに

紅葉賀巻には、桐壺帝の朱雀院行幸が描かれ、中でも主人公・光源氏の青海波の舞は、見る者を圧倒する素晴らしさであったと語られる。この行幸は、桐壺帝の父院・一院の算賀と目されており、後に冷泉帝がこの行幸を模して六条院行幸を行うことから、まさに桐壺治世の理想性を示す盛儀として位置づけられる。

しかし、この巻の冒頭に描かれる宮中の試楽では、愛する藤壺を意識して妙技を尽くす光源氏と、複雑な心中でその姿を見つめる帝妃・藤壺の姿が描かれており、特にこの巻で誕生する不義の子・冷泉の実父となる光源氏が、本番では、見る者を畏怖させ、圧倒するような舞を披露する点について、源氏が持つ「異界のものの霊威の鋭さ」[1]、あるいは「本質的な侵犯性と危険性」[2]が読み取られている。一方、源氏の身につけていた紅葉の「かざし」が散ってしまった後、新たな「かざし」として下賜される「御前なる菊」に、嵯峨天皇御製の菊花賦の影響を見る浅尾広良氏は、朱雀院行幸の「算賀」の場にふさわしいこの菊に、「君子の徳と天皇への忠誠を誓う意」が含まれることを指摘している。(3)氏の説によれば、光源氏も儀式の場の一員として、そこで示される権力構造からは自由でなかったことが窺える。また、光源氏の「かざし」の舞の美しさを、源氏自身の天賦の美のみならず、貴族社会の権力構造に対するもどかしさや苦しみの象徴とみる意見も、(4)そのような考えに基づいていよう。

本来、公的な儀式の場における「かざし」(挿頭)は、『西宮記』巻八「挿頭花事」(5)にあるように、地位によって花の種類や位置が規定されており、身分表象として機能する点、貴族社会の権力構造を視覚的に示すものと言える。たとえば、藤花・桜花・山吹といった挿頭花の序列は、そのまま公卿・殿上人・諸大夫(地下)といった編成原理を示す上で有効に機能していたとの指摘もある。(6)しかし、光源氏に授与された「かざし」の菊は、為政者が全体を支配・掌握するための権力、あるいは威徳の象徴と見るだけでよいのだろうか。

三田村雅子氏は、光源氏に与えられる「かざし」の菊について、藤壺を暗示するものとし、「かざし」の授与に藤壺との関係の「許し」を読むが、(7)少なからず、「御前なる菊」を「かざし」として授与されることは、光源氏にとって、自身の名誉を示す褒賞に値したことは確かだろう。

また、光源氏の菊の「かざし」は、紅葉から差し替えられたものである。このいち早く散り透いた紅葉については、一院の居所・朱雀院の紅葉であることから、光源氏を庇護する一院の蔭(庇護)が長くは続かないことを暗示するとの見方がある。(8)しかし、同じ紅葉ではなく、「色々うつろひえならぬ」菊が、なぜ光源氏に与えられたのか、その理由は、いまだ十分に説明されていないのではなかろうか。

本章では、主に朱雀院行幸の舞人・光源氏の菊の「かざし」について、紅葉と菊の「かざし」の特性、及び紅葉と菊を合わせて歌にする私家集の和歌を参考にしながら、その意味を再検討したい。それらの検討から、桐壺帝の盛りの治世と光源氏との関係性についても自ずと見えてくるはずである。

二　「かざし」としての紅葉と菊

まず、光源氏の「かざし」について考える前に、先行する文学テキストに見られる「かざし」のありようを、紅葉と菊の「かざし」を中心に確認したい。

元来「かざし」とは、草木の花や枝を、現在の簪《かんざし》のように、髪や冠に挿して用いたものであり、植物の持つ生命力を呪的に身につける行為として行われた。『万葉集』に見られる「かざし」の多くは、その場で手折られており、特に春秋のものは、到来する季節の豊かさを示すとともに、その一部を身につけることで、時節の盛りにあやかろうとする人々の思いが感じられる。(9) 病床で詠まれた「春の花今は盛りににほふらむ折りてかざさむ手力《たぢから》もがも」（巻十七、三九六五）や、「さ額田《ぬかた》の野辺の秋萩時なれば今盛りなり折りてかざさむ」（巻十、二一〇六）などがその例である。また、宴の場に見る「かざし」は、場を盛り上げ、主人や参加者を寿ぐ意があることが指摘されているが、(10) 具体的には、盛りの草木・花の生命力を皆で分かち合うとともに、参加者の一体感を高める効果があったと思われる。梅花の宴で詠まれた「梅の花今盛りなり思ふどちかざしにしてな今盛りなり」（巻五、八二〇）や、「梅の花折りてかざせる諸人《もろひと》は今日の間は楽しくあるべし」（巻五、八三二）の歌には、「かざし」による一体感がよく表れている。(11)

また、この盛りが一時のものであり、「かざし」がその一時を楽しむ具としてあることは、先に挙げた巻五、八三二番歌の「今日の間は楽しくあるべし」や、「青柳梅との花を折りかざし飲みての後は散りぬともよし」（巻五、八二一）といった歌から窺われる。さらに、このような一時の感興が、より明白に表れる歌として、紅葉（黄葉）の「かざし」歌がある。

手折らずて散りなば惜しと我が思ひし秋の黄葉をかざしつるかも　（巻八、一五八一、橘朝臣奈良麻呂）
もみち葉を散らすしぐれに濡れて来て君が黄葉をかざしつるかも　（巻八、一五八三、久米女王）
もみち葉を散らまく惜しみ手折り来て今夜かざしつ何をか思はむ　（巻八、一五八六、県犬養宿禰持男）
奈良山をにほはす黄葉手折り来て今夜かざしつ散らば散るとも　（巻八、一五八八、三手代人名）
露霜にあへる黄葉を手折り来て妹はかざしつ後は散るとも　（巻八、一五八九、秦許遍麻呂）

右記は、同一の宴で詠まれた歌であるが、『万葉集』における紅葉の「かざし」は、散ることを惜しむ気持ち、あるいは散る前に「かざし」とできたことに安堵する気持ちが詠まれ、やはり一時の感興が強調される。元々『万葉集』の紅葉は、時雨に色づき、風雨に散らされるものとして詠まれることが多いが、(12)「かざし」とされる紅葉の歌の場合、十二首中五首が「散る」の語を含んでいる。しかも、後の三代集では、「かざし」自体を詠む歌が減り、(13)紅葉を「かざし」とする歌もあまり見られなくなることを考えると、(14)『万葉集』に見える「散る」の語と結びつく例は、紅葉の「かざし」の例として重要なものとなろう。

また、『万葉集』における「かざし」の種類は、呪術性の強い聖なる常緑樹から、時節の盛りを示す花・紅葉へと移行していくが、(15)次第に行為自体の華やぎも強まってくる。装飾性の強い造花の「かざし」が見られるようになるのも、その一端と思われるが、嵯峨朝以降、整備される年中行事や儀式の(16)中で、細かな規定を伴い、儀礼の一部として用いられる「かざし」は、元来求められた呪的な力、あるいは一時の感興とはまた別のあり方を示している。平安期以降、紅葉の「かざし」歌が減るかわりに、重陽の宴など、儀礼的な宴の場と深く関わる菊の「かざし」歌が増えてくるのは、やはりそのような「かざし」自体の変化と関わっていよう。

菊の賦詩歌自体、『万葉集』に例はなく、『懐風藻』に秋の景物として初めて登場するため、六朝から初唐の語彙を反映しているとされるが、[17]和歌においては、桓武天皇の「此頃の時雨の雨に菊の花散りぞしぬべきあたらその香を」（『類聚国史』歳時部）を嚆矢とする。特に、菊の賦詩は嵯峨朝の文章経国思想を反映した『経国集』に顕著であるが、[18]『古今和歌集』においては十三首見られるようになる。その内、菊の「かざし」を詠む例は次の二首である。

是貞の親王の家の歌合の歌

露ながら折りてかざさむ菊の花老いせぬ秋の久しかるべく　（『古今和歌集』秋歌下、二七〇、紀友則）

世の中のはかなきことを思ひけるをりに菊の花を見てよみける

秋の菊にほふ限りはかざしてむ花よりさきと知らぬわが身を　（『古今和歌集』秋歌下、二七六、紀貫之）

菊については、古来、中国において、重陽節に菊酒を飲むなど、長寿をもたらすものと考えられ、日本でも、嵯峨天皇による重陽宴の恒例化により、文人たちを中心に菊の賦詩が盛んとなった。[19]しかし、日本では、特に白菊、または残菊を愛好する傾向が強い。また、花が散ることを惜しむ感情については、これまでにも見られたが、元来、菊が長寿をもたらす、あるいはそれを祈念し、寿ぐ花として受容されたことは、菊の「かざし」のあり方にも影響していると思われる。

一首目は、是貞親王の歌合で詠まれた歌であるが、露を載せたまま「かざし」とされる菊は、その露を飲むと長寿を保つという中国の故事を踏まえており、不老の秋が久しくあることを祈念する歌となっている。また、二首目は、詞書にもある通り、花よりはかない命が詠われる点、菊花のはかなさが看取される一方、やはり「かざし」とすることで、一時の花を楽しむとともに、菊花のもたらす長寿の力を身に付ける意を含んでいる。さらに、『後撰和歌集』では、元良親王の四十賀において、藤原伊衡が「よろづ世の霜にもかれぬ白菊をうしろやすくもかざしつるかな」（慶賀、一三六八）と、「かざし」の菊を媒介に長寿を寿ぐ歌を詠んでいる。以後、菊の「かざし」は、「時雨にもしもにもかれぬ菊の花」（続後撰、賀歌、一三四七）、あるいは「千世のかざしの白菊の花」（続拾遺、賀歌、七四七）などと詠まれており、花のはかなさとは無縁の「枯れない花」「長寿を寿ぐ花」として定位する。また、『うつほ物語』吹上・下巻では、源涼が重陽の宴で、「朝露に盛りの菊を折りて見る挿頭よりこそ御世もまさらめ」と歌を詠む。ここでの菊の「かざし」も、露と菊との組み合わせにより、帝の長寿、長い治世を祈念するものとして詠まれている。

つまり、このように、菊花を身につけ、それにあやかり寿ぐ「かざし」のあり方は、「散る」ことが前提とされた紅葉の「かざし」に比べ、より算賀の場にふさわしい花であったことが窺える。しかしながら、そのような「かざし」の菊は、花の持続性を賞美するため、色の変わっていない「白菊」を詠むことが多く、「うつろふ菊」（色が移ろって紫色を帯びた菊）を「かざし」とする例はほとんど見られない[20]ことに注意したい。

三　私家集の紅葉と菊の対照性 ―― 光源氏の菊の「かざし」を考える ――

次に、紅葉と菊がどのような関係性で捉えられていたのか、その一端を知るべく、私家集に詠まれる紅葉と菊のあり方を確認してみたい。まず、『躬恒集』に、「紅葉のみ惜しくはあらず菊の花しぐれのさきに折りてかざさむ」（三四四）という歌がある。ここでの紅葉と菊は、双方散るのが惜しまれることより対の関係にあり、時雨によって散らされる前に「かざし」にしようと詠われている。また、次は、紅葉と菊の「色」に着目して交わされた贈答である。

同じ大納言、菊惜しむ夜の更けて紅葉をおこせて侍りしに
夜もすがら残れる菊を惜しむとも紅葉の色を忘れざらなむ
返し、元輔
忘れめや深き紅葉のかげならでうつろふ菊のあらばこそあらめ
（『元輔集』一五・一六）

右記は、『元輔集』入集の歌であるが、贈歌は源高明、返歌は清原元輔である。まず高明は、残菊の宴を夜通し行い菊花を充分翫んだ翌朝、それでも赤く色づく紅葉の色（私の心）を忘れないでほしいと詠う。また元輔は、深紅の紅葉の蔭（高明の庇護）があるからこそ、残菊もこのように美しく色づくのだと、高明の真心をわたしは忘れないと詠み返す。残菊の宴においては、色が移ろって紫色に変色した菊花が特に賞美されたが、その花が移ろう色（心変わり）であったことこそ、深紅の紅葉（赤心）が引き合いに出された理由であろう。しかしながら、ここでも、紅葉と菊は、互いに必要なものとして詠われていることに変わりはない。

また次は、紅葉と菊の優劣が問われる『赤染衛門集』の贈答である。

十月に紅葉のいとこき、うつろひたる菊とをつつみて、人
秋はてていまはかぎりのもみぢ葉とうつろふ菊といづれまされり

返し

紅葉ばのちるをも思ふ菊ならで見るべき花のなきもなげかし

（『赤染衛門集』二五二・二五三）[21]

ここでも、「かぎりのもみぢ葉」（深紅に色づく）と「うつろふ菊」（紫色を帯びる）が対照的に捉えられるが、紅葉が散るのは惜しく、また菊しか見るべき花がないのは嘆かわしいと、いずれにも軍配を上げることはしない。このような紅葉と菊のあり方は、春秋優劣論にも似た王朝の美意識を感じさせるが、「散る」と「残る」、また「限りの赤」と「移ろう紫」という具合に、両者は対照的に把握されていることがわかる。[22]

では、以上の検討を踏まえ、光源氏の菊の「かざし」について考えてみたい。

木高き紅葉の蔭に、四十人の垣代いひ知らず吹きたてたる物の音どもにあひたる松風、まことの深山おろしと聞こえて吹きまよひ、色々に散りかふ木の葉の中より、青海波のかかやき出でたるさま、いと恐ろしきまで見ゆ。かざしの紅葉いたう散りすきて、顔のにほひにけおされたる心地すれば、御前なる菊を折りて左大将さしかへたまふ。日暮れかかるほどに、けしきばかりうちしぐれて、空のけしきさへ見知り顔なるに、さるいみじき姿に、菊の色々うつろひえならぬをかざして、今日はまたなき手を尽くしたる入綾のほど、そぞろ寒くこの世のこととおぼえず。もの見知るまじき下人などの、木のもと岩がくれ、山の木の葉に埋もれたるさへ、すこしものの心知るは涙落としけり。

（「紅葉賀」一―三一四・三一五頁）

当初、朱雀院の紅葉を「かざし」としていた光源氏は、まさに色づく盛りの秋と重なる時勢――一院の庇護（紅葉の蔭）を身に付けた存在であった。しかし、その紅葉は、激しい風によって吹き散らされ、中から光り輝くような青海波を舞う光源氏の姿が現れる。その恐ろしいまでの美しさに、「かざし」の紅葉がひどく散り透いて、見劣りすると語られるが、『万葉集』以来の「かざし」の例に鑑みるなら、既に一度紅葉を「かざし」にできた後は、それが散ること、いわば後に一院が亡くなるなどして、その庇護がなくなることも、自然の摂理と言える。しかし、すぐさま、しかも時雨で紅葉がすべて散らされる前に、菊の「かざし」が授与されることで、光源氏は、期せずして二つの「かざし」の恩恵を受けることになる。菊は、「枯れない花」「長寿を寿ぐ花」であり、確かに算賀の場にふさわしい「かざし」と言えるが、それが様々に色が移ろった状態の菊であったことは、算賀を寿ぐ黄菊や白菊とは一線を画している。ここは、やはり、私家集に見られるような「散る紅葉」と「残る菊」、「限りの赤」と「移ろう紫」の対照的な美意識を、光源氏が一人で体現するとともに、(23)「御前なる菊」とは、まさに盛りの時期を迎えた桐壺治世の恩恵を意味するのではないだろうか。(24)紅葉の「かざし」と菊の「かざし」、その両方が光源氏には必要だったのであり、この紫色を帯びた菊が時勢の象徴であったことは、後の藤裏葉巻で、光源氏自身の喩とされることからも明らかである。

主の院、菊を折らせたまひて、青海波のをりを思し出づ。

色まさるまがきの菊もをりをりに袖うちかけし秋を恋ふらし

大臣、そのをりは同じ舞に立ち並びきこえたまひしを、我も人にはすぐれたまへる身ながら、なほこの際はこよなかりけるほど思し知らる。時雨、をり知り顔なり。

「むらさきの雲にまがへる菊の花にごりなき世の星かとぞ見る

時こそありけれ」と聞こえたまふ。

（「藤裏葉」三―四六〇・四六一頁）

光源氏は、自ら六条院の菊を手折り、過去に与えられた菊の「かざし」を媒介として、青海波の折を思い出す。「色まさるまがきの菊」とは、暗に太政大臣（かつての頭中将）の昇進を寿ぐものであるが、太政大臣は、准太上天皇となった光源氏のさらなる宿運を思い知らされる。「時雨」の雨も、当時の感興を一層呼び起こしたことだろう。かつて、光源氏と同じ舞に立ち並んだはずの太政大臣であったが、その姿は当時「花のかたはらの深山木」と称され、二人の一体感をかろうじて表していたとみられる紅葉の「かざし」も、途中から源氏の方は菊の「かざし」に差し替えられた。紅葉と菊は、対照的な存在であり、こちらも対と言えるが、源氏の菊は「御前なる菊」が授与されたものである。当時から、太政大臣との関係は、決して「立ち並ぶ」ものではなかったと言えよう。光源氏のみに「かざし」として与えられた菊が、太政大臣によって、「むらさきの雲にまがへる菊の花」（帝、上皇と同列の光源氏）、「にごりなき世の星」（聖代の星である光源氏）と、源氏自身になずらえて讃えられることもそれを証している。菊の「かざし」の記憶は、源氏にとって苦々しいものではなく、かつて自身が身につけた時勢の記憶であり、「時こそありけれ」の語は、再びその季節がさらなる栄えをもって巡ってきたことを示しているのである。

四　結　語

朱雀院行幸において光源氏に与えられる菊の「かざし」には、これまで様々な意味が読み取られてきた。特にこの行幸が一院の算賀の場であったことから、菊による延命長寿祈願、すなわち「君子の徳と天皇への忠誠を誓う意」が読まれたり、その「かざし」の舞の美しさに、貴族社会の権力構造に対するもどかしさや苦しみの象徴をみる意見などである。しかし、「御前なる菊」を手折って与えられた光源氏の菊の「かざし」は、自身の名誉を示す褒賞に値するものである。また、その「かざし」が紅葉から差し替えられたものであることは、実際、重要な意味を持つ。

主に『万葉集』に見られる「かざし」の紅葉は、「散る」の語と多く結びつき、時節の盛りをより一時の感興として強調するものであった。一方、菊の「かざし」は、菊花自体が、中国より長寿をもたらすものとして受容されたことから、まさに算賀の場にふさわしい「かざし」として認められたが、その花は、主に白菊であり、光源氏の「かざし」のように色が移ろった菊の「かざし」はほとんど見られない。さらに、私家集に詠まれる紅葉と菊は、「散る」と「残る」、あるいは「限りの赤」と「移ろう紫」という具合に対照的に把握され、春秋優劣論に似た王朝の美意識が表現されていた。

以上の検討を踏まえると、紅葉から菊へ、差し替えられる光源氏の「かざし」は、「散る紅葉」と「残る菊」、「限りの赤」と「移ろう紫」の対照的な美意識を光源氏一人に体現させるとともに、一院の庇護の衰退（散る紅葉）と、盛りの時期を迎えた桐壺治世の恩恵（御前の菊）を意味するものと言える。藤裏葉巻で、光源氏の青海波の記憶を呼び覚ます菊の花は、准太上天皇となった光源氏の隆盛を再び寿いでいるのである。

しかしながら、六条院の菊は、晩秋の残菊であり、厳しい冬を前にした最後の華やぎでもある。藤裏葉巻において、栄華の絶頂を迎えた光源氏は、次巻・若菜上巻での女三宮降嫁により、最愛の妻である紫の上の信頼を失い、柏木に女三宮への密通を許すなど、次第に六条院の根幹を揺るがす事態に直面していく。そのような冬の訪れを前に、「色まさるまがきの菊」は、六条院最上の秋を彩るのである。

注

（1）松井健児「朱雀院行幸と青海波」（『源氏物語の生活世界』翰林書房、二〇〇〇年）
（2）注（1）に同じ。
（3）浅尾広良「嵯峨朝復古の桐壺帝―朱雀院行幸と花宴―」（『源氏物語の准拠と系譜』翰林書房、二〇〇四年）
（4）松井健児「枝を折りてかざしにさして―『伊勢物語』八二段と『源氏』『万葉』の表現形成―」（室伏信助編『伊勢物語の表現史』笠間書院、二〇〇四年）
（5）「藤花、大嘗會及可㆑然時、帝王所㆓刺給㆒也、［挿㆓左方㆒、］祭使并列見之時、大臣以㆓藤花㆒挿㆓左方巾内㆒、雖㆓納言㆒、當日上卿尚挿㆓左方㆒、其納言者用㆓櫻花㆒、参議者山葺、［皆挿㆓右方㆒、］至㆓非参議辨以下㆒者、以㆓時花㆒挿㆓巾後㆒、八月定考時、大臣白菊、［金茎］納言黄菊、参議竜胆、辨少納言時花、同㆓列見儀㆒、臨時宸宴時、除㆑御之外、可㆑挿㆓後方㆒、踏歌綿花者立㆓冠額㆒、童挿㆓総角㆒、臨時祭使藤花、［挿㆓左方巾㆒、］舞人櫻花、［挿㆓右方㆒、試楽日挿㆓小竹㆒、］陪従山葺、近衛府使次將［無㆓挿頭㆒、］四月祭時、近以㆑桂爲㆓挿頭㆒、」（新訂増補故実叢書『西宮記』「臨時四、一、挿頭花事」※［ ］は割注、表記は一部改めた）
（6）永島朋子「奈良・平安朝における挿頭花装飾の意味と機能―貴族と身分標識―」（『延喜式研究』一八、二〇〇二年三月）
（7）三田村雅子「Ⅰ　光源氏の〈死〉と〈再生〉」（『源氏物語―物語空間を読む』ちくま新書、一九九七年）
（8）注（7）に同じ。
（9）注（4）に同じ。
（10）菊川恵三「かづら・かざし考―万葉集から三代集へ―」（『美夫君志』四四、一九九二年三月）
（11）注（6）に同じ。
（12）内保良隆「「時雨」の素材史研究―万葉集・二十一代集を通して―」（『国語国文研究と教育』七、一九七九年一月）、佐々木優子「歌語「しぐれ」について―万葉集及び八代集における時雨の歌の考察」（『学習院大学国語国文学会誌』三六、一九九三年三月）
（13）見立ても含め「かざし」が詠まれる例は、『万葉集』に四十四首見られたものが、『古今和歌集』五首、『後撰和歌集』

十首、『拾遺和歌集』七首になる。

(14)『万葉集』に十二例見られた紅葉の「かざし」は、『古今和歌集』〇例『後撰和歌集』一例『拾遺和歌集』一例になる。

(15)平舘英子、第三章第一節二「かざし」(『萬葉歌の主題と意匠』塙書房、一九九八年)、高兵兵「和歌の「かざし」と中国古典詩の「挿花」」(『和漢比較文学』一九、一九九七年八月)

(16)目崎徳衛「宮廷文化の成立—桓武・嵯峨両天皇をめぐって—」(『王朝のみやび』吉川弘文館、一九七八年)

(17)本間洋一「菊の賦詩歌の成立—菊花詠の小文学史—」(『王朝漢文学表現論考』和泉書院、二〇〇二年、初出一九八四年)

(18)北山円正「菊花の詩と和歌—経国集から古今集へ—」(『国文学論叢』三〇、一九八五年三月)

(19)注(17)の他、菅野洋一「菊のうつろい—日本的美意識の伝統—」(『東北大学文芸研究』一一九、一九八八年九月)

(20)『源氏物語』以前の唯一の例として、『三条右大臣集』十三番歌に「色ふかくにほふきくかなあはれなるをりにをりける花にやあるらん」という醍醐天皇の歌が見えるが、その詞書に「延喜十七年閏十月五日、みかど菊の宴せさせ給ひけるに、おほんかざしにたてまつらるるとてよみ給へりける」とあり、物語への影響が窺える。また、歌に詠まれた例としては、内大臣家歌合(元永元年(一一一八)十月二日)に「紫に匂へるきくは万代のかざしのために霜や置きつる」(二五・上総公)の歌がある。

(21)二五二番歌は、底本では「もみちとは」であるが、桂宮本等により改めた。

(22)瓦井裕子「菊と紅葉の表現史—一条朝前後の好尚とその背景—」(『語文』一〇五、大阪大学国語国文学会、二〇一五年十二月)は、拙論を引きつつ新たな例を示した上で、漢詩由来の取り合わせであった菊と紅葉が一条朝の女房たちを中心に盛んに和歌に詠まれたことを指摘する。またその流行からしばらくして、『定頼集』一類本(一〇一八~一〇二三に自撰本成立か)の七三・七四番歌では、「五条のあまうへの御もとに君たちわたり給ひて、菊のうつろひたる、もみぢのただひとはつきたるをたてまつりたりければ」との詞書で「我のみやかかるとおもへばふるさとにまがきの菊もうつろひにけり」「このもとを思ひこそやれもみぢ葉の枝にすくなき色を見るかな」と、二首に分けて紅葉と菊が対照的に詠われる。

(23)『政範集』(作者と伝えられる藤原政範は鎌倉末期の武士)の源氏物語巻名和歌において、「紅葉賀」は「袖ふりしかざしのもみぢちりすぎてうつろふ菊ににほふおもかげ」(四六二)と詠まれており、光源氏の紅葉と菊の「かざし」が和歌に詠われる美意識を表現していたことが窺われる。

(24) 注(22)瓦井論文は、当該場面以外にも紅葉と菊の取り合わせが物語に見られることから、紫式部は宮中の女性たちが共有した好尚を反映させたのであり、読者がそこに隠喩を想定する余地、想定させようとする作者の作為がどれほどあったかは疑わしいとする。しかし、「かざし」の差し替えという行為を伴う紅葉と菊のあり方、藤裏葉巻においては菊の花が源氏自身の喩とされるところを見るに、流行の美的表現を踏まえていたとしても、やはり他所とは違う読み方が要請されていると考える。

第四章　嵯峨天皇と花宴巻の桐壺帝

――仁明朝に見る嵯峨朝復古の萩花宴を媒介として――

一　准拠論の展開と問題の所在

『源氏物語』において、紅葉賀巻に描かれる朱雀院行幸と、花宴巻で催される南殿の花宴は、共に桐壺聖代を象徴する盛大な儀式である。このような行事については、特に、先例を重んじる中世の古注釈書によって、詳細な「准拠」の注釈が施されている。たとえば、朱雀院行幸では、延喜十六年（九一六）三月に行われた宇多法皇五十賀のための行幸、あるいは康保二年（九六五）十月に催された朱雀院行幸等を例とし、花宴については、延長四年（九二六）二月の清涼殿での例や、康保二年三月の南殿における例等を挙げる。また、それらの多くが、醍醐・村上朝の例であることから、古注釈書（特に『河海抄』）が「延喜天暦聖代観」に基づく注釈を行ったと知られるが、清水好子氏は、このような古注釈書が挙げる「准拠」を、作者・紫式部の方法として積極的に位置付け、両巻の行事が史上の聖代に倣いつつ物語独自の盛儀として創出されていることを指摘した。(1) 氏の言われる通り、物語の表現自体に、史上の例を意識的に取り込む方法があることは確かだろう。(2) ただし、氏が認める「准拠」の範囲が、一部の主要な古注釈書の時代設定に則していたことは、物語を「延喜天暦聖代観」という一義的な中世の「読み」の中に封じ込める恐れもあった。

しかし、浅尾広良氏が、古注釈書の「准拠」をその時代の「読み」として位置付け直し、それらを端緒として論を展開させたことにより、従来の准拠論が射程としていた時代範囲、及び物語の「読み」の可能性を広げることとなった。(3) 氏の見解によれば、物語の朱雀院行幸は、時間的な枠組みとして宇多法皇五十賀を想起させつつ、賀の描写には、唐楽で用いられる「大篳篥、尺八」、古式に則った「青海波」、挿頭の「菊」、舞曲の「秋風楽」を取り入れることで、嵯峨朝の古楽復元が意図されているという。(4)

また、物語の花宴においても、醍醐朝の花宴を強く連想させながら、嵯峨天皇の御製詩「落花篇」に詠まれる「春鶯囀」と「柳花苑」の舞、及び「文人賦詩」によって、嵯峨朝の治世を髣髴とさせると言われる。(5) 確かに、物語の花宴における「春鶯囀」と「柳花苑」の舞は、番えて舞われた明確な記録がなく、(6) 春の盛大な行事には欠かせない「春鶯囀」も、花宴での演奏記録が少ないことから、(7) 一見、嵯峨御製の「落花篇」の投影と言えそうである。ただ浅尾氏も指摘するように、「天徳四年内裏歌合」において「春鶯囀」と「柳花苑」が番えて演奏されたこと、(8) また菅原道真にも、その両者を対句として読んだ詩があるところを見ると、(9) 花宴との関わりだけで特に「落花篇」を准拠と見ることは難しいと思われる。さらに「文人賦詩」についても、嵯峨朝が起点とされることは確かだが、その時代に倣おうとした宇多朝や、(10) 実際作文の盛んであった一条朝の影響(11) も無視できない。

しかし、やはり、朱雀院行幸と対で描かれる花宴であることに鑑みれば、この花宴も、桐壺帝の「嵯峨朝復古」の意識に基づいて開催されたと考えるのが自然だろう。実際、史上の例でも、花宴については、嵯峨朝への回帰意識が強かった宇多朝以降に多く見ることができる。またそれ以前、仁明朝に行われた「芳宜花《はぎ》」の宴は、物語のような桜花の宴ではないものの、桐壺帝の復古意識を考える上で有効な史料になると考える。
　本章では、嵯峨朝に創始された花宴とその変遷、特に仁明朝の萩花宴を中心に検討することで、桐壺治世の終末期に催される花宴に、「嵯峨朝復古」が意図される意味を追究したい。

二　花宴の創始と変遷 ―― 嵯峨天皇の文化治政とその受容 ――

嵯峨天皇の花宴の創始は、弘仁三年（八一二）二月、即位から三年目の事であった。

　幸二神泉苑一。覧二花樹一。命二文人一賦レ詩。賜レ綿有レ差。花宴之節始二於此一矣。（『日本後紀』弘仁三年二月十二日条）

　嵯峨天皇の神泉苑への行幸は、「観射」「相撲」「七夕」等の行事を中心として、在位中、計四十四回行われるが、花宴は十三回目の行幸で創始される。以後、ほぼ毎年二月、神泉苑での催行が七回ほど確認できることから、[12] 倉林正次氏は、嵯峨朝の弘仁年間が、花宴の盛んに催された時代であることを指摘する。[13] また、花宴に必ず賦詩が伴われたことは、この宴が「文章経国思想」[14] の一環として始まったことを意味していよう。さらに、花宴が「節宴」として創始されたことは、弘仁五年（八一四）三月四日、右大臣・藤原園人の奏上文に明らかである。

　去大同二年。停二正月二節一。迄二于三年一。又廢二三月節一。大嘗爲レ省レ費也。今正月二節復二于舊例一。九月節准二三月一。去弘仁三年已來。更加二花宴一。准二之延暦一。花宴獨餘。比二之大同一。四節更起。顧二彼祿賜一。庫貯罄乏。

伏望。九日者不レ入二節會之例一。須丙臨時擇下定堪二文藻一者上。下乙知所司甲。庶絶二他人之望一。省二大藏之損一。

（『類聚国史』歳時部五、弘仁五年（八一四）三月四日条）

桓武朝の宮都造営・蝦夷征伐による財政的破綻は、平城朝に緊縮財政を促し、結果、正月二節（七日・十六日）の停止、三月節（三月三日）の廃止が命じられた。しかし、園人の奏上によれば、嵯峨朝において、正月二節は復活、また令に定めのない九月の節（九月九日）を三月節に等しく格上げし、さらに花宴までも節として加えられたことがわかる。園人は、九月九日の宴（後の重陽節）を節宴とせず、臨時宴とすることを訴えるが、逆に花宴については、当時、そのまま節宴として認められたことを示すのではないだろうか[15]。

このように、新たな節の創始を含む年中行事の整備は、嵯峨天皇の文事をさらに推し進めることとなり、神泉苑や河陽離宮、嵯峨院、冷然院といった宮廷外における文事も拡大していった[16]。これらの行幸は、在地支配の為、直接民衆と対峙していた大化前代の大王行幸とは異なるものの[17]、平安期の天皇が、内裏での出御さえ減らしていくことを考えれば、京近郊であっても盛んに外出し、臣下たちとの関係確認の場として文事を機能させていたことは、嵯峨自ら文化の領導者として世に君臨したことを示している。元々「文章経国思想」とは、弘仁九年（八一八）三月の詔に端を発する唐化政策[18]に由来するものであるが、このような唐土への憧憬は、自身の皇統（天智系）の復活を易姓革命のようにみなしていた父・桓武天皇の遺風を受け継ぐものであるという[19]。

桓武天皇は、天皇としての権威を、宮都造営・蝦夷征伐といった中国思想に基づく新王朝の創建によって打ちたてようとした天皇である。また、天智系への皇統交替は、以上のような桓武天皇の行動を引き出すとともに、直系継承や世代内継承といった固定的な皇位継承原理を揺るがし、皇太子（弟）の地位を非常に不安定なものにすることとなった。[20] 他戸・早良両親王の悲劇もこれに由来するが、薬子の変によって、平城の子・高岳親王が廃され、平城の系統は皇位継承から除外されたものの、嫡長子でない嵯峨天皇・大伴親王（淳和天皇）の両系いずれに継承されるかは自明のことではなく、[21] 嵯峨自身、自らの権威を父に倣った唐化政策により確立させようとしたことが窺えるのである。

実際、弘仁九年四月に唐風に改められた殿額、諸門の名号は、それ以前、嵯峨天皇による新たな建築様式の採用によって、京内の儀式の中心施設で各殿舎間が唐風に廊で連結されたことと関係するのではないかという指摘がある。[22] 桓武天皇のように大規模なものではないが、嵯峨天皇自身、独自の「宮都造営」を目指していたのではないだろうか。節としての花宴は、このような時代の創生期に、文化政策の一端として生み出されたのである。[23]

しかし、嵯峨朝ではこのように頻繁に行われた花宴も、次代の淳和朝においては、天長八年（八三一）二月の催行が唯一明確な例となる。

天子於二掖庭一曲宴。翫二殿前櫻華一也。后宮弁二設珍物一。皇太子已下。源氏大夫已上。得レ陪二殿上一。特喚二文人一。令レ賦二櫻花一。恩盃無レ算。群臣飽醉。賜レ祿。后宮屬以上恩二賜御衣一。

（『日本紀略』天長八年二月十六日条）

右記の例は、後宮での「曲宴」とあるが、この行事は元々「曲水宴」として、古来三月三日の節に行われていたものを、桓武皇后・乙牟漏の忌月とされてから、新たに「曲宴」として月を限らず行うようになった宴である。[24] 淳和朝の例では、そのような水辺の文事にさらに「櫻華」の宴を加え、后宮からの設けや皇太子（仁明天皇）の参加により、極めて華やかな宴を成立させている。しかし、曲宴に添えられた形で催される花宴は、嵯峨朝に単独で催された花宴とは、位相の異なるものと言えよう。[25]

一方、仁明朝に至ると、桜花の宴ではなく、「芳宜花讌（宴）」と称される宴が二例見える。これらは次節で述べるため詳述しないが、紫宸殿での単独開催を以って「老臣皆有㆓復古之歎㆒。」と記されることは注意すべきだろう。その後、花宴に関する史料は、文徳朝や清和朝に藤原良房の邸に臨幸した例[26]や、同じく清和朝に藤原良相邸に臨幸した例[27]が見られる。しかし、これらの例は、倉林氏が指摘するように、嵯峨天皇が、斎院であった有智子内親王の花宴のため山荘に行幸した例[28]と同じく花宴の一種ではあるものの、臣下の私邸で行われる点、天皇主催の花宴の節とは大きく性格を異にする[29]。実際、そのような宴に近い形で催行されたのは、宇多朝以降の花宴ではなかったか。

二月□日。公宴。賦㆘春翫㆓櫻花㆒之詩㆖。
（『日本紀略』寛平七年（八九五）二月条）

其日。公宴。月夜翫㆓櫻花㆒爲㆑題。
（『日本紀略』寛平七年（八九五）三月十二日条）

廿三日甲戌。天皇幸㆓神泉苑㆒。召㆓文人㆒賦㆑詩。其題。花間理㆓管絃㆒。又召㆓學生㆒奉試。賦㆓同題㆒。及第者三人也。
（『日本紀略』寛平八年（八九六）二月廿三日条）

以上、記録で確認できる花宴の例であるが、三例目に見る神泉苑での開催は、まさに嵯峨天皇の花宴を髣髴とさせるものである。古注釈が指摘するように、本格的に行事が整備され、盛んに行われるのは醍醐・村上朝であるが、復活の先鞭を付けたのは宇多天皇と言える。宇多もまた、皇統交替後の流動期に即位した天皇であり、一度臣籍に降っていたことから、その権威の弱さは嵯峨の比でなかった。だからこそ、菅原道真に代表される文人官僚を積極的に登用し、独自の治世を展開させるに至るが、特に宇多天皇の節会における詩宴の重視は、治世の初期から存したものであったことが指摘されている[30]。また、宇多が醍醐への譲位後、内裏に留まり「太上天皇」として統治を続けようとしたことは、[31]嵯峨が三十八歳の壮齢にして譲位し、同じく「太上天皇」の家父長権を以って国政へ関与したことと[32]等しい。自ら権威を創出し、維持することに努めた宇多天皇は、自然、嵯峨天皇の姿と重なっていく。花宴行事の復活も、嵯峨朝の治世が意識されていたと見てよい。

三　仁明朝の萩花宴 ―― 嵯峨朝復古の花宴 ――

話を仁明朝に戻そう。天長十年（八三三）八月、仁明天皇は、父・嵯峨太上天皇と母・太皇太后橘嘉智子のいる冷然院へ朝覲行幸し、以来、毎年正月、天皇による父太上天皇、及び母后への朝覲行幸が年中行事として確立した。この行幸の起源は中国にあり、嵯峨天皇が平城上皇に行った例を初例とするのも頷けるが、この行幸の成立は、孝敬の秩序に基づく家父長制の論理によって、太上天皇の権威を保障するとともに、そのような太上天皇と天皇、及び臣下が宴や賜禄を通じ、王権の一体性を維持することを意味していた[33]。

しかし、嵯峨の死後、状況は一変する。淳和の皇子・恒貞を廃太子に追い込んだ承和の変は、まさに「太上天皇」という王権の家父長を失う混乱に乗じて起こった事件であり[34]、以後、太上天皇の不在は、幼帝の即位とともに、外戚である藤原氏を摂関として王権に参画させる重要な要因となる[35]。

以上のように、仁明朝は、太上天皇が影響力を後退させるとともに、外戚勢力の台頭を促す過渡期と言えるが、このような中、催された花宴には、どのような意味があるのだろうか。

上曲二‐宴清涼殿一。号曰二芳宜花讌一。賜下近習以下至二近衛將監一祿上有レ差。

天皇御㆓紫宸殿㆒。覧㆓芳宜花宴㆒。老臣皆有㆓復古之歎㆒。日暮賜㆓五位已上衣被㆒有㆑差。

（『続日本後紀』承和元年（八三四）八月十二日条）

（『続日本後紀』承和十一年（八四四）八月一日条）

仁明朝に催された右記の二例は、双方萩花の宴である。一例目は、淳和朝と同じく曲宴が催されるものの、「号曰㆓芳宜花讌㆒。」とあることにより、この宴があくまで萩花をメインに据えた宴であったことが知られる。ただし、開催場所が天皇の在所である清涼殿であったことは、この宴が公的性格を持つものでなかった事を示すように思われる。[36]しかし、萩花にちなんだ宴はこれ以前に見られず、また「芳宜花讌」と名付けられたという記述によるなら、やはりこの宴は仁明天皇によって創始されたと言えるのではないだろうか。

一方、二例目は、仁明治世の後半に行われた宴であるが、紫宸殿への出御が見られる点、この宴の公的性格を表していよう。また、賦詩に関する記述はないが、「老臣」たちが「復古之歎」を発しているところを見ると、この宴が嵯峨天皇の時代を髣髴とさせる盛大な花宴であったことが窺える。[37]

以後、仁明朝期に「花宴」の記述はないものの、承和十四年（八四七）八月一日の「宴㆓侍従已上於紫宸殿㆒。賜㆑禄有㆑差。」（『続日本後紀』）、また嘉祥二年（八四九）八月一日の「天皇御㆓紫宸殿㆒。宴㆓侍従已上㆒。賜㆑禄有㆑差。」（『続日本後紀』）の記事は、参加者が限られてはいるが、日付から見て萩花宴であった可能性が高い。つまり、承和十一年の萩花宴は、盛大に「嵯峨朝復古」を意図し、恒例行事とする旨があったのではないだろうか。ただし、仁明朝では、前代に比べると格段に災異の数が増え、夏は飢饉や暴風雨に度々見舞われていることから、[38]安定した開催が不可能であったとも考えられる。また、この宴が催されて数日後、藤原良房からの要請で行われた文章博士等の意見開示は、承和十一年の萩花宴が、嵯峨朝復古を意図したものであったことと関連する可能性がある。

文章博士従五位上春澄宿祢善縄。大内記従五位下菅原朝臣是善等。被二大納言正三位藤原朝臣良房宣一偁。先帝遺誡曰。世間之事。毎レ有二物恠一。寄二祟先靈一。是甚無レ謂也者。今随レ有二物恠一。令下所司一卜筮上。先靈之祟明二于卦兆一。臣等擬レ信。則忤二遺誥之旨一。不レ用則忍二當代之咎一。進退惟谷。未レ知二何從一。若遺誡後有レ可レ改。臣子商量。改レ之耶以否。由レ是略引二古典證據之文一曰。昔周之王季。既葬後有レ求而成レ變。文王尋レ情奉レ之也。先靈之祟不レ可レ謂レ毋。又有二幽明異レ道。心事相違者一。如二北齊富豪梁氏一是也。臨レ終遺言。以二平生所レ愛奴一爲レ殉。家人從レ之。奴蘇言。忽至二官府一。見二其亡主一。々曰。我謂。亡人得レ使二奴婢一。故遺言喚レ汝。今不二相關一。當二白レ官放一レ汝。々謂二家人一。爲レ我修レ福云々。又春秋左氏傳。魏武子有二嬖妾一。無レ子。武子疾。命二其子顆一曰。必嫁。病困則更曰。必以爲レ殉。魏顆擇レ之。從二其治一也。謂二病未一レ至レ困也。遂得二老夫結レ草之報一。尚書曰。女則有二大疑一。謀及二卿士一。謀及二卜筮一。白虎通曰。定二天下之吉凶一。成二天下之亹々一。莫レ善二於蓍龜一。刘梁辨和同論曰。夫事有二違而得一レ道。有二順而失一レ道。是以君子之於レ事也。無レ適無レ莫。必考レ之以レ義。由レ此言レ之。卜筮所レ告。不レ可レ不レ信。君父之命。量レ宜取捨。然則可レ改改レ之。復何疑也。朝議從レ之。

（『続日本後紀』承和十一年（八四四）八月五日条）

右記は、藤原良房の宣を受けた文章博士・春澄宿祢善縄、及び大内記・菅原朝臣是善等の意見文である。まず、「物怪は先霊の祟りではない」とする嵯峨天皇の遺誡をもとに、現在の物怪が占いによって先霊の祟りとされたことについて、自分たちがその真実を疑えば遺誡に背くことになり、その真実を受け入れれば、当代を治める仁明天皇の咎になるというジレンマが述べられ、遺誡を改めることも視野に入れた検討を行う。彼らは、先霊の祟りや遺言、占いについて等、古典籍から様々な故事を挙げ、最終的に「卜筮所レ告。不レ可レ不レ信。君父之命。量レ宜取捨。」（物怪を先霊の祟りとする卜筮の占いは信じるべきである。君父の命令は適宜取捨せよ）という結論に至り、さらに「然則可レ改改レ之。復何疑也。」（よって改めるべきところはこれを改めよ。またどうしてそれを疑うことがあろうか）と強く主張するのである。嵯峨朝復古を髣髴とさせた萩花宴は、老臣たちを感激させたが、すかさずそれを止めるように行われた良房主導の意見開示は、絶対的であった「君父」の相対化、及び太上天皇の権威後退を意味している。(39)

四　『源氏物語』の花宴 ――「嵯峨朝復古」の桐壺帝――

『源氏物語』の花宴は、「二月の二十日あまり」に行われた「南殿の桜の宴」として描かれる。この花宴が史上のどの例とも微妙に合致しないことは、清水好子氏の指摘に明らかである。(40)たとえば、「南殿」で行われた桜花の宴は、村上天皇時代の康保二年（九六五）三月の例があるが、それは火災後新たに植え替えた桜を鑑賞するための宴であって、特殊な例と言える。また、積極的に桐壺帝を醍醐天皇になずらえる注釈書・『河海抄』が「延長四年例相叶歟探韻以下尤相似タリ」と延長四年（九二六）の例を特記し、『花鳥余情』も物語の花宴が延長四年の例と同じく治世の末期に行われていること、さらに二月の例であることからこの例を支持するが、清涼殿での開催は物語の花宴と一致しない。よって、『細流抄』の言うように、「此物語は彼是の例を引き合てかけると見えたり」という指摘が最も的を射ているとは思われるが、花宴巻が紅葉賀巻と対であることに鑑み、改めて「嵯峨朝復古の花宴」という視点で検討してみたい。

まず、物語の花宴が、開催場所としては異例の「南殿」で行われたことに注意を払うべきだろう。実際、明確な南殿開催の例は、村上朝の例を除き、仁明朝期（承和十一年）の萩花宴の例しかなく、またその宴は「老臣皆有二復古之歎一。」というものであった。元々「南殿」（紫宸殿）は宮中の公的行事が行われる中心的建物であったが、物語が執筆された当時、南殿は焼亡しており、それ以前にも度々火災に見舞われていたことから、晴れの場である一方、不吉なイメージを湛えていたとする指摘もある。(41)しかし、やはり花宴の開催場所としての南殿は、仁明朝期の萩花宴と同じく嵯峨朝復古の盛儀を正当にアピールできる場として設定されたのではないだろうか。また、「二月の二十日あまり」という記述については、延喜・天暦期の花宴の例がほとんど三月であるのに対し、嵯峨朝の花宴がすべて二月、それもほとんど二十日過ぎに行われていることと符合する。探韻作文については、確かに延長四年の例等にも見られるが、「親王たち、上達部よりはじめて、その道のはみな」作文を行ったこと、また「帝、春宮」の「才」が讃えられるとともに、「年老いたる博士ども」まで晴れの儀に接している様子は、まさに文事によって臣下との連帯を図り、国を治めた嵯峨天皇の「文章経国思想」の実践として受け取れる。ただし、東宮だけでなく后の臨席が見られたこと、また舞楽（春鶯囀）が奏されたことはやはり異例である。

倉田実氏は、后と東宮の臨席について、譲位を考えた桐壺帝が、朱雀帝即位と冷泉立坊を公的に確認させる意があったことを指摘している。(42)また、舞楽については、紅葉賀巻とは異なり、それらを指揮する立場にあった光源氏が、東宮・朱雀の所望を辞退しかね、少しだけ舞を披露する様が印象的である。これもやはり、倉田氏が言われる通り、即位の近い東宮の存在を重く描くとともに、朱雀帝治世の到来を告げるものとみて間違いない。

一方、このような光源氏に対し、あらかじめの用意を以て念入りに舞ってみせた頭中将に御衣が下賜されるが、この点について三田村雅子氏は、右大臣の四の君を正妻とする頭中将が、光源氏に対抗しうる次代への期待を感じていることを指摘する。(43) 花宴巻と紅葉賀巻の対称性は、伸長する東宮の存在感、及び光源氏を取り巻く状況の変化を如実に映し出し、近々到来する次代への予感を滲ませているのである。

さらに、この花宴は後日、頭中将の父・左大臣によって、次のような讃辞を受けている。

「ここらの齢にて、明王の御代、四代をなむ見はべりぬれど、このたびのやうに、文ども警策に、舞、楽、物の音ども調ほりて、齢延ぶることとなむはべらざりつる。道々の物の上手ども多かるころほひ、くはしうしろしめし調へさせたまへるけなり。翁もほとほと舞ひ出でぬべき心地なむしはべりし」（「花宴」一—三六一・三六二頁）

左大臣は、先日行われた花宴が、四代の治世を長らえた自分も目にしたことのない盛儀であったと述べ、傍線部のように、その時の心情を、長寿楽の舞で仁明治世を寿いだ百十三歳の尾張浜主の故事を用いて表現する。(44) 浜主が舞った長寿楽は、桐壺帝の花宴で舞われた「春鶯囀」の別名であり、「齢延ぶる」の語も、それに由来すると見られるが、「春鶯囀」と仁明朝との関わりの深さは、勅によりこの曲を伝習した仁明鍾愛の皇子・成康親王が、天皇の笛に合わせて舞ってみせ、人々を感心させたという別の話(45)からも窺える。また、花宴の際、頭中将が舞った「柳花苑」は、桓武朝期に唐から伝えられた舞楽であるが、仁明朝において太食調から双調に改められている。(46) 仁明天皇は、この他にも調を移したり、新たな舞楽曲を作らせており、このような仁明の楽に対する姿勢は、同様に楽を好んだ嵯峨天皇の影響のようにも思われる。

とにかく、左大臣の言葉は、桐壺帝の花宴が、仁明治世を想起させるものであったことを示し、先に検討した萩花宴によれば、両治世は「嵯峨朝復古」の意識でつながっているのである。桐壺帝の花宴が史上の例とは微妙に合致せず、独自の様相を帯びるのは、萩花宴ほど明確な新例でないにせよ、嵯峨のように、後の例となることを期して行われた花宴であったからだろう。光源氏がこの時の頭中将の舞（柳花苑）を、「まことに後代の例ともなりぬべく見たまへし」と讃えているが、頭中将への賜禄も確かに異例であった。

また、このような桐壺帝の意志は、冷泉帝に汲み取られ、少女巻の朱雀院行幸で、桐壺帝の花宴を意識的に模したと見られる宴が催されている。この行幸では、特に「春鶯囀」の舞により、桐壺治世が想起されるが、法会を除くと、主に朝覲行幸や算賀といった、王権の家父長制的秩序を視覚的に表す場で舞われていた「春鶯囀」(47)を、桐壺帝の花宴が取り入れていたことは、この花宴がそのような王権内の秩序を示す場であったことを改めて思い起こさせる。異例であった后・東宮の臨席、また東宮・朱雀（兄）に従う臣下・光源氏（弟）の姿は、桐壺帝を中心とする王権の秩序を明確に視覚化する意味を含んでいたのだろう。また、桐壺朝と冷泉朝、二つの「春鶯囀」によって結ばれた宴の場は、朱雀院と光源氏、両者の王権内での立場の変化を示し(48)、冷泉帝は、その場で自分こそ父・桐壺帝の正統な後継者であることを宣言するのである。

このように、物語の花宴は、「嵯峨朝復古」が意識されたこと、また冷泉帝を中心とした人々に顧みられることで、桐壺帝を嵯峨天皇に匹敵する文化治政者として物語に位置付けることになる。また桐壺帝が、紅葉賀巻の朱雀院行幸だけでなく、治世の末期においても「嵯峨朝復古」を意図し、王権の家父長制的秩序を明確に視覚化する花宴を催したのは、譲位後も嵯峨同様、太上天皇として王権に君臨し続ける意図があったからではないだろうか。

実際、譲位後の桐壺帝が、太上天皇として政治に関与していたことは、「御位を去らせたまふといふばかりにこそあれ、世の政をしづめさせたまへることも、わが御世の同じことにておはしまいつる」という賢木巻の記述に知られる。桐壺帝は、「嵯峨朝復古」を意図した結果、最終的に、限りなく嵯峨自身へと近づいていたのである。

五　結　語

嵯峨天皇は、天武系から天智系への皇統交替による継承原理の揺らぎから、自身の皇統に不安を抱える天皇であった。ゆえに嵯峨は、父・桓武天皇が目指した新王朝創建の意思に倣い、独自の唐化政策――中でも「文章経国思想」を自ら実践することで、文化の領導者としての地位を築いた。嵯峨によって進められた年中行事の整備や京近郊への行幸は、臣下との連帯を深める文事の場を拡大し、節としての花宴も、このような時代の創生期に、文化政策の一端として生み出されたものであった。後に、嵯峨以上の権威の弱さを以って即位した宇多天皇が、詩文の隆盛を期し、その一端として花宴を復活させたのも、自らの権威創出を嵯峨同様の文化治政に求めた結果であろう。

一方、仁明朝に行われた花宴が、老臣たちに嵯峨朝の治世を想起させ、「復古之歎」を起こさせたのは、おそらく嵯峨が桜花の宴を創始したように、仁明朝に「芳宜花讌」と名付けられた宴が南殿で盛大に行われたことに由来する。「南殿」における「花宴」の開催は、そのような意味で、嵯峨朝を強く想起させるモチーフとなるが、物語の花宴も南殿で催されており、仁明治世を想起させたという左大臣の言葉、及び仁明朝の萩花宴に鑑みれば、桐壺朝と仁明朝は「嵯峨朝復古」の意識でつながっていると言える。

また、桐壺帝の花宴が独自の様相を帯びるのは、嵯峨のように、後の例となることを期したからであり、実際、少女巻の朱雀院行幸で先例とされている。桐壺朝と冷泉朝、二つの「春鶯囀」は、宴の場を結び、朱雀院と光源氏、両者の王権内での立場の変化を示すとともに、冷泉帝は、桐壺帝の正統な後継者であることを世に宣言する。

このように、物語の花宴は、桐壺帝を嵯峨天皇に匹敵する文化治政者として物語に位置付けるが、元々、桐壺帝も、嵯峨同様、自身の皇統に不安を抱える天皇であった。桐壺帝が、王権の不安定な帝として出発したことは、即位前の混乱を思わせる「先帝」や「前坊」の存在、及び外戚の不在等によってつとに指摘されるところである。[49]だからこそ、桐壺帝は、嵯峨と同じく、自らの権威を後の例となるような行事の創造によって示す必要があった。桐壺帝の「嵯峨朝復古」とは、そのような意識に基づいていたと思われる。

また、桐壺帝が、治世の末期にも「嵯峨朝復古」を意図し、王権の家父長制的秩序を明確に視覚化する花宴を催したのは、次代の王権を見据えるとともに、自身も嵯峨同様、太上天皇として王権に君臨し続ける意図があったためと見られる。桐壺帝は、自ら創り出した権威を以って、皇統の家父長である太上天皇として王権に君臨し、次代の政治に関わっていくのである。

ちなみに、桐壺院の死後、その遺言が違えられることは、太上天皇の権威後退を意味し、桐壺院の限界を示すようでもある。ただし、後に冥界から姿を現し、朱雀帝の遺言不履行を撤回させる点は、嵯峨とは異なり、死後も、その存在感を失わないと言えるかもしれない。

注

（1）清水好子『源氏物語論』（塙書房、一九六六年）

（2）吉森佳奈子『河海抄の源氏物語』（和泉書院、二〇〇三年）は、『河海抄』等の准拠を指摘する注釈について、注釈書が成立した時代背景を顧みず、直接、作者あるいは作品の方法を指摘したものとする従来の准拠論を批判する。しかし、このような准拠の注釈が、史実を媒介とする物語表現に触発された営みでもある以上、そのような注釈の存在自体が、史実を意識する物語の方法を間接的に示していると言えるだろう。ただし、これまでの准拠論が、中世思想や注釈者の「読み」に関する視点を欠いていたことは確かである。

（3）浅尾広良「序章「准拠」研究の可能性」（『源氏物語の准拠と系譜』翰林書房、二〇〇四年）
（4）浅尾広良「嵯峨朝復古の桐壺帝―朱雀院行幸と花宴―」（『源氏物語の准拠と系譜』翰林書房、二〇〇四年）
（5）注（4）に同じ。
（6）藤本直子「花宴の奏楽と宮廷の秩序―源氏の舞が反映するもの―」（『王朝文学研究誌』一一、二〇〇〇年三月）
（7）堀淳一「二つの春鶯囀―花宴巻から少女巻に至る伏流の音調―」（『論叢源氏物語』二、新典社、二〇〇〇年）
（8）『假名日記丙』（日本古典文学大系『歌合集』一〇三頁）に、「左には春鶯囀といふ遊ぶ。暮れぬる春を惜しむにより。右には柳花怨といふ樂をあそぶ。」とある。
（9）『菅家文草』巻第五「早春侍二内宴一、同賦二開春樂一、應レ製。」（日本古典文学大系）に、「柳花暗解結寒怨」「鶯囀飛添載路謡」という二句が対句としてある。
（10）波戸岡旭「「九月十日」詩」（『宮廷詩人菅原道真―『菅家文草』・『菅家後集』の世界』笠間書院、二〇〇五年、初出一九八九年）
（11）飯沼清子「平安時代中期における作文の実態―小野宮実資の批判を緒として―」（『國學院雑誌』八八―六、一九八七年六月）。また浅尾広良「宮廷詩宴としての花宴―花宴巻「桜の宴」攷―」（『源氏物語の皇統と論理』翰林書房、二〇一六年）は、一条朝に東三条第で催された花宴における詩作は、嵯峨天皇の花宴と「落花篇」を再現する試みでもあったと指摘する。
（12）明確に「花宴」とあるのは七例中二例だが、宴が催された時期と詩賦により、花宴であると推測される。
（13）倉林正次「花宴」（『饗宴の研究』（文学編）桜楓社、一九六九年）
（14）嵯峨天皇は、弘仁三年五月二十一日の詔勅中「經レ國治レ家。莫レ善二於文一。」（『日本後紀』）と自身の「文章経国思想」を示しており、日本で最初の勅撰漢詩集『凌雲集』の序文にも「文章者經國之大業、不朽之盛事。」とある。
（15）ただし七月七日の相撲節や九月九日の重陽節を記す平安初期の儀式書・『内裏式』に花宴は見えず、後の『西宮記』には臨時宴として挙げられている。花宴は節宴として創始されたが、花の見頃は一定でなく、日付が定めにくかったせいか、節として残ることは難しかったと思われる。

(16) 目崎徳衛「宮廷文化の成立―桓武・嵯峨両天皇をめぐって―」(『王朝のみやび』吉川弘文館、一九七八年)

(17) 仁藤敦史「ミユキから行幸へ」(『古代王権と官僚制』臨川書店、二〇〇〇年)

(18) 大津透『古代の天皇制』第八章「天皇制唐風化の画期」(岩波書店、一九九九年)

(19) 藤原克己「嵯峨朝の政治文化と勅撰三集」(『菅原道真と平安朝漢文学』東京大学出版会、二〇〇一年)

(20) 目崎徳衛「政治史上の嵯峨上皇」(『貴族社会と古典文化』吉川弘文館、一九九五年)

(21) 注(20)に同じ。

(22) 堀内明博「弘仁期前後の平安京」(『日本古代都市史研究―古代王権の展開と変容』思文閣、二〇〇九年、初出二〇〇二年)

(23) 李宇玲「落花の春―嵯峨天皇と花宴―」(『日本古代の「漢」と「和」―嵯峨朝の文学から考える』アジア遊学一八八、勉誠出版、二〇一五年九月)は、嵯峨天皇の花宴の創始に、中唐の徳宗朝における宮廷節会の再整備と「中和節」(二月の行事)からの影響を指摘する。

(24) 倉林正次「三月三日節」(『饗宴の研究』(文学編)桜楓社、一九六九年)

(25) 注(11)浅尾論文は、この淳和朝の花宴に至り、天皇と東宮の一体を表す皇位継承の意が加わったと指摘する。

(26) 文徳朝における良房邸での花宴は、『日本文徳天皇実録』仁寿三年(八五三)二月三十日条に、清和朝は、『日本三代実録』貞観八年(八六六)閏三月一日条に記されており、特に清和朝の花宴は舞楽を伴う盛大な宴であったことが窺える。

(27) 清和朝の藤原良相邸での花宴は、「鑾輿幸二右大臣藤原朝臣良相西京第一。観二櫻花一。喚二文人一賦二百花亭詩一。―略―伶官奏レ樂。玄髻稚歯十二人遞出而舞。晩奏二女樂一。歡宴竟レ日。賜二扈従百官祿一各有レ差。夜分之後。乗輿還宮。」(『日本三代実録』貞観八年(八六六)三月廿三日条)と記されている。

(28) 有智子内親王の薨伝中に「弘仁十四年(八二三)春二月天皇幸二齋院一花宴。俾下文人一賦中春日山庄詩上。各探勒レ韻。」(『続日本後紀』承和十四年(八四七)十月廿六日条)とある。

(29) 注(13)に同じ。

(30) 谷口孝介「君臣唱和の理想―寛平の治の始発―」(『菅原道真の詩と学問』塙書房、二〇〇六年)

（31）河内祥輔「宇多「院政」論」（『古代政治史における天皇制の論理』増訂版、吉川弘文館、二〇一四年、初版一九八六年）

（32）注（20）に同じ。

（33）鈴木景二「日本古代の行幸」（『ヒストリア』一二五号、一九八九年十二月）

（34）遠藤慶太『続日本後紀』と承和の変」（『平安勅撰史書研究』皇學館大学出版部、二〇〇六年）

（35）神谷正昌「平安時代の王権と摂関政治」（『歴史学研究』七六八、二〇〇二年十月）

（36）清涼殿で天皇の政務や諸行事が行われるようになったのは平安中期以降である。

（37）「復古」の語は、六国史においてこの一例しか見られないが、漢籍には「漢興、承二秦滅レ學之後一、制度多未レ能二復古一。」（『晋書』志第九・禮上）のように、前の王朝のあり方を志向する語として多く用例がある。

（38）村山修一『日本陰陽道史総説』（塙書房、一九八一年）

（39）注（34）遠藤論文では、嵯峨の遺詔の否定が良房の意思として行われ、嵯峨に代わる政治の求心として仁明の母后・橘嘉智子と良房が想定されている。

（40）注（1）に同じ。

（41）植田恭代「南殿の花宴という場をめぐって―『源氏物語』と宮廷―」（『日本文学』四一―五、一九九二年五月）

（42）倉田実「「花宴」巻の宴をめぐって―右大臣と光源氏体制の幻想―」（『国語と国文学』六五―九、一九八八年九月）

（43）三田村雅子『源氏物語―物語空間を読む』（ちくま新書、一九九七年）

（44）『続日本後紀』（承和十二年（八四五）正月十日条）に記載。この時浜主は「翁とてわびやはをらむ草も木も栄ゆる時に出でて舞ひてむ」という和歌を奏している。

（45）「承和御時、依レ勅信朝臣、以二此曲一令レ伝二習于成康親王一、合二于御笛一儛。於二清涼殿前一視レ之者、無レ不二感心一。」（『教訓抄』巻第二、『古代中世藝術論』岩波書店、三九頁）また、成康親王の薨伝（『日本文徳天皇実録』仁寿三年（八五三）四月十八日条）に、「天皇殊奇三愛之二」とある。

（46）『教訓抄』巻第六（『古代中世藝術論』岩波書店、一一〇頁）

（47）特定の行事で舞われる春鶯囀について、注（6）藤本論文は、宮中勢力の秩序を確かめる意があるとし、注（7）堀論文も、特に算賀との結びつきに注目しながら、花宴巻に描かれる舞の応酬は次代の宮廷秩序を巡る縮図を表すとする。

（48）花宴巻では、次期帝として存在感を増す朱雀に少々圧され気味の源氏であるが、少女巻では冷泉帝の後見として、朱雀を圧倒する立場にいる。

（49）日向一雅「桐壺帝の物語の方法―源氏物語の準拠をめぐって―」（『源氏物語の準拠と話型』至文堂、一九九九年）

第五章　朱雀朝の「摂関政治」

――摂関と母后の位相・関係性から――

一　問題の所在

朱雀帝の治世については、譲位後も変らず政治を執っていたとされる桐壺院の崩御後、次のように語られる。

帝は、院の御遺言たがへずあはれに思したれど、若うおはしますうちにも、御心なよびたる方に過ぎて、強きところおはしまさぬなるべし、母后、祖父大臣とりどりにしたまふことはえ背かせたまはず、世の政、御心にかなはぬやうなり。

（「賢木」二―一〇四頁）

帝は、桐壺院の遺言を守って政治を執るつもりであったが、若い上に優しすぎる気性のため毅然とした態度に出られないのか、自分の外祖父・右大臣と、母・弘徽殿大后のやる事に逆らうことができず、思うような政治ができない状態にあった。

このように、帝の母とその一族、いわゆる帝の外戚が中心となって進められる政治体制として、史上では摂関政治が存在するが、確かに物語の朱雀帝治世については、そのような政治状況にあったと言えそうである。しかし、冷泉朝の太政大臣（葵の上の父）のように、右大臣が明確に摂関になったとの記述はなく、私たちは、朱雀帝との強力なミウチ関係を基にし、権勢をふるう右大臣家の様子から、(1)それを「摂関政治」と認識している。

浅尾広良氏は、朱雀帝治世における大后、及び右大臣の権力伸長を、桐壺院崩御後の太上天皇の不在、及びそれに伴う各人の家父長権代行によると見、右大臣は「摂政」として朱雀帝の王権を代行したことを指摘する。(2)確かに、朱雀帝の意志にかかわらず、大后と右大臣がそれぞれ政治を行う様は、二人の「王権代行者」としてのありようを示しており、右大臣は、唯一人臣として王権を代行できる「摂政」の任にあったとするのが一見、妥当のようである。しかし、平安中期までの「摂政」は、大概幼帝のために置かれており、二十歳を過ぎた天皇に「摂政」が置かれた例は見られない。(3)

また、「摂政」となった者でも、天皇が成人すれば、その職を辞して「関白」（天皇の補佐役）となるのが通例であったことから、右大臣が、当時二十六歳であった朱雀帝の治世で「摂政」の任につくのは考えにくいと言える。つまり、右大臣が「関白」であった可能性を考えなくてはならないが、史上の例では、「摂政」を経ないで先に「関白」となった人物は、実頼、兼通、頼忠、道隆、道兼など、その多くが子孫に摂関職を引き継げなかった点、特徴的である。やはり、一口に「摂関」と言っても、天皇の幼少時から関係を築き、王権を代行できる「摂政」の地位こそ、天皇家との関係を深くし、自家の権威安泰につながっていたと見られる。道長が、当時、三十六歳で即位した三条天皇の関白にならずに、一上内覧を続けた理由として、太政官内での権力維持を挙げる説もあるが、(4)既に成人している三条天皇との関係を深めるよりも、外孫となる後一条天皇を幼少から「摂政」として王権を代行した方が得策との意がはたらいたとも考えられる。

これらのことに鑑みれば、朱雀朝における右大臣家の「摂関政治」とは、「関白」である右大臣と、「母后」である弘徽殿大后による政治であったことが推測される。しかも、右大臣は、太政大臣（葵の上の父）、光源氏、内大臣（頭中将）、鬚黒のように(5)、物語中、「朝廷の御後見」と呼ばれることはない。右大臣家は、桐壺帝の妹・大宮を妻、あるいは母とする太政大臣や内大臣、また式部卿宮の娘を北の方としていた鬚黒のようには、皇親との関係を深めておらず(6)、「王権の代行者」にふさわしい家柄としては認識されていなかったようである。つまり、朱雀帝治世下における右大臣家の権勢は、天皇との関係に依存する一回的な「摂関政治」として描かれているのである。この事は、物語が、摂関政治の最盛期とも言える道長時代に成立しながらも、あえて、後に太上天皇として君臨した嵯峨や宇多の治世を理想とし、それに依拠した世界を語ること(7)と表裏の関係にあると言えよう。

本章では、改めて朱雀帝治世下に描かれる「摂関政治」が、いかにして現出し、消滅していくのか、その過程を、史上の摂関政治、特に「摂関」と「母后」の位相・関係性に注目しながら具体的に検討していきたい。また、物語中、太政大臣が明確に「摂政」の地位についたと記される冷泉帝の治世が、朱雀帝治世下のような「摂関政治」を引き起こさなかった理由についても言及したい。

二　史上の摂関政治

物語の「摂関政治」について検討を始める前に、まず、史上の摂関政治について概観しておきたい。摂関政治の

「摂関」とは、「摂政」と「関白」の地位（ともに令外の官）を指すが、その立場の違いについては、『西宮記』に次のように記されている。

摂政　代二天皇一摂二萬機一、載二幼主受禅宣命一後、或詔賜二随身一、〔加二内舎人一〕辨申二官奏一、於二議所一行二除目一、有レ障時於二宿所一行レ之、
関白　詔、内外奏請上下、大小雑事、先白二其人一宣行、賜二随身一、除目時、候二御前一不二執筆一、或為二日上一行事、

（新訂増補故実叢書『西宮記』巻八「摂政、関白」より抜粋、表記は一部改めた）

摂政が、「天皇（幼主）に代わって萬機を摂す」とは、まさに王権の代行を意味し、官奏や除目等を直接決裁できたのに対し、関白は、前もってその内容を内覧するに留まり、あくまで成人天皇の補佐が中心であった。しかし、関白が、前代の摂政に引き続き設置されたのを初例とするように、その内容は、「補佐」とはいえ、天皇の国政決裁権に関与するなど、[8]臣下の中では最も天皇に近く、王権を擁護する存在であったと言える。

また、摂政職が、政情不安、あるいは幼帝即位に伴う一時的措置として始まったことは、[9]代替わりの際、新たな詔勅が必要であることからも窺えるが、太政官の地位に比べれば、明らかに不安定な立場であった。「摂関」とは、あくまで当該期の天皇との結びつきに依存した一時的な立場であり、その地位を継続して得るためには、皇親との血縁関係の強化、いわゆるミウチ関係の強化が必須だったのである。[10]しかも、兼家、道長のように、外孫として天皇を得られるかどうかは、不確定要素が高く、そのような関係への依存度が高まれば、自然、政権の基盤を不安定にする。[11]そのため、次代の天皇を孫として持つことができなかった頼通以降、摂関政治は次第に振るわなくなるのである。しかし、およそ百年の間、このような政治形態が続いたのは、平安期に入っての天皇権力の拡大、及び制度によって保

証された王権の安定が背景にある。[12] それでは、次に「摂関」、及び「母后」の具体例から摂関政治を見ていくことにしたい。

まず、人臣として初めて摂政になったのは、藤原良房であるが、天皇の即位後、しばらくして摂政となっており、応天門の変により太政官機構が停止されたことに伴う緊急措置と見る説もある。[13] ただし、当時の良房が、嵯峨皇女・源潔姫を妻とし、その間にできた娘・明子を清和の母とする外祖父として、天皇と大変近しい関係を築いていたことが、太政大臣の地位にあって、さらに「摂政」に任じられた大きな理由であろう。また、幼帝・清和の即位に際しては、祖母である順子（良房妹）が皇太后として同輿しており、このような后の後見は、後に陽成即位の際、清和から摂政の任を受けた基経の上表文（例は抜粋）に示される。

臣謹検二故事一。皇帝之母。必升二尊位一。又察二前修一。幼主之代。太后臨レ朝。陛下若賓二重天下一。憂二思幼主一。則皇母尊位之後。乃許二臨レ朝之義一。臣竭レ力施レ功。不二敢懈緩一。臣誠盡矣。

（『日本三代実録』貞観十八年（八七六）十二月四日条）

太上天皇在レ世、未レ聞二臣下摂政一。幼主即レ位之時、或有二太后臨レ朝。陛下若宝二重社稷一、憂二思幼主一、臣願公政之可レ驚二視聴一者、将レ聞二勅於陛下一。庶事之無レ妨二施行一者、又請二令於皇母一。

（新日本古典文学大系『本朝文粋』巻第四「表上」、一八〇頁）

右記について、服藤早苗氏は、日本では、皇母、すなわち国母が天皇を補佐する体制を基経をはじめとする臣下が認識していたことを指摘する。[14] 確かに、基経の上表文には、母后による王権代行への認識が示されるが、『本朝文粋』

所載の上表文（文言が実録とは多少異なる）傍線部に鑑みると、「摂政」は太上天皇の不在時に置かれるもの、いわば太上天皇の家父長権の代行を行ったとも考えられる。[15]そのため、摂関が国母の殿舎に直廬を持ち、そこで政治を行うようになるからといって、摂関の職務をすべて「国母の代行」[16]と見ることはできないように思う。もちろん、そのような側面もあったと見られるが、大方天皇の「外祖父」あるいは「おじ」としてのあり方こそ、既に「王権（天皇大権の一部）の代行者」として十分認識された資格であったのではなかろうか。しかし、母后の政治的機能を積極的に利用する摂関が、[17]後の摂関政治を領導したことから、母后の存在、及び関係性が重要となっていくことは確かだろう。

また、陽成の時に置かれた基経の摂政は、太上天皇、及び皇太后が存在していたことから、陽成の資質等、王権側の事情に因って設置されたものと見られ、[18]この時点では、良房同様、制度化された後世の摂政とは異なることが指摘されている。[19]しかし、「阿衡の紛議」を経て、明確な職務規程を持った「関白」の地位（成人後の天皇の補佐役）が創出されてから、その内容が曖昧であった「摂政」の地位も、「関白」より上位の、王権代行的な行為のみを指す職掌として定着したと見られている。[20]よって、幼帝・朱雀の即位とともに摂政となり、元服後は関白となった忠平から、次第にその職務も制度化していく。[21]また、この時、朱雀の母后であった穏子（忠平妹）が、二代の天皇の母として大きな発言権を有していたことは、[22]『大鏡』の記述に知られ、[23]十世紀以降、穏子のような国母たちの影響力は、皇位継承や天皇のキサキ選定に及んだことが指摘されている。[24]このような母后の権力伸長の背景には、幼少時からの天皇との同殿が挙げられ、譲位後、「二所朝廷」を回避すべく内裏から退出した太上天皇とは、権力の発動原理を違えた形で王権に力を及ぼしていた。[25]実際、忠平は、多大な発言権を有していた穏子のバックアップとともに、宇多皇女・源順子との間に実頼、また文徳天皇の孫・源昭子との間に師輔を儲ける等、積極的に皇親との姻戚関係を深めることで、よりスムーズな摂関政治を展開している。[26]また、忠平の執政期は、宇多朝から積極的に推進された儀式・故実の成立期とされ[27]、忠平の時に定着を見た摂政儀は、実頼、伊尹を経て確立したとの指摘もある[28]。

一方、冷泉天皇の関白、円融天皇の摂政となった実頼は、筆頭大臣で藤原氏長者ではあったものの、天皇との外戚関係が薄かったことから、「揚名の関白」と呼ばれ、その息・頼忠も円融・花山の関白となるが、同様に「よそ人の関白」とされた。

また、兼家に至ると、元の関白・頼忠が、譲位に伴い太政大臣のまま関白を辞めたため、兼家は右大臣を辞し、無官で摂政につくことになる。これは、筆頭大臣が摂政につくことの慣例を、本官を辞することで覆した例であり、以後、摂政の地位は、本官から切り離され、律令官職を超越したものとして認識される[29]。つまり、元は太政大臣の地位と深い関わりのあった「摂関」の地位が[30]、筆頭の大臣であることよりも、天皇との外戚関係を強く重んじるようになったのである[31]。兼家の無官摂政は、そのような意味で、ミウチ関係を基本とする摂関政治のあり方を強烈に印象づけたと言える。また、当時、兼家の娘・詮子が、穏子同様、一条天皇の母后として、円融天皇の朝覲行幸の際、天皇と同輿していたこと、また円融院在世中にもかかわらず、「母后命」として摂政兼家を太政大臣とすべき命を出していることは、詮子が王権の補佐者であるとともに、王権の代行者として、摂関の立場を強化する存在であったことが窺える[32]。

その後、道隆も父・兼家に倣って内大臣を辞してから同じく一条天皇の摂政・関白位につき、また娘・定子も中宮になるなど、中関白家として勢力を伸ばしていく。しかし、外孫となるはずだった敦康親王の誕生前に道隆は死去し、定子を後見するはずの兄・伊周も、道長との権力争いに敗れ、政権からは遠のくことになる。結果、後に彰子を国母とする道長時代の幕が上がるが、ミウチ同士の摂関と母后、どちらが欠けても摂関政治は潤滑に機能しないのであって、あくまで相互協力の下、王権が支えられていたことがわかる。

実際、道長に至っては、女院・詮子、また娘である母后・彰子との協力関係の下、一家から三后を出し、また道長自身、三人の天皇の外祖父となることで、摂関期最大の黄金時代を築いた。ただし、道長は長く一上内覧として、太政官の政務に携わり、後一条即位時まで摂政の任につくことはない。おそらく、三条より外戚関係の深い幼帝・後一条の摂政となることで自身の立場を確立し、さらにその職を一年で頼通に譲ることで、自家を摂関家として周囲に認めさせる意があったのだろう。道長は、摂政を辞してからも、前摂政・大殿として影響力を保ち続けることから、摂政・関白の形式化が促進したと言われるが[33]、道長の時代にこそ、摂関政治の集大成が見られるように思うのである。

三　朱雀朝の「摂関政治」以前

それでは、このような史上の経緯を踏まえた上で、朱雀朝の「摂関政治」について考えてみたい。まず、桐壺帝治世下における右大臣と弘徽殿女御の様子から見ていこう。

……坊にも、ようせずは、この皇子のゐたまふべきなめりと、一の皇子の女御は思し疑へり。
（「桐壺」一―一九頁）

朝廷よりも多くの物賜す。おのづから事ひろごりて、漏らさせたまはねど、春宮の祖父大臣など、いかなることにかと思し疑ひてなんありける。
（「桐壺」一―四〇頁）

弘徽殿女御は、自身が生んだ朱雀（第一皇子）ではなく、帝が寵愛する光君（第二皇子）が立坊するのではないかと危惧し、右大臣は、高麗相人が光君を観相したことを知って、孫である東宮（朱雀）の立場を危惧している。

しかし、朱雀については最初に「右大臣の女御の御腹にて、寄せ重く、疑ひなきまうけの君」と語られており、本来、彼らが揃って朱雀の立場を危惧する必要はなかったはずである。この事は、たとえ、女御が唯一帝に一目置かれる存在であっても、[34]彼らが桐壺帝の意志までは支配できる勢力でなかったことを意味している。それは、桐壺帝との関係が外戚ではなく、あくまで女御を通じてのものでしかなかったこと、また右大臣の上位に「長き世のかため」とされた左大臣がいたことも大きいだろう。最終的に、帝は世の情勢、及び光君の宿世に鑑み、朱雀を立坊させ、光君を臣下に下すことを決めるが、この決断に、彼らの意志が直接介入した気配は見られない。

桐壺帝には、母、及び外戚についての記述がない上、即位前の混乱を思わせる「先帝」「前坊」の存在が見えることから、宇多のように王権の不安定な帝として出発したことが窺える。[35]しかし、桐壺朝では、関白等、王権の補佐役を置いておらず、その点、始めから親政を敷く条件が整っていたと見られる。おそらく、直接政治にはかかわらないものの、帝の父と見られる一院（皇統の家父長である太上天皇）が健在であったこと、また臣下の勢力バランスが偏っていなかったことなどが、その理由であろう。ただし、帝が親政にどこまで自覚的であったかは明確でなく、弘徽殿女御との間に三人もの子を儲けたことは、自然、右大臣家の勢力を強めることになったはずである。それでも、帝が弘徽殿女御方との関係を重視していたのは、「寄せ重く」と記されるような右大臣家の支持を取り付けることが、当面の王権安定につながると見ていたからだろう。

ところが、そのような王権安定策は、桐壺更衣との出会いを経て瓦解し、更衣の死を経た後、桐壺帝主導による藤壺宮の入内や、光源氏に左大臣の後見を付けることなどによって、明確に親政の意志が示されるようになる。[36]また、藤壺に皇子が誕生すると、母方の外戚が源氏ばかりで公事に疎く、後見がいないことを心配した帝は、次の傍線部のように、東宮を擁する弘徽殿女御を差し置いて、藤壺を立后させることを決意するのである。

この若宮を坊にと思ひきこえさせたまふに、御後見したまふべき人おはせず、御母方、みな親王たちにて、源氏の公事知りたまふ筋ならねば、母宮をだに動きなきさまにしおきたてまつりて、強りにと思すになむありける。弘徽殿、いとど御心動きたまふ、ことわりなり。されど、「春宮の御世、いと近うなりぬれば、疑ひなき御位なり。思ほしのどめよ」とぞ聞こえさせたまひける。げに、春宮の御母にて二十余年になりたまへる女御をおきたてまつりては、引き越したてまつりたまひがたきことなりしかと、例の安からず世人も聞こえけり。

（「紅葉賀」一―三四七・三四八頁）

実際、この後、藤壺は、次代の皇位継承者の母として、その立場を強化するために后位を得る。そのありようは、淳和朝に、恒世親王の母・高志内親王へ「皇后」位が追贈され、恒世の死後、恒貞親王を生んだ正子内親王が立后したように、所生の皇子を皇嗣とする意味があった。さらに桐壺帝は、弘徽殿女御には、波線部のごとく、朱雀即位後の皇太后位を約束するが、このような女御のあり方をどのように考えればよいのか。

西野悠紀子氏は、平安初期、嵯峨による家父長制的な支配によって、それまで共同統治者としてあった后の権威が、「天皇の母」としての権威へと変化していくことを指摘する[37]。藤原順子、藤原明子、藤原高子、班子女王は、皇后を経ずして皇太后となっており、平安前期は欠后状態が続くが、それは母后が帝を支えるシステムの構築と密な関係にあるという。特に、幼帝が出現する九世紀後半には、天皇の譲位後も母后は内裏に残り、常寧殿を居所として天皇を補佐するようになるため[38]、太上天皇とは異なる形で王権に力を及ぼしていく。桐壺院の譲位後、弘徽殿が「内裏にのみさぶらひたまへば」と記されることも、そのことを証していよう。
しかし、このような右大臣家を顧みない主導的な桐壺帝のあり方は、譲位後も変らず政治を執るスタイルへとつながり、朱雀帝の治世下でも、母后や右大臣は、思うような形で政治に関わることはできなかった。しかし、桐壺院がいなくなれば、皇統の家父長である太上天皇の代わりに、王権を補佐・擁護する者が必要となる。そこで、桐壺院は、朱雀帝に次のような遺言を残すのである。

弱き御心地にも、春宮の御事を、かへすがへす聞こえさせたまひて、次には大将の御事、「はべりつる世に変らず、大小のことを隔てず何ごとも御後見と思せ。齢のほどよりは、世をまつりごたむにも、をさをさ憚りあるまじうなむ見たまふる。かならず世の中たもつべき相ある人なり。さるによりて、わづらはしさに、親王にもなさず、ただ人にて、朝廷の御後見をせさせむと思ひたまへしなり。その心違へさせたまふな」と、あはれなる御遺言ども多かりけれど、女のまねぶべきことにしあらねば、この片はしだにかたはらいたし。
（「賢木」二―九五・九六頁）

桐壺帝は、冷泉東宮の事を念入りに頼み置いた後、光源氏について、今まで同様、朱雀帝の「御後見」として、また朝廷の「御後見」として扱うように述べている。しかも、その理由として、源氏の「世の中たもつべき相」を挙げ、それに伴う危険を回避すべく臣下に下したことを明かし、その相を「王権の補佐」という形で生かすよう指示するのである。このように、臣下について詳細に触れ、その輔道に従うよう述べた遺言として宇多天皇の『寛平御遺誡』が挙げられる。

「左大将藤原朝臣は、功臣の後なり。その年少《わか》しといへども、すでに政理《まつりごと》に熟《くは》し。先の年女《としをむな》のことにして失《あやま》てるところあり。朕早《つと》に忘却して、心を置かず。朕去《い》ぬる春より激励《はげまし》を加へて、公事《くじ》を勤めしめつ。またすでに第一の臣たり。能く顧問に備へて、その輔道《ほだう》に従へ。新君慎め。」

（日本思想大系『古代政治社会思想』「寛平御遺誡」一〇七頁）

右記は、藤原時平について述べた部分であり、桐壺帝の光源氏への言及とも似ているところがある。この後、菅原道真についての記述も見えるが、両人は、醍醐の即位に当たり、宇多の詔を以て、史上初めて内覧の地位についた。当時、醍醐がまだ十三歳であったことへの配慮と見られるが、宇多自身、太上天皇として王権に関わるとともに、基経が初めて任ぜられた関白太政大臣の職掌を二人に分与することで、権力構造のバランスを図ったと考えられる。(39)

物語の朱雀帝は、青年天皇であったが、桐壺院が譲位後も政治を執っていたことから、その死後、突然一人で政務をこなすには、大変な困難が予想された。院は、朱雀帝の母后や、祖父大臣である右大臣が、帝の外戚として、これまで以上に帝の補佐・擁護に乗り出すことを十分承知していただろう。そのような中、あえて、桐壺院は、光源氏を補佐役にすることを言い置くのである。

桐壺院が目指していたのは、源氏を臣下に下して「朝廷の御後見」とし、皇女である藤壺を立后させたように、あくまで皇親主導の政治体制であった。桐壺院は、左大臣についても、「やむごとなく重き御後見」、また「長き世のかため」と朱雀に遺言していたことから、光源氏と左大臣の両者を、時平と道真のような「輔弼の臣」として、朱雀に意識させたかったと見られる。つまり、皇親を中心としながらも、権力の一極集中を防ぐ政治体制である。しかし、後に道真が左遷の憂き目に遭うように、源氏も須磨への退居を余儀なくされ、桐壺院の遺言は、不履行状態に陥るのである。

四　朱雀朝の「摂関政治」と冷泉帝の治世

桐壺院が崩御した後、人々は次のように世の中を思い嘆く。

御位を去らせたまふといふばかりにこそあれ、世の政をしづめさせたまへることも、わが御世の同じことにておはしまいつるを、帝はいと若うおはします、祖父大臣、いと急にさがなくおはして、その御ままになりなん世を、いかならむと、上達部、殿上人みな思ひ嘆く。（「賢木」二―九七・九八頁）

桐壺院が在位時と変らず執っていた政治は、帝とその外祖父・右大臣の手に委ねられた。「いと若うおはします」と語られる帝は、すでに二十六歳であるから、王としての力の無さ、未熟さを強調した表現であろう。またそのような帝を補佐すべきミウチの右大臣も、気短で思いやりがないとされ、その思いのままになる世を「上達部、殿上人」はみな危惧しているという。

後に、聖代となる冷泉朝の治世では、「世の中の事、ただなかばを分けて、太政大臣（葵の上の父・左大臣）、この大臣（光源氏）の御ままなり」と記され、特に光源氏については、「なべての世にはあまねくめでたき御心」とあることから、問題は、桐壺院亡き後の朱雀帝の治世が人格者でない右大臣の専制となることにあると言えよう。

弘徽殿大后についても、藤壺が「心にまかせたまへらむ世のはしたなく住みうからむ」と思っており、この二人が院に代わって王権の新たな補佐者、擁護者となったことが知られる。先述したように、帝の心中には、遺言を違えたくない気持ちはあったが、その優しすぎる性格から、二人のなすがままの政治状態に陥っていく。一方、桐壺院より、王権の後見を言い渡されていた左大臣については、次のように記される。

左の大殿も、すさまじき心地したまひて、ことに内裏にも参りたまはず。故姫君を、ひき避きてこの大将の君に聞こえつけたまひし御心を、后は思しおきて、よろしうも思ひきこえたまはず。大臣の御仲ももとよりそばそばしうおはする、故院の御世にはわがままにおはせしを、時移りてしたり顔におはするをあぢきなしと思したる、ことわりなり。

（「賢木」二―一〇二頁）

左大臣は、大后と右大臣、それぞれに快く思われておらず、二人が中心となった世に積極的に関わろうとしない。これから約一年後、左大臣は「致仕の表」を奉り、邸に引きこもっており、ここで実質、右大臣が太政官の筆頭となり、関白太政大臣となる機会を得たと言えよう。

一方、院が崩じた後、光源氏の度重なる接近に悩む藤壺は、大后に配慮し、出家を決意する。俗世を去ることで、大后たちの矛先をかわし、源氏にも後見としての自覚を促す意図があったと見られる。しかし、平安時代、東宮の母として出家したのは、淳和天皇の后であり、皇太子・恒貞親王の母であった正子内親王[40]以外、存在しない。この事は、嵯峨太上天皇の死後、承和の変により恒貞が廃太子となったように、桐壺院の死後、その遺言が違えられ、冷泉が同じ末路を辿ることを予感させる。

実際、冷泉の有力な後見である光源氏は、大后の甥である頭弁から「白虹日を貫けり。太子畏ぢたり」[41]と、謀反の心があるとなじられており、朧月夜との密通発覚に際しては、この機会に源氏を陥れようと画策する弘徽殿大后方の様子が描かれている。後に、八の宮の存在によって冷泉の廃太子計画があったことも知られるが、このような事件は、両統迭立の問題と、摂関を擁する家の利害が絡んでおり、特に、太上天皇の不在時に起こるという特徴が見られる。承和の変は、嵯峨に代わって新たな政治の求心となった仁明の母后・橘嘉智子と良房が関係していると見られるが[42]、一条朝において敦明親王（後の小一条院）が東宮位を辞したのも、父であった三条太上天皇の没後であり、その前から道長の圧力があったと言われている[43]。

このように、太上天皇の存在は、王権にとって非常に重要であったことが窺え、その代行者、及び補佐者であった摂関の伸長、また摂関政治の盛行は、太上天皇の不在（天皇の短命）と引き替えに出来していた。つまり、桐壺院の死後に展開する物語も、まさに史上の摂関政治が盛行する状態と重なっていくのである。しかし、物語の「摂関政治」を終焉に導く契機を作ったのは、崩御した太上天皇、桐壺院自身であった。

その年、朝廷に物のさとししきりて、もの騒がしきこと多かり。三月十三日、雷鳴りひらめき雨風騒がしき夜、帝の御夢に、院の帝、御前の御階の下に立たせたまひて、御気色いとあしうて睨みきこえさせたまふを、かしこまりておはします。聞こえさせたまふことども多かり。源氏の御事なりけんかし。いと恐ろしういとほしと思して、后に聞こえさせたまひければ、「雨など降り、空乱れたる夜は、思ひなしなることはさぞはべる。軽々しきやうに、思し驚くまじきこと」と聞こえたまふ。

睨みたまひしに見合はせたまふと見しけにや、御目にわづらひたまひてたへがたう悩みたまふ。御つつしみ、

内裏にも宮にも限りなくせさせたまふ。（「明石」二―二五一・二五二頁）

桐壺院の霊は、須磨で嵐に遭った源氏の夢に出現し、住吉神に従い須磨を去るよう諭しているが、同日、朱雀帝の夢にも「祟り神」のごとく現れていた。

谷戸美穂子氏は、「山陵の祟り」、特に「桓武の祟り」について、平安期から天智、光仁の血統に正統性を求める新たな祖先祭祀[44]が始まったこと、また「祟り」が現れる仁明朝がその展開期に当たっていたことを踏まえ、祖先を意識し、自らの系譜を確認する過程に「祟り」が現れることを指摘する。[45]また、このように山陵が祟る時代を生きた嵯峨は、自身の遺言が守られなければ「怨鬼」となる、いわば自らが「祟り」をなす存在となることを遺言に記しており、[46]桐壺院の霊は、そのような嵯峨の遺志と軌を一にしている。須磨退居前に行った源氏の山陵への参拝は、桐壺院の霊威を受ける契機となり、一方、遺言を反故にした朱雀帝は、桐壺院に祟られる結果を招く。どちらにしても、院の霊は、桐壺院を「皇統の祖」として、物語に強く印象づけるのである。

しかし、朱雀は、自身が見た夢を真っ先に母后に相談したため、この時点で遺言の不履行を正すことはできなかった。母后の朱雀に与える影響の大きさが知られるが、この後、太政大臣となっていた右大臣が亡くなり、后自身、体調を悪くしても、后の意志は変わらない。大后は、「世のもどき軽々しきやうなるべし。罪に怖ぢて都を去りし人を、三年をだに過ぐさず赦されむことは、世の人もいかが言ひ伝へはべらん」と朱雀を固く諫め、源氏召還の宣旨を出すことを許さない。その間、右大臣家は、ミウチの皇子を出すことに必死になったと推測されるが、最終的に、帝はこの母后の言いつけを守るように、三年近く経ってから源氏召還の宣旨を下す。病を悪化させた帝の心中には、自身の退位と、承景殿女御腹の皇子立坊があった。

このように、帝との間にミウチの皇子を得られないまま朱雀の退位を迎えた右大臣家は、外戚としての地位を失い、物語の「摂関政治」は、ついに終焉するのである。

一方、冷泉の即位に伴い、その「後見」として都に呼び戻された源氏は、内大臣に昇進し、次のように語られる。

　やがて世の政をしたまふべきなれど、「さやうの事しげき職にはたへずなむ」とて、致仕の大臣、摂政したまふべきよし譲りきこえたまふ。―略―さる例もありければ、（左大臣は）すまひはてたまはで、太政大臣になりたまふ。御年も六十三にぞなりたまふ。（「澪標」二―二八二・二八三頁）

物語に「摂政」の語が初めて示されることからも明らかなように、冷泉は十一歳の幼帝であった。光源氏は、周囲の期待をよそに摂政職を左大臣に譲るのであるが、この点については、源氏自身の太政官の経験不足や官僚人脈の不足を補う意を見る説(47)や、当時衰退していた太政官制度を活性化させる意があったとの指摘がある(48)。しかし、ここで注目すべきは、源氏自ら左大臣との競合関係を招聘し、権力の一極集中を防ぐことで(49)、朱雀帝治世下の「摂関政治」とは明らかに異なる権力構造を示した点にあろう。摂関政治において重要なのは、母后と摂関との密接な関係であるが、左大臣は、冷泉のミウチではないため、母后・藤壺とも直接的な関係はなく、権勢を振るうにも限界があった。

一方、源氏は、冷泉の「隠れた父」として、藤壺とは特別な絆で結ばれていたため、左大臣よりも近しい間柄にあり、摂関的な一面を見せることもあった。藤壺との相談によって進められた斎宮女御の入内は、その最たるものと言える。しかし、薄雲巻において、摂政太政大臣（左大臣）、及び母后・藤壺が世を去ると、冷泉は王権の代行者、及び補佐者を失い、その治世は一時的に危ういものとなる。ところが、夜居の僧都の密奏によって、冷泉が光源氏を実父と知り、兄弟から父子へと、新たに関係を結び直すことで[50]、冷泉帝の治世は、陰ながら強力な補佐者＝〈太上天皇〉・光源氏を得、さらなる盛りの世を実現させることになる。

また、摂政であった太政大臣の死後、光源氏はしばらくの間、冷泉の「御後見」を続け、その地位を後の内大臣（太政大臣の息、当時大納言）に譲ることを考えている。このような一時的な補佐者の地位は、内覧であった可能性が高い[51]。光源氏は、大納言が大臣の地位につくことを条件に譲ることを考えているので、父であった太政大臣同様、後の内大臣がついた地位は、摂関職であったと見てよいだろう。源氏は、後に「羽翼《はね》を並ぶるやうにて、朝廷の御後見をも仕うまつる」[52]と、己が考える内大臣との関係を示しており、太政大臣が摂政位にあったのと同様、競合関係の維持に努めたと見られる。しかし、実際光源氏は、太政大臣として内大臣の上位におり、源氏の養女・秋好が中宮位にある以上、内大臣が王権内で勢力を伸ばしていくことは難しい。また、何より光源氏が、陰ながら〈太上天皇〉として冷泉朝を支えていたことは、摂関政治が隆盛する条件であった「太上天皇の不在」を密かに打ち消していたのではないだろうか。

五　結　語

朱雀朝に出来した「摂関政治」は、史上の摂関政治とは異なり、桐壺朝と冷泉朝、二つの聖代に挟まれた一時的な状況として語られる。朱雀帝の外戚となる右大臣家は、物語中「朝廷の御後見」と呼ばれることはなく、「王権の代行者」にふさわしい家柄と見なされていなかった。しかし、桐壺院亡き後は、史上の例同様、太上天皇の不在に乗じ、母后との密接な関係の下、専制的な政治を行うに至る。朱雀帝は青年天皇であることから、右大臣家の「摂関政治」とは、「関白」である右大臣と、「母后」である弘徽殿大后による政治であったことが推測されるが、権力の一極集中に加え、帝の頼りなさ、右大臣の性格の悪さも相まって、その治世は人々の嘆きと憂いを誘うものとなった。

桐壺院は、宇多天皇の『寛平御遺誡』のごとく、事前に光源氏と左大臣とを「後見」として重用するよう朱雀帝に遺言しており、藤壺の立后をはじめ、皇親を中心としながらも、権力の一極集中を防ぐ政治体制を理想としていた。またその意志は、朱雀朝には引き継がれず、冷泉朝において実現することとなる。その契機は、嵯峨太上天皇の遺言のように、桐壺院自ら「祟り」なす存在となることで作られるが、このことは、桐壺院が「皇統の祖」として物語にあることを強く印象づける。後に政界復帰した光源氏は、摂政職を左大臣に譲りつつ、光源氏が母后である藤壺とより密接な関係を持つこと、また陰ながら〈太上天皇〉としてあることで、権力構造に絶妙なバランスをもたらし、桐壺院の理想を継承していくのである。

注

（1）倉本一宏『源氏物語』に見える摂関政治像」（『摂関政治と王朝貴族』吉川弘文館、二〇〇〇年）

（2）浅尾広良「朱雀帝御代の権力構造」（『源氏物語の准拠と系譜』翰林書房、二〇〇四年）

（3）以下、『平安時代史事典』（資料・索引編）「摂政・関白補任表」を参考に作成した。

天皇	年齢	摂　政	即位時摂政
清和	十七	藤原良房	
陽成	九	藤原基経	○

朱雀	八	藤原忠平	○
円融	十一	藤原実頼	○
円融	十二	藤原伊尹	
一条	七	藤原兼家	○
一条	十一	藤原道隆	
後一条	九	藤原道長	○
後一条	十	藤原頼通	

（４）山本信吉「平安中期の内覧について」（坂本太郎博士古稀記念会編『続日本古代史論集』下巻、吉川弘文館、一九七二年）後に『摂関政治史論』（吉川弘文館、二〇〇三年）所収。

（５）太政大臣は、桐壺院から「やむごとなく重き御後見」「長き世のかため」（「賢木」二―一三八頁）と認識されており、光源氏も院の遺言中「朝廷の御後見」（「賢木」二―九五・九六頁）と言われている。また、内大臣は、光源氏から「羽翼《はね》を並ぶるやうにて、朝廷の御後見をも仕うまつる」（「行幸」三―三〇六頁）と言われており、鬚黒は、玉鬘の結婚相手として「人柄もいとよく、朝廷の御後見となるべかめる下形」（「藤袴」三―三四二頁）と評されている。

（６）黒板伸夫氏は、藤原摂関家が、積極的に親王家や賜姓源氏との結びつきに努力したことを指摘する（「藤原忠平政権に対する一考察」『摂関時代史論集』吉川弘文館、一九八〇年、初出一九六九年）。

（７）浅尾広良「嵯峨朝復古の桐壺帝―朱雀院行幸と花宴―」（注（２）前掲書）、同「光源氏の算賀―四十賀の典礼と準拠―」（注（２）前掲書）、本書第四章「嵯峨天皇と花宴巻の桐壺帝―仁明朝に見る嵯峨朝復古の萩花宴を媒介として―」等。

（８）春名宏昭「草創期の内覧について」（『律令国家官制の研究』吉川弘文館、一九九七年）

（９）神谷正昌「平安時代の王権と摂関政治」（『歴史学研究』七六八、二〇〇二年十月）

（10）注（１）に同じ。

（11）橋本義彦「貴族政権の政治構造」（『平安貴族』平凡社選書、一九八六年、初出一九七六年）

（12）古瀬奈津子「天皇と貴族」（『日本古代王権と儀式』吉川弘文館、一九九八年）
（13）注（9）に同じ。
（14）服藤早苗「九世紀の天皇と国母―女帝から国母へ―」（『平安王朝社会のジェンダー―家・王権・性愛』校倉書房、二〇〇五年）
（15）佐藤信「摂関制成立期の王権についての覚書」（山中裕編『摂関時代と古記録』吉川弘文館、一九九一年）
（16）注（14）に同じ。
（17）古瀬奈津子「摂関政治成立の歴史的意義―摂関政治と母后―」（『日本史研究』四六三、二〇〇一年三月）
（18）注（9）に同じ。
（19）神谷正昌「平安時代の摂政と儀式」（『平安宮廷の儀式と天皇』同成社、二〇一六年、初出一九九六年）
（20）坂上康俊「関白の成立過程」（笹山晴生先生還暦記念会編『日本律令制論集』下巻、吉川弘文館、一九九三年）
（21）注（11）に同じ。
（22）藤木邦彦「藤原穏子とその時代」（『平安王朝の政治と制度』吉川弘文館、一九九一年、初出一九六四年）
（23）朱雀天皇が穏子の発言をもとに皇太弟（村上天皇）へ譲位した記述が『大鏡』（新編日本古典文学全集、三七八・三七九頁）に見える。
（24）服藤早苗「王権と国母―王朝国家の政治と性―」（注（14）前掲書）
（25）吉川真司「摂関政治の転成」（『律令官僚制の研究』塙書房、一九九八年）
（26）注（6）黒板論文、注（11）橋本論文等。
（27）注（11）に同じ。
（28）注（19）に同じ。
（29）山中裕「藤原兼家」（『平安人物志』東京大学出版会、一九七四年）
（30）橋本義彦「太政大臣沿革考」（注（11）前掲書）
（31）注（9）に同じ。

（32）注（17）に同じ。
（33）注（9）に同じ。
（34）桐壺帝は、更衣溺愛時においても、「この御方の御諫めをのみぞなほわづらはしう心苦しう思ひきこえさせたまひける」（「桐壺」一―一九・二〇頁）と語られている。
（35）日向一雅「桐壺帝の物語の方法―源氏物語の準拠をめぐって―」（『源氏物語の準拠と話型』至文堂、一九九九年）
（36）湯淺幸代「変貌する帝―桐壺聖代への道―」（明治大学大学院『文学研究論集』一四号、二〇〇一年二月）
（37）西野悠紀子「母后と皇后―九世紀を中心に―」（前近代女性史研究会編『家・社会・女性―古代から中世へ』吉川弘文館、一九九七年）
（38）注（37）に同じ。
（39）注（4）に同じ。
（40）『日本三代実録』元慶三年（八七九）三月廿三日条、正子内親王の薨伝に「承和七年五月淳和太上天皇崩。皇太后落髪爲レ尼」とある。
（41）燕の太子丹が、始皇帝を討つべく刺客を遣わしたが、その時、白い虹が太陽を貫くのを見て陰謀の失敗を怖れたという故事。
（42）遠藤慶太「『続日本後紀』と承和の変」（『平安勅撰史書研究』皇學館大学出版部、二〇〇六年）
（43）山中裕「敦明親王」（『平安人物志』東京大学出版会、一九七四年）
（44）谷戸美穂子「平安京の神功皇后―祟る山陵の物怪《モノ》がたり―」（『古代文学』四三、二〇〇四年三月）、また、服藤早苗「山陵祭祀より見た家の成立過程」（『家成立史の研究―祖先祭祀・女・子ども』校倉書房、一九九一年）も、桓武朝の祭祀に天智系皇統譜を創設する意図があったと指摘する。
（45）注（44）谷戸論文
（46）「後世之論者若不レ從レ此。是戮二屍地下一。死而重レ傷。魂而有レ靈。則寃二悲冥途一。長爲二怨鬼一。忠臣孝子。善述二君父之志一。不レ宜レ違二我情一而已。」（『続日本後紀』承和九年（八四二）七月十五日条）

（47）田坂憲二「内大臣光源氏をめぐって―〈政治の季節〉・その三―」（『源氏物語の人物と構想』和泉書院、一九九三年）

（48）塚原明弘「「澪標」巻の光源氏―『源氏物語』の政治的背景―」（『國學院雑誌』一〇三―九、二〇〇二年）、「光源氏の摂政辞退と夕霧の大学入学―「澪標」巻と「少女」巻の政治的背景―」（『源氏物語の鑑賞と基礎知識』二七、至文堂、二〇〇三年）後に『源氏物語ことばの連環』（おうふう、二〇〇四年）所収。

（49）注（48）に同じ。

（50）本書第七章「薄雲巻の冷泉帝と光源氏―〈日本紀〉に見る兄弟皇位相譲譚を媒介として―」

（51）山中裕「紫式部の宮仕えと源氏物語」（『平安時代の女流作家』至文堂、一九六二年）一七〇頁。

（52）「行幸」三―三〇六頁。

Ⅱ

冷泉朝と光源氏
――「帝王」と「臣下」の二面性から――

第六章　澪標巻の光源氏
―― 宿世の自覚と予言実現に向けて ――

一　終焉と始発

朱雀帝の治世下、弘徽殿大后と右大臣方の策謀から逃れるべく、須磨・明石の地に流離していた光源氏は、帝の召還の宣旨により、再び都の地を踏んだ。明石巻末では、愛妻・紫の上との再会や、人々の復官、源氏の昇進の沙汰などが語られ、光源氏の周囲はにわかに華やかさを取り戻している。しかし、光源氏の心中は一人穏やかでなかった。より美しく成長した紫の上を見るにつけても、「またかの飽かず別れし人の思へりしさま心苦しう思しやらる」と、流離の地に残してきた明石の君の様子が思い出される。

光源氏の須磨・明石への流離は、古代物語の伝承的な要素・貴種流離譚の枠組みに則ることから、その贖罪性(1)や通過儀礼(2)の意味が問われてきたが、その意味では、光源氏が都に召還された時点でプロットとしての役目を終えている。しかし、光源氏の心は依然として流離の地にあった。明石の君の元には、紫の上の目から「ひき隠して」も「こまやかに書きたまふ」源氏の文が届けられる。都において、既に明石の君とは全く別次元の世界を生きている光源氏ではあるが、二人の関係が断ち切られることはない。[3]

島内景二氏は、結果的に光源氏がこの流離によって明石の君と明石姫君を得ることから、二人を主人公が獲得する如意宝とし、この流離に「玉取り」（男性が女性の自己献身的犠牲によって如意宝を獲得するパターン）の話型が内在することを指摘した。[4][5]ただし、この話型を物語に見出す限り、流離によって始まった光源氏の「玉取り」は、都に帰還した時点では、まだ果たされていないのではないか。

実際、明石の地にある二人を光源氏が手に入れようとする試みである二条東院造営や明石への乳母派遣は、澪標巻から始まっており、明石の君に自己犠牲を強いる決定的な要因となる住吉詣も同巻に描かれる。物語は、光源氏の流離を語り終えながらも、またそこから新たな物語を紡ぎ出していく。

このような澪標巻に見られる終焉と始発の性格は、これまで多くの論者によって言及されてきた。光源氏像の自立と変容の指摘は、次々とあやにくな恋に身を任せる中将時代の終焉と、「おとど」となった家父長・光源氏の始発を意味していた。[6]また、人物像変容の指摘は藤壺にも及んだことから、[7]これらの指摘は政治状況の変化など、物語内の変質、転換に由来するものと位置付けられ、この巻は、これまで語られてきた物語とは異質な新たなる物語を展開するための節目の巻として考えられてきた。[8]

まず、朱雀から冷泉への代替わりは、右大臣家主導の政治体制から、光源氏を中心とする新体制移行に伴う人々の動向を映し出す。冷泉即位後、早速、権中納言や兵部卿宮の娘の入内話が持ち上がるが、光源氏は六条御息所の遺児・前斎宮を入内させる手配を整え、この新たな動きに乗じている。この事は、中将時代、光源氏にとってあくまで私的なライバル（恋敵）であった権中納言が、新たに政治上のライバル（政敵）として立ちはだかることを予感させる。

また、この巻で内大臣に昇進した光源氏は、職務の忙しさから「外歩きもしたまはず」と語られ、通い所の女性たちを住まわせるべく二条東院を造営する。この新たな邸宅造りについては、主に構想論の観点から多くの議論がなされたが、たとえそこに変容・挫折があったとしても、この巻においては、二条東院が新たな物語を生み出す一舞台として、その可能性が模索されていたことは間違いない。

続いて、この巻では新たな予言が提示される。桐壺巻の高麗相人の予言、若紫巻の夢告に次いで、三つ目となる宿曜の予言は、先の二つの予言とは明らかに性質を異にしている。それは、物語の構造、あるいは語り方の変化に根ざすと言われるが、(9) 光源氏が新たな予言の成就を前にして、過去の予言に思いを馳せる意味は大きい。ここで、光源氏の宿世の自覚が初めて果たされるのである。この事は、これまで運命に翻弄されてきた光源氏が、ようやく確信を持って自ら予言実現へと動き出すことを示している。物語は、流離を経た主人公にさらなる試練を課し努力を求める。ここにも一つの終焉と始発が見え隠れしていよう。

巻末には、光源氏と明石の君が邂逅する住吉詣が語られるが、この皮肉な再会こそ、後の二人の関係を決定づけるものと言える。光源氏にとって流離の終焉を意味する住吉詣が、明石の君との関係を据え直し、都世界での新たな関係の始発となる場面にあたることは興味深い。

このような澪標巻に見られる一連の出来事は、後に権中納言と光源氏が公的な場で相対する絵合巻を導き、都における明石の君の苦悩を松風巻に描き、物語の第一部を大きく領導してきた藤壺を薄雲巻で退場させることになる。そして、それまでほとんど交渉のなかった妻同士の交流を描く六条院も、やはり澪標巻から始まる新たな物語の延長線上にあると言えよう。

本章では、このように新たな巻々を強力に導いてくる澪標巻の諸相に注目しながら、新たな予言実現に向けて動き出す光源氏を中心に考察していきたい。結論を先に言えば、光源氏の宿世の自覚とは、自身の独自な「帝王相」への自覚であり、それは、「臣下」のまま「帝の父」となり自身が即位するのではないことを、光源氏がようやく悟ったことを意味する。父帝により明確に「世の中たもつべき相」があることを認知されながら、あえて「朝廷の御後見」としての生き方を課された光源氏の「帝王相」は、自身の宿世を自覚する澪標巻を経て、真に追求されていくのである。

二　政治家・光源氏

内大臣の地位に至った光源氏は、物語中はじめて「おとど」の呼称で呼ばれる。伊藤博氏は、元来、この語が貴人の邸宅の美称「大殿」の謂であることから、光源氏の関心が外歩きから館造りへと向かい、一族の家父長としての面貌を示し始めていることの表象であるとした。[10]また、この巻では光源氏が子の多い権中納言を羨む記述があり、このような記述は、「王統のひとり子」という始源的王権幻想の物語的な現象形態からは本来ありえないことで、光源氏が地上的な現実に相応しい政治権力者に変貌しつつあるとの指摘もある。[11]つまり、澪標巻では、内大臣という立場に相応しい振る舞いが源氏に要求されるのであり、年齢的にも、「家父長」としての自覚が必要とされる時期にさしかかっていると言える。

しかし、須磨へ赴く前の源氏は、名誉職の先行する特異な地位（参議兼右大将）[12]にいたこともあり、実務に励むような姿はほとんど描かれてこなかった。それだけに、光源氏の政治家としてのありようは、読者に強い違和を与える一方、たとえ光源氏が故桐壺院鍾愛の御子であっても、また「帝の父」たる「王者」性を内包していようと、表向きはあくまで源氏であり、一臣下として物語にあることを改めて印象づける。

このように、澪標巻の光源氏は、これまで以上に源氏として臣下の力量が問われる状況にありながら、「帝の父」として明確に「王者」性を抱え込むことになる。このような光源氏のあり方は、早くは深澤三千男氏によって「潜在王権」と呼ばれ、[13]特に源氏の「王者」性について論じられたが、澪標巻以後の物語は、光源氏のそのような存在形式の具現化現実化を目指したとされる。[14]本節では、「臣下」と「王者」の間を彷徨する光源氏のあり方に注目しながら、政治家・光源氏について具体的に見ていきたい。

澪標巻は、光源氏が主催する故桐壺院追善の法華八講の記事に始まる。その様子は、「世の人なびき仕うまつること昔のやうなり」と語られ、光源氏の権勢は早くも復活したことが世に示される。この法華八講については、『花鳥余情』が『寛平御記』を引き、光孝天皇の夢を見て御八講を執り行った宇多天皇との類似を指摘するが、[15]『細流抄』は源氏の孝心の表れとし、[16]孝子・光源氏像の読みを定着させた。[17]

しかし、甲斐稔氏は、史上の法華八講を詳細に検討することで、この行事が単に孝心の表れとしてあるのではなく、光源氏が桐壺院の正統な後継者であることを宣言する政治的意図が含まれていたとする。[18]この「桐壺院の正統な後継者」という位置づけは、明らかに光源氏の臣下の分を越えている。

また、光源氏はこの巻で内大臣に至り、冷泉即位の折には、「やがて世の政をしたまふべき」立場にあったが、致仕の大臣に譲り、[19]摂政位にはつかなかった。坂本曻氏は、桐壺朝の「世のおもし」たる致仕の大臣を再登用することで、聖代の復活を世の人々に知らしめ、支持を取り付ける意図があったと見ている。[20]一方、このような源氏の行為は、史上の例を見てもかなり異例なことから、[21]謙譲の美徳を強調しているだけでなく、太政官の経験不足や官僚人脈の不足を補うため、自ら戦略的に摂政を辞退したとの見方もある。[22]

しかし、光源氏はこの後も摂政に就いた様子はないことから、この辞退には別の可能性を検討する必要があるだろう。塚原明弘氏は、摂政を譲ることであえて左大臣との競合関係を招聘し、権力の一極集中を防ぐとともに、当時衰退していた太政官制度を活性化させる意があったことを指摘している。(23) 目先の権力に囚われず、真に盤石な国家を作りあげようとする源氏の姿勢は、確かに一族の利益を優先しがちな摂関とは異なっていると言えるだろう。

ちなみに、人臣摂政は、藤原良房に始まるが、それ以降、代々藤原氏によって務められている。幼少の天皇を補佐する目的で設置されたこの官職は、やがて藤原氏による摂関政治を定着させた。このような藤原氏のイメージが色濃く染みついた摂政の地位は、天皇親政を目指していた桐壺帝の遺風を受け継ぐ源氏には相応しくなかったと見られる。(24) 藤氏である致仕の大臣が、良房と同じ六十三歳で摂政に就任することも偶然ではないだろう。(25) ここで、光源氏は、「源氏」として「藤氏」である左大臣家とは袂を分かちつつあると言える。

また、権中納言は、冷泉即位後、右大臣家の四の君腹の娘を父である太政大臣の養女とし、早々と後宮に入内させた。後に、この姫君はかの弘徽殿大后の殿舎に住まい、弘徽殿女御と呼ばれることから、権中納言の元に右大臣家が吸収され、一つの藤氏として統合されたと見る向きもある。(26)

続いて、紫の上の父である兵部卿宮も、娘を入内させる準備を進めていた。光源氏は、この親王に対しては、流謫時代の冷淡さを理由に協調関係を築くことなく、入内を支援する気配を見せない。このような源氏の態度については、継子譚の論理に基づく仕打ちとする説(27)や、信賞必罰の論理を踏まえているとする意見、(28) あるいは兵部卿宮家の政権戦略に対する光源氏の強い警戒と見る意見(29)などがある。また、兵部卿宮家と新東宮の伯父である鬚黒一族は姻戚関係にあることから、直接的なつながりのほとんどない鬚黒一族には積極的な融和をはかり、同じ皇族で紫の上や藤壺宮との関係から当然同一歩調の取れる兵部卿宮家には朱雀帝治世下の行動を峻厳に断罪するような対応を取ることで、両家の分断をはかる意図があったとする見方もある[30]。

このように、代替わりに伴い各家の動向が顕著になってくる中で、光源氏は六条御息所の娘の世話をし、冷泉帝に入内させることになる。この入内が行われた経緯には、六条御息所の死と遺言があり、その内容は、娘・前斎宮の事を頼みながらも、断じて源氏の懸想人とされることを拒むものであった。そのため、源氏は娘への恋心を抑え、冷泉後宮への入内を進めるのであるが、この入内が御息所の遺言に沿うものであったか否かについては、意見が分かれている。

藤井貞和氏が、この入内を御息所の遺言に沿うものとし、御息所の魂を〈鎮魂〉する意図があったと言うように[31]、従来この入内は御息所の遺言の延長線上に捉えられることが多かった。後の死霊の出現も、斎宮女御に子がないまま冷泉帝が退位したことに起因すると言われている[32]。

しかし、斎宮は退下した後出家した例が多く、御息所母子ともにモデル・准拠とされる斎宮女御・徽子[33]も、後宮の苦痛を味わっていることから、御息所の遺言は、斎宮時代の罪障を消滅するべく功徳を積み、生涯独身を通す生き方を娘に願っていたとする意見がある[34]。この場合、光源氏は御息所の遺志に背いて入内を押し進めた事となり、そこには是が非でもこの入内を果たさなければならなかった理由として、冷泉帝の正統性の保証を挙げる論もある[35]。また、入内そのものについては、帝妃への犯しの繰り返しこそ、源氏の王権性の極限状態であったと見、源氏と斎宮女御の密通によって生まれた子が冷泉の子として即位する可能性が読まれたり[36]、天皇の理想的な結婚形態とされていた異母姉妹との結婚のように、「兄」の光源氏と「姉」の斎宮女御[37]というミウチによって周囲を固める体制を築くための布石であって、摂関的な現実的権力形成とは異なっていたと見る指摘もなされている。

このように、様々な意見があるものの、前斎宮の入内自体は、母である御息所の無念（東宮妃のまま終わる）を晴らし、その魂を鎮めるとともに、源氏自身、摂関的なあり方を以て藤氏に対抗し、冷泉朝における摂関の伸長を抑えることで、王族が支える理想的治世の実現を目指したのだろう。

一方、自らの恋心を抑えて入内に踏み切る源氏については、「権力への意志が、ともかく女に向かう情念に打ち克った」と見なされ、光源氏変貌の論拠の一つとされている。(38) 同様に、この入内を相談される藤壺が、「かの御遺言をかこちて知らず顔に参らせたてまつりたまへかし」などと能弁に語り、朱雀院の意向をはねつける事から、そこに「偉大な権力者」へと「変身・成長」する藤壺宮の姿を見る向きもある。(39) また、この巻の藤壺宮の地位については諸説あり、現在定説を見るに至っていない。(40) ただし、冷泉を守るべく政治性を発揮する藤壺の姿は、まさに国母としてのそれに重なる。(41) また、兄である兵部卿宮ではなく、源氏がパートナーとして選ばれることにより、史上の摂関政治とは異なる政治形態が実現することになる。

このように、政治家・光源氏は、充分に家父長、あるいは権力者としての風貌を身に付けながらも、摂関として権力を握る気配はなく、斎宮女御の入内も故桐壺院の望んだ理想的治世を実現させるべく決行されているようである。この光源氏の特異な位相の根源には、やはり源氏の「帝王相」が横たわっていると見るべきであり、桐壺院の正統な後継者として、その遺志実現が目指されている。

三　二条東院造営の意味

光源氏の二条東院造営の記述は、次のように始まる。

二条院の東なる宮、院の御処分なりしを、二なく改め造らせたまふ。花散里などやうの心苦しき人々住ませむなど思しあてててつくろはせたまふ。

（「澪標」二―二八四・二八五頁）

この記述の前には、須磨での年月を埋めるべく二条院に住む召人たち（中将、中務の君など）と情を交わした記述があること、またその一方で「御暇なくて外歩きもしたまはず」という状態にある光源氏が語られていることから、二条東院造営には、花散里のような通い所の女性たちを源氏の近くに住まわせる意図があることが知られる。このような二条東院造営の意図は、深澤氏により、「妻妾集団化の企画」「あたかも〈後宮〉形成を意図するかのようだ」と言われた(42)。

しかし、花散里を筆頭とする妻妾たちでは「〈後宮〉形成」とするには貧弱であるし、「二条院から隔離したところの付属施設(43)」というのが二条東院の実態であったことに鑑みると、六条院の〈後宮〉的位相とは明らかに異なっている。また、このように同居する妻以外の女性に近くの邸宅を提供する例は、兼家と道綱母の間にも見られ、そこには夫婦関係を大切にする夫側の意思表示があるとの意見もある(44)。やはり、この造営には、まず、源氏の帰りを信じて待ち続けた女性たちに対する報賞の意図(45)を見るべきであろう。この事は、二条東院入りに、須磨時代の源氏を見舞った五節の名が浮上することからも明らかである。

かやうのついでにも、かの五節を思し忘れず、また見てしがなと心にかけたまへれど、いと難きことにて、え紛れたまはず。女、もの思ひ絶えぬを、親はよろづに思ひ言ふこともあれど、世に経んことを思ひ絶えたり。心やすき殿造りしては、かやうの人集へても、思ふさまにかしづきたまふべき人も出でものしたまはば、さる人の

後見にもと思す。（「澪標」二―二九九頁）

前記のごとく、五節の存在が示された後、物語はこのような女人を集わせる邸宅について述べ、そこから「思ふさまにかしづきたまふべき人」――子供の存在について言及する。この「子供」については、具体的にどのような人物を想定するかで、大いに議論を呼んだ箇所である。

まず、古注では『岷江入楚』が、紫の上の子、もしくは明石姫君を想定する。確かに、明石姫君については、既に「このほど過ぐして迎へてん、と思して、東の院急ぎ造らすべきよし、もよほし仰せたまふ」とあることから、二条東院入りが予定されている。

しかし、この「かしづきたまふべき人」は、「出でものしたまはば」と言われており、この「出でものす」の用例が、ほとんど「生まれる」の意であるならば、明石姫君とは考えにくく、現代の諸注釈書でも明石姫君説はとられていない。[46]

そのような中、今井上氏は、用例を詳細に検討し直した上で、必ずしも「生まれる」の意に限定されないこと、また「出でものす」と敬語が用いられていることなどから、明石姫君説を支持している。[47]この他には、斎宮女御の子、[48]玉鬘のような養女、[49]などの見解がある。

しかし、その高貴な身分から斎宮女御が東院入りする可能性は低く、またその子を五節が後見することにも無理があり、光源氏の「御子三人」の予言と、後の六条院構想への発展を考慮し、養女説が現在大方の支持を得ていると言える。ただし、この養女説には、「出でものす」（「生まれる」の意にとる場合）の語があてはまらない。そのため、紫の上に、源氏の子でない密通の子が生まれる可能性を見る意見もある。[50]

このような可能性を読者に意識させるのは、物語の重層的な表現構造によるのだろうが[51]、その一方で、「東院が単なる妻妾共存の理想郷ではなく、そこを舞台にして新しい緊張を語る」[52]意図の下、様々な可能性が模索されていたことも事実だろう。澪標巻の時点では、光源氏の具体的な愛情が期待できる五節の君と明石の君の二人の東院入りが予定されており、身分的には紫の上の相手ではないが、各々子供を擁する女性として造型されていることは、両院の間に「新しい緊張」を生み出す可能性が秘められているとも言える。また、二条院が紫の上、斎宮女御、明石姫君を擁し、源氏の権勢の源泉として聖域化するのに対し、東院は花散里や明石の君、玉鬘を集め据えた「心やすき殿」として世俗的な繁栄しか誇示し得ず、源氏世界を二元化し、対立的な構造を持ち込む可能性があったとの意見[53]も、やはり「新しい緊張」の可能性を示唆しているだろう。

しかし、結局このような「新しい緊張」は、明石の君や五節の君の東院入りが果たされなかったことから回避された。というより、やはりこのような二元化の構造では、身分の差が明確なために、真の緊張を生み出しえなかったからではないだろうか。澪標巻で想定されていたこの二条東院の役割は、その多くが後の六条院へと引き継がれた。四方四季を配した理想郷のような六条院も、女性たちの忍耐によって支えられていたことは、各々の薄くなった髪によって示されており[54]、その緊張は女三宮の降嫁でピークに達している。

このように、二条東院は、当初予定されていた人物を収容することができず、新たに六条院という主要舞台が設定されたことから、早くは高橋和夫氏が、そこに作者の構想上の変更（六条院は後で構想された）を指摘した[55]。それに対し、初めから六条院構想があったとする主張がなされ[56]、後に二条東院構想の問題は様々な形で論じられることになった[57]。

しかし、作者の構想変更を具体的に物語内部から抽出することには限界があり、物語の表現構造の問題として解き得る箇所も、すべて作者の構想変更の産物として恣意的に解釈される傾向があったことも否めない。そのような中で、六条院造営の経緯については、重積されている物語群が互いにひびきあっており、構想の統一性によらないことが鈴木日出男氏によって指摘され(58)、原岡文子氏に至り、ようやく構想論を離れたところで物語内の論理（血筋の論理、系譜の論理）をもとに、二条東院から六条院への過程が読み解かれた(59)。原岡氏は、「院の御処分」である二条東院では明石姫君のエネルギーを持ち得ず、同じ血族である桐壺一族ゆかりの邸宅・二条院にこそ姫君が招き寄せられる必然があったとして、六条院への移動も、やはり六条御息所との血縁的つながりによることを想定する。また、東原伸明氏は、テクスト論の視点からこの問題を捉え返すことで、明石の君の転居固辞の理由を物語に底流する《離婚》の主題に見出し、さらに明石の君の龍女としてのイメージによって、二条東院から六条院への展開を跡づける(60)。

このように、二条東院が当初予定されていた役割を果たし得なかった理由としては、明石の君の拒否を中心として明石一族の位相を重く見る立場がある(61)。また、二条東院造営の意義については、後に六条院入りする花散里や明石の君の造型を膨らます意図を読み取る意見もある(62)。確かに、花散里の具体的な性格が明かされるのは澪標巻からであり(63)、明石の君も、二条東院入りをめぐって思い悩み、その造型を深めていったと言えるだろう(64)。二条東院には、様々な可能性が模索されていた。そして、後の六条院を生み出す種子も胚胎していたのである。

六条院完成後、二条東院入りしているのは、末摘花と尼姿の空蟬であった。姥澤隆司氏は、二条東院造営当初から、ここに集わせる女性たちは、源氏の経済的庇護を必要とするものの、源氏との愛情関係が具体的な形では薄れてしまった（薄れつつある）女性たちを多く収容する意図があったことを指摘する(65)。ただし、五節の君に限っては、親が健在で経済的に困っている様子はなく、光源氏に「また見てしがな」と思われるように、決して愛情が薄れつつある女性とは言えない(66)。一方、後に二条東院入りしている女性たちは、確かに姥澤氏が言われるような、源氏の具体的な愛情が期待できない女性たちであり、六条院完成後の二条東院は、氏の言われる意図の元に経営されていると見られる。五節の君が東院入りしていない理由もそこにあろう。

このように、二条東院の造営は、様々な可能性を秘めつつも、最終的に苦境にある故院ゆかりの女性たちを救う形に落ち着き、六条院造営とは別に、光源氏の理想性を体現する邸宅となるのである。

四　「御子三人」の予言と宿世の自覚

澪標巻には、宿曜の予言が次のように記される。

宿曜に「御子三人、帝、后必ず並びて生まれたまふべし。中の劣りは太政大臣にて位を極むべし」と、勘へ申したりしこと、さしてかなふなめり。おほかた、上なき位にのぼり、世をまつりごちたまふべきこと、さばかり賢かりしあまたの相人どもの聞こえ集めたるを、年ごろは世のわづらはしさにみな思し消ちつるを、当帝のかく位にかなひたまひぬることを思ひのごとうれしと思す。みづからも、もて離れたまへる筋は、さらにあるまじきことと思す。あまたの皇子たちの中にすぐれてらうたきものに思したりしかど、ただ人に思しおきてける御心を思ふに、宿世遠かりけり、内裏のかくておはしますを、あらはに人の知ることならねど、相人の言空しからず、と御心の中に思しけり。

（「澪標」二―二八五・二八六頁）

光源氏の「帝王相」を指摘した高麗相人の予言、須磨への流離等を暗示した夢告に続き、三つ目となるこの予言は、光源氏の回想という形で示され、しかも源氏の予言としては最後のものである。これまでの予言に比べると具体的で内容も明瞭なことから[67]、光源氏は、この予言を実現すべく行動するようになり、今まで瞑々の摂理に翻弄されてきた主人公は、ここでようやく神の視点を獲得することになるとの指摘もある[68]。

また、この予言は大方的中した時点で示されていることから、予言自体に新しい展望が秘められているわけではなく、主人公の自覚的な行動が物語の未来を切り拓く力として取り入れられていると言われる[69]。しかも、予言内容は、これまでのように謎と不安に満ちたものではなく、明快に源家の栄華の未来が確言されており、家父長として着実に栄華の階梯を上りはじめる源氏の大臣の物語の始発に置かれるに相応しく[70]、源氏の未来を予祝する予言であるに違いない。

このように、澪標巻の予言は、これまでの予言とは異なるものとして、その特性が論じられてきた。また、占い方法としての「宿曜」も、当時、比較的新しい技術であったことが指摘されており[71]、これまでの予言には見られない具体性もその事と関係があるのかもしれない。

一方、ここで光源氏が高麗相人の予言と父・桐壺院の判断とを顧みる記述があることは注目される。桐壺巻で示された高麗相人の予言は、源氏の「帝王相」を指摘するものであった。

しかし、父桐壺院は、源氏の「帝王相」に付随する乱憂を避けるため、源氏を「臣下」に下す決断をする。ただし、源氏は「臣下として終わる相ではない」と言われており、相人の言葉は、源氏の「帝王相」が何らかの形で立ち現れてくることを予言していた。実際、藤壺宮が懐妊した若紫巻の時点で、源氏の「帝王相」の謎は、「帝の父」として解き明かされる可能性を示唆していたと言える。

また、若紫巻の夢告を元にした夢占いは、源氏の須磨流謫を予言するが、その原因は、やはり藤壺との密通と冷泉の誕生にあり（直接の契機が朧月夜との密会発覚であっても）、この予言も光源氏の「帝王相」に深く関わる予言であった。

さらに、この宿曜の予言においては、冷泉の即位を明快に言い当てることにより、光源氏の「帝王相」に関わる一連の予言を締めくくる意味を持つ。いわば、源氏の「帝王相」に一つの区切りがつけられるのである。光源氏は、「宿世遠かりけり」と、自身の「帝王相」が帝位と結びつかなかったことに我が身の宿世をかみしめつつ(72)、それでも「相人の言空しからず」と冷泉帝の即位により「帝の父」となることで自身の「帝王相」が発現したことに喜びを隠せない(73)。その心中は、父・桐壺院の決断を、改めて自らの誡めとする強い思いに満ちていたはずだ。

しかし、この宿曜の予言は、すべてが既に的中したものとして記述されているわけではない。「みな思し消ちつる」状態であったこの予言が、再び源氏に思い出されたのは、明石の君に姫君が誕生したとの知らせが入ってからである。つまり、明石で生まれた御子が姫君であって、初めて光源氏は、この予言の確信を得たということになる(74)。これから実現されるべき予言は、明石姫君の立后と夕霧の太政大臣就任である。冷泉即位が源氏の「帝王相」を保証するものであるとすれば、この残りの御子たちの未来は、源家の栄華とその継続を保証するものである(75)。ここで、光源氏は帝位への距離を実感するとともに、改めて源氏として生きる決意をすることになる。

また、予言そのもののあり方に注目すると、この予言は、一体どの時点で源氏に与えられたものなのかはっきりしない(76)。しかし、いつ勘申されたか、ということよりも、「御子三人」という家に関わる予言を、源氏が既に得ていたものとして語られる事が重要なのではなかろうか。これまでの予言とは異なり、源氏の御子に関する予言は、当然源家の未来に関わる予言であり、源氏個人の宿世というより、子供たちの宿世が示されたものと言える(77)。明石入道は、後に若菜下巻で、夢告として一族に関わる予言を受け取っていたことを明らかにするが、入道のように、意識的に予言を守ってきたわけではないにしても[78]、光源氏が明石入道と同じ内容を含む予言（明石姫君の立后）を得、その予言を入道同様一人で抱えていたことについては、同じ一族[79]としての因縁を感じさせる。

いま行く末のあらましごとを思すに、住吉の神のしるべ、まことにかの人も世になべてならぬ宿世にて、ひがひがしき親も及びなき心をつかふにやありけむ、さるにては、かしこき筋にもなるべき人のあやしき世界にて生まれたらむは、いとほしうかたじけなくもあるべきかな、このほど過ぐして迎へてん、と思して、東の院急ぎ造らすべきよしもよほし仰せたまふ。（「澪標」二―二八六頁）

「住吉の神のしるべ」とは、光源氏が須磨において、故桐壺院の指示を契機として受けたものであり、同様に明石の君も、入道の教えに従い住吉社に毎年参詣することで、その「しるべ」を受けていた。桐壺院と入道は、ともに親として子供たちの宿世のために尽くしてきたのである。今度は、光源氏が親として子供たちのために力を尽くさねばならない[80]。後の住吉詣が冷泉朝の始めと終わりに行われ、特に後者が入内した明石姫君の皇子立坊によることに鑑みても、「御子三人」の予言は、やはり明石一族、及び住吉信仰と深く関わっていると見るべきだろう。

このように、宿曜による「御子三人」の予言は、光源氏の回想によって示され、光源氏に宿世への感慨を抱かせる。冷泉帝の即位は、光源氏の「帝王相」の謎をすべて解き明かしたように見えるが、後に藤裏葉巻における准太上天皇位への即位まで、その射程は広がっている。光源氏の「帝王相」は、自ら帝位につくのとは異なるものであることを、源氏自身、この澪標巻で明確に自覚することで、以後、その独自性が真に発揮されていくのではないだろうか。

五　住吉詣の光源氏と明石の君

明石の君に女児が誕生した。光源氏は、我が娘のために自ら乳母を選んで明石に派遣する。この乳母については、「故院にさぶらひし宣旨のむすめ」と記され、ここでも桐壺院ゆかりの女性が源氏によってその窮状を救われる体となっている。

吉海直人氏は、実際、仕える御子の母親が乳母より身分が低いことなどありえず、しかも鄙である明石に赴かせたことについては、源氏の深い配慮を読み取るべきであると述べる。(81) さらにこの乳母の出自から、宮廷の実情に精通していたことが予想されるとし、このような乳母の派遣は、たとえ姫君が明石の地にあっても、言葉や礼儀作法などすべてにわたって后がねとして立派に成長するよう源氏によって画策されたとする。(82) しかも、源氏の手配は至極内密に進められており、都において、明石の君が懐妊していることは源氏以外誰も知らぬことであったし、(83) 乳母も念入りに口止めされていた。姫君誕生後は、特に「鄙生まれ」という傷をつけないための配慮であったと考えられるが、その反面、姫君を公然とした儀式の時空から疎外することにもなった。(84)

このような源氏の配慮は、まさに予言実現への布石であり、その配慮が徹底的であればこそ、実母・明石の君の身分の低さが問われるのも時間の問題であった。乳母の派遣やしかるべき祝いの品々が届けられることに「いとたけく」思う(85)明石の君の幸せも、長くは続かないことが予想されるのである。(86)

実際、明石の君は住吉詣の場で、源氏との身分の懸隔を思い知ることになる。光源氏の住吉詣の威勢については次のように語られる。

岸にさし着くるほど見れば、ののしりて詣でたまふ人けはひ渚に満ちて、いつくしき神宝を持てつづけたり。楽人十列など装束をととのへ容貌を選びたり。「誰が詣でたまへるぞ」と問ふめれば、「内大臣殿の御願はたしに詣でたまふを知らぬ人もありけり」とて、はかなきほどの下衆だに心地よげにうち笑ふ。（「澪標」二―三〇二頁）

この後、明石の君は、下人でさえ知っていた源氏の住吉詣を、自分は知らずに参詣に来たことに打ちのめされる。また、自分の娘と同じく源氏の御子である夕霧の際立って華やかな姿に、「いみじ」と我が子のありさまを嘆き、より一層娘の将来を神に祈るのである。

一方、光源氏の姿については、後に「河原の大臣の御例をまねびて」童随身を頂いているとあり、その華やかさが「明石君の悲嘆の心象風景」[87]として語られるが、実際源融が童随身を賜った記述は見られない。しかし、『花鳥余情』が指摘するように、道長の例があることから、[88]玉上琢彌氏は、道長の事として明らかな童随身を源融の例として挙げ、背後に道長を匂わす作者の手法であるとする。[89]

さらに若菜下巻においては、明石一族も含めた源氏の住吉詣が再度描かれるが、この参詣の准拠として、『花鳥余情』は長保五年（一〇〇三）の道長一族の参詣記事を挙げており、[90]この説を受けて道長の室・倫子の家や紫式部の夫・宣孝の一族が住吉に縁の深いことが指摘されている。[91]また、式部の父である為時の兄・為長の住吉詣の影響を重く見る立場もある。[92]確かに、当時は、僧侶たちの住吉社参詣・社頭詠の流行と雁行して在俗の貴族にも同じ現象が集中しており、[93]そのような時代背景を踏まえてこの場面を読む必要があるだろう。

このように、住吉詣における光源氏が、実は道長のありようと重ねられるという指摘は大変興味深いが、実際、この住吉詣は、主として源氏と王権との関わりから注目されてきた。その指摘は、『花鳥余情』に始まるが、改めてこの点に注目した三谷邦明氏は、源氏の難波の祓に天皇の即位に伴って行われる八十島祭の投影を指摘し、冷泉朝においては、源氏こそ国土の統治者として宗教的資格を得、その栄華が保証されていると述べる。(94)また、石原昭平氏は、源氏が「蛭の子」に喩えられることを手掛かりとして、貴種流離譚に基づく王権神話（国生み神話）との重なりを読み、さらにこの祓が八十島祭の斎場、住吉神領と場所を等しくして行われることから、源氏の難波の祓を王権再生のための通過儀礼と位置付けた。(95)

さらに、源氏が祓を行う田蓑島が、当時住吉大社の北祭（秋の祓）を行う聖域であり、王朝期の住吉信仰の実相との一致を指摘した上で八十島祭について言及し、住吉信仰においては、遊女が聖女として神事に参列していた可能性を見る意見がある。(96)また、八十島祭における典侍（天皇の乳母）と、遊女の役割を明石の君に見出すことで、源氏の潜在王権を陰から支えながらも、上京後の漂泊を宿命とする明石の君の位相に注目する論も見られる。(97)

しかし、源氏の住吉詣で何より重要なのは、このような王権的儀礼が、源氏自身、即位することを完全に断念した上で行われている点ではなかろうか。既存の帝位に囚われることがなくなったからこそ、新たに発揮される源氏の王権性もあるはずである。この事は、今後、光源氏独自の王権性が、より積極的に発揮されることを予感させるものがある。

一方、源氏の住吉詣は、王権と関わる儀式的側面の他に、明石の君との邂逅を叙情的に語る私的な場面を合わせ持つ。多くの引歌・歌枕が散りばめられる中で、二人の贈答が交わされ、海浜の風情が源氏の独詠を導いていく。

（源氏）みをつくし恋ふるしるしにここまでもめぐり逢ひけるえには深しな

とてたまへれば、かしこの心知れる下人してやりけり。駒並めてうち過ぎたまふにも心のみ動くに、露ばかりなれど、いとあはれにかたじけなくおぼえてうち泣きぬ。

（明石の君）数ならでなにはのこともかひなきになどみをつくし思ひそめけむ

田蓑の島に禊仕うまつる御祓のものにつけて奉る。日暮れ方になりゆく。夕潮満ち来て、入江の鶴も声惜しまぬほどのあはれなるをりからなればにや、人目もつつまずあひ見まほしくさへ思さる。

（源氏）露けさのむかしに似たる旅衣田蓑の島の名にはかくれず

（「澪標」二―三〇六・三〇七頁）

光源氏の歌は、住吉神が取り持つ深い縁を明石の君に確信する歌であり、元良親王の歌（「わびぬれば今はた同じ難波なるみをつくしても逢はむとぞ思ふ」後撰・恋五、拾遺・恋二）を本歌とし、「身の破滅を厭わない情熱」や「青春の奔放さ」を虚構の世界で復権しようとするものであった[98]。一方、明石の君の歌は「数ならで」「かひなきに」と、わが身の拙さに重点が置かれ、「宿命的な愛情と身分地位の懸隔という矛盾した状況に対する不安」[99]を述べているとされる。ただし、両者の懸隔は、和歌によってこの場では容易に埋められたという[100]。だからこそ、源氏の方も、贈答後は「人目もつつまずあひ見まほし」とやるせない思いに浸っていた。そして、光源氏の独詠は、一時的にも源氏を明石の世界へ引き戻すものであり[101]、このような源氏の姿に、「公的な立場と私的な生き方の対立の問題」[102]を見る意見もある。

しかし、光源氏にとって、願ほどきとなるこの住吉詣は、須磨での一連の出来事を締めくくる行事であったはずだ。この贈答以前に、惟光は源氏に「住吉のまつこそものは悲しけれ神代のことをかけて思へば」と歌を詠みかけるが、住吉の神代の昔に流離の昔がかけられることこそ、かの出来事が既に思い出されるべき過去となっていることを意味していよう。それゆえ源氏は、「あらかりし浪のまよひに住吉の神をばかけてわすれやはする」と、嵐に遭った流離の日々を、そして住吉の神の功徳を決して忘れない、と詠まなければならない。その直後、源氏の耳に明石の君の消息が入り、「神の御しるべを思し出づる」とあることは実に示唆的である。住吉の神の導きは、明石の君との関わりにおいて続いており、決して忘れてはならない導きであることを、源氏はこの住吉詣において実感する。

このように、明石一族と光源氏は、住吉神を介して結びつき、姫君の誕生を経ることで、改めて双方の予言実現に向けて始動する。若菜下巻、明石姫君の皇子が立坊した折、再度、願いが成就したとして、住吉詣が成される所以である。

六　結　語

澪標巻の光源氏は、一つの転機を迎える。法華八講の主催に始まった源氏の政治家としての活動は、桐壺院の後継者として、故院の望む理想的治世を実現させるためのものであった。摂政の辞退や斎宮女御の入内は、史上の摂関とは異なる光源氏のあり方を示しており、その特異な位相の根源に源氏の「帝王相」を見ることができる。

また、二条東院の造営は、六条院に先駆けて光源氏の妻妾たちを集わせるとともに、明石姫君の引き取りや妻妾間における新たな緊張が意図される。いわば、様々な可能性が模索されるが、最終的に苦境にある故院ゆかりの女性たちを救う邸宅となる。二条東院は、「後宮」のような六条院とは異なるが、源氏の理想性を体現する邸宅であると言えるだろう。

さらに、源氏にとって最後の予言が、冷泉帝の即位と明石姫君の誕生を経て光源氏に回想される。「御子三人」の将来を示す予言は、源家の明るい未来を確言するが、源氏は一人、自身の宿世に思いを馳せる。冷泉帝の即位は、これまでの予言に示されてきた光源氏の「帝王相」（王権性）の謎を解き明かすものであり、自らの王権性が自身の即位と結びつくものでなかったことを源氏は思い知るのである。それは、光源氏が改めて桐壺院の英断を認め、自身が持つ「帝王相」の独自性を知ったことを意味していよう。源氏は己の宿世を明確に悟った上で、予言実現へと動き出す。明石姫君に対する配慮は、まさにその布石であり、住吉詣では、源氏の独自な王権性が遺憾なく発揮されることになる。「難波の祓」は、新生光源氏の「王権儀礼」の始発として見ることができるのである。

このように、澪標巻は、独自に発揮される光源氏の王権性が、紫の上を中心とする女性たち、また明石一族の願いと絡み、今後、物語にどのような展開をもたらすのか、新たな期待を抱かせる巻と言えるだろう。

注

（1）　長谷川政春「物語・時間・儀礼―源氏物語論として―」（『物語史の風景』若草書房、一九九七年、初出一九七七年）

（2）　三谷栄一「第三編　源氏物語とその基盤　第二章　長編と貴種流離譚」（『物語史の研究』有精堂、一九六七年）

（3）　小町谷照彦「歌―独詠と贈答　明石君物語に即して」（『国文学』一七―一五、一九七二年十二月、『源氏物語の歌ことば表現』東京大学出版会、一九八四年、所収）によれば、明石の君への贈歌に見られる「思ひやる」の語は、遙か遠く隔たった世界を顧みようとする源氏の姿勢を示すと言われる。

（4）　島内景二「明石物語を中心として」（『源氏物語の話型学』ぺりかん社、一九八九年）また明石姫君は、後に「夜光る玉」と形容されることから、姫君を海幸山幸譚の呪宝になずらえる石川徹氏（「光源氏須磨流謫の構想の源泉―日本紀御局新考―」『平安時代物語文学論』笠間書院、一九七九年）や、光源氏の潜在王権のレガリアと見る秋澤亙氏（「「夜光る玉」としての明石姫君」『源氏物語の准拠と諸相』おうふう、二〇〇七年、初出一九九二年）などの論考がある。

（5）島内景二「王朝物語術語話型事典／話型の部・玉取り（海人型）」（『王朝物語必携』別冊国文学三二、學燈社、一九八七年九月）また氏は、注（4）論文の中で、須磨・明石巻を通して光源氏が如意宝（明石の君と明石姫君）を得ると言い、それも受動的な「玉貰い」の要素が強いことを指摘する。

（6）伊藤博「澪標」（『源氏物語講座』三、有精堂、一九七一年）

（7）清水好子「藤壺宮」（『源氏の女君』増補版、塙新書、一九六七年）

（8）鈴木日出男「源氏物語の和歌」（『古代和歌史論』東京大学出版会、一九九〇年、初出一九八〇年）

（9）篠原昭二「宿曜師の予言をめぐって」（『むらさき』一二、一九七四年六月）

（10）注（6）に同じ。

（11）高橋亨「可能態の物語の構造―六条院物語の反世界―」（『源氏物語の対位法』東京大学出版会、一九八二年）

（12）塚原鉄雄氏は、平安中期に参議兼大将の例が全くないことから、物語に記述はなくとも、源氏が中納言を経ていることは作者と読者とに共通する了解事項であったと見る（「源氏物語と官位昇進―紫女創作の表現方法」『王朝』九、一九七六年六月）。しかし、田坂憲二氏は、源氏以外の人物たちの官位が省略されることなく物語に記述されていることから、源氏のみ例外とするには無理があるとし、当時の常識に全く反する形で、光源氏の官職を参議兼右大将としたという。ここでは、田坂氏の説（「内大臣光源氏をめぐって―〈政治の季節〉・その三―」『源氏物語の人物と構想』和泉書院、一九九三年）に従っている。

（13）深澤三千男『源氏物語の形成』（桜楓社、一九七二年）

（14）日向一雅「六条院世界の成立について―光源氏の王権性をめぐって―」（『源氏物語の主題』桜楓社、一九八三年）

（15）「源氏の故院を御夢にみ給し事あかしの巻にみえたり寛平御記寛平元年九月甲辰依二御夢一有下被レ行二御八講一之事上先帝遷化《ノ》後諸公子勠《アハセテ》レ力当《ニ》二果《ハタシ》行一也即任《テ》レ意遊猟不レ勤二此事一可レ謂二不忠不孝甚一者也云々先皇を夢にみ給て御八講をおこなはれし事此巻にいへる所と相似たり此先帝は仁和の御門を申なり」（松永本『花鳥余情』「澪標」桜楓社、一一〇頁）返り点は一部改めた。

（16）「帰京は八月也毎事をさしをきて此御八講を程なくやかて十月にいそきし給孝心の切なる所あらはれたり心を付てみる

へし」（内閣文庫本『細流抄』「澪標」桜楓社、一三七頁）

（17）田中隆昭「光源氏における孝と不孝――『史記』とのかかわりから――」（『源氏物語　引用の研究』勉誠出版、一九九九年）等。

（18）甲斐稔『『源氏物語』と法華八講』（『風俗』二一―三、一九八二年九月）

（19）大臣は一度辞するが、「四皓の故事」（漢の高祖時代、呂后が張良に計って、隠棲している四皓（四人の老賢人）を招き、我が子である太子の安泰を図ったという故事）に倣い、任を引き受ける。

（20）坂本曻「父桐壺帝」（『源氏物語構想論』明治書院、一九八一年）また、このように源氏が招来する新時代を〈昔〉の到来と位置付けて、澪標巻以降の政治的側面を論じたものに、小山清文「政治の季節―澪標と以後の巻々―」（『光る君の物語』源氏物語講座三、勉誠社、一九九二年）がある。

（21）注（12）の田坂論文では、延喜・天暦以来一条朝に至るまで、内大臣の地位は空席が多く、その席が埋められる時は、必ず摂関の地位につく前段階としてあることを指摘する。

（22）注（12）田坂論文

（23）塚原明弘「「澪標」巻の光源氏―『源氏物語』の政治的背景―」（『國學院雑誌』一〇三―九、二〇〇二年九月）、「光源氏の摂政辞退と夕霧の大学入学―「澪標」巻と「少女」巻の政治的背景―」（『源氏物語の鑑賞と基礎知識』二七、至文堂、二〇〇三年）、後に『源氏物語ことばの連環』（おうふう、二〇〇四年）所収。

（24）日向一雅「桐壺帝と桐壺更衣―親政の理想と「家」の遺志、そして「長恨」の主題―」（『源氏物語の準拠と話型』至文堂、一九九九年）

（25）良房の年齢との重なりを指摘したのは『河海抄』であるが、藤村潔氏は、良房の年齢とともに、多くの天変地異が見られる永祚元年（九八九）の太政大臣藤原頼忠の薨去年齢とも関係があったとする。（「摂政太政大臣の薨去」『古代物語研究序説』笠間書院、一九七七年）

（26）田坂憲二「頭中将の後半生―源氏物語の政治と人間―」（注（12）田坂氏前掲書）

（27）篠原昭二「光源氏の栄華と行為―澪標の巻の場合―」（『源氏物語の論理』東京大学出版会、一九九二年）これ以前には、

(28) 村井順氏（『源氏物語論』上「澪標」中部日本教育文化会、一九六二年）によって、源氏が紫の上の継母にあたる兵部卿一家に対して、報復的態度に出たことには、落窪物語や住吉物語の影響もあるとの指摘がなされている。
(29) 注（14）に同じ。
(30) 日向一雅「桐壺帝と大臣家の物語―準拠と話型構造論の観点から―」（『源氏物語の準拠と話型』至文堂、一九九九年）
(31) 田坂憲二「鬚黒一族と式部卿宮家―源氏物語における〈政治の季節〉・その二―」（『源氏物語の人物と構想』和泉書院、一九九三年）
(32) 藤井貞和「光源氏物語主題論」（『源氏物語の始源と現在』岩波現代文庫、二〇一〇年、初出一九七一年）
(33) 高橋亨「源氏物語の〈ことば〉と〈思想〉」（『源氏物語の対位法』東京大学出版会、一九八二年）
(34) 斎宮女御・徽子は、醍醐天皇御子・重明親王の娘であり、斎宮を務めた後、村上天皇のもとに入内する。後に、斎宮として卜定された娘の規子内親王とともに伊勢に下向することから、六条御息所母子の准拠として『河海抄』、『花鳥余情』等が指摘する。
(35) 川名淳子「秋好中宮について―澪標巻・鈴虫巻を中心に―」（『中古文学』三七、一九八六年六月）
(36) 辻和良「秋好中宮について―冷泉帝、正統化への模索―」（『源氏物語の王権―光源氏と〈源氏幻想〉―』新典社、二〇一一年）また、吉野瑞恵「光源氏の皇統形成―前坊の娘・秋好入内の意味」（『王朝文学の生成―『源氏物語』の発想・「日記文学」の形態』笠間書院、二〇一一年、初出一九九九年）も、この入内を冷泉帝に正統性を付与するものとして見る。
(37) 注（14）に同じ。
(38) 注（35）吉野論文では、前斎宮が前坊の娘であることから、桐壺帝の養女格となっており、冷泉への入内も時代を遡れば天皇の理想的な結婚形態とされていた異母姉妹との結婚を連想させるという。
(39) 注（6）伊藤論文による。氏が、最初に澪標巻における光源氏の変貌について論じたものに、「「澪標」以後―光源氏の変貌―」（『日本文学』一四―六、一九六五年六月）がある。
(40) 注（7）に同じ。

(40)　藤壺宮の地位については、本文に「入道后の宮、御位をまた改めたまふべきならねば、太上天皇になずらへて、御封賜らせたまふ。院司どもなりて、さまことにいつくし。」（「澪標」二―三〇〇頁）とある。後藤祥子「藤壺の出家―「賢木」から「澪標」へ」（『源氏物語の史的空間』東京大学出版会、一九八六年）は、后位を離れた藤壺が再び皇太后の下で后位に復することはできないので女院宣下を受けたとする（廃后・女院説）のに対し、島田とよ子「『源氏物語』に於ける「中宮」」（『大谷女子大国文』一三、一九八三年二月）は、藤壺は既に太皇太后位にあって、それ以上の昇進は不可能なので、准太上天皇の待遇（ただし准太上天皇位にはない）が与えられたと見る（非廃后・非女院説）。また、加藤洋介「源氏物語「准太上天皇攷」」（『説林』四二、一九九四年二月）は、藤壺が皇后の地位にありながら、准太上天皇位に相当する封戸を受け、院司を設置されたとし、その地位に先例主義を越える物語の虚構性を見出す。藤壺宮の地位については、この他、藤壺宮の地位に関わる論考として、高田信敬「母后の地位―澪標巻箋註―」（『むらさき』三三、一九九六年十二月）や、時野谷滋「澪標巻と薄雲巻の年官年爵」（『日本制度史論集』国書刊行会、二〇〇一年、初出一九九六年）等がある。

(41)　服藤早苗「王権と国母―王朝国家の政治と性―」（『平安王朝社会のジェンダー―家・王権・性愛』校倉書房、二〇〇五年）

(42)　深澤三千男「王者のみやび―二条東院から六条院へ（続光源氏の運命）―」（『源氏物語の形成』桜楓社、一九七二年）

(43)　鈴木日出男「六条院の創設」（『源氏物語虚構論』東京大学出版会、二〇〇三年、初出一九七四年）

(44)　胡潔「光源氏の居住と多妻婚―六条院を中心に」（『平安貴族の婚姻慣習と源氏物語』風間書房、二〇〇一年）

(45)　注（14）に同じ。

(46)　玉上琢彌『源氏物語評釈』「澪標」（角川書店）

(47)　今井上「光源氏論―澪標巻「思ふ様にかしづき給ふ人」をめぐって―」（『源氏物語　表現の理路』笠間書院、二〇〇八年）

(48)　大朝雄二「六条院物語の成立をめぐって」（『源氏物語正篇の研究』桜楓社、一九七五年）また、呉羽長「「澪標」巻論」（『源氏物語の創作過程の研究』新典社、二〇一四年、初出一九八七年）は、大朝氏の説を受けて前斎宮を想定する。

(49)　森一郎「二条東院造営」（『源氏物語の方法』桜楓社、一九六九年）

(50)　注（11）に同じ。
(51)　注（11）に同じ。
(52)　注（48）大朝論文による。氏は、この緊張が二条院に紫の上、東院に斎宮女御を配して語られるはずだったとする。
(53)　注（14）に同じ。
(54)　三田村雅子「Ⅱ光源氏世界の構築　4虚構の〈家〉」（『源氏物語―物語空間を読む』ちくま新書、一九九七年）
(55)　高橋和夫「二条院と六条院―源氏物語に於ける構想展開の過程について」（『源氏物語の主題と構想』桜楓社、一九六六年、初出一九五一年）
(56)　池田義孝「源氏物語の方法―二条の東院と六条院―」（『国語と国文学』四六―六、一九六九年六月）
(57)　二条東院から六条院への構想変更を認める立場である注（48）大朝論文、注（49）森論文、注（42）深澤論文、伊井春樹「五節と花散里の登場の意義」（『源氏物語論考』風間書房、一九八一年、初出一九六九年）、「六条院の形成」（前掲書所収、初出一九七三年）、斎藤暁子「明石上と東の院」（『源氏物語の研究―光源氏の宿痾』教育出版センター、一九七九年）、藤村潔「六条院の構想について」（『源氏物語の研究』桜楓社、一九八〇年）、伊藤博「六条院物語の形成過程」（『へいあんぶんがく』二、一九六八年九月）、森藤侃子「二条東院と明石君」（『源氏物語―女たちの宿世―』桜楓社、一九八四年、初出一九七一年）、注（11）高橋亨論文、注（43）鈴木論文、田坂憲二「二条東院構想の変遷―明石の君母子の処遇をめぐって」（注（12）田坂氏前掲書、初出一九七七年）、清水婦久子「「六条院」の変容」（『源氏物語の風景と和歌』和泉書院、一九九七年、初出一九七九年）に対し、池田氏の立場を継承する論に、中村文美「源氏物語の研究」（東京女子大学『日本文学』五〇、一九七八年）、坂本舁「二條東院造營の意義」（『源氏物語構想論』明治書院、一九八一年）があり、東原伸明氏は「相互批判のかたちで、水掛け論的に両者の系譜に連なる論が量産されていった」（「源氏物語の表現と深層テクスト―二条の東院から六条院へ―」『物語文学史の論理』新典社、二〇〇〇年、初出一九八九年）と述べている。
(58)　注（43）に同じ。
(59)　原岡文子「光源氏の邸―二条東院から六条院へ―」（『源氏物語両義の糸―人物・表現をめぐって』有精堂、一九九一年）

（60）注（57）東原論文
（61）注（59）、注（60）論文の他、注（57）の斎藤論文、森藤論文、中村論文、注（43）鈴木論文等がある。
（62）花散里の造型に重きを置く論として、注（57）の坂本論文、広瀬唯二「澪標の巻の構想―後見の構想をめぐって―」（『平安文学研究』七〇、一九八三年十二月）等があり、明石の君については、注（57）の中村論文等がある。
（63）注（62）広瀬論文
（64）注（57）の斎藤論文、森藤論文、中村論文等。
（65）姥澤隆司「二条東院の女性たち―蓬生・関屋巻―」（『光る君の物語』源氏物語講座三、勉誠社、一九九二年）
（66）注（48）大朝論文では、五節の後見が語られることについて、「将来ふたたび五節との親密な交情の復活もありうる伏線」という。
（67）源氏の子孫に対する予言（源家繁栄）であるが、同時に光源氏の「帝王相」の真意が解き明かされる。
（68）藤井貞和「澪標」（『国文学』一九―一〇、一九七四年九月）ただし、この時点では准太上天皇の地位までは見通せていないため、依然として光源氏は暝々の摂理下にいることになる。藤井氏自身も同稿で「ここ「澪標」でなお自身の帝位へのたわむれ（「藤裏葉」の―」）を見通せないかぎりで、もてあそばれつづけている」とするが、同時に「比喩的な意味ではなくて、光源氏は物語のなかにまさに神の視点をかくとくした」とも言っており、疑問が残る。
（69）注（9）に同じ。
（70）注（6）に同じ。
（71）藤本勝義「源氏物語における宿曜」（『源氏物語の想像力―史実と虚構』笠間書院、一九九四年）、田中隆昭「光源氏についての予言と宿曜」（注（17）前掲書）等。
（72）森一郎「源氏物語第一部の主題と方法」（『源氏物語の主題と方法』桜楓社、一九七九年）は、この予言の回想に、源氏が自らの即位への期待を抱いていたふしが見られるとする。
（73）藤井貞和「「宿世遠かりけり」考」（『源氏物語の表現と構造』笠間書院、一九七九年）
（74）阿部秋生「明石の君の物語の構造　第四章　明石の御方」（『源氏物語研究序説』東京大学出版会、一九五九年）は、この予言によって、明石姫君が后がねであることを確信したという。
(75) 日向一雅「光源氏論への一視点―「家」の遺志と王権と―」(『源氏物語の主題』桜楓社、一九八三年)は、特に夕霧の太政大臣就任の予言を、源家の未来を保証するものとして重視する。
(76) 注(6)の伊藤論文では、「若紫」(夢解き)以降「澪標」に至る間の勘申であるとし、高橋和夫「高麗人の予言」(『源氏物語』の創作過程』右文書院、一九九二年)は、「若紫」(夢解き)以降「賢木」の春宮冊立以前であると想定する。
(77) 注(71)田中論文
(78) 本書第十五章「明石入道への予言と王権―夢告への対応から―」
(79) 阿部好臣「明石物語の位置―桐壺一族との関わりにおいて」(『物語文学組成論Ⅰ―源氏物語』笠間書院、二〇一一年、初出一九七六年)は、明石入道が桐壺一族として設定されている点などから、桐壺更衣の物語の発展上に明石物語があることを指摘する。
(80) 坂本共展(昇)「明石姫君構想とその主題」(『源氏物語構成論』笠間書院、一九九五年)
(81) 吉海直人「明石姫君の乳母」(『源氏物語の乳母学―乳母のいる風景を読む』世界思想社、二〇〇八年、初出一九八七年)
(82) 注(81)に同じ。
(83) 注(74)阿部論文では、源氏が明石の君に頻りに上京を勧めるようになったのが姫君誕生後であることから、それまではどれだけ明石の君を迎える意志があったのか疑わしいと言われ、男子が誕生していたら迎えようとしなかったかもしれないと推測する。
(84) 小嶋菜温子「光源氏と明石姫君」(『国文学』四四、一九九九年四月)、「産養をめぐる史劇」(『平安文学の想像力』論集平安文学五、勉誠出版、二〇〇〇年)、後に『源氏物語の性と生誕―王朝文化史論』(立教大学出版会、二〇〇四年)所収。
(85) 飯沼清子「誕生・産養・裳着」(山中裕編『源氏物語を読む』吉川弘文館、一九九三年)は、源氏が明石の君に贈る「御佩刀」が、道長の娘・妍子所生の禎子内親王の例に拠るとし、源氏の深い思いが見られるとする。
(86) 斎藤曉子「澪標巻における明石上」(注(57)斎藤氏前掲書)
(87) 鈴木日出男「風景叙述の方法」(『源氏物語の文章表現』至文堂、一九九七年)

(88)「長徳二年八月九日御堂殿于時左大臣辞左大将同日以童六人為随身三年十月九日勅賜左右近衛府生各一人近衛各三人為随身但停童子云々今案わらは随身みつらゆひてむらさきすそこのもとゆひするよしはみえたれとその装束の色目所見なし水干たるへしやかりきぬたるへしや随身といへは弓やなくいをおふへきにやいつれもたしかなる証拠をみ侍らす御堂殿は六人とみえたりこれには十人とあり」（松永本『花鳥余情』「澪標」桜楓社、一一四頁）

(89) 注（46）に同じ。

(90)「長保五年九月十九日御堂関白于時左大臣随身室家参石清水并住吉給東遊神楽等有之今案源氏君相具台上参詣住吉可准之」（松永本『花鳥余情』「若菜下」桜楓社、二四五頁）

(91) 所京子『『源氏物語』と『竹取物語』の関係―住吉信仰を通して」（『古代文化』三四―二、一九八二年二月）

(92) 後藤祥子「住吉社頭の霜―「若菜下」社頭詠の史的位相」（『源氏物語の史的空間』東京大学出版会、一九八六年）

(93) 注（92）に同じ。

(94) 三谷邦明「澪標巻における栄華と罪の意識―八十島祭あるいは住吉物語の影響―」（『物語文学の方法II』有精堂、一九八九年）

(95) 石原昭平「蛭子の再生―難波の祓と光源氏―」（南波浩編『王朝物語とその周辺』笠間書院、一九八二年）この他、「貴種流離譚の展開―「源氏物語」須磨・明石の巻の蛭子・住吉・難波をめぐって―」（『文学・語学』一〇五、一九八五年五月）、「祓禊としての地名―「難波」・「堀江」・「田蓑島」、光源氏の再生場か―」（南波浩・廣川勝美編『源氏物語　地名と方法』桜楓社、一九九〇年）など一連の論考がある。また、久富木原玲「源氏物語における住吉信仰―神功・応神神話をめぐって」（『源氏物語　歌と呪性』若草書房、一九九七年）は、源氏の須磨流謫と都への復帰の物語に八十島祭を鋳型としてさらに応神天皇神話の影響を指摘する。豊島秀範「須磨・明石巻における信仰と文学の基層」（『物語史研究』おうふう、一九九四年）は、『住吉大社神代記』をもとに、源氏の流離を罪と贖罪の物語として押さえ、八十島祭も禊ぎ祓えの祭祀として重要視するが、特に王権への言及はない。

(96) 小山利彦「源氏物語と住吉信仰」（『源氏物語　宮廷行事の展開』桜楓社、一九九一年）

(97) 竹田誠子「住吉詣における明石君登場の意義」（『中古文学』四九、一九九二年六月）、「住吉詣と明石君の遊女性」（『武

蔵野女子大學紀要』二九、一九九四年三月）
(98)　注（3）に同じ。
(99)　注（3）に同じ。
(100)　注（3）に同じ。また、松井健児「贈答歌の方法」（『源氏物語の生活世界』翰林書房、二〇〇〇年、初出一九九二年）は、この贈答について、大きな隔たりのある両者による一回的な「転位」としてその交流を論じる。
(101)　注（3）に同じ。
(102)　甲斐睦朗「住吉詣」（『講座源氏物語の世界』四、有斐閣、一九八〇年）

第七章　薄雲巻の冷泉帝と光源氏

——〈日本紀〉に見る兄弟皇位相譲譚を媒介として ——

一　冷泉帝の問題

薄雲巻では、天変地異などの「物のさとし」が描かれ、冷泉帝の治世に対する警告が物語中はじめて示される。このとき夜居の僧都は、それらの意味を帝の「不孝の罪」（父である源氏を臣下としている罪）によるものと解釈し(1)、それまで光源氏と藤壺宮、また源氏を宮の元に手引きした女房・王命婦以外、誰も知ることのないように語られてきた秘事——光源氏と藤壺宮の密通及びその結果としての冷泉帝誕生を、冷泉帝に奏上する。真実を知った帝は、僧都に指摘された「不孝の罪(2)」をはじめとして、「桐壺院をあざむいた罪(3)」、「皇統を乱した罪(4)」、あるいは自らの「宿世の罪(5)」に心を悩ますことになる。「故院の御ためもうしろめたく、大臣のかくただ人にて世に仕へたまふもあはれにかたじけなかりけること」と二人の父親について悩み、また自分が帝位にあることの正統性を確かめるべく、典籍に例を求めるのである。

しかし、日本では冷泉のような皇統乱脈の例は全く見出されず、そのような事例は隠蔽されるべきものであることが仄めかされる。この後、帝は光源氏への譲位を口にするが、以前退位の意向を示した時以上に源氏に強く諌止されたため、冷泉帝の譲位が決行されることはない。つまり、事態は何ら変わっていないように思われるのだが、その後「物のさとし」について語られることはなくなり、冷泉朝の危機は回避されたようなのだ。一体これはどういうことなのだろうか。

このような「物のさとし」の終息については、藤壺宮の死が冷泉帝の咎を肩代わりすることで終息したと見る説[6]や、罪の自覚[7]、もしくは光源氏への譲位の意思表示のみで咎は解消すると見る意見[8]など、その「さとし」は、朱雀帝の場合のような根本的な直し[9]を期待するものではなかったとする見方がある。ただし、実際の譲位はなくとも、そこで潜在的に実質的な王権の委譲が行われたと見る深澤三千男氏の説[10]や、自らを帝位に押し上げた論理を光源氏同様「宿世の罪」として冷泉帝が自覚することの重要性を説く姥澤隆司氏の意見[11]は、物語内の論理から「さとし」の終息を読み解き、冷泉朝がその深層で変化したことを指摘している。

一方、浅尾広良氏も、そこに冷泉朝の転換を見るが、それまで主に源氏〈王権〉側から論じられてきた「さとし」の終息を、冷泉帝自身、徳のある「新しい御代」いわば、光源氏との一体感のなかでの「聖代」実現へと行動したために終息したと読み、冷泉帝の御代再生がこの巻で図られたと論じる[12]。氏の言われる通り、絵合巻に語られる理想的な治世のありようなどは、光源氏の演出によるところが大きく、冷泉帝の意思は何ら見えてこなかったが、薄雲巻の天変以降は、光源氏と冷泉帝との一体感が増し、より実りある治世として描かれているようである。また、意志的な人物として冷泉帝が成長することと、帝が新たに「親子」として光源氏との関係を結び直すことは、確かに「新しい御代」を実現するのに不可欠な要素であったと言えるだろう。しかしながら、帝自ら逡巡し、出した結論が結局実現されないような行為の過程において、帝自身の徳がどこまで示されるのか、不義の子であり不孝の子である冷泉帝の正統性はどのように保たれるのか、大きな疑問が残る。

ただし、「物のさとし」は帝が在位のまま終息している。つまり、冷泉帝が不義の子（「皇統を乱した罪」を背負う）であること自体が「さとし」の対象ではなかったわけである。そして、やはり、「さとし」の解釈者である僧都が示した「不孝の罪」こそ、帝の徳に関わる最大の問題であり、主な「さとし」の対象であったと考えられる。物語は、夜居の僧都の密奏後、これまでになく冷泉帝の逡巡、行動、光源氏との対話など、つぶさに描き出している。この中に、「さとし」を解消できた別の意味、いわば「不孝の罪」を払拭し、帝自身の徳が保証される何かが語られていると考えることはできないだろうか。真実を知った帝が、なお帝位にあり続けるためには、「飽くまで源氏〈潜在王権〉の制御下になくてはならない」[13]前に、自らの徳を以って、その正統性を主張する必要があったと思われる。それは、単に「親子」という血縁関係で二人を結びつけるのではなく、成人した冷泉帝が、光源氏に劣らない徳を顕すことで、はじめて生まれる源氏との一体感であり、「新たな御代」の実現につながっていくのではないだろうか。

まずは、冷泉帝が光源氏への譲位を申し出る過程に注目してみよう。

一世の源氏、また納言、大臣になりて後に、さらに親王にもなり、位にも即きたまひつるも、あまたの例ありけり。人柄のかしこきに事よせて、さもや譲りきこえまし、などよろづにぞ思しける。

（「薄雲」二―四五五・四五六頁）

冷泉帝は、「御学問」の後、自ら「さとし」を解消すべく、光源氏への譲位を決意するが、真の理由――光源氏が父親であるから譲位したい、とは言えないようだ。それが「人柄のかしこきに事よせて」と別の理由を考えなくてはならない理由である。冷泉帝は、「父」にではなく、あくまで優れた〈兄〉である光源氏に、帝位を譲る体をとる。しかし、帝の申し出は、「臣下」もしくは〈兄〉である光源氏によって固辞される。

「故院の御心ざし、あまたの皇子たちの御中にとりわきて思しめしながら、位を譲らせたまはむことを思しめし寄らずなりにけり。何か、その御心あらためて、及ばぬ際には上りはべらむ。ただ、もとの御掟のままに、朝廷に仕うまつりて、いますこしの齢重なりはべりなば、のどかなる行ひに籠りはべりなむと思ひたまふる」と、常の御言の葉に変らず奏したまへば、いと口惜しうなむ思しける。　（「薄雲」二―四五六・四五七頁）

光源氏の「常の御言の葉」とは、帝を補佐する「臣下」として、また桐壺院を同じ父に持つ〈兄〉としての言葉であり、それが帝にとっては、単に譲位の申し出を断られる以上に、「いと口惜しう」と思えるものだったに違いない。そのような態度は、源氏が実父であることを知ってから「常よりことになつかしう」ふるまっていた冷泉帝とは対照的だ。しかし、帝にもそれが限界であり、到底「子」として源氏に対することはできない以上、光源氏の答えも自ずと決まってこよう。この場面の親子のやりとりは、あくまで「帝王」と「臣下」、または〈兄弟〉のそれとして成り立っている。

ところで、この場面の二人を〈兄弟〉と見た場合、このように兄弟間で父帝、もしくは先帝の遺志とは異なる譲位が問題にされる話として、『日本書紀』の記述に見られる兄弟皇位相譲譚が挙げられる。『日本書紀』においては、兄・大鷦鷯尊（仁徳天皇）と弟・菟道稚郎子、また兄・億計王（仁賢天皇）と弟・弘計王（顕宗天皇）の話がそれに当たる。

この二つの話は、兄弟どちらかが皇太子となっていて、いざ即位する時にあたり、改めて兄弟で帝位を譲り合い、最終的に、先帝の遺志とは異なる即位（皇太子でなかった方の即位）が行われる点で共通している。

冷泉帝の場合、父帝の遺志が尊重され、これらの話とは逆の結論に至ってはいるが、兄弟間に持ち上がる問題とその過程については注目すべきだと考える。特に、億計・弘計王兄弟の話は、二人の相譲によって、その徳が世に広まったと記されており、冷泉帝の徳について考える際の手がかりとなりそうである。

また、平安初期から、「日本紀講書」[14]を中心とし、『古語拾遺』や『先代旧事本紀』など様々な〈日本紀〉テキストが生み出され、中世以降、それらの記述が『源氏物語』の注釈書に引用されていくことを考えると、「王の年代記」としてこの物語を読むにあたっては[15]、それらの記述から重要なヒントを得られる可能性が期待できるはずだ。ただし、『日本書紀』の話を物語の解釈における媒介とする際は、当時の〈日本紀〉言説のありようを見渡しておく必要がある。

本章では、特に「日本紀講書」の成果を反映していると言われ[16]、『古事記』『日本書紀』『古語拾遺』などのテキストを網羅した体裁の『先代旧事本紀』の記述に注目しながら、他の神話テキストとも比較しつつ、冷泉帝と光源氏との対話場面を読み解く鍵としたい。そして、その結果をもとに、冷泉帝の徳の顕現、及び光源氏との関係性について考察を進めていきたい。

二　〈日本紀〉に見る兄弟皇位相譲譚（1）―― 大鷦鷯尊（仁徳天皇）と菟道稚郎子 ――

まず、『日本書紀』と『先代旧事本紀』に見られる兄・大鷦鷯尊（仁徳天皇）と弟・菟道稚郎子の皇位相譲譚のありようを検討する。[17]『先代旧事本紀』は、先述したように幾つかのテキストを網羅した体裁ながら、撰録者は聖徳太子と蘇我馬子と記されており、十世紀以降、この記事が信用されたために、最古の史書として尊重されてきた経緯がある。[18]しかし、江戸期に難点が指摘されて以来、偽書として扱われ、本文が現存する形にまとめられたのは、九世紀中であることが現在の通説となっている。しかし、それまでは、信憑性の高いテキストとして認知されていたようで、たとえば『河海抄』には多くの文献が引用されているが、中でも「日本紀」は、最も頻繁に引用されるものの一つであり、またその引用は『日本書紀』に同様の記事が見られても、『先代旧事本紀』から引かれることが多かったという。[19]『先代旧事本紀』は、当然「旧事本紀」としても引かれているので、『河海抄』がいかに『先代旧事本紀』(以下、旧事紀と記す)の記述に依拠していたかが知られるが、網羅主義で知られるこのテキストも、応神天皇から武烈天皇までを記す「神皇本紀」は、ほぼ『日本書紀』(以下、紀と記す)を要約する記述となっており、そこにはかなり大胆な省略が見られる。

天皇の誕生、立太子、即位、崩御の年月日、また后や妃、子についての記述(名前、出自、立后の年月日など)は必ず書かれているが、歌謡は「云々。在レ別。」として書かず、またどんなに多くのエピソードが紀に見られようと、「神皇本紀」では皇位継承にまつわる話しか採録していない。そのため、「紀中でも屈指の大巻」[20]と言われる「雄略紀」は旧事紀においては紀の約九分の一に要約される一方、皇位にまつわるエピソードで占められている「清寧紀」は、ほぼ全文が採録されている。つまり、旧事紀の「神皇本紀」においては、皇位継承にまつわるエピソードが紀よりも俄然注目されることになる。

大鷦鷯尊(仁徳天皇)と菟道稚郎子の皇位相譲譚は、皇位継承にまつわるエピソードであるため、当然旧事紀に採録されているが、この話は、天慶六年(九四三)に行われた「日本紀講書」後の竟宴における和歌の題材ともなっており、[21] 世に浸透した話であった事が窺える。たとえば『類聚国史』天長三年（八二六）三月一日条に見られる藤原緒嗣の上表には、嵯峨天皇から淳和天皇への譲位を「両君絶世之譲」とした後、大鷦鷯尊（仁徳天皇）と菟道稚郎子とのエピソードが「譲國之美」として挙げられている。[22] また、『日本紀略』承和七年（八四〇）五月六日条では、淳和天皇の遺詔に対し、中納言・藤原吉野が菟道稚郎子の行跡を踏まえた奏上を行っている。[23] つまり、嵯峨から淳和への兄弟間の譲位に対し、実際、旧例として引き合いに出された皇位相譲譚であり、広く知られていた点、注目されるが、この話は、二人の父・応神天皇の条より始まっている。

四十年春正月辛丑朔戊申。天皇召二大山守命。大鷦鷯尊一。問レ之曰。「汝等者愛レ子耶。」対言。「甚愛也。」亦問レ之曰。「長與レ少孰尤焉。」大山守命對言「不レ逮二于長子一。」於レ是。天皇有二不レ悦之色一。時大鷦鷯尊預察二天皇之色一。以對言。「長者多經二寒暑一既爲二成人一。更無レ悒矣。少子者未レ知二其成不一。是以少子甚憐レ之。」天皇大悦曰。「汝言寔合二朕心一。」是時天皇常有下立二菟道稚郎子一爲二太子一之情上。然欲レ知二二皇子之意一。故發二是問一。是以不レ悦二大山守命之對言一也。卽立二菟道稚郎子一爲レ嗣。卽日任二大山守命一令レ掌二山川林野一。以二大鷦鷯尊一為二太子輔一之。

（鎌田純一『先代舊事本紀の研究　校本の部』吉川弘文館、一九六〇年、二四四・二四五頁）[24]

応神天皇は、大山守命と大鷦鷯尊、二人の皇子に子供を可愛いと思うか尋ね、次に「長子」と「少子」、いずれが可愛いかを尋ねる。「長子」と答えた大山守命に対し、天皇が不快な様子を示したことに気づいた大鷦鷯尊は、天皇の意向に沿い「少子」と答えて天皇を喜ばすが、この問いは、天皇が末の子である菟道稚郎子を立太子させようと考えてのものであった。よって、菟道稚郎子が立太子するにあたっては、大鷦鷯尊が太子を輔佐し、国政を司ることが命じられる。『古事記』（以下、記とも記す）においては、この部分を「大山守命は、山海の政を為よ。大雀命は、食国の政を執りて白し賜へ。宇遅能和紀郎子は、天津日継を知らせ」[25]としており、三人の兄弟に等しく職掌を分担させる体をとっている。一方、紀、旧事紀、日本紀竟宴和歌の左注では、菟道稚郎子の立太子記事を最初に置き、さらに大鷦鷯尊の職掌において「太子輔レ之」と記すことで、三人に与えられた職掌の格差を明確に示している。この事は、応神天皇が崩御した後、大山守命が菟道稚郎子を殺害し、自ら帝位につくことを謀る要因となるが、大鷦鷯尊によりその謀略は回避されている。しかし、それ以前から、菟道稚郎子は兄である大鷦鷯尊に譲位を申し出ていた。

四十一年春二月誉田天皇崩。于レ時皇太子菟道稚郎子皇子譲二位于大鷦鷯尊一。未レ即二帝位一。仍諮二大鷦鷯尊一。「夫君二天下一以治二萬民一者。蓋レ之如レ天。容レ之如レ地。上有二驩心一以使二百姓一。百姓欣然天下安矣。今我也弟之。且文献不レ足。何敢継二嗣位一登二天業一乎。大王者風姿岐嶷。仁孝遠聆。以齢且長。足レ爲二天下之君一。其先帝立レ我爲二太子一。豈有二能才一乎。唯愛之者也。亦奉二宗廟社稷一重事也。僕之不レ佞。不レ足二以稱一。夫昆上而季下。聖君而愚臣。古今之典焉。願王勿レ疑。須即二帝位一。我則爲レ臣之助耳。」　（旧事紀「仁徳紀」一二四六・一二四七頁）

菟道稚郎子は、自分が弟であり、先帝が可愛さゆえに皇太子としたこと、そして帝位につくには賢さや才能が足りないこと、また、大鷦鷯尊こそ才能に溢れ、仁孝の徳が世に知れ渡っており、年齢的にも天下を治めるのにふさわしいことなどを述べ、[26]自分は臣下として兄を助けたい旨を伝える。この言葉には、『漢書』「高后紀」「文帝紀」などの引用が見られ、兄を説得するに足る言葉が選ばれている。しかし、この申し出を聞いた大鷦鷯尊は次のように答える。

大鷦鷯尊對曰。「先皇謂。皇位者一日之不レ可レ空。故預選二明徳一。立レ王爲レ貳。祚レ之以レ嗣。授レ之以レ民。崇二其寵章一。令レ聞二於國一。我雖二不賢一。豈棄二先帝之命一。輙従二弟王之願一乎。」固辞不レ承。

（旧事紀「仁徳紀」二四七頁）

大鷦鷯尊は、弟の申し出を固辞するが、その理由は「先帝之命」に背くことはできない、という一点にある。弟の訴えに比べ、簡潔な答えであるが、『三国志』「魏志」文帝紀註所引献帝伝の記述を先帝の言葉（「皇位者一日之不可空」）として引き[27]、生前の先帝の考え、行為を尊び、その遺志を貫徹しようとするその言葉には説得力がある。この後、「各相譲」し、結局弟が自死するまで決着がつかなかった理由は、双方の考え、言葉が互角に筋を通していたからだろう。

ここで、改めて冷泉帝と光源氏との対話の場面を振り返ってみよう。

秋の司召に太政大臣になりたまふべきこと、うちうちに定め申したまふついでになむ、帝、思し寄する筋のこと漏らしきこえたまひけるを、大臣、いとまばゆく恐ろしう思して、さらにあるまじきよしを申し返したまふ。「故院の御心ざし、あまたの皇子たちの御中にとりわきて思しめしながら、位を譲らせたまはむことを思しめし寄らずなりにけり。何か、その御心あらためて、及ばぬ際には上りはべらむ。ただ、もとの御掟のままに、朝廷に仕うまつりて、いますこしの齢重なりはべりなば、のどかなる行ひに籠りはべりなむと思ひたまふる」と、常の御言の葉に変らず奏したまへば、いと口惜しうなむ思しける。

（「薄雲」二―四五六・四五七頁）

冷泉帝は、「秋の司召」の話のついでに光源氏への譲位を申し出るが、具体的にその言葉は記されない。ただし、それ以前、帝の心中思惟に「人柄のかしこきに事よせて、さもや譲りきこえまし」とあるため、恐らく菟道稚郎子のように、兄の徳を讃え、それを理由に帝位を譲る旨を伝えたのだろう。しかし、実際の理由は、実父である光源氏に孝養を尽くすことにある以上、それらの理由はたとえ嘘でなくても単なる口実に過ぎなくなる。帝の申し出が、「ついでに」「漏らし」といった消極的な形をとらざるをえない理由である。また、帝の言葉が真実を語るものでない限り、物語に記される価値はなかったのかもしれない。

一方、光源氏の言葉はそのまま記述されており、大鷦鷯尊同様、父帝の遺志を理由に帝の申し出を固辞している。また、「いとまばゆく恐ろしう思して」には、源氏の驚きが表現されており、帝の退位の意向に際して「いとあるまじき御事」と諫めた源氏の姿勢は、(28)ここでは「さらにあるまじきよし」とより一層強くなっている。そして、「故院の御心ざし、あまたの皇子たちの御中にとりわきて思しめしながら」という言葉は、父帝にこよなく愛された菟道稚郎子の存在を思い出させるが、それでも自分は臣下に下されたのだと語ることで、故桐壺院の決断が、応神天皇のように私情に流されることのない、正当なものであったことを強調する言葉となっている。

このように、冷泉帝と光源氏とのやりとりは、菟道稚郎子と大鷦鷯尊の相譲とは異なり、光源氏の圧倒的な説得に終始している。そのため、帝の譲位も行われないのであるが、この結論の違いは、やはり二人が「親子」であることに起因していよう。たとえ二人が「兄弟」のようにふるまっても、もはや互いが「親子」であることを意識しているからには、「相譲」といった対等な兄弟間の行為はもはや成立しないのである。また逆にこの事は、皮肉にも二人が紛れもなく「親子」であることを証立てていると言えるのではないだろうか。

三　〈日本紀〉に見る兄弟皇位相譲譚（2）―― 億計（仁賢天皇）・弘計（顕宗天皇）王 ――

次に、億計（仁賢天皇）・弘計（顕宗天皇）の兄弟皇子の相譲譚について検討する。この話は、二人の父親である市辺押磐皇子が大泊瀬幼武尊（後の雄略天皇）に殺害されたことから始まる。二人は播磨国に逃れ、そこで使用人として身を隠すが、雄略の子である清寧天皇在位中に発見され、都に迎えられることとなる。そして、天皇に御子がなかったことから、兄の億計王が皇太子となるが、天皇が崩御し、いざ即位するにあたって、兄は弟である弘計王に帝位を譲ろうとし、二人の相譲が始まる。

この話は、記紀、『風土記』、旧事紀に見られ、大筋で一致しているが、それぞれ異なる部分もある。特に、紀が、二人の発見を喜び、迎え入れた人物を清寧天皇とする（記では姨《をば》・飯豊王、『風土記』では母・手白髪命とする）点は、雄略天皇の所業を子が償う形で、皇統の混乱を収めようとした編集者の意図が感じられる。また、旧事紀は、ほぼ紀の要約であり、皇位継承にまつわるエピソードを中心に記載しているため、「雄略紀」から「仁賢紀」に至る四つの天皇紀を通してこの兄弟皇子の動向を続けて記載することとなり、他の書物に比べると、二皇子の印象がより強くアピールされた体裁となっている。(29)そこで、やはり旧事紀を中心に、この話を見ていくことにするが、兄である億計王は、自分たちが再び宮中に戻って来られたのは弟の功（播磨国の新室の宴における舞の際、弘計王が詠の中で自らの出自を明かした）によるとし、天皇の位を譲ろうとする一方で、弘計王は、自分が弟であり、また先帝の遺志を尊重すべく次のようにその申し出を固辞する。

前後固辞曰。「日月出矣。而灯火不レ息。其於レ光不二亦難一矣。時雨降矣。而猶侵灌。不二亦勞一乎。所レ謂貴レ為二人弟一者奉レ兄。謀レ逃二脱難一。照レ徳解レ紛。而無レ處也。即有レ處者。非二弟恭之義一。弘計不レ忍レ處也。兄友弟恭。不易之典。聞二諸古老一。安自獨輕也。」（旧事紀「顕宗紀」二七二頁）

弘計王の言葉は、『芸文類聚』「人部・譲」からの引用がちりばめられており、最後の「兄友弟恭。」（兄が弟を慈しみ弟が兄を敬う）は、『史記』「五帝本紀」などによる佳句であるという。[30] 大意は、兄に仕え、陰で兄を支えるのが弟の役目であるから、自分は即位しない旨を伝えるものであり、さらに始めの引用では、太陽や月に対して灯火を、また時節に応じた雨に対して水を加えることの無駄を説くことで、立派な兄がいるにもかかわらず、あえてそこに自分が出て行く必要性のないことを示している。このような弘計王の固辞の言葉は、『古事記』には見られず（『風土記』では一人の女性をめぐって、また舞を舞う順において相譲が語られているが皇位の相譲は記されていない）、一方的に億計王が弟の功績を理由に譲ると語る言葉が記されるだけである。紀では、やはりこの条が「顕宗紀」[31]（弘計王）であることを意識し、ただ譲られるだけではなく、漢籍の引用を施した言葉を以て、弘計王側も〈譲〉の徳を示すことにより、後の天皇たるにふさわしい理想性が付与されていると考えられる。

一方、その固辞に対する億計王の言葉は次のようなものである。

皇太子億計曰。「白髪天皇。以二吾兄之故一。擧二天下之事一而先屬レ我。我其羞レ之。惟大王道建二利遁一。聞レ之者歎息。彰二顕帝孫一。見レ之者殞レ涕。憫々搢紳。忻二荷戴レ天之慶一。哀哀黔首。悦レ逢二履地之恩一。是以克固二四維一。永隆二萬葉一。功隣二造物一。清猷映レ世。超哉。邈矣。粤無二得而稱一。雖二是曰レ兄。豈先處乎。非レ功而據。咎悔必

至。吾聞。天皇不レ可二以久曠一。天命不レ可二以謙拒一。大王以二社稷一爲レ計。百姓爲レ心者。」發レ言慷慨。至二于流レ涕。
（旧事紀「顕宗紀」二七二・二七三頁）

億計王は、清寧天皇が自分を兄というだけで皇太子としたことを恥じており、また『梁書』「武帝紀上」などを引用して弟の功績を讃えた上で、さらに『芸文類聚』「人部・譲」や『後漢書』「光武帝紀」の言葉を用いながら[32]、功績のない自分が即位すること、また長く帝位を空位にすることの非などを説き弟を説得する。最後には、「發言慷慨。至于流涕。」と、言葉を述べる内に激して涙を流したとあり、このような姿勢で訴えられれば、兄に仕え、兄を敬うことを述べた弘計王だけに、兄の申し出を断ることはできない。しかし、兄の意向を承諾した後も、弘計王は帝位につこうとせず、最終的には臣下の要請によって即位することになる。このような二人の相譲は、世の人に「宜き哉。兄弟怡々として、天下、徳に帰す。親族に篤ければ、民、仁興らむ」と言われているが、播磨国にまで流離していた皇子が、真に復権を果たすためには、「相譲」という形でできるだけ即位を引き延ばし、互いの徳を世に示す必要があったのかもしれない。

一方、冷泉帝から光源氏への譲位の申し出は、先述したように、真の「兄弟」ではないため、「相譲」は成り立っておらず、そこに徳の顕現を見ることは難しい。しかし、冷泉帝が光源氏に示した譲位の意向は、「御学問」により自ら取るべき行動を充分見極めた上での判断であり、それははじめに示した退位の意向からは格段に進歩したものとして評価できる。帝の言葉が記述されていないので、〈譲〉の徳が示されたとまでは言えないが、これからの帝に期待が持てる行動であったと言えよう。しかし、譲位の実現がなければ、冷泉帝の「不孝」が払拭されることはなく、徳の問題は依然帝に覆い被さっているように見える。そこで、冷泉帝と同じく「孝」の実行を兄に阻まれた顕宗天皇

（弘計王）の例を考えてみたい。

秋八月己未朔。天皇謂二皇太子億計一曰。「吾父先王無レ罪。而大泊瀬天皇射殺棄二骨郊野一。至レ今未レ獲。憤歎盈レ懐。臥泣行号。志レ雪二讎恥一。吾聞。父之讎不二與共戴一レ天。兄弟之讎不レ反レ兵。交遊之讎不レ同レ國。夫匹夫之子居二父母之讎一。寢レ苫枕レ干不レ仕。不レ與二共國一。遇二諸市朝一。不レ反レ兵而便鬪。况吾立爲二天子一。二二年于今一矣。願壊二其陵一摧レ骨投散。今以レ此報不二亦孝一乎。」（『日本書紀』「顕宗天皇二年」四〇九・四一〇頁。旧事紀に記述なし）

顕宗天皇は、いまだに父・市辺押磐皇子の遺骨を得られていないことを嘆き、その仇をうつべく雄略天皇の陵を壊し、その遺骨を砕き投げ散らかすことで、父への「孝」を実行したいと、億計王に話す。紀は、ここでも『芸文類聚』「人部・報讎」など漢文を用いて[33]、その行為を「孝」の実行として明確に位置付けるが、記では、特に天皇の言葉は記されず、その行為は、「大長谷天皇（雄略）を深く怨みて、その霊に報いむと欲ひき。」という動機による点、違いを見せる。また、この後の億計王の対応も紀と記では大きく異なっており、紀では天皇の行為を諌め、その行為そのものを阻止するが、記では、天皇が使わした従者の代わりに自ら雄略の陵に出向き、その土を少し掘ることで父の仇に報いようとする。記が「折衷案[34]」と言われる所以であるが、それは二つの話における億計王の立場の違いに由来しよう。紀では、天皇が前もってこの件を億計王に相談するが、記では既に決定事項とされ、実際従者を派遣するにあたって、億計王自ら赴くことを天皇に申し出ているところを見ると、記に比べ、紀では、億計王が天皇の補佐役・相談役として天皇に強い影響力を持つように描かれていると言える。また、億計王が天皇の行為を阻止する言葉については、次のように記されている。

皇太子億計歔欷不レ能レ答。乃諫曰。「不レ可。大泊瀬天皇正二統萬機一臨二照天下一。華夷欣仰。天皇之身也。吾父先王雖二是天皇之子一。遭二遇迍邅一。不レ登二天位一。以レ此観レ之。尊卑惟別。而忍壊二陵墓一。誰人主以奉二天之霊一。其不レ可レ毀一也。又天皇與二億計一。會不レ蒙二遇白髪天皇厚寵殊恩一。豈臨二宝位一。大泊瀬天皇白髪天皇之父也。億計聞二諸老賢一。老賢曰。「言無レ不レ訓。徳無レ不レ報。有レ恩不レ報。敗レ俗之深者也。」陛下饗レ國。徳行広聞二於天下一。而毀レ陵、翻見二於華裔一。億計恐其不レ可二以莅レ國子一レ民也。其不レ可レ毀二也。」天皇曰。「善哉。」令レ罷レ役。

（『日本書紀』「顕宗天皇二年」四一〇頁。旧事紀に記述なし）

億計王は、最初に「不可。」と明言し、以下、その理由を述べるが、まず、自分の父親と天皇では尊卑の別が明らかであり、いかなる理由があろうと天下を治めた天皇を侵犯してはならないこと、次に、大泊瀬天皇（雄略）は、自分達が恩を受けた白髪天皇（清寧）の父であり、恩を仇で返すことはできないこと、の二点を、『芸文類聚』「人部・報恩」など漢文を踏まえた言葉[35]で説き伏せる。

一つ目の理由は、天皇が不可侵な存在であることを示しており、これを遵守することこそ、顕宗天皇自身の地位の安泰につながることを考えれば、億計王の判断は実に賢明なものと言える。また、二つ目の理由については、喜んで出迎えた人物を清寧天皇とする紀独自のありようと大いに関わるところであるが、億計王が雄略天皇の娘・春日大郎女を后としていることとも関係しているのかもしれない。しかし、この復讐の阻止は、天皇の「孝」の実行の阻止にもなっており、顕宗天皇は「不孝」を払拭できないように思われるが、ここでは「孝」より「忠」が重んじられる論理がはたらいている。

ここで、冷泉帝と光源氏との場合を振り返ってみるが、冷泉帝も、光源氏に「孝」を尽くすべく譲位しようとしたのであり、それは冷泉にとって「孝」の実行であったはずだ。しかし、それが光源氏の固辞によって阻止される点、顕宗天皇の場合と同様である。また、その理由が故院の遺志であることは、億計王が先帝への恩を理由とするに近しい。つまり、「孝」より「忠」が重んじられる論理である。そして、ここで注意すべきなのは、この論理がはたらく根底には、尊卑の別があることである。「孝」を実行したい相手が、「忠」を尽くす相手より身分が低い場合、「忠」が優先される論理なのである。確かに、実父・光源氏は臣下であり、「忠」を尽くすべき相手・桐壺院より身分が低い。冷泉帝の「不孝」は、光源氏の言葉の深層にはたらくこの論理によって、払拭され、はらわれていくと言えるのではないだろうか。

四　結　語

冷泉帝は、夜居の僧都の密奏後、一人で治世の危機に対処すべく学問し、思案を廻らせ、光源氏への譲位を試みた。このような帝の自発的行為が、後に光源氏との一体感を持った「新たな御代」へとつながったことは確かだろう。しかし、予想に反して、この時点では、まだ帝自身の徳の顕現を見ることはできなかった。それは、冷泉帝と光源氏が「親子」であることにより、兄弟皇位相譲譚に見られるような対等な「相譲」が成立せず、また帝が譲位の真意を明かせなかったことに起因している。そのため、帝自らが考えた「孝」の実行を果たすこともできないのであるが、この行為の断念は、逆に「親」である光源氏の意向を聞き入れる形で[36]、源氏に対する「孝」の実行と成り得ているのではなかろうか。

たとえば、〈日本紀〉に見る兄弟皇位相譲譚では、相手の意向をそのまま受け入れることは決してない。大鷦鷯尊(仁徳天皇)と菟道稚郎子の場合は、菟道稚郎子の自死に発展し、億計(仁賢天皇)・弘計(顕宗天皇)王の場合でも、弘計王は最終的に臣下の要請を聞き入れる形で即位している。兄弟の場合、上下の間が親子ほど明確でなく、その対等感が「相譲」や「争い」を生み出す要因となっている。冷泉帝と光源氏は、「帝王」と「臣下」であっても、また「兄弟」を演じていても、真に「親子」であることがここに証明されているのである。

また、故院の遺志を理由に帝の譲位を固辞する光源氏の言葉は、暗に自分への「孝」より故院への「忠」を重んじよ、といった意味を含んでおり、実父を臣下としていることに対する冷泉帝の「不孝」を払拭するはたらきを持っていると考えられる。「子」がたとえ「孝」の実行として信じて疑わない行為であっても、それを受ける側の「親」が望まない行為であれば、それは「孝」の実行には成り得ない。光源氏の言葉を聞き入れることこそ、冷泉帝にとって唯一成し得る「孝」の実行であり、またそれ以上のことは求められていなかったと考えられる。

「物のさとし」は、このような「親子」の対話を実現し、冷泉帝に真の孝心と徳を要請するものとして機能している。そして、光源氏の言葉を受け入れることで「孝」を実行し、故院への「忠」を尽くすべく自らの治世に踏みとどまって努力することこそ、帝の徳の顕現へとつながっていくのだ。「物のさとし」は、成人した帝にとってはじめての試練であり、確かに薄雲巻は、冷泉帝の「〈死と再生〉の過程」を描く「一大転換期」[37]であるが、実際の徳の顕現、光源氏との一体感を発揮していくのは後のことであり、その兆しを確認できたところで、「物のさとし」は終息していくのである。

注

（1）高橋和夫「光源氏の運命に関する主題の意味」（『源氏物語の主題と構想』桜楓社、一九六六年）
（2）田中徳定『『源氏物語』にみる「不孝」とその罪の思想的背景」（『孝思想の受容と古代中世文学』新典社、二〇〇七年）は、僧都の言葉を改めて検証し、僧都が帝の罪を不孝の罪と見ていたことを述べ、さらに『源氏物語』に見える不孝に対する罪意識が、極めて仏教的な捉え方によるものであることを指摘する。
（3）國枝久美子「冷泉帝とその背景」（『国文鶴見』第一八号、一九八三年十二月）
（4）注（3）に同じ。
（5）姥澤隆司「〈宿世の罪〉のゆくえ―薄雲巻の光源氏と冷泉帝―」（『研究講座源氏物語の視界2―光源氏と宿世論』新典社、一九九五年）
（6）斎藤曉子「薄雲巻における冷泉帝の罪をめぐって」（紫式部学会編『源氏物語と和歌　研究と資料Ⅱ』古代文学論叢第八輯、武蔵野書院、一九八二年）
（7）注（3）に同じ。
（8）藤本勝義「源氏物語「薄雲」巻論―栄華と悲傷の構造―」（『源氏物語の探求』第十輯、風間書房、一九八五年）
（9）注（6）の斎藤論文では、明石巻の朱雀帝治政下に現れる「物のさとし」を検討し、光源氏を召還することで、朱雀帝の失政と不孝とが同時に直されたと論じる。
（10）深澤三千男「光源氏と冷泉院―秘事奏上」（『講座源氏物語の世界』第四集、有斐閣、一九八〇年）
（11）注（5）に同じ。
（12）浅尾広良「薄雲巻の天変―「もののさとし」終息の論理―」（『源氏物語の准拠と系譜』翰林書房、二〇〇四年）
（13）注（10）に同じ。
（14）平安時代の初期から中期にかけて、約三十年に一度、宮中の公的行事として行われた『日本書紀』の講読・研究の会。「日本紀講書」については、太田晶二郎「上代に於ける日本書紀講究」（『太田晶二郎著作集』第三冊、吉川弘文館、一九九二年、初出一九三九年）と、関晃「上代に於ける日本書紀講読の研究」（『関晃著作集』第五巻、吉川弘文館、一九九七年、初出一九四二年）に詳しい。

（15）吉森佳奈子『『河海抄の源氏物語』和泉書院、二〇〇三年）は、論文の中で、物語を読み解く際に、具体的に『日本書紀』そのものでない「日本紀言説」の広がりに留意する必要性を説く。また『源氏物語』と「日本紀言説」との関わりについては、神野志隆光「「日本紀」と『源氏物語』」（『古代天皇神話論』若草書房、一九九九年）に、やはり『日本書紀』そのものを物語に呼び込むことの問題提起がなされている。そして、斎藤英喜「摂関期の日本紀享受」（『解釈と鑑賞』六四―三、一九九九年三月）は、『源氏物語』の「蛍」巻における「日本紀」に関する記述（「日本紀などはただかたそばぞかし。これら（物語）にこそ道々しくくはしきことはあらめ」）を、物語そのものが〈日本紀〉をめぐる言説の一つ（たとえば新たな年代記テキスト）であることの告知と見る。論者は、『源氏物語』には、『日本書紀』を含めた様々な〈日本紀〉テキストを変奏する営みがある一方で、物語自身も〈日本紀〉に劣らない「王の年代記」として仮構されていることの自負が、「日本紀などはただかたそばぞかし」の文言に示されていると考える。物語が「日本紀講書」の知に留まらない、より広大で複雑な知の位相にあることも確かだが、今回は、物語を「王の年代記」と見る立場から、〈日本紀〉テキストとの接触・媒介を試み、その中で物語の偏差を読み取るつもりである。

（16）津田博幸「偽書づくりの技―先代旧事本紀の方法と日本紀講」（『日本文学』四三―一一、一九九四年十一月）「日本紀講と先代旧事本紀」（『日本文学』四六―一〇、一九九七年十月）等。津田氏の両論文は『生成する古代文学』（森話社、二〇一四年）所収。

（17）『古事記』にも皇位を相譲する記述が見られるが、その際の具体的な言葉は記されていない。ただし、互いに天皇でないことを理由に、海人からの献上品を譲り合っていたところ、魚が腐ってしまい、海人を泣かせるというエピソードを収録する。この話は、『日本書紀』『先代旧事本紀』にも見られる。

（18）工藤浩「先代旧事本紀」（『古代文学講座』一一、勉誠社、一九九五年）

（19）吉森佳奈子『『河海抄』の「日本紀」』（注（15）吉森氏前掲書）

（20）別冊国文学『古事記日本書紀必携』（學燈社、一九九五年）一〇一頁

（21）得莵道稚郎子

従四位上行式部権大輔藤原朝臣有声
誉田君は弟子をぞ愛みたまへる国を譲る事の深きに

誉田天皇、大山守命・大鷦鷯尊を召して、問ひたまふ「汝等、子うつくしや。」答へて言はく、「いとうつくし。」また問ひたまふ、「老いたると若きといづれか勝れる。」大山守、曰したまはく、「老いたるには及ばず」と。皇の色悦ばず。大鷦鷯、かの色をみそなはして、まうしたまはく、「老いたるは、多く年を経て人と為り、憤ること無し。若きは、その為人を知らねば、いとあはれなりと。皇、大きに悦びて、菟道稚子を立てて、つぎとしたまふ。その日、大山守に任さして、山・川をつかさどらしめ、大鷦鷯をしては、御子の輔として、国の事を知らしむと言へり。

（西崎亨『本妙寺本日本紀竟宴和歌』翰林書房、一九九四年）

(22)『類聚国史』「一九四、渤海下」天長三年（八二六）三月一日条に「右大臣従二位兼行皇太子傅臣藤原朝臣緒嗣言。依二去天長元年正月廿四日上表一。渤海入朝。定以二一紀一。而今寄二言霊仙一。巧敗二契期一。仍可二還却一状。以二去年十二月七日一言上。而或人論曰。今有二両君絶世之譲一。已越二堯舜一。私而不レ告。大仁芳声。縁レ何通二於海外一。臣案。日本書紀云。誉田天皇崩。時太子菟道稚郎子譲二位于大鷦鷯尊一。固辞曰。豈違二先帝之命一。輙従二弟王之言一。兄弟相譲。不二敢當一之。太子興二宮室於菟道一而居。皇位空之。既経二三歳一。太子曰。我久生煩二天下一哉。遂於二菟道宮一自薨。大鷦鷯尊悲慟越レ礼。即二天皇位一。都二難波高津宮一。委曲在二書紀一。不レ能二以具尽一。于レ時譲國之美。無レ赴二海外一。此則先哲智慮。深慮二國家一。然則先王之旧典。萬代之不朽者也。」とある。

(23)『続日本後紀』承和七年（八四〇）五月六日条では、山陵を作らず、己の骨を砕いて山中に散じるよう命じた淳和の遺詔に対し、藤原吉野が「昔宇治稚彦皇子者。我朝之賢明也。此皇子遺教。自使レ散レ骨。後世效レ之。然是親王之事。而非二帝王之迹一。我國自二上古一。不レ起二山陵一。所レ未レ聞也。山陵猶二宗廟一也。縦無二宗廟一者。臣子何處仰。」と奏上しており、菟道稚郎子の行跡か意識されている。

(24) 以下、旧事紀の引用は同書。また「　」を補入し、表記は一部改めた。

(25) 新編日本古典文学全集『古事記』「応神天皇」二六〇頁。以下『古事記』の引用は同書。

(26) 河村秀根『書紀集解』以来、諸注に指摘がある。

「凡有二天下一治二萬民一者、蓋レ之如レ天、容レ之如レ地、上有二驩心一以使二百姓一、百姓欣然以事二其上一、驩欣交通而天下治」

（『漢書』「高后紀」中華書局）


「奉二高帝宗廟一重事也。寡人不佞、不レ足二以稱一」

（『漢書』「文帝紀」中華書局）

(27) 河村秀根『書紀集解』以来、諸注に指摘がある。
「四海不レ可二以一日曠一レ主」

（『三国志』「魏志」文帝紀註所引献帝伝、中華書局）

(28) 光源氏は、帝が退位をほのめかした際、次のように諫める。
「いとあるまじき御事なり。世の静かならぬことは、かならず政の直くゆがめるにもよりはべらず。さかしき世にしもなむよからぬことどももはべりける。聖の帝の世に横さまの乱れ出で来ること、唐土にもはべりける。わが国にもさなむはべる。ましてことわりの齢どもの時いたりぬるを、思し嘆くべきことにもはべらず」など、すべて多くのことどもを聞こえたまふ。

（「薄雲」二—四五四頁）

(29) ただし、ほぼ同時代のテキストである『日本紀竟宴和歌』にはこの皇子たちの記述は見えず、また時代は下るが『信西日本紀鈔』（中村啓信『信西日本紀鈔とその研究』高科書店、一九九〇年、参照）でも、置目の説話を一人の女の話として記すのみで、政治的・歴史的事件には触れられていない。

(30) 河村秀根『書紀集解』以来、諸注に指摘がある。また『史記』「五帝本紀」については、新編日本古典文学全集『日本書紀』の注が指摘する。
「荘子曰、堯以二天下一、譲二許由一、曰、日月出矣、而灯火不レ息、其於レ光也、不二亦難一乎、時雨降矣、而猶浸灌、其於レ澤也、不二亦労一乎」

「史記曰、……所レ貴二天下之士一者、爲レ人排レ患、釈レ難解レ紛、而無二所一レ取也、卽有レ取者、是商賈之事、連不レ忍レ爲也」

（以上『芸文類聚』上「人部・譲」中華書局、表記は一部改めた。以下、『芸文類聚』の引用は同書。）

(31) 青木周平「弘計・億計二王—出典と歌(1)—」（『青木周平著作集』中巻、おうふう、二〇一五年、初出一九九三年）氏は、天命思想の享受の一つのあり方を〈譲〉の強調に見出し、書紀編者はそのような徳治主義に基づく〈譲〉の意味をふまえて天皇像をつくっていると指摘する。

(32) 河村秀根『書紀集解』以来、諸注に指摘がある。
「聞レ之者嘆息……見レ之者隕涕……憫憫搢紳、重荷二戴レ天之慶一、哀哀黔首、復蒙二履レ地之恩一……功隣二造物一、超哉邈矣、越無二得而言一焉……咸用剋固二四維一、永隆二萬葉一」※この部分『書紀集解』は『淮南子』の別例を示す。

(『梁書』「武帝紀上」中華書局)

「呉志曰、……非レ功而拠、咎悔必至、発レ言慷慨、至二于流涕一、権乃聴焉、世嘉二其能以レ実譲一」

(『芸文類聚』「人部・譲」)

「臣聞帝王不レ可二以久曠一、天命不レ可二以謙拒一、惟大王二以社稷一爲レ計、萬姓爲レ心」

(『後漢書』「光武帝紀」中華書局)

(33) 河村秀根『書紀集解』以来、諸注に指摘がある。
「礼記曰、父母之讎不與共戴天、兄弟之讎不反兵、交遊之讎不同國、又曰、居父母之讎、寝苫枕干不仕、不與共國、遇諸市不反兵而鬬」

(以上『芸文類聚』「人部・報讎」)

(34) 王小林「古伝承の成立と『史記』—顕宗記の雄略陵破壊復讐譚について—」(『大阪工業大学紀要』(人文社会篇)四四—一、一九九九年十月)他に、この復讐譚を取り上げ、記紀の記述を詳細に検討した論文に、榎本福寿「『古事記』の復讎をめぐる所伝—下巻最後の所伝の成りたちとその意義—」(『古事記年報』三六、一九九四年一月)がある。

(35) 河村秀根『書紀集解』以来、諸注に指摘がある。
「毛詩曰、……無二言不レ讎、無二徳不レ報」

(『芸文類聚』「人部・報恩」)

(36) 冷泉帝は、譲位を固辞された後、太政大臣、更に親王の地位まで断られ、最終的にはすべて光源氏の考えに従っている。

(37) 注(12)に同じ。

第八章　光源氏の六条院
―― 源融と宇多上皇の河原院から ――

一　はじめに

光源氏の壮年期の栄華を象徴する邸宅・六条院については、すでに多くの論考が重ねられている。古くは『河海抄』に、史上の河原院に准拠するとの指摘があり(1)、先行物語では、『うつほ物語』の源正頼邸(2)、神南備種松邸(3)がその先蹤と見られている。

通常、貴族の邸宅は一町を限りとしたが、六条院は四町を占め、その各町に女人とそれにふさわしい四季を配することで、時に「生ける仏の御国」とも表される理想的空間を現出させた。六条院の研究史においては、そのような邸宅が物語にもたらす意味を明らかにすべく、その源泉や背後にある思想が探られてきた経緯がある。

たとえば、四方四季の邸宅と庭には、浦島伝説の龍宮のような理想郷(4)や中国の古代帝王の神仙思想(5)が見出されており、季節と方位のずれについては、民俗学的見地から戌亥・辰巳の方角を尊ぶ信仰(6)などが指摘されている。さらに六条院の独自性、ひいては臣下でありながら帝の父であるという光源氏の特殊な位相を追究する試みとして、六条院の行事や各町の描写など、より詳細な表現の検討がなされてきた。

また、六条院造営の理由については、先に登場する二条東院の変容と合わせ、構想論として展開した。[7]二条東院は、明石の地から帰京した光源氏が、妻妾の集団化や明石母子の引き取りなどを目的に造成した邸である。しかし当初予定していた女性たちの一部は東院入りすることなく、その役割は時を経ずして六条院に引き継がれる。作者の構想の変更が言われる所以であるが、その理由については、明石の君の東院入り拒否[8]や六条御息所の鎮魂[9]など、およそ女性側に求められた。しかし、政界復帰後の光源氏のありようを考えた時、六条院造営の理由は光源氏側の変化にあったと思われる。

そこで本章では、源融が造営し、後に宇多上皇が所有することになった河原院（東六条院）を中心に見据えた上で、物語の六条院に特徴的な表現について改めて検討を加えながら、光源氏にとっての六条院の意味を再考したい。見通しを先に述べれば、表向きには太政大臣という廟堂の首班にふさわしい邸宅が必要とされたこと[10]、またその一方で、藤壺の死後、冷泉帝に実父として認識された光源氏にとって、太上天皇の住まいである後院（仙洞）としての邸宅の造営が必須となったということであろう。[11]冷泉帝に譲位を申し出られた薄雲巻に六条院構想の端緒となる春秋優劣論が展開され、太政大臣に任じられた少女巻で六条院が完成することは、その証拠と言える。

しかしながら、光源氏の六条院については、妻妾集団化の点で〈後宮〉形成という指摘がある[12]ほか、内裏でのみ行われる白馬の節会が見られるなど[13]、臣下の枠組みを越えるありようが注目され、主に王者としての理想性が言われてきた。先述した四方四季の読み解きや、六条院に関する表現についての詳細な検討も、およそ光源氏の王者性の体現という結論に帰着している。六条院の復元図を想定する試みにも、やはり光源氏という王者の邸宅を具象化したいという論者の欲求があるのだろう。[14]

しかし、それらはあくまで「源氏の大臣」として官位を極めながら、隠れた「太上天皇」としても君臨する光源氏の二面性を映し出す邸宅であることを、史上の例や漢詩文の表現を中心に検討することで証明したい。

二　源融の河原院と源順の「河原院賦」

「河原院」とは、嵯峨天皇の皇子で左大臣まで至った源融（八二二—八九五）が造成した邸宅であり、『拾芥抄』には「六条坊門南、万里小路東八町云々、融大臣家、後寛平法皇御所（号二六条院一）、本四町京極西、号二東六条院一」と記されている。このように、六条の地に四町を占めるあり方は、『河海抄』が准拠として指摘する通り、光源氏の六条院を髣髴とさせる。

またこの邸が特に風流を極めた造りであったことは、難波津から取り寄せた海水によって写された塩竈の景（陸奥国の歌枕）によく知られるが、『本朝文粋』には河原院を舞台とした漢詩文が収められており、宇多上皇の没後は源融の子孫・安法法師により歌会が開かれるなど、後世まで文事の場として機能し続けた。[15]『伊勢物語』八十一段には、親王たちが河原院で宴をし、邸の風趣を褒める歌を詠んだとあり、そこにいた業平とおぼしき「かたゐをきな」の歌「塩竈にいつか来にけむ朝なぎに釣する舟はここに寄らなむ」が披露されている。

この段は、源融が『伊勢物語』の成立に関わるのではないかという説[16]の根拠にもなっているが、このような河原院の様相は、一見、惟喬親王の渚の院のごとく、政治から疎外された者たちによって追求された風流と軌を一にするように思える。源融の場合、確かに基経を中心とする藤原氏の台頭により、十分な政治力を発揮できたとは言いがたい。[17]

特に陽成の即位にあたり右大臣ながら摂政を兼ねたとされる基経が、太政大臣・藤原良房の死後、左大臣として十年近く廟堂の首班にいた十四歳年上の融を引き越して太政大臣となったことは、当時の基経の勢いを物語っている。とはいえ、七十四歳の長寿を保った融は、官位は留め置かれたものの、清和・陽成・光孝・宇多と四代にわたり、およそ二十四年、大臣職を務めあげた。この長さは藤原顕光の二十六年、藤原良房の二十五年に次ぐものであり、これら上位三人に続くのが源常の十五年であることに鑑みても、「源氏の大臣」として、源融の存在は人々の記憶に深く刻まれたはずである。

藤原良房を外祖父に持つ清和、藤原基経を伯父とする陽成天皇の時代には藤原氏の躍進が続き、ついに年下の基経が摂政となった際、自邸に引き籠った融であったが[18]、光孝・宇多の治世時にも、引き続き大臣職に就いていることは注目される。河原院の造成時期は不明ではあるが、先の『伊勢物語』に登場する業平の生没年・天長二年（八二五）―元慶四年（八八〇）を考慮に入れると、河原院は融が大納言から左大臣に任じられた清和天皇時代に既に完成しており、その後の蟄居等とは直接関わらないのではなかろうか。そして廟堂の首班に至った融の源氏としての自負こそ、河原院の豪奢な風流を生み出したと考えたい。

そしてこのような邸宅を築き、世に文事の興を提供し続けた一世源氏・源融のありようは、物語世界の主要人物に引き継がれる。たとえば『うつほ物語』の左大臣・源正頼の邸宅である三条院は「四町の所を四つに分かちて、町一つに、檜皮のおとど・廊・渡殿・蔵・板屋など、いと多く建てたる、四つが中にあたり面白き、本家の御料に造らせ給ふ」と記され、同物語の嵯峨源氏・源涼を養育する神南備種松の吹上の宮は「吹上の浜のわたりに、広く面白き所を選び求めて、金銀・瑠璃の大殿を造り磨き、四面八町の内に、三重の垣をし、三つの陣を据ゑたり」と記述される[19]。

光源氏の六条院も、間違いなくこのような一世源氏の住まう邸宅の延長線上にあると思われ、表向きには確かに少女巻における光源氏の太政大臣就任が、六条院造成の理由であったに違いない。

また、源融と光源氏との共通性の中でも、即位の可能性が持ち上がりながら即位できなかった一世源氏であるという点はやはり重要であろう。『大鏡』には、陽成天皇が廃位された際、次の天皇候補に融自ら名乗りを挙げたエピソードが収載されており、(20)嵯峨源氏で仁明天皇の猶子であった融の自負が窺える。一方、光源氏は澪標巻において「みづからも、もて離れたまへる筋は、さらにあるまじきことと思す」と、語り手によって源氏の即位への意志は固く否定されているが、源氏自身「宿世遠かりけり」と、改めて帝位と縁がなかったことを思い返すあたり、融と通じるところがある。

以上のような共通点を持つ二人であるが、邸宅の具体的な様相についても、重なる部分を見出せるのではなかろうか。そこで、次は河原院を題材として詠まれた『本朝文粋』所載の漢詩文(21)について検討してみたい。源順「源澄才子の河原院賦に同じ奉る」（巻一・十、以下「河原院賦」と表記）では、主に第一～第三段落において、往時の河原院の様子を知ることができる。

有レ院無レ隣、　　院有りて隣無く、
自隔二囂塵一。　　自ら囂塵《ごうじん》を隔つ。
山吐二嵐之漠漠一、　　山は嵐の漠漠たるを吐き、
水含二石之磷磷一。　　水は石の磷磷たるを含む。
承相遺二幽居一、誰忘二前主一。　　丞相幽居を遺す、誰か前主を忘れん。
法王垂二叡覧一、猶感二後人一。　　法王叡覧を垂る、なほ後人を感ぜしむ。

其始也、
軒騎聚レ門、
綺羅照レ地。
常有二笙歌之曲一、
間以二弋釣一為レ事。
夜登二月殿一、蘭路之清可レ嘲、
晴望二仙台一、蓬瀛之遠如レ至。
是以、
四運雖レ転、
一賞無レ忒。
春翫二梅於孟陬一、
秋折二藕於夷則一。
九夏三伏之暑月、竹含二錯午之風一、
玄冬素雪之寒朝、松彰二君子之徳一。

其の始めや、
軒騎門に聚《むらが》り、
綺羅地を照らす。
常に笙歌の曲有りて、
間《まじ》ふるに弋釣《よくちょう》を以て事と為す。
夜に月殿に登れば、蘭路の清きを嘲るべく、
晴れに仙台を望めば、蓬瀛の遠きに至るが如し。
是を以て、
四運転《めぐ》るといへども、
一賞忒《たが》ふこと無し。
春は梅を孟陬に翫《もてあそ》び、
秋は藕《はちす》を夷則に折る。
九夏三伏の暑月には、竹は錯午の風を含み、
玄冬素雪の寒朝には、松は君子の徳を彰す。

（新日本古典文学大系『本朝文粋』一二六・一二七頁、表記等は一部改めた）

「山吐二嵐之漠漠一、水含二石之磷磷一。」（山の気が一面に広がり、水中の石がはっきりと見えるほど澄んでいる）と詠われる河原院は、実際、賀茂川沿いの豊かな自然に隣接しており、「有レ院無レ隣、自隔二囂塵一。」（隣家はなく、自然と世間の喧

しさからは隔たっている）という様であったという。にもかかわらず「軒騎聚レ門、綺羅照レ地。」（乗車した貴人や騎乗した人が門に群れ集い、女性たちの美しい出衣の裾が地に照り映えた）とあるのは、左大臣の邸宅としての繁栄を示しており、それらの人々によって「常有二笙歌之曲一、間以二弋釣一為レ事。」（常に管弦の音が鳴り響き、時には鳥を射たり魚を釣ったりして楽しんだ）と、その賑わいの様が記される。

光源氏の六条院も、「静かなる御住まい」を志向して造られており、おそらく周囲は河原院同様の静けさを有していたはずである。また、春の町の趣向を凝らした中宮季御読経を始め、端午の節句の競射など人々を集める行事が催されており、このような点も「河原院賦」で詠われる賑やかさを思わせる。さらに「夜登二月殿一、～蓬瀛之遠如レ至。」は、庭の景を中国の仙境に見立てて賞美しており、このような表現は、『本朝文粋』の庭園描写に度々見られるものであるが、[22]特に上皇の御所を舞台とする場合には必ず用いられており、[23]後に河原院が宇多上皇の所有となったことに鑑みても、御所同様の趣を湛えていたと考えられる。

しかしながら、このように仙界に擬され永遠に時を止めるかのような美しい庭園にも「四運」（四季）による変化は訪れる。それでも「春翫二梅於孟陬一、～松彰二君子之徳一。」のように、どの季節にも賞美しうる風物が存在することによって、常時風流を楽しめる邸宅であったと謳われる。光源氏の邸宅のように、最初から四季が割り当てられたわけではないだろうが、それぞれの季節が楽しめる植生がなされている点は、光源氏の六条院と共通すると言えるだろう。

このように、「河原院賦」に見る往時の河原院は、光源氏の六条院に近しい姿をしている。この詩の作者・源順（九一一―九八三）は、嵯峨天皇の子・源定の子孫であり、源融が主人であった頃の河原院を知らない世代である。しかし、同じ嵯峨源氏であればこそ、「源氏の大臣」・源融の河原院には特別な思いがあったのではなかろうか。この詩の四段落以降は、かつて風雅を極めた邸宅が今では寂れた寺院となり、世の中も住む人も変わってしまったことが愁嘆されるが、河原院の変わらない風景の美しさも詠まれている。またこの詩の正式名称にある「源澄才子」とは光源氏・源為憲（?―一〇一一）のことであり、その「河原院賦」に倣って詠まれたというのも興味深い。[24]ともかく『源氏物語』の作者・紫式部が光源氏の六条院を描くにあたり、このような漢詩文中の河原院を参考にしたかは定かでないが、双方廟堂の首班たるにふさわしい「源氏の大臣」の邸宅として表現されていることは確かだろう。

ただし河原院は、「河原院賦」においても源融の対として登場する宇多上皇を後の主人とする。[25]そこで、次は宇多上皇と河原院との関係について見ていきたい。

三　宇多上皇の河原院と紀在昌「宇多院の河原院の左大臣の為に没後諷誦を修する文」

宇多上皇と河原院との関わりは、延喜十七年（九一七）十月六日、宇多上皇の主催する源昇の七十賀が河原院で行われたとする『日本紀略』の記事[26]を初出とする。源昇は融の子であり、「河原大納言」と呼ばれることから、河原院を父から相続していたことが窺えるが、この邸が昇から宇多上皇に譲渡、あるいは貸与されたのは、昇の女・源貞子（小八条御息所）が宇多の後宮にいたことや、広壮な邸を維持しうる財力、及び融に匹敵する豪奢な性癖などに由来すると言われている。[27]

当時宇多上皇は出家して法皇となっていたが、譲位後、三十五年の長きにわたり皇室の家父長として君臨し、朱雀院、亭子院、六条院（中六条院）と、数々の後院で多くの風流事を催した。また『大和物語』六十一段には、宇多が藤原時平の女・褒子（京極御息所）を河原院に住まわせて通うようになったことが記されるが、亭子院には「御息所たちあまた御曹司してすみたまふに」とあるように、譲位後も多くの女御・更衣が宇多上皇に仕えていた。天皇在位中には権威の弱さや基経との関係から、思うような政治が行えなかった宇多であったが、譲位後は息である醍醐天皇に摂政を置かず、婚姻政策にも口を出すなど、院政の萌芽のごときふるまいも見られ(28)、かなり自由に行動していたようである。

このような宇多上皇が、風流を極めた源氏の邸宅・河原院を所有したことは、自然の流れであるように思われる。しかし同じ一世源氏でありながら、即位の叶った宇多と、叶わなかった融との間には、何かしらわだかまりがあったのかもしれない。阿衡事件の際、融が最終的に基経の意見を尊重し、宇多天皇に改めて関白の詔を下すよう促したのは、そのことが理由であったとする見方がある(29)。ただし基経との紛議に際し、宇多が左大臣・源融を仲裁役として遣わした理由は、公卿を四十年ほど務め、長いこと大臣職にあった融を信頼してのことであろう。また融の方も、光孝・宇多の治世時に引き続き大臣職を続けていたのは、彼らの天皇としての資質を認めていたからであると思われる。

しかしながら、宇多上皇を主人とする河原院において、融が亡霊となって現れるのは、このような複雑な両者の関わりに理由があるのではなかろうか。具体的には『本朝文粋』（巻十四、四二七）に収載される紀在昌「宇多院の河原院の左大臣の為に没後諷誦を修する文」を見ていきたい。

諷誦を請けん事

三宝衆僧の御布施云々

右、仰せを奉ずるに云《のたま》はく、「河原院は、故左大臣源朝臣の旧宅なり。林泉隣を卜し、喧囂《けんごう》境を隔つ。地を択《えら》びて構へ、東都の東に在りといへども、門を入りて居れば、北山の北に遁《のが》るるが如し。ここを以て、年来、風煙の幽趣を尋ねて、禅定の閑棲と為す。時代已に昔年に同じからず、挙動何ぞ旧主を煩はすこと有らんや。しかるに去る月の廿五日、大臣の亡霊、忽《たちま》ち宮人に託して申して云《いは》く、「我在世の間、殺生を事と為す。その業の報に依りて、悪趣に堕つ。一日の中、三度苦を受く。剣林に身を置きて、鉄杵骨を砕く。楚毒至痛、具《つぶさ》に言ふべからず。ただその笞掠の余、拷案の隙《ひま》に、昔日の愛執に因りて、時々来りてこの院に息《いこ》ふ。惣《すべ》て侍臣の為に、悪眼を挙げず。いはんや宝体においては、あに邪心有らんや。しかれども重罪の身、暴戾《ぼうれい》性に在り。物を害するに意なしといへども、なほ人に向かふに凶有り。冥吏捜り求めて、久しく駐《とどま》ることを得ず。我が子孫皆亡じなば、汲引誰をか恃《たの》まん。適《たまたま》遺《のこ》りし所は、相救ふべきに非ず。ただ湯鑊《とうかく》の中に悲歎し、枷《か》鎖《さ》の下に憂悩するのみ」と。勅答して云く、「今卿《なんじ》が為に善を修して、その苦より脱せしめん。如何なる善を行はば、この苦より脱せしめんか」と。報奏して云く、「罪根至って深く、妙功も抜き難し。縦《たと》ひ無数の善を修すとも、脱すべき期を知らず。ただし七箇寺において、おのおの諷誦を修して、遥かに抜苦の慈音を聴かば、暫《しばら》く無明の毒睡を覚《さま》さん。自余は万善を修すといへども、我が得る所に非ざるなり」と。

ここに、そのかくの如きを観て、悲感自づから然り。朕は昔握符の尊たり、卿もまた和羹《わこう》の佐たり。分段間なく、生死遠く隔たりしより、薬石の前言を忘れ難く、いまだ魚水の旧契を改めず。常に思ふ、抜済道を得て、早く覚樹の花を攀《よ》ぢんことを。あに図りきや、出離媒《なかだち》なく、永く苦海の浪に溺れんとは。合体の義、既に曩時《のうじ》に重く、滅罪の謀《はかりごと》、すべからく今日に廻《めぐ》らすべし。仍《よっ》て七箇の精舎を占めて、九乳の梵鐘を扣《たた》く。今の企《くわだ》つる所は、これその一なり。伏して乞ふ、一音風に任せて、忽ち鵝鴨《がおう》の宿訴を息《や》め、三明月を照らして、遂に瓔珞《ようらく》の後身と為らん」てへれば、宮臣仰せを奉じて、修する所件《くだん》の如し。敬ひて白《もう》す。

延長四年七月四日　主典代散位秦有明

（新日本古典文学大系『本朝文粋』一一五〜一一八頁、表記は一部改めた[30]）

右記は、宇多上皇が源融の霊を供養するために行った諷誦に際しての願文であり、施主である宇多の意を受けて紀在昌が作ったとされる。ただし『扶桑略記』では三善文江の作としており、この願文が宇多上皇の言葉をほぼそのまま引用しているところを見ると、作者が誰であるかということはそれほど問題ではなかったのかもしれない。

内容については、まずは河原院が源融の旧居であり、その様が周囲から隔絶した隠者の住まいのごとき趣であったことから、そのような場所を探し求めていた宇多が、仏道修行のために住んでいたと説明する。そして自分の振る舞いが、邸の元の主人である源融を煩わすはずはないと述べる。つまり融が亡霊となって現れたことについて、自分に非がないことを確認させるのである。その上で、融の亡霊と対峙した折の話に入る。

融の霊は、突然女官に取り憑いて「生前、自分は殺生を行ったために、地獄の責苦を受けており、その拷問の隙を見て、時々生前愛着のあったこの邸で休んでいる。侍臣を憎んだり、法皇に対して邪な心を抱いたりすることは決してないけれど、重い罪のために凶暴になることもある。自分の子孫がすべて死んでしまっては、この苦しみから救われる手だてがなく、地獄で憂い悩んでいる。」と訴える。上皇は、自分が融を救うための善業を行うので、どのようなことをすればよいかを尋ねる。すると融の亡霊は「自分の罪は重いので、いかに優れた功徳でも、罪根を全て抜き取ってしまうことはできないが、七つの寺においてそれぞれ諷誦を行ってもらえれば、しばらくは迷いの境地から脱することができる。」と答えている。その後、宇多は「薬石の前言を忘れ難く、未だ魚水の旧契を改めず。」（薬のように為になるお前の忠告は忘れ難く、魚と水のように親密なかつての君臣の契りは以前のままである）と、融との親密な君臣関係を強調した上で、地獄の苦しみから救うべく自分が諷誦を行い、融の極楽浄土への往生を願うのである。

この願文の内容が、すべて真実を語っているかどうかは定かでない。特に河原院への住居が仏道修行のためというのは、愛妾・褒子を住まわせて通っていたとする『大和物語』六十一段の記述とは食い違いを見せている。そのため『江談抄』などの説話が、[31]宇多と褒子との情事に際し、源融の霊が現れたと語るのは、それらの疑義に対する一つの答えのようにも思われる。また融が地獄に堕ちた理由として挙げる「殺生」は、源順の「河原院賦」にも「間以㆓弋釣㆒為㆑事。」(時には鳥を射たり魚を釣ったりして楽しんだ)と確かに見えているが、先述したようなわだかまりが想定される二人の間柄において、融が亡霊となった理由が本当に生き物への殺生であったのかについても疑問が残る。『今昔物語集』などは、生前同様、河原院の主人として宇多上皇を出迎える融の霊を登場させるが、この霊に対し、邸の正当な所有権を主張する宇多を描いており、[32]二人の生前からの微妙な関係を窺わせる。とはいえ、いまだ成仏できないでいる融のために宇多が諷誦を行わせたのは事実であり、その二人を結ぶ接点が河原院であったことは確かである。そしてこのような亡霊との対話は、融が何かしら無念の想いを抱いていたであろうと考える宇多側の後ろめたさを意味しているのではなかろうか。実際、当時の宇多上皇は体調が悪く、融の霊との対話を夢や幻覚として見たものと解釈する説[33]もある。

ともかくこの出来事は、先述したように後世の説話の題材となるが、『源氏物語』の夕顔巻における「なにがしの院」の「もののけ」との関わりが指摘されている。[34]また前の邸の主人が新しい主人と対峙するという意味では、六条院に現れる六条御息所の死霊との関わりも見過ごせまい。[35]この場合、光源氏は宇多上皇の立場に当てはまるが、お互い一線を退いた体をとりつつ、太上天皇として(光源氏の場合は隠れた太上天皇として)子の治世に引き続き大きな影響力を持った点は共通していよう。

以上、源融と宇多上皇と、それぞれ河原院をめぐる状況を押さえてきたが、次は光源氏の六条院の描写について具体的に見ていきたい。

四　光源氏の六条院

光源氏の六条院については、次のように語られる。

八月にぞ、六条院造りはてて渡りたまふ。未申の町は、中宮の御旧宮なれば、やがておはしますべし。辰巳は、殿のおはすべき町なり。丑寅は、東の院に住みたまふ対の御方、戌亥の町は、明石の御方と思しおきてさせたまへり。もとありける池山をも、便なき所なるをば崩しかへて、水のおもむき、山のおきてをあらためて、さまざまに、御方々の御願ひの心ばへを造らせたまへり。

南の東は山高く、春の花の木、数を尽くして植ゑ、池のさまおもしろくすぐれて、御前近き前栽、五葉、紅梅、桜、藤、山吹、岩躑躅などやうの春のもてあそびをわざとは植ゑで、秋の前栽をばむらむらほのかにまぜたり。中宮の御町をば、もとの山に、紅葉の色濃かるべき植木どもを植ゑ、泉の水遠くすまし、遣水の音まさるべき巌たて加へ、滝落として、秋の野を遥かに作りたる、そのころにあひて、盛りに咲き乱れたり。嵯峨の大堰のわたりの野山、むとくにけおされたる秋なり。

北の東は、涼しげなる泉ありて、夏の蔭によれり。前近き前栽、呉竹、下風涼しかるべく、木高き森のやうなる木ども木深くおもしろく、山里めきて、卯花の垣根ことさらにしわたして、昔おぼゆる花橘、撫子、薔薇、くたになどやうの花のくさぐさを植ゑて、春秋の木草、その中にうちまぜたり。東面は、分けて馬場殿つくり、埒結ひて、五月の御遊び所にて、水のほとりに菖蒲植ゑしげらせて、むかひに御厩して、世になき上馬どもをととのへ立てさせたまへり。

西の町は、北面築きわけて、御倉町なり。隔ての垣に松の木しげく、雪をもてあそばんたよりによせたり。冬のはじめの朝霜むすぶべき菊の籬、我は顔なる柞原、をさをさ名も知らぬ深山木どもの木深きなどを移し植ゑたり。

（「少女」三―七八～八〇頁）

まず最初に、邸の一町が六条御息所の娘・秋好中宮の住居であったと語られ、六条院は中宮の里邸として機能していることが知られる。六条御息所母子の造型については、『河海抄』以来、史上の徽子女王とその娘・規子内親王への准拠が言われており、規子が斎宮の任を終えて伊勢より帰京した際、母子ともに徽子の父・重明親王の本邸と思われる六条院（河原院同様、元は源融所有）に住んだ可能性が指摘されている。[36]このことは、物語の拠る史実が、融の所有する邸を中心に展開しているようで興味深い。続いて光源氏、花散里、明石の君の住む町の場所が示され、元々あった池や山が各町の女主人の意に沿うよう造りかえられたと記される。そして以下、各町のテーマとする季節の植物を中心に、庭の様子が語られていく。

この記述については、植えられている草木の種類が日本の自然を生かした庭園であって、ことさら仙境を象るものではないとの指摘がある。[37]実際これらの描写は、『作庭記』等の作庭秘伝書の本文と酷似する箇所を見出すことができ、むしろ当時の現実的な建築・造園を基に描かれていると言われる。[38]よって六条院の四方四季の体制が、『うつほ物語』の吹上の宮のように、「東―春、南―夏、西―秋、北―冬」という五行の配当ではなく戌亥・辰巳信仰を優先させていたとしても、また春→秋→夏→冬と季節が循環するような町の配置になっていなくとも、それは後の六条院崩壊の暗示などではなく、『作庭記』等、当時の実際的な造園の理念を踏襲していると見るのである。

また、薄雲巻で春秋優劣論が展開されるように、日本では特に春と秋の情趣が重んじられてきた。その二つの季節に光源氏の栄華にとって重要な紫の上と秋好中宮が配され、またそれらの町が隣り合って置かれることは、実際、現実的な配置であったと言えるだろう。さらにこれらの季節が厳密に分かたれていなかったことは、春の町に「秋の前栽」が、また夏の町に「春秋の木草」がまぜられていることより明らかである。

以上のことを確認した上で、再び源順の「河原院賦」を見てみると、第三段落、季節の風物について詠まれている部分が、こちらも「春↓秋↓夏↓冬」と、季節の循環とは関わりなく詠まれていることに気づく。

四運転《めぐ》るといへども、
一賞忒《たが》ふこと無し。
春は梅を孟陬に翫《もてあそ》び、
秋は藕《はちす》を夷則に折る。
九夏三伏の暑月には、竹は錯午の風を含み、
玄冬素雪の寒朝には、松は君子の徳を彰す。

さらに、春の梅と秋の蓮、夏の竹と冬の松が対になっているが、ここで言われる梅、竹、松は、六条院の庭にも植えられており、季節の対応も一致している。ただし蓮の花は、若菜下巻、発病から小康を得た紫の上が二条院の蓮の花を介して光源氏と贈答する場面が印象的であるが、六条院では幻巻において光源氏が一人で池の蓮を眺めて紫の上

のことを思い出すよすがとするのが実景としての唯一の描写となっている。[39]「一蓮托生」という来世の約束を意味するこの花を、最初から特定の女性の庭に植えられていると記述することはふさわしくなかったのかもしれない。また「河原院賦」で詠われる庭は、先述したように、中国の仙境のようだと評されるが、一方で日本的な庭園の様式を伝える表現をとっていると知られる。このことは、光源氏の六条院にも言えるのではないか。そこで次に、胡蝶巻に描かれる六条院の春の町の様子について検討していきたい。

　竜頭鷁首を、唐の装ひにことごとしうしつらひて、楫とりの棹さす童べ、みな角髪結ひて、唐土だたせて、さる大きなる池の中にさし出でたれば、まことの知らぬ国に来たらむ心地して、あはれにおもしろく、見ならはぬ女房などは思ふ。中島の入江の岩蔭にさし寄せて見れば、はかなき石のたたずまひも、ただ絵に描いたらむやうなり。こなたかなた霞みあひたる梢ども、錦を引きわたせるに、御前の方ははるばると見やられて、色を増したる柳枝を垂れたる、花もえもいはぬ匂ひを散らしたり。他所には盛り過ぎたる桜も、今盛りにほほ笑み、廊を繞れる藤の色もこまやかにひらけゆきにけり。まして池の水に影をうつしたる山吹、岸よりこぼれていみじき盛りなり。水鳥どもの、つがひを離れず遊びつつ、細き枝どもをくひて飛びちがふ、鴛鴦の波の綾に文をまじへたるなど、物の絵様にも描き取らまほしきに、まことに、斧の柄も朽いつべう思ひつつ日を暮らす。

　風吹けば波の花さへいろ見えてこや名に立てる山吹の崎
　春の池や井手のかはせにかよふらん岸の山吹そこもにほへり
　亀の上の山もたづねじ舟のうちに老いせぬ名をばここに残さむ
　春の日のうららにさして行く舟は棹のしづくも花ぞちりける

などやうのはかなごとどもを、心々に言ひかはしつつ、行く方も帰らむ里も忘れぬべう、若き人々の心をうつすに、ことわりなる水の面になむ。

（「胡蝶」三―一六六〜一六八頁）

右記は、中宮季御読経前に行われた春の宴の記述であるが、傍線部には爛柯の故事や白詩「海漫漫」の引用などが用いられ、仙境を思わせる記述が続く。このような表現については、神仙を希求した古代中国の帝王と光源氏とを重ね合わせる(40)、あるいは後の准太上天皇位を見越して六条院に他の後院同様の重みを持たせる(41)など、主として光源氏の王者性と関わらせて論じられてきた。

この宴は、波線部に「唐の装ひにことごとしうしつらひて」、また「唐土だたせて」とあるように、光源氏自ら異国の雰囲気を作り出しており、その場の人々が仙境を意識するような演出を施している。ただし光源氏は、「帝王」というより「隠れた帝の父」として、上皇の仙洞御所を目指していると見る方が、六条院の庭の現実的な描かれ方に鑑みても妥当ではないだろうか。また物語における他の後院とのバランスを考える意見については、漢詩文において後院（上皇御所）が詠まれる際、必ず仙境表現が用いられたことを根拠とするが、物語中、朱雀院や冷泉院においては、仙境表現は用いられていない。つまり、六条院の仙境的な様子は、あえてそのような演出をもって理想的に見せたものであり、そこに「隠れた帝の父」として「太上天皇」を志向しながらも、実際は「源氏の大臣」である光源氏の特殊な位相を読みとることができるのである。

先述したように、「河原院賦」には仙境表現が見られるが、この河原院は、左大臣として廟堂の首班を務め、後に帝位を意図するほどの自負を持った源融が造った邸宅である。融自身、神仙世界に傾倒していたとする意見もあるが(42)、実際、後院に匹敵するほどの庭づくりがなされたのは、そのような融の意思を反映しており、後に河原院が宇多上皇の所有となったのも、そのふさわしさを備えていたからであろう。

物語の光源氏は「太政大臣」という臣下の時分においては、仙境のごとき河原院を造成した源融に近く[43]、また「准太上天皇」となってからは、元の邸宅の主人・六条御息所の死霊と対峙するなど、後に河原院の主人となった宇多上皇になずらえられる[44]。このように、物語の六条院は、光源氏がそのような二面性を持つことを如実に示しているのである。

五　結　語

物語の六条院とは、河原院の造営者である源融（源氏の大臣）と、後の所有者である宇多上皇（太上天皇）の、両方の位相をあわせ持つ存在として光源氏を意義づける。皇統交替という歴史的転換は、二人の源氏を翻弄し、皮肉にもその運命を分けた。そのことは、当時の人々にとって非常にドラマティックな出来事として受けとめられたに違いない。そしてその二人が多くの風流事の舞台となった河原院を通して結びついた時、それはいくつもの文学的創造をなさしめた。『本朝文粋』における漢詩文の存在は、河原院の文化的意義の大きさを改めて知らしめるものであり、『源氏物語』の六条院もその一つと言える。しかしながら、この物語が他の説話などと一線を画すのは、史上の二人を一人の人物として創造し、物語の主人公とした上で、その苦悩と喜びとを生涯にわたり記述した点にあろう。結果、六条院を舞台とする光源氏の物語は、多面的な歴史の厚みを持った人間ドラマとして成立するのである。

注

（1）此六条院は河原院を摸する歟別記〔真本御記二〕みえたり

延喜（十）七年三月十六日己丑此日参入六条院此院是故左大臣源融朝臣宅也大納言源朝臣奉進於院矣

一世源氏作られたるも其例相似たる歟

延長二年正月廿六日乙丑此日参入中六条院々御此院

（玉上琢彌編『紫明抄河海抄』角川書店、三八〇頁、以下『河海抄』の引用は同書）

（2）室城秀之『うつほ物語』の三条院について―『源氏物語』の六条院との比較を通して」（『論集平安文学』五、二〇〇〇年五月）

（3）『河海抄』では注（1）の次項に、

うつほの物語云紀伊国むろの郡に神なひのたね松といふ長者吹上浜のわたりに四面八町のうちに紫檀蘇芳くろかひからもゝなといふ木ともを材木にとりて〔真本として〕金銀瑠璃車渠馬脳のおほ殿をつくりかさねて東の陣のとには春の山南の陣のとには夏のかけ西の陣のとには秋の林きたには松の林四面をめくりうへたる木草たゝのすかたせす此事を摸する歟たね松孫の源氏宮のために造て四面八町のうちに四季をわけてすまひけりといへる〔真本すまひけると云に〕

相似たり

と注している。

（4）三谷栄一「源氏物語の構成と古代説話的性格―六条院の造営における民俗学的意義―」（『國學院雑誌』六二―二・三、一九六一年三月）、後に『物語史の研究』第三編第三章（有精堂、一九六七年）所収。ただし野村精一「光源氏とその自然―六条院構想をめぐって―」（阿部秋生編『源氏物語の研究』東京大学出版会、一九七四年）同「六条院の四季の町」（『講座源氏物語の世界』第五集、有斐閣、一九八一年）は、邸宅の四方四季が民間の雑信仰の型ではなく、超人間的な時間を割り当てられた聖なる空間であると述べる。

（5）小林正明「蓬莱の島と六条院の庭園」（『鶴見大学紀要』二四、一九八七年三月）

（6）注（4）三谷論文

（7）高橋和夫「二条院と六条院―源氏物語に於ける構想展開の過程について」（『源氏物語の主題と構想』桜楓社、一九六六年、初出一九五一年）

（8）森藤侃子「二条東院と明石君」（『源氏物語―女たちの宿世―』桜楓社、一九八四年、初出一九七一年）

（9）藤井貞和「光源氏物語主題論」（『源氏物語の始源と現在』岩波現代文庫、二〇一〇年、初出一九七一年）

（10）日向一雅「六条院世界の成立について―光源氏の王権性をめぐって―」（『源氏物語の主題―「家」の遺志と宿世の物語の構造』桜楓社、一九八三年）

（11）光源氏が後院としての六条院造営を意識的に行ったとまでは述べていないが、六条院の仙境表現や「院」の名称から、後の准太上天皇位を視野に入れた邸宅として語られていることを田中隆昭「仙境としての六条院」（『国語と国文学』七五―一一、一九九八年十一月、後に『交流する平安朝文学』勉誠出版、二〇〇四年所収）、家井美千子「理想の邸宅としての「院」―「六条院」再考のために」（岩手大学人文社会科学部欧米研究講座編『言語と文化の諸相』一九九九年三月）が指摘している。

（12）深澤三千男「王者のみやび―二条東院から六条院へ（続光源氏の運命）―」（『源氏物語の形成』桜楓社、一九七二年）

（13）河添房江「六条院王権の聖性の維持をめぐって」（『源氏物語表現史』翰林書房、一九九八年）

（14）たとえば、玉上琢彌『『六条院』推定復原図并考証」（『大谷女子大国文』一四、一九八四年三月）では、六条院造営を「上皇の実をとろうとする」「わが内裏を作らんとする」と言い、池浩三「光源氏の六条院―そのかくされた構想―」（『中古文学』四八、一九九一年十一月）でも、殿舎が内裏の方式に倣ったものと述べる。ただし、両者の図案には差異がある。

（15）犬養廉「河原院の歌人達―安法法師を軸として―」（『平安和歌と日記』笠間書院、二〇〇四年、初出一九六七年）

（16）渡辺実「源融と伊勢物語」（『国語と国文学』四九―一一、一九七二年十一月）

（17）山中裕「源融」（『平安人物志』東京大学出版会、一九七四年）

（18）「左大臣自㆓貞観十八年冬㆒、杜㆑門不㆑出。今日始就㆓太政官候聽㆒視㆑事。」（『三代実録』元慶八年（八八四）六月十日条）

（19）『うつほ物語』の本文は、室城秀之校注『うつほ物語全』改訂版（おうふう）による。以下も同じ。

（20）「融のおとど、左大臣にてやむごとなくて、位につかせたまはむ御心ふかくて、「いかがは。近き皇胤をたづねば、融ら

もはべるは」と言ひ出でたまへるを」（新編日本古典文学全集『大鏡』「太政大臣基経昭宣公」七〇頁）

(21) 訓読については、柿村重松『本朝文粋註釈』（内外出版、一九二二年）と、後藤昭雄『本朝文粋抄』（勉誠出版、二〇〇六年）を参照した。また、本論でとりあげた源順の詩以外にも河原院を詠んだ詩に藤原惟成「秋日於二河原院一同賦二山晴秋望多一」（巻八・二二八）があり、安法法師が河原院の主人として登場する。

(22) 田中徳定「河原院と源融の風流—平安朝文人の意識をめぐって」（『駒澤國文』二三、一九八六年二月）

(23) 注（11）田中論文

(24) 源為憲の「河原院賦」は現在散逸しており、『新撰朗詠集』に一部見ることができる。

(25) 工藤重矩「河原院の文学的伝統と宇多法皇」（『平安文学研究』五二、一九七四年七月）は、源順らの詩が、融の風流を継承しうるのは宇多法皇だけであり、融の遺した風流は法皇を迎えてますます盛んであると謳っていたであろうと述べる。後に『平安朝律令社会の文学』（ぺりかん社、一九九三年）所収。

(26) 「太上法皇於二河原院一賀二大納言源昇七旬筭一。王卿宴飲。」（『日本紀略』）

(27) 目崎徳衛「宇多上皇の院と国政」（『貴族社会と古典文化』吉川弘文館、一九九五年）

(28) 河内祥輔「宇多「院政」論」（『古代政治史における天皇制の論理』増補版、吉川弘文館、二〇一四年、初版一九八六年）

(29) 注（17）に同じ。

(30) 原文は以下の通り。

請二諷誦一事。

三宝衆僧御布施云々。

右、奉レ仰云、河原院者、故左大臣源朝臣之旧宅也。林泉卜レ隣、喧囂隔レ境。択レ地而構、雖レ在二東都之東一、入レ門以居、如レ遁二北山之北一。是以年来、尋二風煙之幽趣一、為二禅定之閑棲一。時代已不レ同二於昔年一、挙動何有レ煩二於旧主一。而去月廿五日、大臣亡霊、忽託二宮人一申云、我在世之間、殺生為レ事。依二其業報一、堕二於悪趣一。一日之中、三度受レ苦。剣林置レ身、鉄杵砕レ骨。楚毒至痛、不レ可二具言一。唯其笞掠之余、拷案之隙、因二昔日愛執一、時々来息二此院一。惣為二侍臣一、不レ挙二悪眼一。況於二宝体一、豈有二邪心一乎。然而重罪之身、暴戻在レ性。雖レ無レ意二於害レ物、猶有レ凶二於向レ人。冥吏捜求、不レ得二久駐一。我子孫皆亡、汲引誰恃。適所レ遺者、非レ可二相救一。只悲二歎於湯鑊之中一、憂二悩於枷鎖之下一耳。勅答云、今為レ卿修レ善、令レ脱二其苦一。行二如何善一、令レ脱二此苦一乎。報奏云、罪根至深、妙功難レ抜。縦修二無数之善一、不レ知二可レ脱之期一。但於二七箇寺一、各修二諷誦一、遥聴二抜苦之慈音一、暫覚二無明之毒睡一。自余雖レ修二万善一、非二我之所レ得也。於レ是観二其如レ此、悲感自然。朕昔為二握符之尊一、卿亦為二和羹之佐一。自二分段無レ間、生死遠隔一、難レ忘二薬石之前言一、未レ改二魚水之旧契一。常思抜済得レ道、早攀二覚樹之花一。豈図出離無レ媒、永溺二苦海之浪一。合体之義、既重二於曩時一、滅罪之謀、須レ廻二於今日一。仍占二七箇之精舎一、扣二九乳之梵鐘一。今之所レ企、是其一也。伏乞、一音任レ風、忽息二鵝鴨之宿訴一、三明照レ月、遂為二瓔珞之後身一者、宮臣奉レ仰、所レ修如レ件。敬白。

延長四年七月四日　主典代散位秦有明

(31)『江談抄』巻三・三二「融大臣霊抱二寛平法皇御腰一事」また『古事談』もほぼ同文を収載する。

(32)『今昔物語集』巻二七・二「河原院融左大臣霊宇陀院見給語」同様の話は『古本説話集』や『宇治拾遺物語』にも見られる。また注(31)の説話では、生前、融が「臣下」で、自分が「主上」であったと主張している。

(33) 田中隆昭「夕顔巻における歴史と虚構」(『源氏物語　歴史と虚構』勉誠社、一九九三年)

(34) 古くは『弘安源氏論議』や『河海抄』より言われているが、研究としては、小林茂美「「融源氏の物語」試論—その命題と『源氏物語』との交渉—」(『源氏物語論序説』桜楓社、一九七八年)、注(33)田中論文など。また融の怨霊譚をテクストのコードとして読む論に土方洋一「六条院の光と影—テクスト論の視座から—」(『源氏物語のテクスト生成論』笠間書院、二〇〇〇年、初出一九八三年)がある。

(35) 注(34)小林論文等。

(36) 増田繁夫「六条御息所の准拠—夕顔巻から葵巻へ—」(中古文学研究会編『源氏物語の人物と構造』笠間書院、一九八二年)

(37) 注(11)田中論文

(38) 横井孝「六条院の風景二—作庭秘伝書の影—」(『源氏物語の風景』武蔵野書院、二〇一三年、初出一九八八年)

(39)「いと暑きころ、涼しき方にてながめたまふに、池の蓮の盛りなるを見たまふに、「いかに多かる」などまづ思し出でら

るるに、ほれぼれしくて、つくづくとおはするほどに、日も暮れにけり。」（「幻」四―五四二頁）

(40) 注（5）に同じ。

(41) 注（11）田中論文

(42) ベルナール・フランク「源融と河原院」（『風流と鬼―平安の光と闇』平凡社、一九九八年）

(43) 注（34）土方論文では、融の王権から遠ざけられた王氏のイメージが光源氏の謎めいた未来についてのコードの一つとしてあり、また源融の山荘・栖霞観になずらえられる嵯峨の御堂の造営など、融を思わせる造営事業の延長線上に六条院造営があると言う。

(44) 高橋和夫「源氏物語「六条院」の源泉について」（『源氏物語の主題と構想』桜楓社、一九六六年）は、六条院の源泉の検討から、光源氏の人物形成の背後に宇多上皇の面影があることを指摘する。

第九章　太上天皇の算賀
――王権の世代交代と准太上天皇・光源氏――

一　問題の所在

「算賀」とは、四十歳を起点とし、以後十年ごとに、長寿を祝う祝賀行事である。『源氏物語』では、一院、式部卿宮、光源氏、朱雀院を被賀者とする算賀が見られ、そのうち三人は太上天皇（光源氏のみ准太上天皇）の地位にある。史上の算賀では、平安中期までに見られる太上天皇の算賀として、嵯峨・宇多・陽成の例があり、物語は大方このような算賀が行われた時代を意識していると見られる。

しかし、これらの時代には、天皇・后・摂関の算賀例も多く、同様に宮中を舞台とする他の王朝物語が后の算賀描写に力を入れる中、『源氏物語』だけが主として太上天皇の算賀を描くことには、重要な意味があると考えられる。おそらく『源氏物語』では、皇統の家父長として太上天皇の存在が特に重視されており、その算賀は、皇統の系譜意識に基づく王権の世代交代、あるいは物語第二部以降の光源氏のあり方を示唆するモチーフとなっている。

本章では、それらを史上の算賀、及び他の王朝物語の算賀と比較することで検討し、『源氏物語』に描かれる各算賀の意味を追究しながら、算賀のモチーフを通して描かれる准太上天皇・光源氏の実相に迫りたい。

二　史上の算賀

史上における算賀行事については、『新儀式』第四、『西宮記』巻十二、『江家次第』巻第十九・二十などが式次第を記載する。(1)また国史等の史料を分析した橋本不美男氏の見解によれば、以下の三点が算賀の特徴として挙げられる。(2)

（1）算賀は肉親を主体とし、主催者別に何度か行われる。
（2）長命祈願、また祝賀の宴のため、主催者は器物の調進・写経およびその誦経（法会）・賑給等を行う。
（3）賀筵の資は主催者が準備し、被賀者を中心に宴楽があり、参会者に纏禄がある。

『源氏物語』においても、光源氏や朱雀院の算賀は、主催者別に何度か催されており、仏事や宴楽についても詳細な記述がある。しかし、各算賀の描かれ方には幅があり、記述内容も一定でないのは、各算賀が担う意味の違いによるのだろう。この点については、後述したい。

また、算賀の風習については、長屋王の四十賀を祝ったと見られる賦詩が『懐風藻』にあること、(3)聖武天皇の四十賀の為に僧正・良弁が華厳経を講じたという記述が『東大寺要録』に見られることなどから、(4)奈良時代より確認できる。

しかし、算賀を宮中の正式な行事として行ったのは、淳和天皇を主催者とする嵯峨太上天皇の四十賀からと見られ、(5)このような算賀行事の催行は、嵯峨天皇によって創始された朝覲行幸同様、(6)王権の家父長制を視覚的に表していた。

①　「上皇到二御座一。天皇到二地敷一。拝舞訖出御矣。」

②　「敷二平敷御座於南廂一。天皇先下座候二気色一。上皇又下二御座一着二御平-鋪一。次天皇着御。」

（『新儀式』第四「天皇奉二賀上皇御算一事」『群書類従』表記は一部改めた）

右記は、太上天皇の算賀の式次第から一部抜粋したものである。①は、「上皇」（太上天皇）は御座に、「天皇」は地敷に至ったところで「天皇」が拝舞すること、また②は、御座を移動する際、「天皇」が先に下り、新たな座に「上皇」が着いてから「天皇」が着すことを示している。このように、太上天皇の算賀の式次第には、視覚的に孝敬の秩序を表す所作が含まれていた。

また、嵯峨太上天皇の算賀が行われた後は、仁明天皇の算賀が催され、太上天皇だけでなく、天皇の算賀、及び后の算賀も宮中で行われるようになる。以下、およそ物語の成立時まで、様々な史料に見える太上天皇、天皇、后、さらに摂関を務めた人物の算賀例を挙げてみたい。(7)

【太上天皇】●印は天皇、（　）内は被賀者との関係を示す。以下も同じ。

催行年	被賀者	主催者、及び関係者	出典
①天長二年（八二五）	嵯峨　四十賀	●淳和（弟）	類聚国史

②延喜六年（九〇六）	宇多　四十賀	温子（妻）、●醍醐（子）	日本紀略・扶桑略記等
③延喜七年（九〇七）	陽成　四十賀	綏子内親王（妻）	日本紀略
④延喜十六年（九一六）	宇多　五十賀	●醍醐（子）、敦慶親王（子）	日本紀略等
⑤延長四年（九二六）	宇多　六十賀	藤原褒子（妻）、●醍醐（子）	日本紀略・扶桑略記等
⑥承平七年（九三七）	陽成　七十賀	元良親王（子）	日本紀略
⑦天暦元年（九四七）	陽成　八十賀	中納言源清蔭（子）、上野太守親王（子か）	日本紀略

【天皇】

催行年	被賀者	主催者、及び関係者	出典
①嘉祥二年（八四九）	仁明　四十賀	興福寺大法師、三河守安倍氏主、薬師寺僧等、橘嘉智子（母）、文徳（子）、皇子十一人と源氏二人、右大臣藤原良房	続日本後紀
②延長二年（九二四）	醍醐　四十賀	宇多（父）、穏子（妻）、興福寺僧等、天台座主・三綱等	日本紀略・貞信公記抄等
③康保二年（九六五）	村上　四十賀	薬師寺僧等、興福寺、延暦寺座主	日本紀略
④長和四年（一〇一五）	三条　四十賀	興福寺	小右記

【三后】（＊はこの時皇太夫人）

催行年	被賀者	主催者、及び関係者	出典
①貞観十年（八六八）	明子　四十賀	儀子内親王（子）、順子（叔母）、●清和（子）	三代実録
②貞観十年（八六八）	順子　六十賀	順子	三代実録
③元慶二年（八七八）	明子　五十賀	清和（子）	三代実録
④元慶六年（八八二）	高子　四十賀	●陽成（子）	三代実録
⑤寛平三年（八九一）	高子　五十賀	陽成（子）、貞保親王（子）	明匠略傳・興風集

催行年	被賀者	主催者、及び関係者	出典
⑥寛平四年（八九二）	班子＊六十賀	●宇多（子）、忠子ら四内親王（子）	日本紀略等
⑦承平四年（九三四）	穏子　五十賀	●朱雀（子）、忠平（兄）	日本紀略等
⑧天慶七年（九四四）	穏子　六十賀	康子内親王（子）、●村上（子）	日本紀略等
⑨天暦八年（九五四）	穏子　七十賀	不明	源信明集
⑩長保三年（一〇〇一）	詮子　四十賀	道長（弟）、●一条（子）	日本紀略等

【摂関】（摂関職に就いた人物）

催行年	被賀者	主催者、及び関係者	出典
①貞観五年（八六三）	良房　六十賀	●清和（孫）、明子（子）	三代実録
②貞観十七年（八七五）	基経　四十賀	南淵年名	菅家文草
③仁和元年（八八五）	基経　五十賀	●光孝	三代実録
④延喜十九年（九一九）	忠平　四十賀	源欣子（妻）、穏子（妹）、近習大夫等、勧学院、官厨家、諸寺、淡路守良助	日本紀略・貞信公記抄
⑤延長七年（九二九）	忠平　五十賀	宇多、実頼（子）、穏子（妹）、師輔等（子）、勧学院衆等、天台僧	日本紀略・御記
⑥天慶二年（九三九）	忠平　六十賀	興福寺、諸寺別当等、延暦寺他四寺、穀倉院、穏子（妹）、弁小納言以下、太政官、●朱雀（甥）、師輔（子）	日本紀略・貞信公記抄
⑦天暦三年（九四九）	忠平　七十賀	延暦寺、師尹（子）、尚侍貴子（子）	日本紀略
⑧天暦三年（九四九）	実頼　五十賀	主催者不明	拾遺抄等
⑨天徳三年（九五九）	実頼　六十賀	興福寺僧、勧学院	日本紀略等
⑩安和二年（九六九）	実頼　七十賀	太政官、頼忠（子）、●円融（又甥）	日本紀略等
⑪天禄四年（九七三）	頼忠　五十賀	為光（従弟）	中務集

⑫永観元年（九八三）	頼忠　六十賀	興福寺、厨家	日本紀略
⑬永延二年（九八八）	兼家　六十賀	兼家、●一条（孫）、円融（甥）、詮子（子）、官東庁、道隆（子）、太政官	日本紀略・小右記
⑭正暦三年（九九二）	道隆　四十賀	興福寺僧	日本紀略
⑮寛弘二年（一〇〇五）	道長　四十賀	法性寺・延暦寺・法興院・極楽寺・興福寺・勧学院	御堂関白記・権記
⑯長和四年（一〇一五）	道長　五十賀	彰子（子）、太政官・勧学院・興福寺・法性寺・極楽寺・恵心院	御堂関白記・小右記等
⑰万寿二年（一〇二五）	道長　六十賀	彰子（子）	千載集

天皇の場合、元々長生きした例が少なく、四十を迎えられた天皇全員が四十賀を祝われている。一方、后の場合、賀が祝われるのは、必ず夫である天皇亡き後であり[8]、すべて子や孫を天皇、あるいは太上天皇に持つ国母であるという特徴が見られる。この事は「算賀」という行事が、元々年老いた親へ孝を尽くす行事としてあり、王権内においても、やはり孝敬の秩序、あるいは王権の家父長制に基づいて行われたことを示している。摂関を務めた人物の算賀については、藤原道長まで十一人中八人の算賀が確認できるが、その多くが後に、天皇の「外祖父」、あるいは「おじ」として王権に参画しており、そのような摂関のあり方が、「算賀」における孝敬の精神と結びつき、算賀行事を盛んにしたとも考えられる。

しかし、『源氏物語』においては、天皇・后・摂関の算賀はいずれも描かれていない。また太上天皇の算賀についても、史上の例では、嵯峨太上天皇から次の宇多法皇までおよそ八十年の月日が経っており、その後四十年の間に陽成と宇多の算賀が交互に行われるが、帝の行幸を有する盛大な算賀は宇多の例のみである。対して物語では、約三十年の間に三人もの盛大な太上天皇の算賀が催されている。『源氏物語』の算賀は、明らかに史上の様相とは異なっているのである。

三　『落窪』『うつほ』『栄花』の算賀

次に『源氏物語』に描かれる算賀の位相を明らかにすべく、他の王朝物語に見られる算賀例を検討していきたい。たとえば『落窪物語』では、継母たちに対する報復が一段落した後、婿である道頼から、落窪君の父・中納言の算賀が提案される。

「あはれ、中納言こそいたく老いにけれ。世人は老いたる親のためにする孝こそいと興ありと思ふ事は、七十や六十なる年、賀と言ひて遊び、楽をして、見せたまふ。また若菜まゐるとて、年のはじめにする事、さて八講と言ひて、経、仏かき、供養する事こそはあめれ。さまざまめづらしきやうにせんとては、いかなる事をせん。生きながら四十九日する人はあれど、子のするにては便なかるべし。これらが中にのたまへ。せんとおぼさん事せさせたてまつらん。」と、申したまへば、女君、いとうれしと思して、

（新日本古典文学大系『落窪物語』第三―二一九・二二〇頁、表記は一部改めた。以下『落窪』の引用は同書）

道頼の申し出は、年老いた親への孝として算賀が位置づけられ、宴楽や若菜の献上、法華八講などの仏事を催すことが例として挙げられている。この後、落窪君は、道頼の提案を受け入れ、父のために法華八講を行うことを決める

が、北の方（継母）やその娘たちに配慮し、開催場所を父・中納言の邸とした上、邸の修理まで手がける。

我が御殿にてしたまはんとおぼせど、継母君たち、たはやすく渡らじと思して、中納言殿に渡りたまふべしと、定めたまひて、中納言殿をいみじう修理せさせ、すなご敷かせたまふ。新しく御簾、畳など用意せさせたまふ。

（『落窪物語』第三―二一一頁）

結果、落窪君が主催する法華八講は、北の方たちを圧倒しつつも、中納言はもちろん、北の方まで喜ばせることに成功する。

「北の方、「うれしくもはべるなるかな。よからぬ物ども多く侍るなれば、思ふさまにも侍らぬに、かくておはするをなむ、誰も誰もよろこび申し侍める。」と申したまふ。」

（『落窪物語』第三―二一二・二一三頁）

「中納言、いと面立たしくうれしくて、老い心地に涙をうち落としてよろこびゐたり。」

（『落窪物語』第三―二一三頁）

その後、道頼の権勢を世に知らしめるような中納言七十賀を、今度は道頼（落窪君）の邸宅で盛大に催すことができたのは、この時の和解があったからこそと言えるだろう。

そして、このような継子物語の算賀モチーフの系譜を引くのが、紫の上が主催する父・式部卿宮の算賀である。(9)

式部卿宮、明けん年ぞ五十になりたまひけるを、御賀のこと、対の上思し設くるに、大臣もげに過ぐしがたきことどもなり、と思して、さやうの御いそぎも、同じくはめづらしからん御家居にてと急がせたまふ。年かへりては、ましてこの御いそぎのこと、御としみのこと、楽人舞人の定めなどを、御心に入れて営みたまふ。経仏、法事の日の御装束、禄どもなどをなん、上はいそがせたまひける。（「少女」三―七六・七七頁）

式部卿宮の算賀について語られるのは、六条院が完成する少女巻であり、光源氏は、算賀を自邸・六条院で行うべく邸の完成を急がせる。この事は、落窪君の配慮とは対照的で、その結果も自然異なるものとなる。

……またかくこの世にあまるまで、響かし営みたまふは、おぼえぬ齢の末の栄えにもあるべきかなと喜びたまふを、北の方は心ゆかずものしとのみ思したり。女御の御まじらひのほどなどにも、大臣の御用意なきやうなるを、いよいよ恨めしと思ひしみたまへるなるべし。（「少女」三―七七・七八頁）

傍線部は、式部卿宮の喜ぶ様子を伝えるが、波線部には、この算賀を契機として、ますます恨みを募らせる北の方の様子が示されている。

『落窪』が描く中納言の算賀は、落窪君が「継子」という劣位から完全に脱却する指標となっていた。一方、紫の上が主催する式部卿宮の算賀は、確かに女君の幸福な現在とその婿である光源氏の栄光を示してはいるが[10]、それでも紫の上の「継子」としての苦難は今後も続くことが予想される[11]。式部卿宮の算賀は、紫の上の継子物語における位相を明らかにする役割を担っていると言える。

また『うつほ物語』では、まず俊蔭巻に「大将殿、童におはしける時、嵯峨の院の御賀に、落蹲になく舞ひ給ふ名取り給ひける」[12]と、過去に行われた嵯峨院の算賀が回想で語られる。次いで、吹上・上巻で「藤の花の賀」[13]、吹上・下巻で「紅葉の賀」[14]と呼ばれる賀宴が催されている。

しかし、後者の二つの賀では、被賀者が明記されておらず、物語の算賀描写には恒例の屏風歌・童舞等も見られない。ただし「藤の花の賀」には、「藤の花を折りて、松の千歳を知る」という題で歌が詠まれており、絵解きには藤の花の屏風の記述があること、また同年に行われた「紅葉の賀」には、嵯峨院が招かれることなどから、双方、嵯峨院の算賀であった可能性がある。特に「紅葉の賀」における語りの主眼は、文事の後に行われた仲忠、涼の弾琴にあり、その舞台として太上天皇の算賀が設定されたとすれば、この物語における嵯峨院の存在も含め、同じく「紅葉賀」と称される賀宴を描く『源氏物語』への影響を十分考慮する必要があるだろう。

一方、屏風歌や童舞、若菜の献上等の記述を以て、明確に算賀として語られる嵯峨院大后六十賀は、準備の様子から本番の次第まで詳細かつ盛大に描かれている。[15]この算賀では、主催者である大宮の婿・源正頼の権勢が示されるとともに、大宮と正頼の娘・あて宮の入内承諾を大后に取り付けるという政治目的が果たされる。[16]

このように、『うつほ物語』の算賀は、文人官僚の理想とする史上の嵯峨治世を算賀の場から透かし見せる一方、現実的な后の算賀によって摂関政治の実態をも髣髴とさせるのである。

さらに『栄花物語』は、主として摂関を務める藤原氏、中でも道長の栄華を描く歴史物語としてあるため、その算賀も、父・兼家（六十賀）、姉・詮子（四十賀）、妻・倫子（六十賀・七十賀）と、道長の栄華を導き支えた人物たちの算賀が描かれている。[17]ただし、兼家六十賀に見られる「帝の行幸、東宮の行啓」、また詮子四十賀に記される「船楽」は記録上に見えず、物語の潤色[18]とも考えられるが、他の行事と比べても特に豪奢な場として設定されている。中でも、源倫子の算賀を最も盛大に描くことは、三人の后（彰子・妍子・威子）の母として、特に道長の栄華に寄与した倫子の算賀こそ、その実相を語るにふさわしいと考えられたからだろう。

このように、『うつほ』と『栄花』、ともに独自の論理を持つものの、共通して描かれるのは盛大な后の算賀であり、このような后の算賀は、国母を介し王権に参画していた当時の摂関のあり方を示している。[19] しかし、『源氏物語』にはこれらの算賀描写はなく、太上天皇の算賀が中心に語られる。次節では、この意味を中心に検討していきたい。

四　『源氏物語』太上天皇の算賀（１）——算賀モチーフの変化——

まず、最初に描かれるのは、桐壺帝が主催する一院の算賀である。この算賀は、準備の様子、試楽、本番まで、詳細に描かれるが、語りの主眼は、己の子を宿す藤壺に思いを馳せつつ、圧倒的な舞姿で周囲を魅了する光源氏の活躍にある。このように、主人公の活躍を描く点は、『うつほ物語』における「紅葉賀」に近いおもむきがあり、古注釈が示す宇多法皇五十賀を髣髴とさせる朱雀院行幸の記述[20]や、嵯峨朝の古楽をイメージさせる盛大な舞楽の様子[21]は、後に描かれる花宴同様[22]、嵯峨朝の文化治政を志向する理想的な桐壺治世を表している。またこの時点では、「算賀」のモチーフそのものよりも、朝覲行幸に重点が置かれていたことは、後に藤裏葉巻で、冷泉帝がこの行幸に倣って六条院行幸を行うことに明らかである。しかし、物語の第二部に至ると、今度は「算賀」そのものの意味が改めて問われることになる。

若菜上巻、四十を迎えた光源氏は、算賀行事を辞退する意向を示すが、突然玉鬘の計らいにより賀宴は設けられる。正月子の日の若菜献上は、『落窪物語』や『うつほ物語』にも記述があり、算賀における象徴的な行事であった。ただし、公の行事には必須の「倚子」を立てず、朱雀院の病気に配慮して楽人を召さないなど、できる限り事を抑え「私事のさま」で行ったと記されている。

しかし、その内実は、太政大臣の秘琴、宜陽殿の御物、あるいは古注釈が指摘する醍醐天皇四十賀、宇多法皇四十賀・五十賀を髣髴とさせる調度類により、准太上天皇にふさわしい儀式として調えられていた。[23]また物語本文には、主催者である玉鬘の人柄、及びその婿である鬚黒の威勢を伝える記述が見られ、光源氏の算賀は、主催者の権勢を示す場として機能している。[24]鬚黒がこの場を利用し、振分髪の子供二人を源氏と会わせたことについても、王権の家父長的立場にある源氏に早くから子供たちを認めてもらおうとする、主催者側の政治的思惑が窺える。[25]

一方、この算賀の中で光源氏が発する言葉「人よりことに数へとりたまひける今日の子の日こそ、なほうれたけれ。しばしは老を忘れてもはべるべきを」（「若菜上」四―五七頁）によれば、この算賀は、源氏に「老い」を自覚させるものであったと言える。しかし、この時既に女三宮降嫁を受諾していた源氏が、自らの「老い」をどこまで自覚できていたかについては甚だ疑わしい。[26]

また、女三宮降嫁の後に行われた紫の上が主催する源氏の算賀は、紫の上自身「御私の殿」とみなす二条院での開催となった。嵯峨野の御堂における薬師仏の供養、用意される屏風、夕霧・柏木といった家の子たちによる舞は、古注釈の指摘[27]や他の物語の算賀描写に鑑みても、算賀の典型的な様相を示しており、玉鬘の賀宴では用いられなかった「倚子」を使用するなど、格別に豪奢な印象を与える。特に家の子たちの舞は、かつての一院の算賀、朱雀院行幸における光源氏の青海波を人々に思い起こさせ、被賀者である源氏自身、昔を思い出し涙ぐむ姿を見せている。[28]

さらに、このような桐壺朝回顧により、光源氏は藤壺への想いをよみがえらせるのである。

御遊びはじまりて、またいとおもしろし。御琴どもは、春宮よりぞととのへさせたまひける。朱雀院より渡り参れる琵琶、琴、内裏より賜りたまへる箏の御琴など、みな昔おぼえたる物の音どもにて、めづらしく掻き合はせたまへるに、何のをりにも過ぎにし方の御ありさま、内裏わたりなど思し出でらる。故入道の宮おはせましかば、かかる御賀など、我こそ進み仕うまつらましか、何ごとにつけてかは心ざしをも見えたてまつりけむと、飽かず口惜しくのみ思ひ出できこえたまふ。（「若菜上」四—九六頁）

この算賀については、紫の上の妻としての位相を表すとの指摘もあるが[29]、最終的に光源氏の原点とも言える藤壺との恋が、紫の上主催の算賀の場で思い起こされる意味は重い。場所を移しながらも紫の上が主催する盛大な算賀が、これまで六条院の女主人として長く君臨してきた力を示すだけに、この光源氏による藤壺思慕は、元々その「ゆかり」として引き取られた紫の上の不安定な立場や、光源氏が囚われ続ける過去[30]、といった今後追究される物語のテーマを改めて呼び覚ます契機となる。

また光源氏は、藤壺の算賀が行われていれば、自ら進んで奉仕したかったと考えており、もし行われていれば、それは光源氏が「子」として継母藤壺に奉仕する形となったであろう。史上の后たちは、夫の死後、算賀が行われており、夫からの算賀はなかった。「母恋」を起点とする光源氏の恋の様相を改めて確認できる光源氏の述懐ではあるが、物語は、密通後の二人をあくまで男女の関係で描くべく、藤壺の算賀を描かなかったのかもしれない。

さらに、秋好中宮主催の算賀では、「奈良の京の七大寺」、及び「近き京の四十寺」に、誦経や布施が行われた後、六条院秋の町で「大饗」になずらえた賀宴が設けられる。その様子は、「公ざま」として盛大に描かれるが、光源氏の要望により、やはり規模を抑えて催された。しかし、この賀宴で何より注目されるのは、「四十の賀といふことは、さきざきを聞きはべるにも、残りの齢久しき例なむ少なかりけるを」（「若菜上」四―九七頁）といった光源氏の発言であろう。先に確認した史上の例に鑑みるなら、この発言は、天皇の算賀例を意識したものと言える。[31] 光源氏のこのような発言には、己こそ冷泉帝の治政を導いてきたという自負を窺うことができるのである。[32]

最後に行われるのは、夕霧主催の算賀である。冷泉帝主催の算賀を源氏が断ったため、帝は夕霧を通して賀宴を設けることにする。よってその内容は、自然「公ざま」の盛儀として語られる。以前から冷泉帝は、母・藤壺がこの世になく、実父である光源氏にも父子の礼を尽くせないことに不満を感じており、源氏の算賀を催すことに並々ならぬ意欲を見せていた。

内裏にも、故宮のおはしまさぬことを、何ごとにもはえなくさうざうしく思さるるに、この院の御事をだに、例の、跡あるさまのかしこまりを尽くしてもえ見せたてまつらぬを、世とともに飽かぬ心地したまふも、今年はこの御賀にことつけて行幸などもあるべく思しおきてけれど、「世の中のわづらひならむこと、さらにせさせたまふまじくなむ」と辞び申したまふことたびたびになりぬれば、口惜しく思しとまりぬ。

（「若菜上」四―九六・九七頁）

冷泉帝が六条院への行幸を強く望んでいたことは、「口惜しく思しとまりぬ」といった記述からも窺え、それを物語が光源氏に固辞させた理由は、源氏の理想性に基づく「謙退」[33] という以上に、深い理由があったと見るべきだろう。いつまでも若々しく、世に君臨するように描かれてきた光源氏は、年老いた親へ孝を示す、という算賀行事の精神を、基本的には受け入れられなかったと見られる。ただし算賀において、「帝の主催」あるいは「帝の行幸」が重要であったことは、朱雀院の場合、真っ先に帝の算賀が盛大に催されていること、[34]また先述したように、『栄花物語』に描かれる兼家の算賀で「帝の行幸」が潤色された可能性がある点に明らかである。准太上天皇である光源氏は、藤裏葉巻で受けた朝覲行幸同様、堂々と「公」の算賀を帝から受ける立場にあった。

しかし、断固として光源氏が冷泉帝主催の算賀を許さなかった理由は、冷泉が「弟」ではなく実際は「子」であったこと、またこの算賀により果たされる王権の「世代交代」にあるのではないだろうか。

五　『源氏物語』太上天皇の算賀（2）――算賀の精神と王権の世代交代――

一院の算賀を主催した桐壺帝、朱雀院の算賀を主催した今上、ともに被賀者を王権の家父長に据え、父子の絆を示し、自らの立場を強化する点、朝覲行幸と変わらないように思われる。しかし、実際、年老いた親への孝、として位置付けられる算賀行事は、「親子関係」の強調、また「世代交代」の意味付けが、物語においてより明確になされている。

たとえば、太上天皇の場合、史上の嵯峨が弟である淳和天皇に賀を祝われており、物語の冷泉が源氏の弟として賀を主催することも、問題はなかったはずである。[35]

しかし、嵯峨が兄・平城に行った朝覲行幸を初例とし、仁明から叔父・淳和、村上から兄・朱雀へ行われた朝覲行幸[36]に比べれば、太上天皇の場合、父子以外の間柄で帝が算賀を催した例は少ない。物語の冷泉帝も、朝覲行幸は源氏だけでなく朱雀院に対しても行っている。

また、算賀行事は朝覲行幸と異なり、宮中の臣下たちに広く普及していた行事であって、[37]天皇や太上天皇であれば、自然臣下や僧侶など関係者は多岐にわたる。[38] それでも先に見た『落窪物語』の記述のように、やはり基本は、年老いた親への孝、いわば子から親への孝、として捉えられていたと見てよいだろう。冷泉帝は、光源氏へ「孝」を尽くそうとしても、普段はそれが難しい状態であるだけに、源氏の算賀行事には特別な思いを抱いていた。もし冷泉が源氏の算賀行事を主催すれば、自然光源氏を「父」として強く意識するものとなるだろう。光源氏は、自分が冷泉帝の実父であることを世に知られるのを怖れ、算賀を固辞した可能性が考えられるのである。

また、そのこととは別に、物語における太上天皇の算賀、特に天皇主催の算賀として、桐壺院の算賀が描かれない点に注意したい。この事は、物語が后などの他の算賀行事と同様、太上天皇の算賀に、主催者側の権勢を示す意と、強い系譜意識――いわゆる帝が主催者であれば、そこに「父子の絆」を見ることで、より自らの立場を強化し、王権の世代交代を促す意味が担われていたからではないだろうか。朱雀帝が主催する桐壺院の算賀が描かれなかった理由は、桐壺院が譲位後も自らの治世同様、政治を行っており、[39] 生前は朱雀帝を中心とする政権を認めなかったことにあろう。桐壺院が、自身の正統な後継者とみなしていたのは、中宮・藤壺との間に生まれた東宮・冷泉であったからである。

一方、天皇主催の賀を受ける一院、朱雀院は、ともに精力的な為政者として物語に描かれていない。朱雀院の場合、女三宮降嫁により光源氏を婿として自らの支配下に置き、[40] 六条院まで崩壊に導くこととなるが、これらは朱雀院が望んでいたことではなく、むしろ院にとっても自らの願い（女三宮の幸せ）を打ち砕く結果であった。また、朱雀院が政治とほぼ関わりを持たずに生活していたことは、「入道の帝は、御行ひをいみじくしたまひて、内裏の御事をも聞き入れたまはず。春秋の行幸になむ、昔思ひ出でられたまふこともまじりける」（「若菜下」四―一七六頁）といった記述に知られる。ただし、朱雀を父とする今上帝が算賀の主催者となることは、冷泉皇統に対し、朱雀系である己の治

世を強力に誇示する意味を持つだろう。(41)

物語において、天皇が主催する太上天皇の算賀は、被賀者を王権の家父長に据えることで、その系譜により天皇側の立場強化、また主催者側に寄与する行事として描かれるのである。物語が光源氏に冷泉帝の算賀を固辞させたもう一つの理由はここにあろう。光源氏―冷泉帝の父子の系譜は、あくまで隠されなければならない。またその後の「世代交代」についても、天皇の算賀例を意識するような光源氏の発言によるならば、独自な王権性に固執するゆえに認められないものであった。

しかし、このように治世が移り行く中、変わらない自分で居つづけることは、たとえ光源氏であっても難しい。源氏自身、気付いていなかった内面の「老い」は、確実にその足元に忍び寄っていたのである。


主の院、「過ぐる齢にそへては、酔泣きこそとどめがたきわざなりけれ。衛門督心とどめてほほ笑まるる、いと心恥づかしや。さりとも、いましばしならむ。さかさまに行かぬ年月よ。老は、えのがれぬわざなり」とてうち見やりたまふに、人よりけにまめだち屈じて、まことに心地もいとなやましければ、いみじきことも目もとまらぬ心地する人をしも、さし分きて空酔ひをしつつかくのたまふ、戯れのやうなれど、いとど胸つぶれて、盃のめぐり来るも頭いたくおぼゆれば、けしきばかりにて紛らはすを御覧じ咎めて、持たせながらたびたび強ひたまへば、はしたなくてもてわづらふさま、なべての人に似ずをかし。

（「若菜下」四―二八〇頁）


光源氏は、朱雀院の算賀において、主催者（女三宮）側に回るが、紫の上の病気や女三宮の密通・懐妊により、賀は大きく遅延していく。このような賀の遅延は、光源氏の裁量が問われるものであり、これまで見事に行事を取り仕切ってきた源氏にも翳りが出てきたと言える。[42] そして、試楽の合間に見える光源氏と柏木とのやりとりでは、柏木と女三宮との密通により、明確に自らの「老い」を自覚した源氏の言葉が柏木を圧倒するのである。光源氏の「老い」の自覚は、自身と朱雀院との算賀の間に、確実に深化していた。

六　結　語

このように、『源氏物語』の算賀は、物語が皇統の家父長として太上天皇の存在を重視していること、また「父子の絆」を通じて皇統の系譜を明示し、王権の「世代交代」を描くとともに、それを受け入れることができない光源氏の存在を暴くモチーフとして機能している。陰ながら〈太上天皇〉として世を領導してきた光源氏は、年老いた親へ孝を示す、といった算賀行事の精神を基本的には受け入れられず、結果、光源氏の算賀は、誰の主催であっても「私事」あるいは「公ざま」ながら規模を抑えた行事として描かれることになる。

しかし、それらの内実は、准太上天皇位にふさわしく調えられ、結果的に盛大な行事となることは、名実ともに冷泉帝を中心とする王権の一員となった以上、光源氏もまた、物語が示す王権の世代交代から逃れられないことを意味している。

さらに、冷泉帝主催の算賀を固辞するに至っては、実父であることを隠し、今ある冷泉王権を維持するため、また自身の王者性に固執し、実質的な世代交代を認めない源氏にとって、やむを得ない選択であったと思われる。しかし、嵯峨や宇多に見られた天皇主催の算賀が、陽成にはなかったという事実から見ても、光源氏の算賀を帝が主催できなかったことは、冷泉から与えられた准太上天皇位の限界を示している。

しかも、光源氏は准太上天皇として、明確に冷泉王権の一員となったことから、思いがけず女三宮の婿として自らの「老い」を自覚するに至る(43)。光源氏の准太上天皇としての限界は、最終的に六条院を崩壊させる源氏自身の限界をも示し、光源氏の物語は、静かに幕を引くのである。

注

(1) 式次第については、中村義雄「老年期」(『王朝の風俗と文学』塙書房、一九六二年)、江馬務「賀の祝に就て」(『江馬務著作集』七、中央公論社、一九七六年)、村上美紀「平安時代の算賀」(『寧楽史苑』四〇、一九九五年二月)が、『新儀式』を元に詳しく解説している。

(2) 橋本不美男「算賀と和歌―装飾歌・屛風歌と盃酌歌―」(『王朝和歌史の研究』笠間書院、一九七二年)橋本氏は、最終的に四点にまとめているが、論者の判断で三点とした。

(3) 『懐風藻』(日本古典文学大系)には、正六位上刀利宣令の作に「賀五八年」、また従五位上上総守伊支連古麻呂の作に「賀五八年宴」と題する詩が見える。

(4) 「於二金鐘山寺一。良弁僧正奉二為聖朝一。請二審祥師一初講二花厳経一。其年天皇御年四十満賀之設レ講。初開講時。空現二紫雲一。」(『東大寺要録』巻第一、本願章第一、天平十二年(七四〇)十月八日、国書刊行会)表記は一部改めた。

(5) 「淳和天皇天長二年十一月丙申《廿八》。奉レ賀二太上天皇五八之御齢一。白日既傾。繼レ之以レ燭。雅樂奏レ樂。中納言正三位良岑朝臣安世下レ自二南階一舞。群臣亦率舞。投レ暮雨レ雪。軽花拂舞。冒レ夜而罷。賜レ祿有レ差。有レ詔。未レ得二解由一大夫等皆預二賜祿之例一。又別賜二参議已上冷然御被一。」(『類聚国史』巻二十八、帝王八)

(6) 服藤早苗「王権の父母子秩序の成立―朝観・朝拝を中心に―」(『平安王朝の子どもたち―王権と家・童』吉川弘文館、二〇〇四年)

(7) 注(1)村上論文、また浅尾広良「光源氏の算賀―四十賀の典礼と準拠―」(『源氏物語の准拠と系譜』翰林書房、二〇〇四年)を参考に補訂した。

（8）　各后の夫の没年は以下の通り。①明子―文徳天皇（天安二年・八五八）、②順子―仁明天皇（嘉祥三年・八五〇）、④高子―清和天皇（元慶四年・八八〇）、⑥班子―光孝天皇（仁和三年・八八七）、⑦穏子―醍醐天皇（延長八年・九三〇）、⑩詮子―円融天皇（正暦二年・九九一）

（9）　大井田晴彦「賀宴」（『源氏物語研究集成』一一、風間書房、二〇〇二年）、池田節子「算賀―光源氏四十賀と朱雀院五十賀の相違を中心に」（小嶋菜温子・長谷川範彰編『源氏物語と儀礼』武蔵野書院、二〇一二年）も、『落窪物語』の中納言七十賀との類似性を指摘する。ただし池田氏が式部卿宮の算賀を継子による継母への報復と見る点は、私見と異なる。

（10）　武者小路辰子「若菜巻の賀宴」（『源氏物語　生と死と』武蔵野書院、一九八八年）

（11）　日向一雅「源氏物語と継子譚」（『源氏物語の主題』桜楓社、一九八三年）は、玉鬘の流離が結婚後も「心の流離」として続くのに対し、紫の上については「比較的素朴に継子譚の女君の水準にとどまっているようにみえる」と述べるが、紫の上も光源氏との結婚後、苦悩し続ける点では、玉鬘同様、これまでの継子譚の枠内に収まる物語ではないと考える。

（12）　室城秀之校注『うつほ物語全』「俊蔭」（おうふう、六一頁）以下『うつほ』の引用は同書。

（13）　「三月中の十日ばかりに、藤井の宮に、藤の花の賀し給ふ。」（「吹上・上」二五九頁）

（14）　「かくて、帝、紀伊国より帰らせ給ひて、内裏の帝、神泉に紅葉の賀聞こし召すべき御消息聞こえ給ふ。」（「吹上・下」二八八頁）

（15）　嵯峨院后大后の算賀については、「かくて、大将殿の大宮、年ごろ、「母后の御六十の賀仕まつり給はむ」と、御倚子・御屛風より始めて、麗しき御調度どもを、綾・錦にし返して、おとどに聞こえ給ふ、」（「菊の宴」三〇九頁）と語られる。

（16）　注（9）大井田論文

（17）　兼家六十賀（「さまざまのよろこび」）は東三条院、東三条院詮子四十賀（「とりべの」）は土御門邸、源倫子六十賀（「御賀」）は土御門邸、同七十賀（「歌合」）は高陽院で催され、屛風歌と家の子の舞が各算賀に記述される。また兼家六十賀では帝の行幸と東宮の行啓、詮子四十賀では船楽、帝の行幸、女院・后の行啓、倫子六十賀・七十賀では女院・后の行啓、がそれぞれ描かれている。

（18）　新編日本古典文学全集『栄花物語』「さまざまのよろこび」一五八頁の頭注一三には「十月に東三条第に行幸、行啓が行われて、兼家の六十賀が催されたということは他書には見当たらない。あるいは『源氏物語』紅葉賀巻による潤色か。」と記されている。

(19) 注（6）服藤論文では、母后の権威を背景に外戚の政治力としての「摂関政治」が行われたと述べる。また古瀬奈津子「摂関政治成立の歴史的意義—摂関政治と母后—」（『日本史研究』四六三、二〇〇一年三月）では、「摂関政治」が母后、女院の政治的機能を利用して成立したと位置付ける。

(20) 「延喜十六年三月七日辛酉　行幸朱雀院法皇五十御賀
同年八月廿八日行幸同院　詩題　高風送秋韻
康保二年十月廿三日行幸同院　題　飛葉共舟軽
朱雀院ハ三条朱雀也是後院也古今集ニ朱雀院トアルハ宇多院御事也脱屣のゝち此院ニ御座故也」
（『河海抄』玉上琢彌編『紫明抄河海抄』角川書店、二七一頁）
「この朱雀院の行幸は宇多御門の御賀になすらふるなりそのゆへは延喜十六年三月七日行幸朱雀院有法皇五十御賀云々（後略）」
（松永本『花鳥余情』桜楓社、六二頁）

(21) 浅尾広良「嵯峨朝復古の桐壺帝—朱雀院行幸と花宴—」（注（7）浅尾氏前掲書）

(22) 本書第四章「嵯峨天皇と花宴巻の桐壺帝—仁明朝に見る嵯峨朝復古の萩花宴を媒介として—」

(23) 注（7）浅尾論文

(24) 川名淳子「若菜巻　光源氏の四十賀について（二）—玉鬘主催の賀を中心に—」（『立教大学日本文学』五四、一九八五年七月）

(25) 服藤早苗「舞う童たちの登場—王権と童」（注（6）前掲書）では、九世紀以降登場する童舞を、父子と王権との関係強化と意味付ける。源氏の算賀に童舞は見られないが、鬚黒の思惑はそれと同様であったと思われる。

(26) 袴田光康「『源氏物語』の算賀—宮廷算賀と直系皇統の視点から—」（小嶋菜温子編『王朝文学と通過儀礼』平安文学と隣接諸学3、竹林舎、二〇〇七年）は、四十賀を祝う日本独特の「初老」の社会通念は、社会的後見の役割や子孫への地位継承など、時代の要請を受けて生まれたものであり、六十歳以上の「老年」とは区別する必要があることを指摘する。

その意味で光源氏の四十賀は、最初から本人の自覚とは関係なく、周囲にとって必要な賀であったことになる。また高田祐彦「源氏物語の賀宴」（河添房江、他編『平安文化のエクリチュール』勉誠出版、二〇〇一年）は、光源氏の四十賀と女三宮降嫁とが、互いに拮抗し合いながら異なる角度で源氏の人生を問い直す関係にあることを指摘する。

(27)　古注釈は、宇多、忠平、陽成、仁明、といった史上の算賀例の様相を准拠として指摘している。

(28)　注（26）高田論文は、大団円で語り収められる藤裏葉巻の紅葉賀回想と異なり、この二度目の回想は、青海波を舞う夕霧と柏木の姿に、すぐれた後継者を得た源氏と太政大臣の宿運、および世代交代の現実を浮かび上がらせると述べている。

(29)　注（10）武者小路論文は、紫の上主催の賀宴について、妻としての高い格式を持しているとしながらも、六条院の春の御殿で催せないところに、女三宮の存在をはばかる紫の上の立場が冷酷にあらわれているとする。また川名淳子「若菜巻　光源氏の四十賀について（一）―紫の上主催の賀を中心に―」（『立教大学日本文学』五二、一九八四年七月）は、さらにこの賀について、源氏に養育・保護された「子」としての立場が前面に表れるとし、紫の上の妻としての地位の下落を指摘する。

(30)　清水好子「若菜上・下巻の主題と方法」（『源氏物語の文体と方法』東京大学出版会、一九八〇年）

(31)　注（7）浅尾論文。また金孝珍「准太上天皇光源氏の四十賀―上皇・天皇の算賀儀礼内容を通して―」（日向一雅編『源氏物語の礎』青簡舎、二〇一二年）は、史上の天皇の算賀に童舞や試楽が見られないことから、光源氏の賀宴の謙退が結果的に天皇を髣髴とさせる賀宴になったことを指摘する。

(32)　光源氏の王権性は、臣下にありながら、冷泉王権の〈太上天皇〉として実質的に文化治政を領導してきたが、准太上天皇位を得た後は、名実ともに冷泉王権の一員となった。

(33)　河内山清彦「光源氏四十賀の叙述の骨法―謙退・自粛・盛儀の意味するもの―」（『言語と文芸』八六、一九七八年六月）では、源氏が算賀を断る理由を儒教的論理に基づく源氏の「謙退」と見る。

(34)　若菜下巻に「院の御賀、まづおほやけよりせさせたまふこともいとこちたきに」（一八三頁）とある。

(35)　ただし注（26）袴田論文は、淳和天皇が弟としての立場ではなく、親子の「孝」に準じる立場から上皇の算賀を主催し、上皇との間に疑似的な親子関係を構築することで、その家父長的権威の下、自身の皇統の安定化を企図したと指摘する。

（36）仁藤智子「都市王権の成立と展開」（『歴史学研究』七六八、二〇〇二年十月）は、朝覲行幸について、直系継承ではない時期に、擬制的父子関係を確認・補完する目的で成立した可能性を示唆する。
（37）注（1）村上論文
（38）たとえば仁明天皇四十賀では、興福寺の大法師や藤原良房など、様々な人物が献物や写経等行ったことが『続日本後紀』に見える。
（39）「御位を去らせたまふといふばかりにこそあれ、世の政をしづめさせたまへることも、わが御世の同じことにておはしまいつるを」（「賢木」二―九七・九八頁）
（40）浅尾広良「朱雀院の出家―「西山なる御寺」仁和寺准拠の意味―」（注（7）浅尾氏前掲書）は、光源氏が女三宮の降嫁を引き受けることにより、皇統の家父長として自身の立場を強化する一方、朱雀院に重い枷をかけられ、精神的な縛りを負うことになったと述べる。
（41）注（26）袴田論文
（42）注（10）武者小路論文は、光源氏の四十賀に、祝う者と祝われる者との逆転の構図を見て、六条院崩壊の予兆を読み取るが、朱雀院の算賀では、祝う者としての光源氏の主導力低下の様相に、六条院体制の崩壊の一端を見ることができる。
（43）朱雀院は、女三宮の婿選びの際、最終的に東宮の判断を仰ぐが、東宮は「ただ人は限りあるを」と言い、「親ざま」の相手として光源氏を推薦する。また光源氏の妻たちが、女三宮付きの乳母の兄に「限りあるただ人どもにて、院の御ありさまに並ぶべきおぼえ具したるやはおはすめる」（「若菜上」四―三一頁）といった評価を受けるのも、光源氏が准太上天皇の地位を得たからであり、女三宮降嫁は、光源氏の准太上天皇位によって導かれたものと言える。

III

『源氏物語』の「后」と「后がね」

――理想の「后」の表象――

第十章　玉鬘の筑紫流離
——「后がね」への道筋——

一　はじめに

後に光源氏の養女となり、冷泉後宮へ出仕する玉鬘は、若き日の頭中将と夕顔の娘である。夕顔は、玉鬘を生んだ後、頭中将の北の方の迫害を怖れ、五条に身を隠していたところ、光源氏と恋仲になった。ところが光源氏との滞在先で急死した夕顔は、そのまま行方不明とされ、事情のわからない乳母一族は、玉鬘を連れて筑紫へ下る。この流離は、玉鬘が二十歳を迎えるまで、およそ十五年以上に及んだ。

玉鬘の流離地として筑紫が選ばれた理由については、作者の夫である藤原宣孝が筑前守・大宰少弐を務めており、執筆に際し情報を得られた可能性があること[1]、また『紫式部集』に肥前へ下る友人との贈答歌があり、そのまま筑紫で亡くなった友人への鎮魂の意[2]などが指摘されている。

一方、物語内における筑紫流離の必然性としては、松浦佐用姫伝承に彩られる霊的・幻想的な文学風土の地を設定することにより、夕顔と玉鬘の位相（巫女性）を三輪山伝承と『肥前国風土記』の弟日姫子によって結びつける見解がある。(3) 反対に夕顔と玉鬘との差異に注目すれば、外来文物の流入地である大宰府の先進性を玉鬘が身につけ、後の六条院世界で唐風文化を背景に演出される素地を作るとの意見がある。(4)

以上のように、玉鬘の筑紫への流離は、玉鬘の人物造型、ひいては物語の構造にとって必要な道筋であったと言える。

玉鬘は、筑紫から上京してきた際、一時的に留まった九条の地において「あやしき市女、商人の中にて」と語られる。また、玉鬘が六条院に迎えられる契機となる右近との再会場所は「椿市」であり、六条院入りの準備の際には、「市女などやうのもの」が玉鬘に仕える者たちの斡旋者として登場する。次章で詳述するが、このような玉鬘と「市」との関わりについては、臣下から立后した后たちの伝承――『延暦僧録』逸文の光明子の叙述や、(5)『文徳実録』の橘嘉智子の薨伝などに見える(6)「市」の意味同様、天皇と対等な形で(7)「市」を司ることのできる后としての資質、賢さの強調であると考えられる。(8) つまり、これらは、後に玉鬘が任じられる「尚侍」（物語では后位にも匹敵する地位として描かれる）(9) となるべき資質を、玉鬘が備えていることを保証するための記述なのである。(10)

本章で取り上げる玉鬘の筑紫流離についても、そのような「后がね」となるべき玉鬘の運命を導く物語として描かれている可能性について検討する。

『河海抄』は、玉鬘に求婚する肥後の土豪・大夫監の歌の注釈をはじめ、玉鬘に関わる記述に神功皇后の伝承を引く。まずは物語の話型引用を辿りつつ、この神功皇后伝承と物語との関わりを精査しながら、最終的に玉鬘を「后がね」として、物語に浮上させる仕組みについて考えてみたい。

二　筑紫下向から肥前国へ――『住吉』『竹取』引用の意味

玉鬘の筑紫行きについては、五条にいた夕顔が行方不明となり、玉鬘を西の京で養育していた乳母の夫が大宰の少弐に任じられた後、次のように語られる。

母君の御行く方を知らむと、よろづの神仏に申して、夜昼泣き恋ひて、さるべき所どころを尋ねきこえけれど、つひにえ聞き出でず。さらばいかがはせむ、若君をだにこそは、御形見に見たてまつらめ、あやしき道に添へたてまつりて、遙かなるほどにおはせむことの悲しきこと、なほ、父君にほのめかさむ、と思ひけれど、さるべきたよりもなきうちに、「母君のおはしけむ方も知らず、尋ね問ひたまはば、いかが聞こえむ」「まだよくも見馴れたまはぬに、幼き人をとどめたてまつりたまはむも、うしろめたかるべし」「知りながら、はた、率て下りねとゆるしたまふべきにもあらず」など、おのがじし語らひあはせて、いとうつくしう、ただ今から気高くきよらなる御さまを、ことなるしつらひなき舟に乗せて漕ぎ出づるほどは、いとあはれになむおぼえける。

（「玉鬘」三―八八・八九頁）

乳母はまず必死で夕顔の行方を捜した。また昼夜を問わず泣いて主人を恋い慕う乳母の姿には、夕顔との強い絆が窺われ、その絆は「形見」として玉鬘へも引き継がれる。さらに自分たちの下向に玉鬘を同道させることについては、傍線部「あやしき道」[11]「遙かなるほど」のように、いったんは大臣家の娘である高貴な姫君が経験すべき道行でないことが懸念される。しかし、馴染みのない父方に幼い玉鬘を残していくことの不安などから、最終的に、乳母一族の話し合いによって玉鬘の下向が決定する。従って、この流離は一見、乳母側の都合によるところが大きいが、母・夕顔への深い想いと父方による継子虐め回避の意味が付されることにより[12]、あくまで玉鬘の身の上を思いやった決断として語られる。ここに引き寄せられるのは、後に玉鬘自身も自らの身の上と比較する『住吉物語』の姫君の流離である。『住吉』の姫君も、継子虐めから逃れるべく、故母君の乳母を頼り、父の邸宅から住吉へ移動する。玉鬘物語は、後に長谷観音へ参詣するなど、『住吉』との重なりが多く見られるが[13]、この物語には、最初から継子譚の話型が底流していることを確認しておきたい[14]。

一方、実際の道行は、『伊勢物語』の東下りを想起させる舟子どもの描写と相俟って、都を離れた悲しみを歌う在原業平歌や小野篁歌が踏まえられつつ、主として観念的に表現される[15]。

おもしろき所どころを見つつ、心若うおはせしものを、かかる道をも見せたてまつるものにもがな、おはせましかば、我らは下らざらまし、と京の方を思ひやらるるに、返る波もうらやましく心細きに、舟子どもの荒々しき声にて、「うら悲しくも遠く来にけるかな」とうたふを聞くままに、二人さし向かひて泣きけり。

舟人も誰を恋ふとか大島のうら悲しげに声の聞こゆる

来し方も行く方も知らぬ沖に出でてあはれいづくに君を恋ふらむ

鄙の別れに、おのがじし心をやりて言ひける。

金の岬過ぎて、「我は忘れず」など、世とともの言ぐさになりて、かしこに到り着きては、まいて、遥かなるほどを思ひやりて恋ひ泣きて、この君をかしづきものにて明かし暮らす。

（「玉鬘」三―八九・九〇頁）

傍線部のように、「大島」（福岡県宗像市の大島か）や「金の岬」（福岡県宗像市鐘崎）といった具体的な地名も記述はされるが、道中そのものの描写は短く、この部分については、乳母一族の夕顔に対する思いの強さとそれに付随する望郷の念を描くことに重きが置かれる。ただ「金の岬」については、「我は忘れず」（ここでは夕顔を思う意）の言葉とともに、万葉歌「ちはやぶる金の岬を過ぎぬとも我は忘れじ志賀の皇神」[16]（巻七・一二三〇）が想起され、自然、この地に到ることで、万葉歌にも歌われる古代世界が物語に滲出してくることを予感させる。

しかし、乳母の夫が大宰少弐として過ごし、一行が筑前国で滞在した期間は、引き続き夕顔への思いで占められ、この後の記述も、たまさか夢に現れる夕顔の様子から亡くなったものと乳母に知られるばかりである。そのため、一族が大宰府の近くで五年あまりを過ごした後、玉鬘が二十歳になるまでのおよそ十年は、どのような経緯で肥前国に落ち着いたのかよくわからない。というのも、大宰少弐は、任期を終えた後、京へのぼるだけの十分な財力がなく、重病を得て亡くなり、子供たちも少弐と仲の良くなかった人たちの妨害を怖れ、出立できないまま時を過ごすと語られるからである。

ただし、少弐は子供たちへ玉鬘上京のことを念入りに頼む遺言を残している。この遺言は、乳母一族と夕顔との絆を改めて確認するものとなるが、この物語における遺言は、死者の魂を鎮めるべく必ず果たされなければならないものとして記述される特徴がある[17]。また乳母に暗示される夕顔の死も、玉鬘を明確に「継子譚」の主人公として位置づけることから、玉鬘の都への帰還は、この時点より既定路線として物語に定位されると見てよいだろう。

しかし、玉鬘の流離にはさらなる話型が呼び込まれる。『竹取物語』に代表される求婚譚の話型である[18]。

……この君ねびととのひたまふままに、母君よりもまさりてきよらに、父大臣の筋さへ加はればにや、品高くうつくしげなり。心ばせおほどかにあらまほしうものしたまふ。聞きついつつ、すいたる田舎人ども、心かけ消息がるいと多かり。ゆゆしくめざましくおぼゆれば、誰も誰も聞き入れず。

（「玉鬘」三―九二頁）

『竹取物語』の主人公・かぐや姫は、「天女」でありながら、「竹取の翁の娘」として、「聖」と「賤」との間をたゆたい、さらにその美しさから多くの求婚者を惹きつけた。玉鬘の場合も、都の貴人でありながら、筑紫の田舎人たちの中に住み、同じくその器量や気立てから多くの求婚者を得る者となる。両者はともに身分違いの「養い親」を持つが、かぐや姫に結婚を勧める竹取の翁とは異なり、玉鬘の結婚は、最初から乳母たちに受け入れられないものとして描かれる。その理由は、乳母一族が玉鬘の貴種性を認識しており、最終的には「都に戻るべき人」と理解されているからであろう。

しかし、『竹取物語』のような求婚譚によって引き寄せられるのは、このように「求婚者を拒否して本来あるべき場所へ帰還する」という道筋ばかりではない。

二十ばかりになりたまふままに、生ひととのほりて、いとあたらしくめでたし。この住む所は肥前国とぞいひける。そのわたりにもいささかよしある人は、まづこの少弐の孫のありさまを聞き伝へてなほ絶えずおとづれ来るも、いといみじう耳かしがましきまでなむ。

大夫監とて、肥後国に族ひろくて、かしこにつけてはおぼえあり、勢ひいかめしき兵ありけり。むくつけき心の中に、いささかすきたる心まじりて、容貌ある女を集めて見むと思ひける。この姫君を聞きつけて、「いみじきかたはありとも、我は見隠して持たらむ」といとねむごろに言ひかかるを、いとむくつけく思ひて、「いかで、かかることを聞かで、尼になりなむとす」と言はせたりければ、いよいよあやふがりて、おしてこの国に越え来ぬ。

（「玉鬘」三―九三・九四頁）

ここで語られる求婚者・大夫監のありようは、(19)後に夕暮れ時にやってきたのに対し、「懸想人は夜に隠れたるをこそよばひとは言ひけれ、さま変へたる春の夕暮なり」と、『竹取物語』の語源譚を踏まえて語られており、(20)始めから失敗が予想される求婚者として描かれる。しかし、国を越えて訪れるほどの勢力や、「容貌ある女を集めて見む」といった大夫監の様相は、後に「わが君（玉鬘）をば、后の位におとしたてまつらじものをや」との発言にも窺えるように、さながら「王」の風情である。後に上京した玉鬘の女房・三条が「大弐の御館の上の、清水の御寺観世音寺に参りたまひし勢ひは、帝の行幸にやは劣れる」と言い、同様の北の方の地位を玉鬘に望んだ発言が想起されよう。つまり、ここでは、かぐや姫の最終的な求婚者、「帝」の位相が大夫監のものとなり、玉鬘に「后の位」がよそえられつつ、「都への帰還」を促す追い風となるのだ。ちなみに紫式部の伯父・為頼の歌集に次のような歌がある。

孫《むまご》の、女にて生まれたるを聞きて
后がねもししからずは良き国の若き受領の妻がねかももし

（『為頼集』四〇）

当時から、貴族の娘に期待されていたのは、後宮への出仕、及びその最たる結果としての「后の位」か、それが無理なら「上国以上の国司の妻」であったようだ。前者は、女子を持った親の至上の夢であり、後者は、現実的で比較的実現可能な希望となろう。しかし玉鬘の場合、『竹取物語』によって引き寄せられた「后の位」という位置づけは、地方豪族や国司の妻になる可能性を天秤にかけつつ、次第に物語の中で実現可能なものとして浮上してくることに注意したい。そのプロセスの一つとして、肥前国への移動がある。この点については、次節で具体的に検討することとしたい。

三　「松浦なる鏡の神」の背景――神功皇后伝承との関わり

物語には、①玉鬘に求婚する大夫監の贈歌、および②乳母からの返歌が、次のように記されている。

下りて行く際に、歌詠ままほしかりければ、やや久しう思ひめぐらして、

「君にもし心たがはば松浦なる鏡の神をかけて誓はむ①

この和歌は、仕うまつりたりとなむ思ひたまふる」と、うち笑みたるも、世づかずうひうひしや。我にもあらねば、返しすべくも思はねど、むすめどもに詠ますれど、「まろは、ましてものもおぼえず」とてゐたれば、いと久しきに思ひわづらひてうち思ひけるままに、

②年を経ていのる心のたがひなば鏡の神をつらしとや見む

とわななかし出でたるを、「まてや、こはいかに仰せらるる」と、ゆくりかに寄り来たるけはひに、おびえて、おとど色もなくなりぬ。

（「玉鬘」三―九七・九八頁）

この贈答において詠われる「鏡の神」とは、肥前国松浦郡（現在の佐賀県唐津市）にある鏡神社の祭神である。現在は、神功皇后（一の宮）と藤原広嗣（二の宮）が祭られている。ただし、この祭神は松浦佐用姫であったという資料（『古今著聞集』五、松浦明神）[21]もあり、いつから現在の祭神になったか定かではない。『河海抄』では、この「鏡の神」の注釈として、神功皇后と広嗣の記事等を載せる。神功皇后の記事については、次の通りである。

風土記曰、昔者、気長足姫尊在㆓此山㆒、遙覧㆓国形㆒、而勅祈云、天神地祇、為㆑我助福、便用㆓御鏡㆒、安㆓置此処㆒、其鏡即化為㆑石、見在㆓山中㆒、因名曰㆓鏡山㆒

（玉上琢彌編『紫明抄河海抄』角川書店、三八五頁、読点・返り点は補入した）

右記は、神功皇后（「気長足姫尊」）が山上で国見をした後、新羅征伐の戦勝を「天神地祇」に祈願すべく鏡を奉納し、その鏡がすぐに石化したことから鏡山と名付けられたという伝承である。以上の内容は、物語の地「肥前」ではなく『豊前国風土記』の内容とする文献があり[22]、『河海抄』がこの鏡の伝承を肥前国の伝承と混同した可能性もある。ただし現在の鏡神社（佐賀県）は、鏡山の麓にあり、鏡山は神功皇后が戦勝祈願した山と伝えられている。一方、豊前国（大分県）の鏡山の山上にも鏡山神社があり、同様の伝承を伝えている。また『万葉集』は、「松浦川に遊ぶ序」以下、娘たちの鮎釣りをテーマとした大伴旅人の歌を受けて、山上憶良が、松浦佐用姫や神功皇后の鮎釣り伝承について詠んだ歌を収載する。

松浦潟佐用姫の児《こ》が領巾《ひれ》振りし山の名のみや聞きつつ居らむ

足日女神《たらしひめ》の尊《みこと》の魚《な》釣らすとみ立たしせりし石を誰見き　　　　（『万葉集』巻五、八六八・八六九）

八六八番歌は、松浦佐用姫が出兵する恋人を見送るために山にのぼり領巾を振った伝承を、八六九番歌は、神功皇后が新羅征伐の成否を占うべく鮎釣りをしようと立った石（現在も垂綸石として残る）の伝承が歌われている。憶良の歌は、松浦佐用姫と神功皇后の伝承が同じ地に由来すること、さらに旅人によって詠まれた娘たちの鮎釣りの風俗が、神功皇后の鮎釣り伝承に由来するものであることを示していよう。また大夫監が歌う鏡の神（鏡神社祭神）は、神功皇后伝承の残る松浦川（皇后が鮎釣りした川）の近くにあるため、松浦の地における神功皇后伝承が、豊前国の鏡にまつわる伝承と混じり合った可能性は十分考えられる。

しかし、物語において、玉鬘への愛に心変わりのないことを神に誓う大夫監の歌と、再び都に玉鬘を連れて戻りたいとする乳母の歌とは、双方、愛情をテーマとしており、新羅から任那を守るために出兵する恋人・狭手彦との別れを悲嘆し、無事の帰還（再会）を願いつつ亡くなる松浦佐用姫に祈ったとする方が内容としては自然である。(23)

また、大夫監のごとく「神に誓う歌」については、次のような例がある。

よひに女に逢ひて「かならず後に逢はん」と誓言《ちかごと》を立てさせて、朝《あした》につかはしける
ちはやぶる神ひきかけて誓ひてし言もゆゆしくあらがふなゆめ　　　　（『後撰和歌集』恋三・七八一・藤原滋幹）

右の歌では「再び逢うように」と誓いを立てさせられたのは女の側であるが、その約束を違えると神罰が下って怖いので、決して約束を違えないように、と男が念押しをする。このように、神への誓言としたために、相手が約束を

違え、罰を受けることを心配する歌としては、「忘らるる身をば思はず誓ひてし人の命の惜しくもあるかな」（『拾遺和歌集』恋四・八七〇・右近）が有名であるが、逆に、大夫監のように、自分の心根を証明すべく神に誓う歌として、次の赤染衛門の歌がある。

うたがふをくるしと思へば玉かづらかみをかけても誓ふばかりぞ　（『赤染衛門集』一六一）(24)

この歌は、詞書によれば、赤染衛門が、紫式部の従兄・藤原伊祐の妻が良い鬘（かづら）を持っていると聞き、伊祐に鬘を借りてくれるよう頼んだところ、その妻が赤染衛門との仲を疑っていると伊祐が言うので、自身の身の潔白を証明すべく詠んだ歌であるという。

ただし、「神」と「髪」を掛ける言語遊戯的な姿勢を見るに、神への誓言などは、本来不要な大仰さを感じさせ、赤染衛門としても、本気で疑いを晴らす、というよりは、おかしなことを言う妻だ、ぐらいに茶化して詠んだのではないだろうか。

この「伊祐の妻が良い鬘を持っている」という情報は、赤染衛門の親しい友人である紫式部からの情報かもしれず、歌中にある「玉かづら」の言葉を踏まえても、玉鬘物語との関わりすら窺えて興味深い。

大夫監の歌も、神への誓言まで持ち出す大仰さが鼻に付く歌であったものの、本人が得意気に思っていることから、「世づかずうひうひしや」（和歌の贈答に不慣れな初々しさ）と語り手に揶揄されたのであろう。

一方、乳母の返歌について考えるには、『紫式部集』に見える次の歌が参考になる。

筑紫に肥前といふ所より、文おこせたるを、いとはるかなる所にて見けり

その返ごとに

①逢ひ見むと思ふ心は松浦なる鏡の神や空に見るらむ

返し、又の年もてきたり

②ゆきめぐり逢ふを松浦の鏡には誰をかけつつ祈るとか知る

(『紫式部集』一八・一九、実践女子大学本)

「松浦なる鏡の神」を詠む歌は、物語以前には見あたらず、紫式部が肥前国へ下る友人を持ち、このような贈答を交わしたことが、玉鬘物語の展開に大きく寄与したことが窺える。紫式部は、国司となった父の赴任先・越前国(「いとはるかなる所」)でこの友人の歌を受け取っており、その返歌として傍線部①の歌を詠む。歌意は「私があなたに逢いたいと思っている心は、そちらの鏡神社の神様も空からご覧になっていることでしょう(望みを叶えてくれますように)」といった期待を込めた歌であるが、その返歌である友人の歌はいかがであろう。

友人の答歌については、「知る」の主語を「紫式部」とし、「ゆきめぐってあなたに逢うことを待つ私は、松浦の鏡神社の神様に、誰のことを心にかけてお祈りしているか知っていますか(他でもない、あなたですよ)」と解釈するのが通説である。[25] しかし、主語を「鏡の神」とし、「ゆきめぐってあなたに逢うことを待つ私ですが、松浦の鏡神社の神様は、誰のことを心にかけてお祈りしているかご存じなのか。ご存じないのではないでしょうか」と解釈する注釈書もある。[26] そうなると、式部との再会を願いつつも、それが叶えられそうにない現実に対し、神を恨む内容となる。

実際、この友人は筑紫で亡くなり、式部との再会は叶わなかった。物語における乳母の歌が、願いが叶わなければ「鏡の神をつらしとや見む」とあるのと通底する歌意となろう。[27]

また『紫式部集』に見える贈答は、「逢ひ見む」また「ゆきめぐり逢ふ」ことを「まつ（松・待つ）」ことに主題があり、物語の贈答同様、願をかけている祭神は「松浦佐用姫」とした方がふさわしい。しかし、この玉鬘の物語は、やはり「松浦佐用姫」だけではなく、「神功皇后」をも視野に入れて語っているのではないか。『河海抄』が再び神功皇后の記事をもって注釈を施す(28)のは、次のような本文である。

……「神仏こそは、さるべき方にも導き知らせたてまつりたまはめ。近きほどに、八幡の宮と申すは、かしこにても参り祈り申したまひし松浦、筥崎同じ社なり。かの国を離れたまふとても、多くの願立て申したまひき。今都に帰りて、かくなむ御験を得てまかり上りたると、早く申したまへ」とて、八幡に詣でさせたてまつる。

（「玉鬘」三―一〇三頁）

後に、大夫監から逃げるように都へ上る玉鬘一行は、九条の地にいったん落ち着くが、その後、しばらく手だてのないまま月日を過ごした。乳母の不安が募る中、その息子・豊後介が解決策として提案したのが、石清水八幡宮への参詣である。しかも、その八幡宮が、筑紫の地で祈り続けてきた「松浦（鏡の神か）」や「筥崎」と「同じ社」と言うのである。八幡宮の祭神は、応神天皇を主神とし、神功皇后や比売大神（「玉依姫」「仲哀天皇」などの場合もある）など複雑な様相を見せるが、特に神功皇后は、応神とともに古くから八幡宮の重要な祭神であったことが指摘されている。(29)現在も八幡宮である「筥崎」の他に、「松浦」もかつて八幡宮であったとするなら、既出の「松浦なる鏡の神」にも「神功皇后」を祭神として含んでいた可能性があるのではないか。また、別の社の神であったとしても、かの地で「神功皇后」に参詣していた可能性が考えられよう。物語本文には、大夫監の追手を退け「早舟」によって上京する玉鬘一行の様子が次のように記されている。

かく逃げぬるよし、おのづから言ひ出で伝へば、負けじ魂にて追ひ来なむと思ふに心もまどひて、早舟といひて、さまことになむ構へたりければ、思ふ方の風さへ進みて、危きまで走り上りぬ。ひびきの灘もなだらかに過ぎぬ。「海賊の舟にやあらむ、小さき舟の飛ぶやうにて来る」など言ふ者あり。（「玉鬘」三―一〇〇頁）

玉鬘一行の舟は、順風の助けもあって、危ういまでに速く都へ上ることができた。海の難所も無事通り過ぎた。ここで思い起こされるのは、住吉神の助けにより、やはり舟を思うように進めた神功皇后の伝承である。海路の無事については、平安時代にも、神功皇后を祭神とする香椎宮などに祈願が行われた記録が残されている。[30]当時、皇后が航海の守護神として考えられていたことは間違いない。[31]つまり、玉鬘一行の船旅がすこぶる順調であったのは、豊後介の言葉に「多くの願立て申したまひき」とあったように、八幡神——主に神功皇后への祈願があったからではないか。玉鬘の筑紫への流離が、紫式部の友人のように、かの地で終わることがなかった理由として、松浦佐用姫だけでなく、この八幡宮（神功皇后）への祈願があった可能性を指摘しておきたい。

このように、肥前国において、大夫監から求婚されることを契機に浮上した玉鬘の「后がね」の可能性は、神功皇后伝承の後押しを受け、さらに九条の地や「椿市」など、史上の后たちの伝承同様、「市」との関わりを経て、現実的には冷泉帝の尚侍という形で実現するのである。

四　結　語

玉鬘が滞在した筑紫――主として肥前国は、紫式部の親しい友人の下向先であり、『万葉集』や『風土記』に見える古代伝承を含み込む土地であった。玉鬘物語は、『住吉』や『竹取』といった先行作品の話型に導かれながら、「后位」への可能性を仄めかしつつ、最終的には、神功皇后伝承と、「市」との関わりを経て、新たな「后がね」として玉鬘を六条院に迎え取る。後に玉鬘が得ることとなる尚侍の地位が、住吉神を神下ろしする神功皇后同様に巫女性を帯びることは、諸氏により指摘されているが、[32] 玉鬘が冷泉帝の「尚侍」（物語では后位に匹敵する地位）として物語にある意味は、光源氏の王権更新の可能性[33]を秘めつつ断念させる意味を持つ。

ここに同じく神功皇后のありようを踏まえるならば、『住吉大社神代記』に記される住吉神と皇后との密通譚を、神に擬せられた光源氏と玉鬘が成し遂げる可能性すら浮上する。[34] 住吉神との関わりは、主として直接祈りを捧げた明石一族との関連で論じられることが多いが、六条院のもう一人の「后がね」である玉鬘にも、関連づけて語られていると考えてよいのではないだろうか。

注

（1）岡一男『源氏物語』の世界・素材・体験」（『源氏物語の基礎的研究』東京堂、一九五四年）
（2）三谷邦明「玉鬘十帖の方法―玉鬘の流離あるいは叙述と人物造型の構造―」（『物語文学の方法Ⅱ』有精堂、一九八九年）
（3）秋澤亙「松浦なる玉鬘」（『源氏物語の准拠と諸相』おうふう、二〇〇七年、初出一九九六年）『肥前国風土記』の弟日姫子については注（23）参照。

（4）塚原明弘「唐の紙・大津・瑠璃君考―玉鬘物語における筑紫の投影―」（『源氏物語ことばの連環』おうふう、二〇〇四年）

（5）「皇后、室に在りて父に諮り、市に入りて諸の買人に称尺を用ふことを教ふ。時に日本いまだ称尺を行はず。新たに大唐より称尺を得たり。所以に皇后市に入り人に称尺を用ふことを教ふ。」（『日本高僧伝要文抄』所引『延暦僧録』「天平仁政皇后菩薩伝」国史大系）

（6）「嵯峨太上天皇、初め親王為るに后を納れ、寵遇、日に隆んなり。天皇、祚に登り、弘仁の始、拝して夫人と為す。是より先数日、后夢に針孔より出で、左市の中に立つ。六年秋七月七日、后亦夢に仏の瓔珞を着す。居ること五六日、立ちて皇后と為る。」（『日本文徳天皇実録』嘉祥三年（八五〇）五月五日条）

（7）『周礼』天官冢宰下・内宰条の記述に「凡建レ国、佐レ后立レ市。設二其次一置二其叙一、正二其肆一陳二其貨賄一、出二其度量淳制一、祭レ之以二陰礼一。」とあり、その文章に対し、鄭玄は「王は朝を建て、后は市を立つ。陰陽相成の義なり。」と注を付しており、后が王の朝政に対し、市を司る役割を持ち、それらが陰陽の関係にあると述べている。光明子の伝承については、これらが典拠と見られており、光明子の后のあり方については、立后宣命に見られる「後（しりへ）の政」、「並坐」の語が、王権内の相互補完、分掌を示す表現であることが荒木敏夫『日本古代王権の研究』（吉川弘文館、二〇〇六年）により指摘されている。

（8）本書第十一章「玉鬘の尚侍就任―「市」と「后」をめぐる表現から―」

（9）注（8）の論文で、玉鬘の尚侍の地位は、先行物語である『うつほ物語』の俊蔭の女（物語の帝に「よし、行く末までも私の后に思はむかし。」と言われ、人妻ながらも尚侍に任じられる）同様、「私の后」に匹敵するものと述べた。ちなみに朱雀帝の寵妃・朧月夜も尚侍として描かれる。

（10）注（8）に同じ。

（11）「あやしきみ（身）」とする写本もある。

（12）日向一雅「玉鬘物語の流離譚の構造」（『源氏物語の準拠と話型』至文堂、一九九九年）

（13）藤村潔「継子物語としての玉鬘物語」（『古代物語研究序説』笠間書院、一九七七年）等。久下裕利「継子譚」（『物語の廻廊―『源氏物語』からの挑発』新典社、二〇〇〇年）に整理がある。

（14）注（12）に同じ。

（15）本文中にある「返る波もうらやましく」は、「いとどしく過ぎゆく方の恋しきにうらやましくもかへる浪かな」（『伊勢物語』七段、『後撰和歌集』羇旅歌・一三五二・在原業平）を、「鄙の別れに」は、「思ひきや鄙の別れにおとろへて海人の縄たき漁りせむとは」（『古今和歌集』雑歌下・九六一・小野篁）が踏まえられた表現。

（16）「志賀の皇神」は、福岡市にある志賀島の「志加海神社三座並名神大」（『延喜式』巻十）を指し、航海の際は、その加護を得るべく祈願が行われたはずである。

（17）日向一雅「怨みと鎮魂―源氏物語への一視点―」（『源氏物語の主題―「家」の遺志と宿世の物語の構造』桜楓社、一九八三年）

（18）秋山虔・後藤祥子・三田村雅子・河添房江「共同討議・玉鬘十帖を読む」（『国文学』三二―一三、一九八七年十一月）等。

（19）大夫監の造型については、『住吉』の主計頭のほか、高橋和夫「源氏物語玉鬘巻と北九州」（『源氏物語の主題と構想』桜楓社、一九六六年）で、肥後の土豪・菊池氏の面影が指摘されている。また秋澤亙「大夫監の世界」（注（3）前掲書）は、大夫監が「鄙の王者」でありつつ、物語では『竹取物語』の帝とほぼ同位相にあることを指摘する。安藤徹「玉鬘と筑紫〈うわさ〉圏」（『源氏物語と物語社会』森話社、二〇〇六年）の注（18）も、『竹取物語』引用の視点から大夫監を「筑紫の帝」に位置づける見方が示されている。

（20）『竹取物語』では、多くの求婚者が昼夜構わずかぐや姫の元にやってくることに対し、このような「夜這い」によって、「よばひ」が求婚する意を持つようになったと偽の語源譚を語る。

（21）『古今著聞集』では、佐用姫の領巾振り伝承を記した後、この領巾を振った山について「此山は肥前国にあり。松浦明神とていまにおはしますは、かのさよ姫のなれるといひつたへたり」（日本古典文学大系『古今著聞集』岩波書店）と記す。

(22) 冷泉家本『万葉集註釈』巻三、三一一番歌条では、『豊前国風土記』（逸文）の内容としてこの伝承が記されている。
(23) 大伴狭手彦のこと。『日本書紀』宣化天皇二年十月（松浦の郡）にも、狭手彦の記述が見えるが、恋人は佐用姫ではなく「弟日姫子」とする。この『風土記』の狭手彦は、出兵の際、恋人に鏡を渡すが、その後、弟日姫子の元に狭手彦に似た男が通い、後にその正体が蛇とわかって、女が死ぬ、という三輪山伝承に酷似した展開を持つ。
(24) 一六一番歌は、底本では「思はば」であるが、桂宮本により改めた。
(25) 南波浩『紫式部集全評釈』（笠間書院、一九八三年）等。南波氏は後出（注（26））木船氏の「鏡神社の神」主語説を紹介しながら、問題点もあるとして、「紫式部」主語説で解釈する。
(26) 木船重昭『『紫式部集』解釈研究（二）』（中京大学『文学部紀要』十五巻二号、一九八〇年十一月、後に『紫式部集の解釈と論考』笠間書院、一九八一年に所収）は、「鏡神社の神」主語説を提示し、物語の乳母の歌とも相通じることを指摘する。他、同主語説に笹川博司『紫式部集全釈』（風間書房、二〇一四年）がある。
(27) 注（26）木船論文
(28) 久保田収「中世における神功皇后観」（『神道史の研究　遺芳編』皇學館大学出版部、二〇〇六年、初出一九七二年）に、蒙古襲来以降、再び、神功皇后への注目が集まったことが指摘されており、『河海抄』にもそのような中世の注釈書としての神功皇后観があるとは思うものの、論者は物語自体に、そのような解釈を要請する文脈があると考える。
(29) 西宮一民「御祭神としての神功皇后」（神功皇后論文集刊行会編『神功皇后』皇學館大学出版部、一九七二年）
(30) 飯田瑞穂「上代における神功皇后観」（『飯田瑞穂著作集5　日本古代史叢説』吉川弘文館、二〇〇一年、初出一九七二年）
(31) 注（30）に同じ。
(32) たとえば河添房江「朱雀皇権の〈巫女〉朧月夜」（『源氏物語表現史―喩と王権の位相』翰林書房、一九九八年）では、尚侍が神器を奉祭する内侍所の長官であることから、実質はキサキの一人であっても、なお〈巫女〉集団の頭として象徴的な役割を果たしていたと述べる。
(33) 日向一雅「六条院世界の成立について―光源氏の王権性をめぐって―」（注（17）前掲書）

（34）　深澤三千男「紫式部の皇室秘史幻想への幻想―皇祖神疑惑、神功皇后密通伝承をめぐって、后妃密通物語発想源考」（神戸商科大学『人文論集』二八―二、一九九三年二月）後に『源氏物語の深層世界――王権の光と闇を見つめる眼』（おうふう、一九九七年）所収。

第十一章　玉鬘の尚侍就任
―「市」と「后」をめぐる表現から ―

一　問題の所在 ―― 玉鬘と「市」

玉鬘巻では、夕顔の遺児・玉鬘が筑紫より上京し、右近との再会を経て、六条院に迎えられる。右近との再会の場所は、初瀬参詣途中の椿市であったが、物語には他にも、次のように、玉鬘と「市」（市女・商人）との関わりが示されている。

①　九条に、昔知れりける人の残りたりけるをとぶらひ出でて、その宿を占めおきて、都の内といへど、はかばかしき人の住みたるわたりにもあらず、あやしき市女、商人の中にて、いぶせく世の中を思ひつつ、秋にもなりゆくままに、来し方行く先悲しきこと多かり。（「玉鬘」三―一〇二頁）

②　かくいふは、九月のことなりけり。渡りたまはむこと、すがすがしくもいかでかはあらむ。よろしき童、若人

など求めさす。筑紫にては、口惜しからぬ人々も、京より散りぼひ来たるなどを、たよりにつけて呼び集めなどしてさぶらはせしも、にはかにまどひ出でたまひし騒ぎに、みな後らしてければ、また人もなし。京はおのづから広き所なれば、市女などやうのもの、いとよく求めつつ率て来。その人の御子などは知らせざりけり。

（「玉鬘」三―一二六・一二七頁）

①は、玉鬘一行が筑紫から上京し、しばらく九条に滞在していたことを示す記述であるが、玉鬘は、身分賤しい「市女」や「商人」の中で過ごしていたと語られる。当時、有力貴族の邸宅は、左京の内裏に近い一条～三条大路周辺に多く[1]、夕顔や大弐の乳母が住んでいた五条は、「げにいと小家がちに、むつかしげなるわたり」と、貴人には似つかわしくない風情であった。光源氏が新造した六条院は、その先の六条京極あたりであるが、モデルとされる源融の邸宅・河原院同様[2]、「静かなる御住まひ」で、「広く見どころ」ある邸として造られた。六条御息所の旧邸を含むことからも、政治的要所というよりは、風光明媚な場所として選ばれ、そこなら新たに四町を占めることも可能であったのだろう[3]。また、七条は、東西に市を持ち、都を出入りする人々であふれていた[4]。よって、そこで商売する「市女」や「商人」が、京内の末端、その出入り口となる九条にいることも不思議でないが、玉鬘がわざわざそのような人々の中にいると語られることにどのような意味があるのだろうか。

また②では、玉鬘が六条院入りするための準備にあたり、「市女などやうのもの」が玉鬘に仕える童や女房の斡旋者として登場する。玉鬘は、この後、右近の里である五条に移り、そこでさらに女房たちを選び整えて六条院に渡るので、最初に探し求めていた間は、まだ市女等がいる九条にいたと思われる。しかし、この時点で、既に、光源氏から豪華な衣装が届けられており、女房等の斡旋も、右近を通じて源氏に頼むことができたはずである。玉鬘一行は、光源氏が実父でないことから遠慮したのかもしれないが、本来、内大臣の娘という高貴な身分の玉鬘に仕える者たちを、市女等によって斡旋させたと語られることの意味はどこにあるのか。

先行研究では、椿市における邂逅を含め、このような玉鬘と「市」との関わりについて、当時の「市」のあり方、描かれ方から、玉鬘の位相を読み解く形で言及してきた。たとえば、林田孝和氏は、『万葉集』に見られる椿市の歌垣の民俗を、六条院の町の文学に吸収し、玉鬘を「すき者どもの心尽くさするくさはひ」として、玉鬘求婚譚が造型された可能性を述べている。(5) また、説話における市の描かれ方に注目した金秀美氏は、空間移動し続けている玉鬘の人物造型の基底に、説話の世界に見られる《市》（失ったものを取り戻す）・《商品》という発想が潜められていると指摘する。(6) 同様に、小林正明氏も、経済学の観点から、玉鬘を椿市という名の市で買われた女＝商品とみなし、玉鬘物語を、明石姫君を売り出すまでの六条院総資本の分割運用、陽動作戦の一つとして位置づける。(7)

元々、「市」には、単なる物品の売買だけではなく、「無縁所」たるアジール、異界との交感や交通を可能にする境界等、様々な機能や意義を持つことが明らかにされており、それは文学に見られる「市」にも共通することが指摘されている。(8) 実際、玉鬘の場合も、他者との交感の場として、また実質的な空間移動の場として「市」が捉えられ、玉鬘自身、「商品」と見なす論が主流である。また、玉鬘の物語は、貴種流離譚や継子譚、長谷観音の霊験譚など、(9) 多くは大団円を迎える話型が指摘される一方、その枠組みを越えて「流離し続ける姫君」の物語として認識されており、(10) その位相は確かに市場に流通する「商品」と等しいように思われる。

しかし、本章では、「尚侍」として後宮入りを予定される玉鬘に焦点を絞り、「市」と「后」をめぐる表現との検討を試みる。先に、『延暦僧録』逸文の光明子の叙述や、『文徳実録』の橘嘉智子伝などに見える「市」の意味を明らかにし、さらに先行物語の〈后〉たちのありようを視野に入れることで、玉鬘と「市」との関係が示唆する玉鬘の資質、またその行く末について言及したい。

二　「市」――后位を保証する表象として

古代の皇后の伝記には、「市」との関わりを示す話が見られる。以下、律令制最初の皇后・光明子について、『延暦僧録』逸文の記述を挙げる。

又曰。皇后。俗姓藤原朝臣氏。父贈一位太政大臣藤原朝臣史氏之女。卽勝寶感神聖武皇帝之后也。皇后在レ室諮レ父。入レ市教三諸買人用二於稱尺一。于レ時日本未レ行二稱尺一。新從二大唐一得二稱尺一。所以皇后入レ市教三人用二於稱尺一。又曰。汝當二助レ國宣一レ風。權衡稱尺非レ久各流二天下一。後帝納レ之册爲レ后。号二天平仁政皇后一。―以下、略。

（又曰く、皇后、俗姓は藤原朝臣氏、父は贈一位太政大臣藤原朝臣不比等氏の女なり。即ち勝宝感神聖武皇帝の后なり。皇后、室に在りて父に諮り、市に入りて諸の買人に称尺を用ふことを教ふ。時に日本いまだ称尺を行はず。新たに大唐より称尺を得たり。所以に皇后市に入り人に称尺を用ふことを教ふ。又曰く、汝当に国を助け風を宣ぶべし、といへり。権衡称尺は久しくは非ずして、各天下に流す。後に帝、これを納れ冊して后と為し、天平仁政皇后と号す。）

（『日本高僧伝要文抄』所引『延暦僧録』「天平仁政皇后菩薩伝」『国史大系』表記・返り点は一部改めた）

傍線部には、光明子が後宮入りする以前、唐から伝えられた秤尺（ハカリ・モノサシ）の使い方を市人に教える内容が記されている。唐の秤尺については、『続日本紀』和銅六年（七一三）の記述等を元に、それ以前の大尺（高麗尺）

から切り替えられたとの見解があり、(11)当時、十三歳であった光明子の実話と考えられないこともないが、この話の典拠として、『周礼』天官冢宰下・内宰条の記述が指摘されている。(12)

凡建レ国、佐レ后立レ市。設二其次一置二其叙一、正二其肆一陳二其貨賄一、出二其度量淳制一、祭レ之以二陰礼一。

〔およそ国を建つるに、后を佐けて市を立つ。その次を設け、その叙を置き、その肆を正し、その貨賄を陳べ、その度量と淳制を出す。これを祭るに陰礼を以てす。〕

（『周禮注疏』十三経注疏整理本　北京大学出版社、表記は一部改め返り点を付した）

また、この記述に対し、鄭玄は「王は朝を建て、后は市を立つ。陰陽相成の義なり。」と注を付しており、后が王の朝政に対し、市を司る役割を持ち、それらが陰陽の関係にあると述べている。光明子の后のあり方については、立后宣命に見られる「後（しりへ）の政」、「並坐」の語が、王権内の相互補完、分掌を示す表現であることが指摘されているが、(13)「市」の話の典拠をこのような儒教経典に見るかぎり、この語は「陰陽」の「陰」を意味し、后が対として天皇を支える役割を担っていたことが窺える。つまり、光明子が自ら市において計量器の使い方を教えるという伝承は、光明子の賢さを示し、後に皇后として迎えられるための資質を保証しているのである。(14)

次は、平安初期の皇后、橘嘉智子の薨伝に見える「市」の記述である。

太皇太后。姓橘氏。諱嘉智子。―略―。嵯峨太上天皇。初爲二親王一納レ后。寵遇日隆。天皇登レ祚。弘仁之始。拜爲二夫人一。先レ是數日。后夢出レ自二針孔一、立二左市中一。六年秋七月七日、后亦夢着二佛瓔珞一。居五六日。立爲二皇后」。—以下、略。

〔太皇太后、姓は橘氏、諱は嘉智子。—略—。嵯峨太上天皇、初め親王為るに后を納れ、寵遇日に隆んなり。天皇、祚に登り、弘仁の始、拝して夫人と為す。是より先数日、后夢に針孔より出で、左市の中に立つ。六年秋七月七日、后亦夢に仏の瓔珞を着す。居ること五六日、立ちて皇后と為る。〕

（『日本文徳天皇実録』嘉祥三年（八五〇）五月五日条）

傍線部には、橘嘉智子が、嵯峨天皇の「夫人」（定員三人、三位以上）となる数日前、「左市」、いわば左京の東市の中に立つ夢を見たことが記されている。皇后となる際には、仏の瓔珞を身につけた夢を見ており、光明子ほど、市と后位との関係は明確でないが、後宮入りを示唆する夢として「市」が現れ、その中に后自ら立っていることは、やはり光明子同様、後の后の資質を保証するモチーフになっていると見られる。(15)

また、光明子と橘嘉智子は、ともに「夫人」（臣下出身）から立后しており、二人の「市」との関わりとは、「妃」（四品以上、内親王出身）が持つ血の聖性とは異なる形での資質の保証、聖性の示現であったと考えたい。

時代は下るが、『世継物語』は、光孝天皇の妻・班子女王が、后位を得た後も、市へ買い物に出かけていたことを伝えている。

母上は后にならせ給ひても、御町のめぐりを日に一度、物買はんと密かに言ひて、めぐり歩かせ給ひけると申伝へたり。誠にや。それは小松の宮より市に出て、物を売り買はせ給ひて、かくせねば、心地のむつかしきとてしつれば、心地のよくならせ給ひけると申伝へたり。

（『世継物語』続群書類従、表記は一部改めた）

光孝の即位は、陽成天皇の不祥事により突然招来されたものであり、それ以前は、世に忘れられた親王として生活に苦労していた様子が『古事談』などで確認できる。(16) しかし、この「市」の記述は、その延長として捉えるだけでなく、后位を保証する表象の痕跡としても見ることができるのではないだろうか。

三 入内しない〈后〉——『竹取』のかぐや姫・『うつほ』の俊蔭の女の系譜

前節では、后の伝記中に見える「市」が、后となるべき資質の保証となっていることを確認したが、玉鬘の場合、実際、后位を得ることはない。しかし、物語においては、『竹取物語』のかぐや姫や『うつほ物語』の俊蔭の女のように、入内しないけれども、帝にとっては后に匹敵する存在として認識される女性たちが登場する。このような〈后〉たちは、儒教経典に言われるような本来帝と対の関係にある后像を体現しているのではないだろうか。

(帝は) かぐや姫のみ御心にかかりて、ただ独り住みしたまふ。よしなく御方々にも渡りたまはず。かぐや姫の御もとにぞ、御文を書きてかよはさせたまふ。御返り、さすがに憎からず聞えかはしたまひて、おもしろく、木草につけても御歌をよみてつかはす。(新編日本古典文学全集『竹取物語』六三頁、括弧内の語は私に補入した)

右記は、『竹取物語』の帝がかぐや姫に出会ってから独り住みを始め、かぐや姫と文を交わすようになる記述である。かぐや姫は、帝に対し、賤しい家で過ごしてきた身の上を理由に宮仕えを拒むが、実際は天女であった。このように多くの后妃を差し置き、帝の心を一人占めする行為が、后に近いとは言えないが、この後「御心をたがひに慰めたまふ」と語られており、手紙を通じ、精神的に対等な関係を築いた点は注目される。さらに、かぐや姫昇天の段に至っては、天上と地上との対比により、一対の男女として描き出されていく。

また、このようなかぐや姫を意識した形で「尚侍」に任じられるのが、『うつほ物語』の俊蔭の女である。

北の方（俊蔭の女）、「さらに、物も申さずなむ。ただ、『陣のわたりに物見給へよ』とものし侍りてなむ。かく候はすべかりけるを、気色にも出ださで侍りつれば、何ともなく、里姿も引き変へず、急ぎまうでつるを、『御垣下に、隠れて物見候ふべき葎の陰なむある。なほまかり下りよ』とものし侍りつれば、常も空言し侍らぬを思ひ給へてなむ、玉の台まで候ひにける」上（朱雀帝）、うち笑ひ給ひて、「よそなれば、ここも効なしや。御本意ありつらむ葎の下ならねば」—略（俊蔭の女、帝の求めに応じて琴を弾き、尚侍に任じられる）—かかるほどに、上、尚侍に御物語し給ふついでに、「今宵御もとに候ふ人の中に、掌侍仕うまつるべき人はありや。この頃、上の掌侍仕うまつるべき人の、一人なむなき。少し物など知りて、さてもありぬべからむ人、賜ばりになさせ給へ。やがて、そこに参りなどし給はむに、後見もせさせ給へ。すべて、女官のことは、何ごとにも、御心のままにを。昔よりかやうならましかば、今は、国母と聞こえてましかし。わいても、仲忠の朝臣ばかりの親王ならましかし。よし、行く末までも、私の后に思はむかし。……」—略—（朱雀帝）「……十五夜に、必ず御迎へをせむ。『この調べを、かかる言の違はぬほどに、必ず、十五夜に』と思ほしたれ」尚侍、「それは、かぐや姫こそ候ふべかなれ」上、「ここには、玉の枝贈りて候はむかし」尚侍、「子安貝は、近く候はむかし」

（室城秀之校注『うつほ物語』「内侍のかみ」四一三～四三七頁、括弧内の語を補入し、表記は一部改めた）

俊蔭の女は、陣の辺りで物見なさい、と息子・仲忠にそそのかされて宮中に参り、さらに「葎の陰」に潜むことになる。このことは、彼女がかつて経験した貧しい生活（蓬葎の邸やうつほ住み）を暗示すると思われるが、「葎はふ下にも年は経ぬる身のなにかは玉の台をも見む」[17]という歌を詠んで宮中入りを拒んだかぐや姫とは対照的に、「玉の台」（宮中）にいる帝の前で琴を弾き、「尚侍」の地位を得る。しかし、既に藤原兼雅の北の方となっていた俊蔭の女は、后妃としての入内は叶わず、帝から「私の后」と思われるのみであり、そのありようは、「十五夜」・「かぐや姫」・「玉の枝」・「子安貝」といった二人の会話中の語彙に示されるように、かぐや姫を髣髴とさせた。そして、このように入内しない〈后〉――かぐや姫、俊蔭の女の系譜を引くのが、玉鬘ではないだろうか。[18]

物語では、玉鬘へ不躾に求婚してくる大夫の監を、「懸想人は夜に隠れたるをこそよばひとは言ひけれ」[19]と、『竹取物語』の「よばひ」の語源譚を引用して皮肉るが、玉鬘が養父（光源氏）に引き取られ、求婚者たちとのやりとりを経て、帝への入内が取りざたされる一連の流れは、ほぼかぐや姫の求婚譚をなぞっている。[20]しかし、求婚者の一人であった鬚黒大将の侵入を許し、人妻となってからの玉鬘は、俊蔭の女同様、冷泉帝の「私の后」たる立場で「尚侍」として出仕する。「尚侍」の地位については、筆頭女官でありながら、平安中期においては既に名誉職化しており、結婚前の玉鬘も朧月夜のように后妃としての役割を期待されていたはずである。[21]この入内は、光源氏の玉鬘に対する恋情や、周囲の思惑など、様々な事情を考慮して決められたものであった。ただし、源氏は大宮に対し、冷泉帝から女官人事について相談を受けたという体で、「尚侍」には「なほ家高う、人のおぼえ軽からで、家の営みたてたらぬ人」[22]が昔から任命されている、との帝の言葉を伝え、またその仕事について、「公ざまにて、さる所の事をつかさどり、政のおもむきを認め知らむこと」[23]であると発言している。既に入内している弘徽殿女御方を刺激しない形で、実父・内大臣への仲立ちを頼むことが主たる目的とはいえ、源氏の口から詳細に語られる「尚侍」の職掌は、玉鬘自身、そのような職に耐えうる能力を持ち合わせていたことを窺わせる。しかし、鬚黒の北の方として出仕した後は、夫からすぐさま退出を促されるので、その能力を宮中で発揮できたかは定かでない。ただし、そのような短い出仕が、かえって玉鬘に対する冷泉帝の執着を強めたことは確かだろう。つまり、物語では、入内しない〈后〉こそ、帝との対関係を心の交流で実現し、后位に値する能力、また帝の愛情は、「尚侍」の地位に表現されているのである。

四　結　語

玉鬘が六条院入りを果たす以前、市女・商人の中で過ごし、市女などに女房等の斡旋を受ける様は、単に生活の不如意を示すものではなく、六条院を舞台とする求婚譚の主役にふさわしい姫君の資質を保証していると思われる。それは、臣下から立后した后たちの伝承、また思いがけず后位に至った女王の伝承に「市」が登場するように、天皇が朝廷を治めるのと対等な形で「市」を司ることのできる資質、いわば賢さである。よって、玉鬘が、夕顔と比べ、「才めいたるところぞ添ひたる」と言われ、物語では后位に値する能力を意味する「尚侍」に任じられるのも故無しとしない。また、玉鬘の器量は、光源氏の六条院教育によって磨かれたこともあり、後に娘の大君参院とその寵愛によっても知られるように、冷泉帝の愛情を十分受けられるものであった。そうであればこそ、「藤原の瑠璃君」(24)と言われた藤家の姫君を源氏が横取りする意味も存在する。光源氏にとっては、帝以外の男との結婚は許せないほどの執着をもたらした姫君であり、結果的に、冷泉帝と光源氏、双方にとって、先行物語のヒロインに連なる「私の后」に据えられることとなった。また後に、鬚黒の北の方として家を切り盛りし、貫禄のある姿で若菜上巻に登場するのは、この「市」に象徴される玉鬘の資質ゆえなのである。

注

（1）『平安京提要』（角川書店、一九九四年）
（2）大曽根章介「河原院と池亭―名邸の夢と現実」（『大曽根章介日本漢文学論集』一、汲古書院、一九九八年、初出一九七六年）は、河原院が贅を尽くし粋を極めた豪壮な邸宅として世に知られ、大勢の貴公子により風流韻事が楽しまれていたと述べる。
（3）ただし、六条院の行事は、秋好中宮の季御読経に上達部が参集するなど、政治的意味を持つものが多い。本書第十二章参照。
（4）中村修也「市人・市籍人と市の構造」（『日本古代商業史の研究』思文閣出版、二〇〇五年）では、店舗を持つ「市廛人」や地方と中央を行き来する「商旅之徒」など、市をめぐる商業者の関係構造を明らかにする。
（5）林田孝和「玉鬘求婚譚の造型」（『源氏物語の創意』おうふう、二〇一一年、初出一九九三年）
（6）金秀美「玉鬘物語における九条と椿市―〈市〉をめぐる説話との関わりから―」（『源氏物語の空間表現論』武蔵野書院、二〇〇八年）
（7）小林正明「経済学と『源氏物語』／市・循環・呪われたもの」（『解釈と鑑賞』七三―五、二〇〇八年五月）
（8）小峯和明「市の文学」（『国語と国文学』七〇―十一、一九九三年十一月）、後に『説話の声―中世世界の語り・うた・笑い』（新曜社、二〇〇〇年）所収。
（9）藤村潔「住吉物語と源氏物語」（『古代物語研究序説』笠間書院、一九七七年）、小林茂美「玉鬘物語論」（『源氏物語論序説』桜楓社、一九七八年）、山田利博「『源氏物語』における初瀬と石山―玉鬘物語と浮舟物語をめぐって―」（『国文学研究』八七、一九八五年十月、後に『源氏物語の構造研究』新典社、二〇〇四年、所収）、三谷邦明「玉鬘十帖の方法」（『物語文学の方法Ⅱ』有精堂、一九八九年）等。
（10）日向一雅「玉鬘物語の流離譚の構造」（『源氏物語の準拠と話型』至文堂、一九九九年）は、玉鬘の六条院入りは、内面化された流離の始まりであり、鬚黒との結婚など、玉鬘の期待の地平をその都度閉ざすことで、心の流離に終わりがないことを形象しているという。

(11) 狩谷棭斎『本朝度量権衡攷』1(東洋文庫、平凡社、一九九一年)五〇頁。『続日本紀』和銅六年(七一三)二月十九日条には「始めて度量・調庸・義倉等の類、五条の事を制す。語は別格に具なり。」、四月十六日条には「新格并せて権衡・度量を天下の諸国に頒ち下す。」とある(新日本古典文学大系『続日本紀』一、一九三〜一九七頁)。

(12) 福山敏男『周礼』考工記の「面朝後市」の説」(『橿原考古学研究所論集』七、吉川弘文館、一九八四年)、礪波護「中国都城の思想」(岸俊男編『日本の古代9　都城の生態』中央公論社、一九八七年)

(13) 荒木敏夫「日本古代の大后と皇后―三后論と関連させて―」(『日本古代王権の研究』吉川弘文館、二〇〇六年)

(14) 遠藤慶太「市と稲荷の母神と―神大市比売にかかわって―」(『朱』五一、二〇〇八年二月)

(15) 注(14)に同じ。

(16)『古事談』巻第一には、親王である光孝の元を基経が訪れた際、光孝が縁の破れた畳に座っていた話や、親王時代、商人に物を借用していたため、即位後、その者たちが内裏に取り立てに来た話を収載する。また、類話は『大鏡』や『世継物語』に見える。

(17) 新編日本古典文学全集『竹取物語』六二・六三頁。表記は一部改めた。

(18) 玉鬘と俊蔭の女の類似性については、ともに尚侍になる点を、細井貞雄『玉琴』が指摘している。

(19)「玉鬘」三―九六頁。

(20) 秋山虔・後藤祥子・三田村雅子・河添房江「共同討議・玉鬘十帖を読む」(『国文学』三二―一三、一九八七年十一月)等。

(21) 後藤祥子「尚侍攷―朧月夜と玉鬘をめぐって」(『源氏物語の史的空間』東京大学出版会、一九八六年)、所京子「平安時代の内侍所」(『平安朝「所・後院・俗別当」の研究』勉誠出版、二〇〇四年)

(22)「行幸」三―三〇一頁。

(23) 注(22)に同じ。

(24)「藤原の瑠璃君」とは右近が願文を説明する際に呼ぶ玉鬘の名。島内景二「螢と玉藻―玉鬘の人物造型をめぐって―」

(『源氏物語の話型学』ぺりかん社、一九八九年)は、玉鬘の本質は、富と権力と幸福を与える如意宝珠であり、「瑠璃君」の名もそれを象徴するという。

第十二章　前坊の娘・秋好中宮の「季御読経」

――史上の「中宮季御読経」と国母への期待――

一　問題の所在

胡蝶巻では、六条院春の町で船楽を用いた盛大な宴が開かれる。また翌日には、秋好中宮主催の「季御読経」が催され、六条院秋の町が中宮の里邸として繁栄する様を描いている。この「季御読経」行事については、中宮彰子の「季御読経」や道長が催した法会等の検討から、光源氏の権勢示威・執政権の正統性の宣揚といった政治的意図や、(1)六条院文明の政治的・文化的位相の照らし出しなどの指摘がある。(2)いわば、中宮主催の「季御読経」は、前日の私宴同様、光源氏を中心とする六条院行事の一つとして認識されてきた。実際、物語の「季御読経」は、光源氏の威勢によって盛儀となったと語られ、主催者である秋好中宮も源氏の意向に従っているようだ。ただしその一方で、前日の私宴から、二人は微妙な価値観のずれを露呈させていたとの見方もある。(3)

秋好中宮は、六条院世界の住人ではあるが、源氏の懸想心を疎ましく感じており、(4)冷泉帝への入内も相思であった朱雀院との関係を引き違えられたとする意見[5]もあり、源氏の後見をすべて好意的に受けとめてきたわけではない。中宮が催す「季御読経」も、光源氏の意図とは別に、まずは中宮にとっての意味を改めて考える余地があるのではないか。

また、「季御読経」の儀式自体は、紫の上方から仏に花が捧げられ、これが巻名ともなる「胡蝶」の童舞を伴うが、史上の「季御読経」にこのような例は見当たらず、宮中で行われるべき中宮の「季御読経」が六条院で催されることも異例である。物語の「季御読経」は、再度、史上の例との差異を明確に押さえた上で、より物語に則した意味の読解を試みる必要があろう。

本章では、秋好中宮の「季御読経」を、史上の「中宮季御読経」例（穏子・遵子・彰子）とともに再検討することで、后の催す「季御読経」の意味について改めて考察したい。

二　史上の「季御読経」

まず、「中宮季御読経」例の具体的な検討に入る前に、史上の「季御読経」について概観しておく。元々「季御読経」とは、春秋二季に宮中で百僧を請じ、「大般若経」及び「仁王経」を転読させ、天皇の安寧と国家の安泰を祈る天皇主催の仏事を指す。このような目的・事由の記されない、年中行事としての大般若経読誦行事は、奈良時代を経て平安初期に至るまで、公事儀礼として確立していなかったと見られている[6]。しかし、『公事根源』が「貞観の比をひは毎〻季行はれけるとかや」[7]と記す通り、清和朝の四季型を経て、陽成朝に二季として成立したことが『三代実録』[8]や『江家次第』の「季御読経」項[9]で確認できる。また詳細な儀式次第は、『西宮記』『北山抄』『江家次第』に記されており、宮中の公事として「季御読経」が定着した様が窺えるが、時代によっては少々変遷が見られる。
『延喜式』（巻十三、図書寮）[10]には、「春秋二季御読経装束」について記載があり、「右二八月擇二吉日一。請二百僧於大極殿一。三箇日修レ之。」（ただし日数については四日間の催行が普通）とするが、読経の時期については、清和朝では春季は二月が多かったのに対し、陽成朝では三月が多く、その傾向は光孝朝にも継承されている。[11]一方、後期の時期は秋とは限らず、冬季にも行われており、清和朝の四季読経の意識を残しているという。[12]また、読経の場所については、『延喜式』に「但於二紫宸殿及御在所一轉読之時。隨レ便供奉。」とあるように、必ずしも「大極殿」においてのみ催行されていたわけではない。『本朝世紀』には次のような記述が見られる。

季御読経先例於二南殿并御在所一被レ行レ之。而依二祈雨一修二季御読経一之時。或於二大極殿一修レ之。或於二南殿一行レ之。

（『本朝世紀』天慶二年（九三九）七月十四日条）

右記では、「南殿并御在所」が通常の催し場所であり、「祈雨」の際には「大極殿」及び「南殿」を使用すると記されている。実際、翌日の「十五日条」には、「祈雨」のため「季御読経」が「大極殿」で行われたとの記述があるほか、[13]『貞信公記抄』には、読経の結願日に死穢があったため、「大極殿」で行ったとの記述が見られる。[14]このように、場所については「祈雨」等、特別な意味が加味されない限り、「大極殿」よりも「南殿」や「御所」で行われることの方が多くなったようである。[15]

また請じる僧は、百僧の内、僧綱等、およそ二十人を御前に召し出し読経をさせるが、当日欠席する僧が多くなったせいか、『西宮記』では事前に御前の僧を定めていたものを、『江家次第』では当日定める次第に変更されている。[16]

さらに『西宮記』が「御記云」として引く応和元年（九六一）八月十二日条には、「季御読経」の結願日に、納言以上が不参だったため、読経の巻数と僧名を奏上することができなかったとの記述があり、[17] 以後、幾度か上卿の不参や侍臣の上﨟が不候であったとの記述が見える。

このような事態は、物語にも登場する「行香」役（王卿や侍従等で構成）の不足を招き、作法にも度々不備が生じたようである。[18] その後、申文の作法が欠落する、[19] 出居の将や卿相より先に僧が参内してしまうなど、[20] 行事における錯誤が目立つようになるが、「季御読経」の記録自体は南北朝期まで続き、ほぼ毎年催行されていたことが確認できる。ただし「中宮季御読経」及び「東宮季御読経」は、ある時期に集中して行われており、最盛期となった道長・頼通時代が終焉すると、全く見られなくなるという特徴がある。その点、年中行事である天皇主催の「季御読経」とは、一線を画して考える必要があるだろう。

「中宮季御読経」は、穏子が始修し、遵子が盛んに行った後は、彰子、妍子等、道長の娘たちによって引き継がれる。まずは、穏子が「中宮季御読経」を始修する背景から検討してみたい。

三 穏子と保明親王の「季御読経」

藤原穏子は、関白・藤原基経の娘であり、同母兄に時平・仲平・忠平を持つ、醍醐天皇の女御である。延喜三年（九〇三）、東宮となる保明親王を出産するが、親王は即位を待たずして延喜二十三年（九二三）に薨去し、皇太孫となった息・慶頼王も、延長三年（九二五）五歳で夭折している。保明の死後、延長元年四月に中宮に立ち、七月に寛明親王（後の朱雀天皇）を出産していたとはいえ、母である穏子の悲しみはいかばかりのものであったか。『大鏡』によれば、子・孫を相次いで失ったショックから、寛明親王は三歳になるまで御帳内で大切に養育されたと語られている。[21]

　このような状況下、穏子の「御読経」は保明死後の翌年から始まり、四例が確認できる。詳細は以下の通りである。

皇后御読経　『諸宮御読経』十八日、癸丑、中宮（藤原穏子）御読経始、廿僧　（『貞信公記抄』延長二年（九二四）九月十八日条）

皇后御読経　『諸宮御読経』十五日、参中宮（藤原穏子）御読経始、有申文・奏申、而不召、（『貞信公記抄』延長三年（九二五）三月十五日条）

皇后東宮季御読経　廿五日、辛巳、中宮（藤原穏子）・東宮季御読経始、（『貞信公記抄』延長四年（九二六）三月二十五日条）

皇后季御読経　廿六日、丁丑、中宮（藤原穏子）御読経始、（『貞信公記抄』延長五年（九二七）三月二十六日条）

頭書に「季御読経」の表記が見られるのは、延長四年以降の例であるが、甲斐稔氏は以上の例について、法会開催の目的が見られないこと、またわずか四回ながら三年連続で三月に行われていることから、「中宮季御読経」の濫觴であると指摘する。[22]ただし穏子の例は、時代的に離れている上に、三月の例も三回しか行われていないことから、氏は物語の例との具体的な検討を行っていない。しかし、穏子がこのような「御読経」を保明親王の死後に始めていることは、やはり注目すべきであろう。秋好中宮の父である前坊は、古注釈により、保明親王との関連が指摘されているからである。[23]

　実は、穏子が「中宮季御読経」を始める以前、保明親王自身、盛んに「御読経」を行っていたという事実がある。親王の「御読経」実施日は、延喜八年（九〇八）三月七日、同年八月十八日、延喜九年（九〇九）八月二十四日、延喜十年（九一〇）三月十日、延喜十一年（九一一）三月二十七日、延喜十二年（九一二）三月二十四日、同年八月二十四日、延喜十三年（九一三）三月二十三日、延喜十四年（九一四）三月二十四日、延喜十九年（九一九）五月二十四日、同年九月十八日、延喜二十年（九二〇）三月二十五日、同年八月九日、[24]と計十三回、ほぼ毎年、しかも春は必ず三月に行われている。保明親王以前には、このように定期的な「御読経」例は見当たらないため、「東宮季御読経」の濫觴と考えてよいと思われるが、穏子の「中宮季御読経」は、このような保明の「御読経」を引き継ぐ形で行われたのではないだろうか。また延長二年（九二四）五月十六日に見える慶頼王（保明の子）の「東宮御読経」は、穏子の意志によるのかもしれない。さらに慶頼王の死後、延長四年には、穏子の「中宮季御読経」と同日に、わずか四歳である寛明親王の「東宮季御読経」が催され、延長五年まで行われている。ところが成明親王（後の村上天皇）にこの「御読経」は引き継がれず、師貞親王（後の花山天皇）の代まで催行された記録は見られない。つまり「東宮季御読経」は、穏子の「中宮季御読経」の終焉とともに、一時姿を消すのである。

このように、穏子と寛明親王の「季御読経」が、延長五年を最後に見られなくなるのは、延長四年六月に成明親王が生まれたことと関連があるのではなかろうか。保明親王と慶頼王を失い、常に皇子を失う不安に苛まれていた穏子が、三人目となる皇子の誕生により、ようやくその不安から抜け出せた可能性を考えてみたい。そうすれば、穏子の「中宮季御読経」の創始と終焉は、保明親王の死の呪縛とその解放を意味していたことになる。

ちなみに、保明親王は三月二十一日に薨去しており、物語の胡蝶巻冒頭部は「三月二十日あまりのころほひ」であると示されている。つまり秋好中宮の「季御読経」は、保明親王の忌日、及び「御読経」日に近い期日で行われているのである。古注釈の指摘通り、秋好の父・前坊の准拠を保明親王として押さえるならば、中宮が執り行う「季御読経」は、前坊である父や、穏子が抱いた保明親王への想いを視野に入れて考える必要があろう。

四　「素腹の后」・遵子の「季御読経」

穏子による「中宮季御読経」が終焉した後、再びこの「御読経」を行ったのは、関白太政大臣であった藤原頼忠の娘・遵子である。穏子以後の皇后たち、藤原安子・昌子内親王・藤原媓子には、記録上「中宮季御読経」を行った例は見られない。遵子が再び「中宮季御読経」を催行した理由とは、一体何だったのであろうか。

遵子が「中宮季御読経」を主催したのは、立后して間もなくのことである。天元元年（九七八）、二十歳を過ぎて入内した遵子は、同五年三月に中宮となったが、この時既に右大臣・藤原兼家の娘、女御詮子に懐仁親王（後の一条天皇）が生まれており、皇子のいない遵子は「素腹の后」と呼ばれた。(25) 円融天皇が後宮にある二大勢力の均衡を考え、慎重な姿勢で事に処していたとの指摘(26)もあるが、詮子を差し置いての遵子立后も、天皇の政治的判断によるものと考えてよいだろう。遵子の「中宮季御読経」とは、そのような情勢下、執り行われた法会であった。

中宮御読経始
十三日、癸酉、参内、今日中宮（藤原遵子）御読経始、先彼〔被〕レ奏下僧侶可レ入二陣中一之由上、即召二左右近・左右兵衛官人等一、仰二可レ令レ入レ僧之状一、巳時発願、其儀、於二弘徽殿東廂一被レ行也、僧綱三人・凡僧十七人、大夫（藤原濟時）参入、他公卿稱レ障不レ集、藤宰相（佐理）事了参入、公卿・殿上人座在二常寧殿南廂馬道西一、大夫不レ着出、入夜下官退出、
十五日、乙亥、参内・式、主上（圓融天皇）渡御二中宮一、臨時有二御論議〔義〕事一、一番覺慶・守朝、一番親修〔觀カ〕・清範、入夜還御、──略──
宮御読経結願
十六日、丙子、今明日御物忌也、是日宮御読経結願、夘時打レ鍾〔鐘〕、依二吉時一、午時許大夫濟時・中納言文範（藤原）・保光（源）・参議佐理（藤原）参入、蔵人左近少将識〔誠〕信（藤原）承レ仰、就二御導師後一、仰下賜二度者一之由上、事了僧等退下、聽レ諸〔儲〕二魚味一（儲魚味、公卿酔氣）、公卿

頗有㆓酔氣㆒、晩景退出、申時許雷鳴一兩聲、

(『小右記』天元五年(九八二)六月十三日、十五日、十六日条 大日本古記録、以下『小右記』の引用は同書。表記を一部改め、返り点を付した)

右記は、『小右記』の記述で、特に遵子の「中宮季御読経」に関する部分を抜粋したものである。甲斐稔氏は、請僧が僧綱三人を加えた計二十人とあり、穏子の例も同様であることから、この数が天皇主催の「季御読経」で召し出される御前の僧の数に準じていること、また、十五日に論義が行われ、結願日である十六日には、導師に度者を、公卿には酒肴を振舞っていることから、やはり天皇主催の式次第に準じた中宮の「御読経」に相応しい儀式次第が整えられていることを指摘する。(27)

しかし、気になるのは、「御読経」の発願日に「他公卿稱㆑障不㆑集」とあり、大臣・大納言クラスの公卿が全く不参だったことである。天皇主催の「季御読経」においても、公卿不参の例は見えるが、中宮により初めて執り行われる式でのこのような事態は、遵子の未来に影を落とすようでもある。

沢田和久氏は、当時の円融天皇が、冷泉系への対抗意識や自己の血統への固執から、冷泉の皇子・居貞親王の外祖父でもある兼家とは微妙に距離を置き、遵子との間に皇子が誕生することを期待していたと言われる。(28) 確かに十五日に記される天皇の中宮方への「渡御」も、そのような考えに基づいた天皇の配慮を示すのかもしれない。しかし、それでも結願日である十六日の参入者が、中納言以下であったところを見ると、不参の公卿たちは、遵子主催の「季御読経」を重要な行事として認識していなかったか、あるいは皇子を擁する詮子側に配慮した可能性があろう。

以後、遵子の「季御読経」は、永観元年(九八三)七月十七日(『小記目録』)、永観二年(九八四)十二月十九日

（『小右記』）、寛和元年（九八五）六月二十九日（『小右記』）、寛和二年（九八六）十月二十四日（『小記目録』）、同年十二月十七日（『小記目録』）、永延二年（九八八）十月二十五日（『小記目録』）、同年十二月十八日（『小記目録』）、永祚元年（九八九）三月十九日（『小右記』）、同年十一月二十五日（『小右記』）と、中宮時に計十回催されたことが確認できる。また、皇后位で出家した後も、「御念仏」や「法華経供養」に勤しみ、仏道に邁進する様が窺える。[29]

斎藤曉子氏は、平安期の天皇が個人として仏教に帰依する場合、内的葛藤の多かった天皇、また虚位の天皇ほどその志向が強かったのではないかと言われるが、[30]遵子の場合にもそれは当てはまると思われる。「季御読経」行事の施行は、確かに始めは中宮の権威を高めるため、あるいは「季御読経」を創始した穏子に肖る意図があったのかもしれないが、次第に遵子の心の溝を埋める行事へと変わっていったのではないだろうか。中宮・遵子の中には、「国母」としての栄華に浴することができないという無念の想いがあったはずである。

甲斐氏が言われる通り、遵子の「季御読経」実施日は春よりも夏・秋・冬が多く、秋好中宮の例とは一致しない。また秋好主催の「季御読経」には、殿上人が残らず参加したとある点、遵子のそれとの違いは明白である。しかし、秋好中宮は「太政大臣の娘」（秋好は養女）「二十歳を過ぎてからの入内」「ライバル女御の存在」「皇子のないまま立后」といった点、遵子と等しく、今後、弘徽殿女御に皇子が生まれれば、やはり「素腹の后」と呼ばれる可能性がある。[31]実際には、冷泉の在位中、誰からも皇子は生まれなかったため、その可能性は回避されるが、この時点で遵子が盛んに行っていた「季御読経」を秋好中宮が催すことは、後に遵子同様、秋好が「素腹の后」と呼ばれ、内的葛藤に苦しむ可能性を示唆するのではないだろうか。

五 同時代の「季御読経」（彰子と道長）

遵子による「中宮季御読経」が行われた後は、藤原定子の例が一例見え[32]、以後、藤原彰子によって計二十四回もの「中宮季御読経」が確認できる。期日（読経開始日）の詳細については以下の通りである。

長保二年（一〇〇〇）四月二十日（『御堂関白記』『権記』）
　同年十二月十五日（『権記』）※十八日に「結願」の記載
長保三年三月二十八日（『権記』）
　同年十月二十一日（『権記』）
長保四年三月十三日（『権記』）
　同年九月十五日（『権記』）
長保五年三月十九日（『権記』）
　同年十二月十八日（『権記』）
長保六年（一〇〇四）四月二十七日（『御堂関白記』『権記』）
寛弘元年閏九月二十九日（『御堂関白記』『権記』）
寛弘二年六月十七日（『権記』『小右記』）
　同年十月八日（『御堂関白記』『権記』）

寛弘三年六月二十三日（『御堂関白記』）※ただし『権記』は五月八日に「結願」の記載
同年十一月二十四日（『権記』）※二十七日に「結願」の記載
寛弘四年五月五日（『御堂関白記』『権記』）※『御堂』『権記』双方、八日に「結願」の記載
同年十月十日（『小記目録』）
寛弘五年三月十七日（『御堂関白記』）
寛弘六年三月二十六日（『御堂関白記』『権記』）
同年十二月二十日（『御堂関白記』『権記』）
寛弘七年三月二十二日（『権記』）
寛弘八年三月二十七日（『権記』）
同年十二月十九日（『小右記』）※ただし『権記』は十九日に「結願」の記載
長和元年（一〇一二）六月十三日（『小右記』）
同年十月十五日（『御堂関白記』）

甲斐稔氏が指摘する通り、期日は春秋二季の法会としてほぼ確立し、春は三月の下旬に行われることが多い(33)。道長自身、彰子の「中宮季御読経」始修の前年、自邸で「季御読経」を催し、以後、恒例行事として厳格に行っていることから、氏の言うように、彰子の始修も道長の意志によるものと見て間違いないだろう。彰子は立后して間もなく「中宮季御読経」を行っており、遵子同様、己の権威を高める意図のあったことが窺える。

また、彰子の「中宮季御読経」は、確認できる限り、宮中で行われることが多いが、久保重氏が指摘するように、

長保三年（一〇〇一）十月二十一日の例と、寛弘六年（一〇〇九）十二月二十日の例は、彰子の里邸である上東門邸で行われている。(34) しかし前者は、東三条院詮子の四十賀の行啓のため、(35) 後者は出産による退出のため里邸で行われたも(36)のであって、秋好中宮の例とは一致しない。久保氏は、実際唯一の異例として、長保三年十月の例を物語の例に近いとされるが、四十賀のような行事があったことは物語に見えず、春の町での私宴をこれに引き当てることにも無理があろう。後に、妍子や威子も出産のため里邸で「季御読経」を行っているが、(37) 物語の秋好中宮が里邸で「季御読経」を行うことは、逆に道長の娘たちとは異なり、懐妊していない事実を強調するようでもある。

さらに、彰子は皇太后となるまで「季御読経」を催しており、時の中宮、東宮、道長と、一族によって盛んに「季御読経」を催している。このような一族による「季御読経」行事については、道長の子・頼通に至ると、その儀礼において、帝王儀のごとく仏を帳中に安置していたことを『小右記』が批判的に記すように、(38) それらはもっぱら権勢の示威行為として見られていた。(39)

このように、道長一族が催す「季御読経」に政治的意図があることは明白で、同様に、里邸・六条院で催される中宮主催の「季御読経」も、光源氏と秋好中宮、両者の権威を高める意図があったことは確かだろう。実際、行事描写の大部分を占める童舞と供花は、久保氏や甲斐氏の指摘通り、道長が催した他の法会の例を髣髴とさせるものである。(40)

しかし、それらはあくまで紫の上方（光源氏方）から奉られたものであって、はじめから中宮が意図したものではなかったことに注意したい。(41) それまでの源氏と中宮との微妙な関係を考慮した時、やはり秋好中宮の意志は、史上の道長父子とは区別して考える必要があるのではないだろうか。

六　秋好中宮の「季御読経」

秋好中宮の「季御読経」については、次のように語られている。

今日は、中宮の御読経のはじめなりけり。やがてまかでたまはで、休み所とりつつ、日の御装ひにかへたまふ人々も多かり。障りあるはまかでなどもしたまふ。午の刻ばかりに、みなあなたに参りたまふ。大臣の君をはじめたてまつりて、みな着きわたりたまふ。殿上人なども残るなく参る。多くは大臣の御勢ひにもてなされたまひて、やむごとなくいつくしき御ありさまなり。

（「胡蝶」三―一七一頁）

物語は、始めから人々の動向に筆を割くが、昨日の私宴からそのまま「中宮季御読経」に参加する人が多かったという。たとえば、史上の天皇主催の「季御読経」であっても、公卿の不参が問題となっていたことに鑑みれば、前日の私宴、六条院での開催、太政大臣・光源氏の列席、といった諸要素が、「中宮季御読経」の参加者を強力に募る呼び水となったことは確かであろう。「季御読経」の盛儀は、やはり「大臣（光源氏）の御勢ひ」によるところが大きかったと言える。またこの記述に続くのが、紫の上方が遣わした童舞、及び供花の様子と、紫の上の贈歌である。

春の上の御心ざしに、仏に花奉らせたまふ。鳥、蝶にさうぞき分けたる童べ八人、容貌などことにととのへさせたまひて、鳥には、銀の花瓶に桜をさし、蝶は、黄金の瓶に山吹を、同じき花の房いかめしう、世になきにほひを尽くさせたまへり。南の御前の山際より漕ぎ出でて、御前に出づるほど、風吹きて、瓶の桜すこしうち散り紛ふ。いとうららかに晴れて、霞の間より立ち出でたるは、いとあはれになまめきて見ゆ。わざと平張なども移されず、御前に渡れる廊を、楽屋のさまにして、仮に胡床どもを召したり。童べども御階のもとに寄りて、花ども奉る。行香の人々取りつぎて、閼伽に加へさせたまふ。御消息、殿の中将の君して聞こえたまへり。

（紫の上）花ぞののこてふをさへや下草に秋まつむしはうとく見るらむ

宮、かの紅葉の御返りなりけりとほほ笑みて御覧ず。

（「胡蝶」三―一七一・一七二頁）

このような鳥と蝶に扮する童の舞とそれに引き続く供花は、寺院の法会等では見られても、実際「季御読経」の式次第にはないものである。また物語において供花を取り次ぐ「行香」役は、王卿や侍従等、八人の殿上人たちで構成されるが、史上の例では、天皇主催の「季御読経」でさえ、人数不足が問題とされていた。しかし、物語の「季御読経」では、殿上人が一人残らず参上したとあり、さらに「童べ八人」の花を各自が受け取ったとすれば、「行香」役は規定通り八人全員が揃っていたことになる。しかし本来、儀式次第では、供花ではなく「分花」が、左右各十人の僧によって行われ[42]、法会等で行われる「供花」でも、受け取り手は物語のような「行香」役ではなく僧侶とされている[43]。つまり秋好中宮の「季御読経」では、行事の主役である僧侶の読経描写がないどころか、それ以外の仕事も全て「行香」役に取って代わられているのである。

このように、紫の上方が遣わした童舞と供花は、実際の法会とは異なる様相で語られるが、以上のような趣向で供花がなされる背景には、先だって秋好中宮方より贈られた花紅葉と贈歌の趣向がある。

九月になれば、紅葉むらむら色づきて、宮の御前えもいはずおもしろし。風うち吹きたる夕暮に、御箱の蓋に、いろいろの花紅葉をこきまぜて、こなたに奉らせたまへり。大きやかなる童の、濃き衵、紫苑の織物重ねて、赤朽葉の羅の汗衫、いといたう馴れて、廊、渡殿の反橋を渡りて参る。うるはしき儀式なれど、童のをかしきをなん、え思し棄てざりける。さる所にさぶらひ馴れたれば、もてなしありさま外のには似ず、好ましうをかし。御消息には、

（秋好中宮）心から春まつ苑はわがやどの紅葉を風のつてにだに見よ

若き人々、御使もてはやすさまどもをかし。

（「少女」三―八一・八二頁）

右記は、六条院における「春秋争い」の契機ともなった秋好中宮による花紅葉の贈答場面である。このような「うるはしき儀式」では、本来、然るべき女房を使者に立てるべきであるが、中宮はあえて女童を使者として用いたと語られる。「季御読経」の際、紫の上方が遣わした童舞と供花は、この時の秋好中宮の趣向を受け、まさに「かの紅葉の御返り」として差し向けられたものなのである。

服藤早苗氏は、十世紀以降の法会に見られる供養舞としての童舞には、私的・娯楽的要素が強いことを指摘している。(44)つまり、紫の上方からの催事は、以前秋好より贈られた花紅葉の趣向に合わせ、こちらも僧侶の役を殿上人（行香役）に代え、あえて「うるはしき儀式」を当世風に仕立てたということなのかもしれない。しかしこの事は、儀式に華を添えただけでなく、公的行事である「季御読経」の様相を一変させた可能性もある。

元々「季御読経」という行事が、天皇の安寧と国家の安泰を祈る仏事であり、その際、僧侶が重要な役目を担うことは、中宮主催の「季御読経」であっても変わりはない。また史上の「中宮季御読経」例で確認したように、それら

は夭折した前坊への思いと新たな皇子誕生への期待――総じて国母となることへの期待に裏打ちされているものであった。秋好中宮が、保明親王を准拠とする前坊の娘として造型されていることに鑑みても、史上の「中宮季御読経」例のありようは、皇子誕生を期していたであろう秋好の思いと軌を一にする。しかしそれらは、六条院における娯楽的な「春秋争い」の舞台ともなり、仏事である事を印象づける僧侶の姿をも消し去ってしまう。

この紫の上方からの供花の最中に贈られた歌を見た中宮は、禄とともに次のような歌を返す。

御返り、「昨日は音に泣きぬべくこそは。

こてふにもさそはれなまし心ありて八重山吹をへだてざりせば」

とぞありける。すぐれたる御労どもに、かやうのことはたへぬにやありけむ、思ふやうにこそ見えぬ御口つきどもなめれ。

（「胡蝶」三―一七三頁）

前日見られなかった春の宴について「昨日は音に泣きぬべくこそは」（声をあげて泣きたいほどだった）と、素直に不満を吐露してはいるが、そもそも中宮がこの宴に参加しなかった（招待されなかった）のはなぜであろうか。想像をたくましくすれば、後宮における緊張から解放され、里邸で安息の日々を過ごす中宮への配慮であったかもしれない。ただし中宮は、「物隔ててねたう聞こしめしけり」と、この華やかな宴を妬ましく思っており、おそらく宴に参加した女房に話を聞いた後は、より一層その思いを強くしたに違いない。そこへ思いがけず、昨日の宴をも髣髴とさせる紫の上方からの「供花」が催された。中宮は「（いつもなら秋を支持する自分も）へだてがなければ春の宴に誘われたかもしれない」と詠じ、この圧倒的に華やかな春の町からの趣向に心惹かれてはいる[45]。しかし一方で、明確に「へだて」の語が詠みこまれた歌は、やはりどこかで六条院世界との違和を感じざるをえない中宮の意識を表出しているのではないだろうか。(46)

七　結　語

秋好中宮が「季御読経」を六条院で営んだ理由について、物語は一切語っていない。前日の私宴同様、物語の主眼が六条院の栄華を語ることにある以上、中宮側の事情など取るに足りないことなのかもしれない。しかし、ひたすら華やかな催事として描かれる六条院の「中宮季御読経」は、逆にそのように語られることで、物語に底流する真実を覆い隠しているようでもある。

まことや、かの見物の女房たち、宮のには、みな気色ある贈物どもせさせたまうけり。さやうのこと委しければむつかし。明け暮れにつけても、かやうのはかなき御遊びしげく、心をやりて過ぐしたまへば、さぶらふ人もおのづから、もの思ひなき心地してなむ、こなたかなたにも聞こえかはしたまふ。（「胡蝶」三―一七四頁）

右記は、六条院の様子を神仙世界(47)になずらえる中宮方の女房の唱和歌に続く記述であるが、傍線部は、まるで浄土であるかのような六条院世界を示している。(48)その一方で、現実的には「春秋争い」を決した双方の融和状態を表し、「みな気色ある贈物どもせさせたまうけり」と、中宮方女房への特別な配慮が見える。前日の私宴への招待にも、同様の意義が込められていたにちがいない。

現在、秋好は立后し、弘徽殿女御を越える立場にあるが、後宮内での攻防は「皇子誕生」、あるいは「皇子立坊」まで続くことが予想される。仕えている女房、及び中宮自身を、一時でも「もの思ひなき心地」にすることこそ、これら行事のもう一つの目的であったと考えられる。

先述したように、中宮が催す「季御読経」を史上の例に照らせば、保明親王を准拠とする父・前坊や「素腹の后」・遵子の存在が浮かび上がる。保明親王の血統は、娘を介して皇統に引き継がれたが、[49]秋好の場合も、同様の期待を担っていたはずである。また、摂関の家とは距離を置く冷泉朝[50]を確立するためにも、弘徽殿女御ではなく、秋好が皇子を生む必要に迫られていた。しかし、秋好中宮は、道長の娘たちのように懐妊して里下がりすることはできなかった。「素腹」の中宮が「季御読経」を里邸・六条院で催すことは、決して好ましい事態ではなかったはずである。

源氏方の演出した神仙世界と浄土世界は、[51]人々に安らぎを与え、間違いなく源氏自身の権威を誇示するものとなった。その一方で、史上の「中宮季御読経」例に見るような、中宮自身が抱える不安を根本的に解決することはない。そこには、中宮彰子の懐妊祈願のため、自ら金峯山に登るような道長[52]とは異なる物語の光源氏が存在する。光源氏は、自身が隠れた帝の父として、いわゆる〈太上天皇〉としての「帝王相」を有している。中宮の違和は、それに由来するのである。

注

（1）甲斐稔「胡蝶巻の季の御読経」（『中古文学』三八、一九八六年十一月）

（2）上原作和「恍惚の光源氏―「胡蝶の舞」の陶酔と覚醒」（『光源氏物語學藝史―右書左琴の思想』翰林書房、二〇〇六年）

（3）岡部明日香「『源氏物語』胡蝶巻冒頭場面の引用表現―漢詩文と和歌的世界の交錯」（『論叢源氏物語』三、新典社、二〇〇一年）

(4) 陣野英則「秋好中宮と光源氏―第二部における二人の関係性をめぐって―」(『源氏物語の話声と表現世界』勉誠出版、二〇〇四年)

(5) 栗山元子「斎宮女御の「櫛」―朱雀院との関わりにおけるその機能について―」(『源氏物語の鑑賞と基礎知識』二〇、二〇〇二年)、齋藤奈美「「長恨歌、王昭君などやうなる絵は」―絵合巻の引用と秋好中宮―」(『中古文学』六九、二〇〇二年五月)等。

(6) 倉林正次「季御読経考」(『饗宴の研究―歳事・索引編』桜楓社、一九八七年)

(7) 『公事根源』(新訂増補　故実叢書)

(8) 「請二六十四僧一。於二東宮一転二読大般若経一。今日起首。限二三日一訖。凡貞観之代。毎季四季転二読大般若経一。他皆效レ此。」(貞観元年(八五九)二月二十五日条)、「屈二百廿僧於紫宸殿一。限以二三日一。転二読大般若経一。今上践祚之後二季修レ之。変二於貞観四季之例一也。」(元慶元年(八七七)三月二十六日条)

(9) 「貞観御時毎レ季行レ之、元慶天皇践祚之後、二季修レ之、」(新訂増補　故実叢書『江家次第』)以下、『江家』の引用は同書。

(10) 『延喜式』(国史大系)、以下『延喜式』の引用は同書。表記と返り点は一部改めた。

(11) 注(6)に同じ。

(12) 注(6)に同じ。

(13) 「季御読経始也。雖二恒例事一。依二祈雨一於二大極殿一修レ之。」

(14) 「依二八省死穢一、御読経衆僧不レ令レ参二内裏一、於二大極殿一結願、此度南所レ行也、」(延喜十一年(九一一)七月十二日条、大日本古記録)以下、『貞信公記抄』の引用は同書。表記と返り点は一部改めた。

(15) 『江家次第』の「季御読経」(頭書)には、「季御読経、春秋二季、請二百僧於南殿一読二大般若経一、其内定二御前僧廿口一、於二御殿一読二仁王経一、納言参議各一人、着二南殿一行事、自餘皆候二御殿一、」とある。

(16) 『西宮記』(新訂増補　故実叢書)には「先一日、定二御前僧一。」とあるが、『江家次第』では、当日に「召レ辨問二僧参否一、次奉レ仰定二申御前僧一、」とある。

(17) 「御記云、應和元年八月十二日、秋季御読経結願也、参議重信、伊尹朝臣等参候、此日納言以上不二参入一、不レ奏二巻数

僧名㆒、年来无㆓此例㆒、」（新訂増補　故実叢書『西宮記』）表記と返り点は一部改めた。

(18)『九暦』（大日本古記録）天慶九年（九四六）八月九日条では大夫四人で行い、『小右記』長和三年（一〇一四）六月二十七日条では前駆の者を補欠として加え、『権記』（史料纂集）長保五年（一〇〇三）三月十三日条では、権中納言と参議であった行成が加わったことが記されており、他にもそのような記述が見える。

(19)長徳四年（九九八）九月二十九日の「季御読経」結願日に「大辨」が不参だったため、申文の作法が欠落してしまったことが『権記』（史料纂集）に見える。

(20)『権記』長保元年（九九九）十月廿一日条（史料纂集）に、「南殿僧等不㆑待㆓出居并卿相㆒参上」とある。

(21)「この帝生まれさせたまひては、御格子もまゐらず、夜昼灯をともして御帳の内にて三まで生したてまつらせたまひき。北野に怖ぢ申させたまひてかくありしぞかし。」（新編日本古典文学全集『大鏡』「六十一代　朱雀院」）とある。一連の東宮の死は、道真の怨霊と恐れられており、東宮に先立たれた穏子について「かぎりなく嘆かせたまふ」と『大鏡』は記している。

(22)注（1）甲斐論文

(23)『花鳥余情』賢木巻の注に「朱雀院の立坊は源氏四歳の時なりそれよりさきの東宮にてまし〳〵しによりて前坊とは申侍り保明太子小一条院なとの例なり」（松永本『花鳥余情』桜楓社）とあり、『湖月抄』葵巻の注には「坊のうちに早世し給ふをも前坊と申す也。文彦太子（保明親王）などのごとし。前の春宮坊の心也。」（『源氏物語湖月抄』講談社学術文庫、（　）内は補入）とある。藤本勝義氏は、「源氏物語の「前坊」「故父大臣の御霊」攷」（『源氏物語の想像力―史実と虚構』笠間書院、一九九四年）で、平安時代における「前坊」の用例が悉く「保明親王」を指し、「前の東宮」などと言われる小一条院とは峻別されていたことから、物語の「前坊」も「保明親王」のイメージで捉えられていたことを指摘する。

(24)『貞信公記抄』（大日本古記録）による。

(25)「進内侍、顔をさし出でて、「御妹の素腹の后は、いづくにかおはする」と聞こえかけたりけるに」（新編日本古典文学全集『大鏡』「頼忠」）とあるが、これは遵子の兄である藤原公任が、妹の立后の際、女御・詮子の親である兼家邸の前を通る時に「この女御は、いつか后にはたちたまふらむ」と言ったことを受け、後の詮子立后の折、女房が公任に言ったものとされる。

（26）中村康夫「『栄花物語』における円融天皇像」（『栄花物語の基層』風間書房、二〇〇二年、初出一九八四年）

（27）注（1）甲斐論文

（28）沢田和久「円融朝政治史の一試論」（『日本歴史』六四八、二〇〇二年五月）

（29）『大鏡』は遵子について以下のように記している。「いみじき有心者。有職にぞいはれたまひし。功徳も御祈も如法に行はせたまひし。毎年の季御読経なども、つねのこととも思し召したらず、四日がほど、二十人の僧を、房のかざりめでたくて、かしづき据ゑさせたまひ、湯あむし、斎などかぎりなく如法に供養せさせたまひ、御前よりも、とりわきさるべきものども出ださせたまふ。御みづからも清き御衣奉り、かぎりなくきよまはらせたまひて、僧に賜ぶものどもは、まづ御前にとり据ゑさせて置かせたまひて後につかはしける」（新編日本古典文学全集『大鏡』「頼忠」）

（30）斎藤暁子「受苦の天皇」（『源氏物語の仏教と人間』桜楓社、一九八九年）

（31）栗本賀世子「斎宮女御の梅壺入り―後見との関わりをめぐって―」（『平安朝物語の後宮空間―宇津保物語から源氏物語へ―』武蔵野書院、二〇一四年）は、人物の対応関係は論者と異なるものの、斎宮女御（のちの秋好中宮）と詮子が梅壺、弘徽殿女御と遵子が弘徽殿入りした後、それぞれ熾烈な立后争いを繰り広げることから、円融朝の後宮情勢が物語に取り入れられていることを指摘する。

（32）長徳元年（九九五）十月廿四日条に、「宮季御読経発願事、」（『小記目録』大日本古記録）とある。ただし『権記』では十月七日条に「御読経始」の記述が見える。

（33）注（1）甲斐論文

（34）久保重「源氏物語胡蝶の巻　中宮御読経の条私註」（『樟蔭国文学』七、一九七〇年三月）

（35）『権記』（史料纂集）

（36）『権記』（史料纂集）『御堂関白記』（大日本古記録）ただし場所と退出理由については『日本紀略』の記述による。

（37）妍子が出産のため上東門邸で行った例は、長和二年（一〇一三）六月十八日と同年十二月二十一日で、ともに『御堂関白記』（大日本古記録）に見える。また威子は長元元年（一〇二八）十月十九日に、同理由で東洞院邸で行っている（『左経記』史料大成)。ただし双方、場所と退出理由については『日本紀略』の記述による。

(38) 寛仁三年(一〇一九)六月二十四日条に「摂政〔藤原頼通〕御読経号二季読経一、二十口、帳中安二置佛一如二帝王儀一、未二聞見了一事也、」とある。

(39) 一族の権勢に阿る人々の動向については、同じく『小右記』寛仁四年(一〇二〇)閏十二月十六日条に「物忌」のため内裏に不参であった「右大弁定頼」が、妍子主催の御読経に参列していたという記事に知られる。

(40) 「次堂童子左右各入レ自二東西樂門一、着二庭中座一、為レ先図書寮一、次打二金鼓一、図書、次発二音聲一、次迦陵頻八人、胡蝶八人、菩薩十六人、各擎二供花一、二行相分経二舞臺上一、列二立壇下一、傳二供導師咒願十弟子等一、傳供之後樂止、」(『江家次第』巻十三「興福寺供養」〈抜粋〉)、「菩薩、迦陵頻、胡蝶各捧二供花一、二行相分経二舞臺一供レ花、八部衆立、導師咒願十弟子入レ自二堂後戸西東南庇一傳二供之一、」(『江家次第』巻十三「法勝寺御塔會次第〈抜粋〉」)、「此間樂舟来、在レ松二一舟間一、舞臺来入〔童カ〕レ中、此間舞童八人取二供華一至二階下一、僧八人受レ之供レ佛、此童等退為レ鳥舞了、舞二青海葉〔波〕一、廻了後、行舟東相分尚有レ□〔聲〕、」(『御堂関白記』「法華八講」寛弘元年(一〇〇四)五月二十一日条〈抜粋〉表記は一部改め返り点を付した)の傍線部分は、物語の例と近しい。

(41) 袴田光康「六条院の春—「胡蝶」巻の蓬莱と浄土—」(『国語と国文学』九一—一一、二〇一四年十一月)は、紫の上方からの催事に用意された秋好側の禄(「鳥には桜の細長、蝶には山吹襲を賜はる」)が、語り手により「かねてしもとりあへたるやうなり」と評されることから、元々このような御読経行事が双方の協力によって催されたと指摘する。ただし、供花の後、紫の上方からの贈歌を見た中宮が「かの紅葉の御返りなりけり」と気づいたように、催事の内容すべてを把握してはいなかった(不意打ちの要素があった)と考えられる。それでも趣向に合わせた禄をすぐさま中宮方が用意したところに、語り手の評価があったと言えよう。

(42) 「唄二段、分花僧、左右各十人、居二南庇一」の記述が『西宮記』や『江家次第』に見える。

(43) 注(40)波線部。

(44) 服藤早苗「舞う童たちの登場—王権と童—」『王朝の権力と表象—学芸の文化史』(森話社、一九九八年)

(45) 久富木原玲「秋好中宮の和歌と人物造型」(『源氏物語と和歌の論—異端へのまなざし』青簡舎、二〇一七年)は、「春と秋とでは、どちらかといえば秋をよしとする和歌の伝統があるゆえに、春の町は力を込めて描かれてようやく秋と同等になるという意識があったのではなかろうか」と述べている。

(46)　この贈答について、語り手が「思ふやうにこそ見えぬ御口つきどもなめれ」と評することに対し、『河海抄』が「卑下のよし歟」「彼贈答を其時は人々おもふやうならすといひける歟」と疑問を呈している。また『弄花抄』は「へたつる心あるにや、心ありてへたてすはとなり」としており、秋好が詠んだ「へだて」の語に注目している。

(47)　胡蝶巻の仙境表現は、後の「六条院崩壊」を視野に入れるかどうか、また日本での表現受容をどのように考えるかで見方が分かれるものの、大方、光源氏の王権性の指標として受けとめられてきた。主な論文として、前者は、小林正明「蓬莱の島と六条院の庭園」(『鶴見大学紀要』二四、一九八七年三月)、後者は、田中幹子「源氏物語「胡蝶」の巻の仙境表現―本朝文粋巻十所収詩序との関わりについて―」(『伝承文学研究』四六、一九九七年一月)等がある。ただし本書では、第八章で論じた通り、この表現を臣下でありながら帝の父となった光源氏の二面性を表すものとして位置付ける。

(48)　三上満「宇津保物語の思惟―音楽の力」(『講座平安文学論究』第十二輯、風間書房、一九九七年)は、天人が俊蔭に伝えた琴の奏法が人々に癒しの効果をもたらす点について、その表現が「浄土の楽」に由来することを指摘するが、この場面での音楽も同様に「浄土の楽」が想起されるものとして描かれている。

(49)　保明の娘・熙子女王は朱雀に入内し、その娘・昌子内親王は、村上の子・冷泉に入内しており、保明の血統を皇統に伝えることが意図されていたとの指摘がある。前掲沢田論文や、河内祥輔「宇多「院政」論」(『古代政治史における天皇制の論理』増訂版、吉川弘文館、二〇一四年、初出一九八六年)等。

(50)　松岡智之「冷泉朝の光源氏―秋好立后と夕霧大学寮入学―」(『むらさき』三四、一九九七年十二月)

(51)　注(41)袴田論文では「紫の上と中宮とが協力して」とする点は私見と異なるものの、胡蝶巻の儀式に神仙世界と浄土世界とが現出されることを指摘する。

(52)　入内から約十年、二十歳を過ぎた彰子がようやく懐妊した時、道長は心の内で「御嶽の御験にや」と嬉しく思ったという記述が『栄花物語』はつはな巻にあり、実際、道長が「子守三所」のある金峯山に詣でていたことが『御堂関白記』寛弘四年(一〇〇七)八月条に見える。

第十三章 『源氏物語』の立后と皇位継承
―― 宇治十帖の世界へ ――

一 はじめに

『源氏物語』に描かれる治世は、主人公・光源氏の父である桐壺帝に始まり、朱雀帝、冷泉帝、今上帝と四代にわたる。また、その間、東宮として描かれるのは、朱雀、冷泉、今上、今上帝の第一皇子、の四人であり、最後に今上帝の第三皇子である匂宮が次の東宮候補として示された後、物語は閉じられる。さらに、この東宮位をめぐっては、「前坊」と呼称される人物や、宇治の八の宮、今上帝の第二皇子など、事情は異なるものの、結果的にその地位から遠ざかった人物たちも描かれる。そして、その最たる人物としてまず挙げられるのは、主人公・光源氏である。

桐壺帝は、当初、第二皇子である光源氏の立坊を考えていたが、最終的にはその行く末を案じ、姓を与えて臣下とした。臣下となれば、第一皇子である朱雀に次いで東宮となる可能性も断たれてしまう。史上では廃太子の例もあるが、まずは東宮位につくことが帝位への道を拓くことに鑑みれば、光源氏は帝王相を指摘されながら、父によりその可能性を閉ざされたことになる。

しかし、光源氏の場合、このように最初から東宮への道が断たれたからこそ、第一皇子を擁する右大臣家との直接的な争いを避けられたと言える。八の宮の例に明らかなように、政争が起これば、敗れた候補者は世の中に忘れ去られ、寂しい生活を強いられることになる。また前坊についても、桐壺帝との関わりで廃太子となった可能性が指摘されており[1]、今上帝の第二皇子も、弟・守平親王（円融天皇）に引き越された史上の為平親王のように、東宮候補から外されたとの見方もある[2]。彼らについては、具体的な記述はないものの、源氏に匹敵するような華々しい人生を送れた様子はない。光源氏を臣下に処し、まずは右大臣家との直接的な争いを避けた桐壺帝の決断は、これらの例を見れば、やはり英断であったに違いない。

このように、最初から物語では立坊をめぐる争いが示唆されながらも、それを避ける方向で物語は展開する。光源氏以外の人々についても、前坊や八の宮の場合のように過去のそれを想起させる記述はあっても、その時点で起きたことについては、具体的に語られることはないのである。

『源氏物語』におけるそのような政治上の争いは、立坊時よりむしろ立后時において具体的に言及される。藤壺宮と弘徽殿女御（右大臣女）、斎宮女御と弘徽殿女御（頭中将女）、そして明石女御の時には、争いはないものの「源氏のうちつづき后にゐたまふべきことと、世人飽かず思へるに」と、源氏出身の后が続くことに対し、一時は世人に不満を持たれた。

一方、史上で問題となった立后については、円融天皇の皇子を生んでいた兼家の女・詮子を引き越して、関白藤原頼忠の女・遵子が立后した例、同様に皇子を擁する中宮・定子がいながら、新たに入内した彰子を立后させた一条朝の事例などが思い合わされる。しかし、史上の例では、むしろ立坊争いの方が、人々に衝撃を与え大きな禍根を残す出来事として記憶されていたのではないか。嵯峨太上天皇の死後、にわかに起こった承和の変は、恒貞親王の廃太子につながり、また光源氏の須磨流離のモデルとされる安和の変（源高明の左遷事件）も、高明が婿としていた為平親王を皇位につけようとした謀反の嫌疑がかけられたことによる。実際、『源氏物語』より少し前に成立した『うつほ物語』では、国譲巻の中で立坊争いを主題とし、詳細に語っている。

ただし、『うつほ物語』の立坊争いは、後見役の男たちに代わり、母后や女御といった女性たちが活躍し、互いの動向を探り合う心理戦を中心とする。そのため、史上の例をそのまま反映しているとは言えず、『源氏物語』の場合も同様に、あえて女性同士の争いに注目したとも考えられる。

しかし、物語のような立后争い、もしくは立后の予想が世間を騒がしているという記述が三度繰り返され、最終的に異論が出ない后として明石中宮を描く念の入れようについては、やはり注意したい。また宇治十帖に至って初めて語られる八の宮の存在や、東宮位をめぐる今上帝の三皇子の問題についても、このような后の語られ方と関わるところがあるように思われる。

本章では、史上の皇位継承の問題を視野に入れつつ、史上の立后・立坊例から、物語の立后の意味を再検討することで、皇位の継承が后の冊立に導かれる物語の様相を明らかにしたい。また最後に、宇治十帖に至って登場する八の宮や明石中宮と皇子たちのありようが、物語執筆時の政治状況と関わる可能性について言及する。

二　物語の皇位継承と史上の皇位継承について

物語第一部の皇位継承は、桐壺―朱雀―冷泉の三代の治世が描かれるが、この治世については、古注より十世紀の醍醐―朱雀―村上の治世になずらえられていると言われ、桐壺帝主催の紅葉賀（一院の住む朱雀院への行幸）は、醍醐天皇の父である宇多法皇五十賀の行事に准拠し、冷泉帝主催の絵合の行事については、村上天皇主催の天徳内裏歌合の記録が元にされているとの指摘がある。[3] また史上の醍醐・村上の治世（延喜・天暦の治）は、後世聖代とみなされていることから、[4] 物語にもそのような理想の治世が描かれていると見られてきた。さらに物語の皇位継承は、親から子への直系継承と兄弟継承の二つのパターンが見られるが、史上においても複雑な皇位継承のあり方が展開している。特に、物語が成立した一条天皇の時代には、天皇にとって伯父である冷泉皇統と、父である円融皇統が迭立した状態にあった。

冷泉・円融皇統の迭立（右から即位順を示し、網掛けが冷泉皇統）

天皇名	立太子	即位	譲位	崩御	在位期間	前天皇との関係・年齢差
冷泉	1歳	18歳	20歳	62歳	二年	子・24歳
円融	9歳	11歳	26歳	33歳	十五年	弟・9歳
花山	2歳	17歳	19歳	41歳	二年	甥・9歳
一条	5歳	7歳	32歳	32歳	二十五年	従弟・12歳
三条	11歳	36歳	41歳	42歳	五年	従兄・4歳年上
後一条	4歳	9歳	なし	29歳	二十年	従甥・32歳
（小一条院）	23歳	辞退	なし	58歳	なし	再従兄・14歳年上
後朱雀	9歳	28歳	37歳	37歳	九年	弟・1歳
後冷泉	13歳	21歳	なし	44歳	二十三年	子・16歳
後三条	12歳	35歳	39歳	40歳	四年	弟・9歳

また、冷泉皇統の天皇（花山・三条）は、長い東宮時代を経て青年天皇として即位するものの、在位期間は短く、円融皇統の天皇（一条・後一条）は、幼くして即位し、比較的長い治世を保った。このような治世の特徴は、主に兼家・道長を中心とする摂関政治に由来すると見られるが、(5)両統の迭立状態は長く続き、即位時に直系の子孫を東宮に立てられない状況が七十年ほど続いた。物語においても、桐壺―朱雀〔子〕―冷泉〔弟〕―今上〔甥〕―東宮〔子〕―（二の宮〔弟〕）―（三の宮〔弟〕）のように、史上の例同様、複雑な皇位継承のあり方が示されている。ただし紅葉賀に登場する一院が桐壺帝の父であれば、一院―桐壺―朱雀は、史上の宇多―醍醐―朱雀のように、三代が直系継承であったことになる。第二章でも触れたが、鳥羽天皇の誕生の際、『中右記』が白河・堀河・鳥羽と三代で皇位が継承されることを、「延喜」（醍醐朝）以来の「聖代勝事」と記したように、(6)三代にわたる直系継承は、聖代の証として認識されていた。ちなみに『うつほ物語』においても、物語の嵯峨院が主催する花宴には、嵯峨・朱雀・今上の直系三代の帝が揃って出御しており、即位したばかりの今上帝の治世を寿ぐ行事として描かれている。(7)

以上の事に鑑みれば、皇位が三代以上直系で継承されることは、当時の人々が理想とする治世のあり方だったように思われる。つまり、物語における桐壺帝の治世は、三代が相並ぶ紅葉賀の盛儀を以て、聖代として描かれていた可能性がある。それ以降、三代が直系で皇位継承できそうな可能性は物語に示されていない。また藤裏葉巻において、冷泉帝より贈られた光源氏への准太上天皇位は、桐壺聖代を思わせる六条院への行幸も含め、桐壺―光源氏―冷泉の直系皇統を幻視させるとの指摘もある。(8)しかしながら、冷泉は皇嗣を得られないまま退位するため、光源氏を祖とする三代の系譜を繋ぐことはできなかった。今上帝の後も、東宮に男皇子が生まれないためか、(9)弟である匂宮が東宮候補として浮上しており、再び兄弟継承が成される可能性を見せている。また時期を失して生まれたように見える冷泉院の皇子も、朱雀皇統が史上の陽成院の時のように、何らかの危機に見舞われれば、再び皇位に返り咲く可能性がないとも言えまい。

このように、第三部に至り、物語の皇位継承の行方は一見複雑化する。しかし、それでも史上の迭立状態から一歩抜け出していると感じられるのは、光源氏の宿世への感慨（皇統の断絶は罪が隠れることと引き替えとなる）が物語のあり方として冷泉皇統の存続を認めていないようであること[10]、また少なくとも今上帝から東宮へは皇位が直系で継承されると見込まれる点にある。

さらに、物語の今上帝については、准拠の時間軸から抜け出し[11]約三十年にもわたる長い治世を保っており、史上の一条朝の治世（在位二十五年）を髣髴とさせる。物語の今上帝の治世時に、三兄弟が東宮として取りざたされる背景には、一条天皇の三皇子（敦康・敦成・敦良）の問題が影を落としているのかもしれない。物語の執筆時期については諸説あるが、宇治十帖の成立に関しては、『紫式部日記』中にある「御冊子作り」以降と考えることも可能だろう[12]。

ただし、史上の問題を直ちに物語の記述と結びつけて考えることには慎重を期したい。実際、宇治十帖の主題自体、既にそのような王権に関する物語が後退していることも確かだ[13]。よって、現実世界から物語への影響は、あくまで一仮説にすぎない。それでも、作者が一条天皇の后・彰子の後宮に出仕し、物語を読んだ一条天皇の感想を知り得る立場にいたことを考えた時[14]、やはり物語の皇子たちの記述や皇位継承のあり方については、細心の注意が払われたと見るべきだろう。

次節では、以上の見解を踏まえ、史上の立后・立坊をめぐる事情、また立后の意義の変遷を確認することで、さらに物語の立后と皇位継承との関わりについて考えてみたい。

三 史上の立后・立坊をめぐって

物語成立以前、問題になったことが窺える史上の立后は、先述した通り、円融朝において、兼家の女・詮子を差し置いて関白頼忠の女・遵子が立后した件、また一条朝において、中宮であった定子がいるにもかかわらず、新たに彰子が立后した件が知られている[15]。双方、皇子を擁するキサキを差し置いての立后が特徴であり、新たに后となる女御の立場強化を目的としていた。遵子の立后には、円融天皇の意志がはたらいていたと言われ、冷泉後宮にも娘の超子を入内させ皇子を得ていた兼家より冷泉系と距離のある頼忠と協調関係を深めていこうとしたとの指摘がある[16]。また彰子の立后には、出家した定子が氏族の祭祀を担えないからという理由が挙げられてはいるが[17]、実際は、中関白家からの政権移譲を確実なものにしたい道長の意向が見え隠れする。つまり、ここには天皇と藤氏、それぞれの政治的思惑がはたらいている。

特に、このような政治的駆け引きによって成された彰子の立后については、「一后並立」という状態を作り出し、結果的に令制上の「皇后」の本旨を、大きく逸脱したものとなった。

元来「皇后」という称号が、天皇の嫡妻（一帝一后）の意味を持つことは、「公式令」の義解に明らかであり[18]、その役割も「後宮職員令」に規定される「妃・夫人・嬪」[19]とは大きく異なっていた。その証拠に、律令上の「皇后」とは、記紀の時代、大王と並んで独自の権限を持ち、国政に関与することもあった「大后」（キサキの内の最上者）が淵源とみられている[20]。そのため令の本旨は、皇后への立后を「四品以上」と定める「妃」（内親王）に限り、天皇に不測の事態が生じた際、その王権を補完できる役割が求められた。夫である天皇の死後、后が即位し、女帝となりえたのも、このような皇后の出自に起因していよう。

ところが、この原則は藤氏であった光明子の立后によって破られる。皇后の出自は、本旨に反し、令制最初の立后から、臣下の子女となり、以後、多くの后が藤氏から立てられるようになる。しかし、その冊立理由を見渡せば、「夫人」（臣下）であった光明子の立后が当時の共通理解と異なっていたことが知られ[22]、その本義が、皇子を擁する他氏を牽制し、皇太子を失った光明子に新たな皇子誕生を期する点にあったことは[23]、やはり後代の立后が立坊と関わっていく点を考える上で重要である。また、「夫人」からの立后は、血筋の上で天皇と比肩していた「皇后」の地位を相対化し、キサキ中の一地位へと変化させたとの指摘もある[24]。しかし、光明子立后の勅には、その職掌として「しりへの政」（内治）の語が見られ、天皇と皇后とが「並坐」して政治を執るよう意図されたことは、一見、中国の皇后観に依りながらも、実質的には「大后」に近い存在であったとみられている[25]。ところが、平安時代に入り、中国の家父長制原理が強く意識されるようになると、夫である天皇に比し皇后の権能は弱体化していく。

実際、内裏の外で独自に経営されていた皇后宮は、光仁朝に内裏へ取り込まれ、桓武朝では皇后を含めた后妃たちに関わる空間を整備し、後の内裏構造が創出されたという[26]。また、嵯峨朝においては、皇后宮職の組織が縮小され、内裏の内廷官司がその機能を代替するようになるが[27]、同じ頃、正月の皇后受賀儀礼が途絶え、代わりに王権の父子秩序を示す朝覲行幸が増えていく[28]。このような変化は、古代史研究者が指摘する通り、皇后が国政上において独自な権能を喪失したことを示すのであろう[29]。と同時に、中国の家父長制秩序に則った「親」としての権限、いわば「母」としての役割がより強く求められてくるのである。

平安前期、皇位は平城・嵯峨・淳和と兄弟間で継承され、その立后は、次代の皇太子を明示するために行われた[30]。桓武朝の藤原乙牟漏（平城母）や、嵯峨朝の橘嘉智子（仁明母）は、同後宮にいた内親王の「妃」をおさえ、「夫人」

から立后している。淳和朝に、恒世親王の母・高志内親王に「皇后」位が追贈されたこと[31]、恒世の死後、恒貞親王を生んだ正子内親王が立后したことも、所生の皇子を皇嗣とするためであり、「母」としての側面が強調された立后であった。しかし嵯峨太上天皇の死後、承和の変が起こり、恒貞が廃太子とされたことは、「皇后」としての権能が家父長制により支えられ、臣下の協力なしにはうまく機能しなかったことを意味する。

一方、仁明朝に入ると、しばらく安定した直系継承が続き、皇嗣を定めるための立后も不要となる[32]。また、幼帝の出現も相俟って、母后が帝を支えるシステムが構築されると、皇太子の登位に際し、その母は皇后を経ずして皇太夫人から皇太后となった[33]。しかし、醍醐朝において、夭折した皇太子の息・慶頼王（当時三歳）を立太子させるため、前坊・保明親王の母であった藤原穏子が皇后に冊立される。他に数多く醍醐の皇子がいたため、慶頼王後見の立場を強化すべく、「東宮の母」という実績を以て行われた特殊な例と見ることができる[34]。

以後、村上朝の藤原安子、冷泉朝の昌子内親王など、再び皇后が立てられるようになる。安子は村上天皇が東宮であった時からのキサキであり、所生の皇子が立太子した後に立后している。また朱雀皇女・昌子内親王（前坊・保明親王の血を引く）の立后は、新たに嫡系となった同母弟・村上天皇の息である冷泉の権威確立に資したと言われる[35]。

以上、史上の立后例を中心に、その意義の変遷と立坊との関係を確認してきたが、令に定める「嫡妻」の意味は早くから失われ、むしろ立坊問題と関わり、次代の皇太子の「母」としての立后が定着していくことがわかる。そのため安定した直系継承が続けば、当然皇后の存在は不要となるが、皇太子の夭折という醍醐朝の特殊な事情を契機とし、再び皇后は立てられるようになる。このことは、立坊問題による皇統の危機と立后とがいかに深く関わっているかを示している。さらに村上朝以降の皇后冊立については、朱雀から村上への兄弟継承による天皇権威のゆらぎ、皇位継承の不安定化が理由として想定される。最初に示した円融・一条朝の立后争いの事情についても、兄弟継承による両統の迭立問題が影を落としていることは間違いなく、そこに天皇と藤氏、それぞれの政治的思惑や駆け引きが出来してくるのである。

次節では、このような史上の例と照らし合わせながら、物語の立后と皇位継承の関係について検討していく。

四　物語の立后と皇位継承

まず、物語で最初に描かれる藤壺宮の立后については、次のように語られている。

帝おりゐさせたまはむの御心づかひ近うなりて、この若宮を坊にと思ひきこえさせたまふに、御後見したまふべき人おはせず、御母方、みな親王たちにて、源氏の公事知りたまふ筋ならねば、母宮をだに動きなきさまにしおきたてまつりて、強りにと思すになむありける。弘徽殿、いとど御心動きたまふ、ことわりなり。されど、「春宮の御世、いと近うなりぬれば、疑ひなき御位なり。思ほしのどめよ」とぞ聞こえさせたまひける。げに、春宮の御母にて二十余年になりたまへる女御をおきたてまつりては、引き越したてまつりたまひがたきことなりかしと、例の安からず世人も聞こえけり。

（「紅葉賀」一―三四七・三四八頁）

藤壺宮の立后は、桐壺帝の意向により、次代の皇位継承者の母としてその立場を強化するために行われており、平安前期の例に近しい。また桐壺帝が弘徽殿女御に対し、東宮即位後の皇太后位を約束する点では、仁明朝以降の皇后空位時代、母后が帝を支えていたありようを想起させる。さらに藤壺の立后が、然るべき人物を引き越して行われたと語られる点では、円融朝で皇子を擁しながら立后できなかった女御・詮子と弘徽殿女御の姿とが二重写しになる。物語の立后争いは、史上の様々な例を想起させ、その結果を物語の展開として期待させる。いわば、同じく后腹の皇后であった正子内親王所生の恒貞親王のように冷泉が廃太子される可能性や、一条朝に摂政・関白をつとめた父・兼家と娘・詮子のように、物語においても摂関政治が繰り広げられる可能性を物語の立后争いは示唆している。

しかし、史上の例には見られない点も指摘されている。それは皇太子の母を差し置いての立后である。(36) 桐壺帝は、冷泉立坊の布石として藤壺立后を推し進めるが、わざわざ自ら皇統の分裂を促す行為に及んでいるのである。(37) 物語は、光源氏に果たせなかった思いを冷泉によって実現させるという帝の私情を最大の理由として語るが、令が定める皇后の条件(「妃」内親王)(38)を充分に満たす藤壺は、天皇の「嫡妻」(39)であり、またその子・冷泉こそ正統な皇位継承者であることを世に知らしめる意図があったと考えられる。しかし右大臣家側にとっては、自らが擁する朱雀が中継ぎの天皇であると言い渡されたようなものであり、後に右大臣家が冷泉の代わりに八の宮を担ぎ出したと語られることも故なしとしない。史上の兄弟継承の例を見ても、外戚の勢力が変わらない場合に多く実行される傾向が見えるからである。(40)

一方、冷泉朝に中宮として立てられた斎宮女御は、前坊を実父とし、さらに桐壺帝が「斎宮をもこの皇女たちの列になむ思へば」と発言していることから、その待遇や出自の高さは内親王にも匹敵していた。また「前坊の娘」という点では、史上の冷泉後宮に入内し、立后した昌子内親王(前坊・保明親王の血を引く)の例を想起させ、物語の場合も冷泉帝に権威や正統性を付与する役割が指摘されている。(41) しかし物語では、斎宮女御の立后について以下のように語られている。

かくて、后ゐたまふべきを、「斎宮の女御をこそは、母宮も御後見と譲りきこえたまひしかば」と、大臣もことつけたまふ。①源氏のうちしきり后にゐたまはんこと、世の人ゆるしきこえず、弘徽殿の、まづ人より先に参りたまひにしもいかがなど、内々に、こなたかなたに心寄せきこゆる人々、おぼつかながりきこゆ。兵部卿宮と聞こえしは、今は式部卿にて、この御時にはましてやむごとなき御おぼえにておはする、御むすめ本意ありて参りたまへり。②同じごと王女御にてさぶらひたまふを、同じくは、御母方にて親しくおはすべきにこそ、母后のおはしまさぬ御かはりの後見にとことよせて似つかはしかるべくと、とりどりに思し争ひたれど、なほ梅壺ゐたまひぬ。御幸ひの、かくひきかへすぐれたまへりけるを、世の人驚ききこゆ。（「少女」三一―三〇・三一頁）

傍線部①は、斎宮女御が藤壺に続いて二人目の源氏出身の后となること、また先に入内していた弘徽殿女御を差し置いて后に立てられることへの世人の厳しい批判を示している。さらに傍線部②では、藤壺の兄・兵部卿宮の娘の入内が示され、同じ王女御として、母后・藤壺の代わりとなるべく争ったと記されている。最終的には、藤壺の意向を受けた光源氏の強い後押しが立后の決め手となったのであろう。

冷泉帝の後宮では誰も皇子を儲けておらず、このような場合、キサキたちの身位の判断基準となるのは父親の官職や天皇との外戚関係ということになるが、冷泉に至っては母が皇女であるため、史上の摂関のような強力な外戚は存在しない。しかしながら、弘徽殿女御は入内前に祖父である太政大臣の養女とされ、はじめから立后が視野に入れられていたとの意見もある。[42]冷泉譲位の折、東宮に入侍していた明石姫君の立后を予想する（源氏の后が続く）世人の不満が語られる際、彼女自身「ゆゐなくてあながちにかくしおきたまへる御心」と、所生の皇子のない自分の立后を後押ししてくれた光源氏に思いを馳せる場面がある。このような斎宮女御については、同じく「斎宮女御」と呼ばれた村上朝の徽子女王のごとき文化人的位相と「王女御」と呼ばれた朱雀朝の熙子女王（保明親王の女・昌子内親王母）のように皇子を生めなかった位相とを併せ持つとの指摘もあり、[43]不義の子ながら聖代を現出させるという、正負の二面性を有する冷泉帝の后にふさわしい人物造型が成されたことが窺える。それでも後に太政大臣となる光源氏を養父とする女御の立后は、やはり藤壺同様、冷泉帝の正統性を保証する存在であったことは疑いない。[44]また藤壺が自身の代わりとなる後見役を期待する点では、「母后」たる役回りをも担っていたと考えられる。

続いて描かれる明石女御は、今上帝が即位し、第一皇子が東宮に立った数年後に立后している。冷泉譲位の際、今上帝の即位とともに予想された明石女御の立后は、先述した通り源氏の后が続くことへの世人の不満が記されるのであるが、実際に立后したことが示されるのは五年後の御法巻である。物語の展開上、死期の近い紫の上に「后の母」たる地位を贈る必然性があったのだろうが、准太上天皇・光源氏を父に持ち、[45]帝に最も寵愛され、多くの皇子女を擁する明石女御の立后は、「東宮の母」であることや「帝の嫡妻」として出自・立場共に、后たるにふさわしい年月を重ねたことによるのだろう。皇位継承や今上帝の権威に直接的に作用する政治的事情とは関わらない明石女御の立后は、恐らく前の二人のように、異論が出ることはなかったと見られる。

さらに、物語第三部に至っては、今上帝の外戚に代わり、兄・夕霧との協力体制を以てその治世を支えており、醍醐朝の穏子と時平・忠平兄弟、また村上朝の安子と伊尹・兼通・兼家兄弟のような相互扶助の関係を見せている。[46]明石中宮は源氏でありながら、藤氏出身の后のような政治力を潜在的に兼ね備えているのである。[47]

以上、物語の立后と皇位継承との関わりについて検討してきた。「源氏のうちつづき后にゐたまふべきこと」という点は、代々藤氏の后を擁する史上の例とは大きく異なるが、立后をめぐる問題が立坊、あるいは皇位継承の行方と関わり、帝の権威やキサキの立場を強化するような政治的事情を抱える点は変わらない。ただし物語の立后争いは、斎宮女御の時点で終結し、明石女御の立后は、直接皇位継承や帝の権威と関わる形では描かれていない。しかし立后した後の明石中宮は、皇子女の「母」として東宮候補である匂宮への諫めを繰り返し[48]、帝の「妻」として後見役の夕霧と帝をつなぐパイプ役を務めるなど、宇治十帖では大いにその存在感を発揮していく。

特に、匂宮については、東宮候補としての自覚を促すのみならず、中の君の出産に当ってはいち早く見舞状を送り、産養を主催するなど、次代の皇位継承を見据え、その行く末をサポートするような役回りを果たしていく。

次節では、このような明石中宮と皇子たちのありよう、またこれまで直接的に立坊争いを描いてこなかった物語が、宇治十帖から新たに八の宮の存在を語る理由について、物語執筆時の政治状況から考えてみたい。

五　一条朝の政治状況と『源氏物語』

物語の主要部が執筆されたと見られる一条朝では、『枕草子』に村上朝の治世を讃える記述があるように[49]、村上天皇を皇統の祖とする系譜意識があったと見られる。一条天皇にとっては、冷泉・花山を除く村上―円融――一条の系譜が自身の拠り所であり、父・円融が自身の皇統存続に意欲を見せていたのと同じく、一条天皇にとっても自身の皇子を持ちその皇位を伝えることは、周囲の期待に応えるだけでなく、自身の望みでもあったと思われる[50]。

寛和二年（九八六）、当時七歳であった一条天皇の即位は、次期摂政として覇権を握ることを期する兼家により、花山天皇の出家・退位という形で突然導かれた。また兼家の死後、その権力を譲り受けた長男・道隆は、娘である定子を正暦元年（九九〇）に入内させ、同年「中宮」として立后させる。律令が定める「三后」は既に占められていたことから、「皇后」の別称である「中宮」を切り離し、無理に新たな后位としたもので（「四后制」の成立）、異議を醸したらしいことが『小右記』の記述に知られる。[51] しかし女官出身の高階貴子を母に持つ定子の親しみやすさは、貴族たちを惹きつける後宮の気さくで明るい雰囲気につながり、[52]『枕草子』や『栄花物語』の記述を見るに、一条天皇と定子との仲は良好であったと思われる。

その後、定子は後ろ盾であった父を失い、長徳の変（九九五）では第一子を懐妊中でありながら兄・伊周の左遷を受けて出家する。しかし皇女・脩子内親王の出産、伊周への赦しもあり、天皇の求めから宮中へ再び召し出された後は、中宮職の御曹司へ入った。この後、より近くの別殿に移り実質的に還俗した定子は、長保元年（九九九）第一皇子・敦康親王を生む。定子の懐妊中に入内していた彰子も、その翌年立后するが、同年定子は媄子内親王の出産により命を落とした。二后並立とは言いながら、一度出家した定子の宮中入りは『小右記』の記述が示すように異例の事態であったので、[53] 彰子の立后は、新たな后の擁立という認識であったかもしれない。ともかく后をめぐる後宮の異常事態は、定子の死で一旦幕を閉じ、残された敦康親王は新たな養育者・御匣殿（定子の妹）の死を経て、彰子の元に委ねられた。長保三年（一〇〇一）のことである。『源氏物語』は、『紫式部日記』において、彰子が敦成親王を出産した寛弘五年（一〇〇八）に、少なくとも物語第一部は完成していたと目されるので、彰子が敦康親王を養育していた時代と『源氏物語』の執筆時期は重なると見て良いだろう。

このように、一条朝においてはわずか十四歳であった定子が律令の定めを破る形で異例の中宮となり、その十年後、さらに皇子を擁する后・定子がいながら十三歳の彰子が二人目の后として冊立されるという事態が起きていたのである。それまで史上の立后は、若くても十八歳、またほとんどが二十代以降で冊立されていたことに鑑みれば、[54] 一条朝における幼い后の登場は、后本来の「嫡妻」としての意義や皇子を後見する「母后」としての役割を完全に失っており、彼女らが政治権力の具にすぎないことを象徴していた。

一方、物語の立后が、藤壺・二十四歳、秋好・二十四歳、明石・二十三歳、とされ、それぞれ入内してしばらく年数をおいてからの冊立であったことが注目されよう。物語における「源氏の后」は、あえて律令の主旨に則った「嫡妻」としての后、あるいは史上の立后の中で見出される「母后」の役割を追求したものであり、特に最終的に異論が出なかったと見られる明石中宮こそ、物語の一つの理想を具現化した存在であったと言えるだろう。

また、立坊をめぐる争いについて物語が明記を避け、ようやく第三部に至り多くの東宮候補を見出すことについても、一条朝の事情が思い合わされる。『紫式部日記』においては、敦成を第一皇子、敦良を第二皇子として扱い、敦康親王については全く触れられないのであるが、彰子自身は養育していた敦康親王を大事に思っていたことが、『権記』や『栄花物語』の記述によって知られるのである。(55)

よって明石中宮の三皇子のうち、東宮（兄）に次いで、若宮を擁する匂宮（弟）立坊の可能性が示唆されることは、史上の後一条（兄）―後朱雀（弟）―後冷泉（弟の子）の系譜に倣うようで興味深い。さらに中宮の第二皇子が、匂兵部卿巻で「次の坊がねにて、いとおぼえことに重々しう、人柄もすくよかになんものしたまひける」と、東宮候補であることが期待されながら、蜻蛉巻での式部卿任官を最後に物語から姿を消し、候補から外れていくようなあり方は、敦康親王が彰子によって立坊を願われながら、最終的に式部卿宮に落ち着く構図と似ているようでもある。(56)しかし物語の宇治十帖の成立を、後冷泉誕生時（一〇二五）まで引き下げることは難しく、また後一条天皇の即位時は、当初別皇統の敦明親王（後の小一条院）が一年間東宮位についていたこともあり、状況はより複雑である。

それでも、物語の続編が制作されていたと思しき時期、后であった彰子が敦康を養育しながら、敦成・敦良の二人の皇子を続けて産み、三皇子の母となったことは確かである。同じ皇子たちの母として、特に東宮候補である匂宮を厳しく諫め、導いていく「母」として描かれる明石中宮の姿は、二十代の分別盛りである中宮・彰子にとって、手本の一つとされても不思議ではない[57]。

また、宇治十帖に至って語られる八の宮の存在は、冷泉帝治世下で栄華を謳歌した光源氏物語の暗部を示すとともに、光源氏自身に起こり得た出来事、いわゆる立坊争いのもたらす悲劇を初めて具体化したものである。一条天皇の死は、敦成誕生の三年後であり、別皇統の三条天皇即位の折、敦成親王は四歳で立坊した。道長による三条天皇への圧力は、五年でその治世を終わらせるが、後一条即位の際、三条の皇子・敦明親王が東宮となるに至っては、道長をはじめ周囲の反発があったとされる。特に道長が三条天皇に譲位を迫る際、父・一条院がその器を認めていた第三皇子である敦良親王以外、東宮候補としてふさわしいものがいないと発言していることは注目に値する[58]。このような中、三条天皇の強い希望で、後一条即位と同時に東宮位についた敦明親王が、一年で位を退く決意を余儀なくされた心中が慮られる。いわば天皇と藤氏との政治的駆け引きの向こうに、多くの皇子たちの嘆きがあることを八の宮の存在は示している。

物語が立坊問題にあたって、明確な対立、争いを描いてこなかったのは、彰子が養育する皇子、そして彰子所生の皇子たちの未来が物語以上に複雑な様相を示していることに配慮した可能性があろう。しかし宇治十帖に至り、立坊争いの敗者・八の宮を登場させ、不遇の人生を描くとともに、彼の血が匂宮の若宮を通して再び皇位へと回帰することを期待させて終わるのは、未来の皇子たちの回避すべき運命を示唆するとともに、過去の皇子たちへ鎮魂[59]の意を表していると解したい。物語はより厳しい現実の皇位継承と向き合う后と皇子たちへ、また貴族社会へ、八の宮という存在を認識させようとする。都の栄華から弾かれた、華やかな光源氏物語の裏面を生きた人々の心情を、宇治十帖の世界は掬い上げるのである。

六　結語

以上、本章では、立后時の争いに焦点があてられる物語のありようから、史上の皇位継承の問題を視野に入れつつ、史上の立后・立坊例から物語の立后の意味を再検討することで、皇位の継承が后の冊立、あるいは后の行動によって導かれていく物語の様相を確認した。

史上の立后は、令に定める「嫡妻」の意義よりも、むしろ次代の皇太子の「母」としての意義を以て、皇位継承の行方と深く関わり続けていく。そのため安定した直系継承が続けば皇后の存在は不要となるが、東宮の夭折という皇統の危機に際して再び立てられるようになり、さらに皇位の兄弟継承によって出来した天皇権威のゆらぎ、また皇位継承の不安定化によって、帝の権威やキサキの立場を強化するような立后が見られるようになる。

物語の立后も同様の意味を持ち、藤壺や斎宮女御の場合のような立后争いを経ての中宮冊立には、次代の正統な皇位継承者を定め、帝の権威に資する后の役割が示された。ただし明石女御の立后については、直接、皇位継承や帝の権威と関わる形ではなく、むしろ立后後のあり方が注目される。特に東宮候補の匂宮への諫めや、若宮を産む中の君への対応など、次代の皇位継承を見据え、その行く末をサポートする役回りを果たす。

このような明石中宮と皇子たちのありようについては、一条朝における幼い后たち（定子・彰子）の登場と、二后並立に象徴される政治権力の具にすぎない現実の后に対し、あえて物語の中で理想の后が描かれた可能性について言及した。皇位の継承が后の冊立と深く関わるだけでなく、物語が立后争いを焦点化した所以がここにある。またこれまで直接的に立坊争いを描いてこなかった物語が、宇治十帖から新たに八の宮の存在を語る理由は、彰子が育てる皇子たちの未来に配慮し、現実の複雑な皇位継承、及び天皇と藤氏との政治的駆け引きにより生み出される八の宮のような存在を回避し、そして認識していくこと、いわばそのような人々の心情まで掬い上げる物語の新たな方法が示されているのである。

注

（1）三谷栄一「源氏物語における民間信仰―御霊信仰を中心として―」（『源氏物語講座』五、有精堂、一九七一年）等。ただし藤本勝義『源氏物語の想像力』第二章・第三章（笠間書院、一九九四年）は、聖代として描かれる桐壺朝に廃太子事件のような暗い裏面史を感知できないこと、また「前坊」の語が、平安時代の用例に於いて、ことごとく「保明親王」を指すことから、物語の「前坊」に廃太子の意味はないと述べる。

（2）藤本勝義「式部卿宮―「少女」巻の構造―」（『源氏物語の想像力』笠間書院、一九九四年）

（3）古注釈では『河海抄』が指摘し、後の注釈書もその説を掲げる。また研究書では清水好子『源氏物語論』（塙選書、一九六六年）以降、物語の方法としての「准拠」について、多くの論考が重ねられている。

（4）田島公「延喜・天暦の「聖代」観」（『岩波講座　日本通史』五、岩波書店、一九九五年）等。

（5）加藤友康「摂関政治と王朝文化」（加藤友康編『摂関政治と王朝文化』日本の時代史6、吉川弘文館、二〇〇二年）

（6）『中右記』康和五年（一一〇三）正月十七日条に「天皇・法皇・孫皇子三代相並、延喜聖代御時、宇多院以後、全以無二如レ此例一、聖代勝事今在二此時一」とある。

（7）湯淺幸代「『うつほ物語』・『源氏物語』・『狭衣物語』における「後院」―物語と史実の交渉」（『古代文学研究（第二次）』二〇号、二〇一一年十月）

（8）福長進「源氏立后の物語」（日向一雅編『源氏物語　重層する歴史の諸相』竹林舎、二〇〇六年）

（9）竹内正彦「夢のあとの明石中宮―明石一族物語の宇治十帖―」（『源氏物語の新研究―宇治十帖を考える』新典社、二〇一〇年）は今上帝の東宮に御子が生まれないことより東宮候補が増殖することを指摘する。他にも匂宮が東宮候補として浮上する理由については、弟に引き越された為平親王を今上帝の第二皇子の准拠と見る説（注（2）藤本論文）や、匂宮を三条天皇の同母弟・敦道親王になずらえる説（袴田光康「匂宮と敦道親王―明石中宮の諫めをめぐって―」『源氏物語の新研究―宇治十帖を考える』新典社、二〇一〇年）、今上帝の考えにより強く夕霧の影響下にある第二皇子を引き越し、比較的影響の少ない匂宮の立坊が図られるとする説（縄野邦雄「東宮候補としての匂宮」『人物で読む源氏物語』十八、勉誠出版、二〇〇六年）、中の君物語のための匂宮像の据え直しによるとする説（青島麻子「宿木巻の婚姻と「ただ人」―身分の捉え直しをめぐって―」『源氏物語　虚構の婚姻』武蔵野書院、二〇一五年）等がある。

（10）高橋麻織「匂宮の皇位継承の可能性―夕霧大臣家と明石中宮―」（『源氏物語の政治学―史実・準拠・歴史物語―』笠間書院、二〇一六年）は、史上の例として譲位後に誕生した皇子の即位はあるものの、冷泉の場合、皇統の断絶が源氏の口より罪が隠れることと引き替えの「宿世」として語られているため、やはり否定的に描かれているとする。

（11）秋澤亙「『源氏物語』の時代構造」（田坂憲二・久下裕利編『考えるシリーズⅡ②知の挑発　源氏物語の方法を考える―史実の回路』武蔵野書院、二〇一五年）では、光源氏の生年を延喜元年（九〇一）に見立て、物語の治世と史上の歴代の時間を重ね合わせると、およそ桐壺帝は醍醐、冷泉帝は朱雀、今上帝が村上の治世と重なる事が指摘されている。ただし今上帝の治世は村上朝を突き抜けて円融朝まで達し、それでも譲位に至らない事態になるという。

（12）『源氏物語』の成立については、『紫式部日記』中に、彰子が宮中に持参するための「御冊子作り」（『源氏物語』豪華清書本）の記述によって、少なくとも大団円が描かれる物語第一部まで書かれていたと想定できる。日記中、藤原公任とのやりとりにおいて、作者は「源氏に似るべき人も見えたまはぬに、かの上はまいていかでものしたまはむ」と思っており、紫の上が「上」と呼ばれ、また光源氏の妻として一定の評価を得る部分まで書かれていたことは確かであろう。ただし物語第二部以降は、その内容が中宮の内裏還啓という慶事にふさわしくないことから含まれていなかったとみる説（斎藤正昭「寛弘五年「御冊子作り」における執筆状況」『源氏物語　成立研究』笠間書院、二〇〇一年）や、道長が妍子に与えた草稿本の方に入っていたとみる説（高橋亨「物語作者の日記としての紫式部日記」南波浩編『紫式部の方法』笠間書院、二〇〇二年）などがある。

（13）本書第十七章「薫の孤独―匂宮三帖に見る人々と王権―」

(14) 一条天皇は『紫式部日記』の中で「この人は、日本紀をこそ読みたまふべけれ。まことに才あるべし」と、作者が歴史に深く通じていることを認める発言をしている。

(15) 『大鏡』「頼忠伝」には、遵子の兄である藤原公任が、妹の立后の際、女御・詮子の親である兼家邸の前を通る時に「この女御は、いつか后にはたちたまふらむ」と言ったこと、また後の詮子立后の際、詮子側の女房が「御妹の素腹の后は、いづくにかおはする」と言ったことが記されており、双方の軋轢が知られる。また『栄花物語』「かかやく藤壺」では、彰子が中宮になり、定子が皇后宮になったことについて特に問題とされていないが、十三歳で立后した彰子については「あはれに若くめでたき后にもおはしますかな」と記される。

(16) 以下「天皇の妻」の意で「キサキ」の語を用いる。

(17) 沢田和久「円融朝政治史の一試論」（『日本歴史』六四八、二〇〇二年五月）

(18) 山本利達「中宮定子の出家考」（『国語国文』七五―四、二〇〇六年四月）『権記』長保二年（一〇〇〇）正月二十八日条によれば、女御彰子の立后が早く実現するよう行成が帝に意見を述べた際、その理由として「当時所坐藤氏皇后東三条院・皇太后宮・中宮、皆依二出家一、無レ勤二氏祀一」と、藤氏の后が皆出家者により氏神の祭祀ができないことをあげると指摘する。

(19) 「皇后［謂。天子之嫡妻也。釈云。皇后。天子嫡也。昔今通稱。朱云。皇后者。不レ在二天子之母一。只稱二皇后一耳。先帝今帝之后並同也。―以下、略。］」（『令集解』三十四「公式令」国史大系［ ］内は割注。傍線部は『令義解』の注）とある。

(20) 「妃二員」は「四品以上」、「夫人三員」は「三位以上」、「嬪四員」は「五位以上」と定められ、「妃」の割注には「朱曰。妃二員。謂皇后之次妻也。凡妃・夫人・嬪者。並皆天子之婦也。」（『令集解』六「後宮職員令」国史大系）と記されている。

(21) 岸俊男「光明立后の史的意義―古代における皇后の地位―」（『日本古代政治史研究』塙書房、一九六六年）

(22) 荒木敏夫「日本古代の大后と皇后―三后論と関連させて―」（『日本古代王権の研究』吉川弘文館、二〇〇六年）は、立后宣命に見られる長文の理由（皇太子の母であること、元明太上天皇の推挙、父・藤原不比等の功績、非王族女子立后の先例）を、立后に対する当時の共通理解を相対化しようとするものであったと指摘する。

(23) 河内祥輔「八世紀型の皇統形成原理」（『古代政治史における天皇制の論理』増訂版、吉川弘文館、二〇一四年、初版一九八六年）等。
(24)　山本一也「日本古代の皇后とキサキの序列―皇位継承に関連して―」（『日本史研究』四七〇、二〇〇一年十月）
(25)　注（22）論文の他、西野悠紀子「母后と皇后―九世紀を中心に―」（前近代女性史研究会編『家・社会・女性―古代から中世へ』吉川弘文館、一九九七年）も中国的な嫡妻という性格に留まらず大后的な要素を認めている。
(26)　橋本義則「平安宮内裏の成立過程」（『平安宮成立史の研究』塙書房、一九九五年）
(27)　注（26）に同じ。
(28)　栗林茂「皇后受賀儀礼の成立と展開」（『延喜式研究』八、一九九三年九月）、同「平安期における三后儀礼について―饗宴・大饗儀礼と朝覲行幸―」（『延喜式研究』十一、一九九五年十月）
(29)　注（26）・（28）論文。また、注（25）西野論文や木下正子「日本古代后権に関する試論」（『古代史の研究』三、一九八一年十一月）では、嫡妻（共同統治者）としての后権の無力化を指摘する。
(30)　並木和子「平安時代の妻后について」（『史潮』三七、一九九五年九月）
(31)　春名宏昭「平安時代の后位」（『東京大学日本史学研究室紀要』四、二〇〇〇年三月）
(32)　注（30）に同じ。
(33)　注（25）西野論文
(34)　瀧浪貞子「女御・中宮・女院―後宮の再編成―」（『平安文学の視角―女性―』勉誠社、一九九五年）
(35)　注（24）に同じ。
(36)　浅尾広良「藤壺立后から冷泉立太子への理路」（『源氏物語の皇統と論理』翰林書房、二〇一六年）
(37)　注（36）に同じ。
(38)　浅尾広良「后腹内親王藤壺の入内―皇統の血の尊貴性と「妃の宮」」（注（36）前掲書）は、藤壺が令制上の「妃」であったことを論証する。
(39)　物語の后たちについての「嫡妻」の意味はキサキ中の最上位にあり、夫とする天皇に匹敵する権威を持つ意で使用する。
(40)　朱雀と村上、冷泉と円融、後一条と後朱雀は、同母兄弟で皇位を継承しており、基本的に外戚の勢力は変わらなかった。

(41) 吉野瑞恵「光源氏の皇統形成―前坊の娘・秋好入内の意味」(『王朝文学の生成―源氏物語の発想・「日記文学」の形態』笠間書院、二〇一一年)、辻和良「秋好中宮について―冷泉帝、正統化への模索―」(『源氏物語の王権―光源氏と〈源氏幻想〉―』新典社、二〇一一年)

(42) 高橋麻織「左大臣家の後宮政策―冷泉朝における立后争い―」(注(10)前掲書)

(43) 本橋裕美「冷泉朝中宮の二面性―「斎宮女御」と「王女御」を回路として」(『斎宮の文学史』翰林書房、二〇一六年)

(44) 松岡智之「冷泉朝の光源氏―秋好立后と夕霧大学寮入学―」(『むらさき』三四、一九九七年十二月)では、少女巻における夕霧の大学入学と併せ、王族重視の姿勢を打ち出す斎宮女御の立后は、共に冷泉朝を聖代とする上で光源氏の政治的理念を示すとの指摘がある。

(45) 坂本共展「明石中宮」(『源氏物語講座』勉誠社、一九九一年)は、父親の身分の他、史上の后である穏子・媓子・遵子の母が皆親王の娘であったことが、明石姫君を紫の上の養女とする設定を生み出したとする。

(46) 島田とよ子「明石中宮―光源氏崩後―」(『大谷女子大国文』一五、一九八五年三月)

(47) 湯淺幸代「皇后・中宮・女御・更衣―物語文学を中心に―」(日向一雅編『王朝文学と官職・位階』竹林舎、二〇〇八年)。また中井賢一『源氏物語』明石中宮論―明石中宮の機能と権力機構としての宇治―」(『中古文学』九一、二〇一三年五月)では、加えて宇治の女君たちの存在をも把握・コントロールすることで、明石中宮が都の権力体制の「一極集中」を「並行化」させる役割を果たすと指摘されている。

(48) 明石中宮の「政治性」に言及しない点は立場が異なるが、「諫め」により匂宮を管理しようとする中宮については、三村友希「明石中宮の言葉と身体―〈いさめ〉から〈病〉へ―」(『姫君たちの源氏物語』翰林書房、二〇〇五年)に詳しい。

(49) 『枕草子』「清涼殿の丑寅の角の」の章段では、村上朝の宣耀殿の女御・芳子と村上天皇との『古今和歌集』を介してのやりとりが記され、同じ章段に円融院の逸話も語られている。

(50) 倉本一宏『一条天皇』(吉川弘文館、二〇〇三年)

(51) 『小右記』正暦元年(九九〇)九月三十日条に「皇后四人例往古不レ聞事也」との記述がある。

(52) 増田繁夫『『栄花物語』の描く中宮定子と彰子の後宮―「気近さ」と「奥深さ」」(『栄花物語の新研究―歴史と物語を考

える』新典社、二〇〇七年）

（53）注（18）に同じ。『小右記』長徳三年（九九七）六月二十二日条に「今夜中宮参㆓給職曹司㆒」、「天下不㆓甘心㆒、彼宮人々称不㆓出家給㆒」云々、太稀有事也」とあることを指摘する。

（54）桓武朝以降、一条朝までの后は、贈后を除き八人いるが、藤原穏子と藤原安子が三十代、正子内親王と昌子内親王がともに十八歳で立后した以外は、皆二十代の后である。

（55）注（50）倉本前掲書では、敦康の立坊を阻もうとする道長に対し、彰子が恨みの気持ちを露わにしたことを『権記』が記すと指摘する（「後聞、后宮奉㆑怨㆓丞相㆒給云々」）。また『栄花物語』「いはかげ」では敦成立坊の折、彰子が泣く泣く敦康の件を道長に訴える様が描かれている。

（56）敦成親王の立坊は寛弘八年（一〇一一）、敦康親王が式部卿に任じられたのは長和五年（一〇一六）一月であるが、同年二月に即位した後一条（敦成）治世下の東宮として、再度、敦康親王立坊の期待もあったことが『栄花物語』「たまのむらぎく」の記述に見える。

（57）物語が読者の行動や考え方に影響を与えるものとして受け止められていたことは、蛍巻で明石姫君が読む物語を光源氏が選別していることからも知られる。

（58）『小右記』（長和四年十月二日条）の記述に道長の言葉として「又云、当時宮達不㆑可㆑奉㆑立㆓東宮㆒、依㆑不㆑可㆑堪㆓其器㆒、故院三宮足㆑為㆓東宮㆒者」とあることが、山中裕「敦明親王」（『平安人物志』東京大学出版会、一九七四年）によって指摘される。また既に三条天皇即位の際、敦明の母・娍子に敦明を出家させるよう藤原懐平から奏上されたことが『権記』に見えることも記されている。

（59）本居宣長は『玉の小櫛』の中で、八の宮の准拠として惟喬親王を挙げるが、八の宮像には確かにそのような皇位から外れた不遇の皇子たちの俤が宿る。

Ⅳ　物語の基層

――もののけ・夢・王権――

第十四章　憑く女君、憑かれる女君
――六条御息所と葵の上・紫の上――

一　死霊の言葉

若菜下巻、紫の上死去の報を受け、光源氏は二条院に駆けつけた。女君は験者たちの必死の祈禱により息を吹き返すが、安堵したのもつかの間、死霊・六条御息所が現れる。御息所は一通り己の苦しみを訴えた後、源氏に娘である中宮への伝言を依頼した。

ゆめ御宮仕のほどに、人ときしろひそねむ心つかひたまふな。斎宮におはしましころほひの御罪軽むべからむ功徳のことを、かならずせさせたまへ。（「若菜下」四―二三七頁）

宮中における「心」の保ちようと斎宮時代の「罪」の贖い――これらは御息所自身の経験に基づく、娘への誡め、そして願いであった。生前、光源氏の夜離れに苦しんだ御息所の嘆きは、生霊として正妻・葵の上に向かい、その死後も、紫の上との睦言の中で自分を貶められたために、死霊となって現れた。また、そのような御息所の「もののけ」化は、斎宮と共住みすることによる仏教忌避の生活、あるいは仏教を忌避する神事・賀茂祭の最中に起こっている。(1)つまり、御息所の言う「人ときしろひそねむ心」（他人と張り合い嫉む心）とは、他者への、あるいは他者と比べられることへの過剰なまでの自意識を指し、そこに成る「心の執」（強い執念）を浄化することの難しい環境が相俟って、六条御息所の「もののけ」は生まれたのである。

……なほみづからつらしと思ひきこえし心の執なむとまるものなりける。その中にも、生きての世に、人より おとして思し棄てしよりも、思ふどちの御物語のついでに、心よからず憎かりしありさまをのたまひ出でたりしなむ、いと恨めしく。今はただ亡きに思しゆるして、他人の言ひおとしめむをだに省き隠したまへとこそ思へ、とうち思ひしばかりに、かくいみじき身のけはひなれば、かくところせきなり。

（「若菜下」四―二三六・二三七頁）

死霊となった御息所は、明確に自分の「心の執」と「恨み」の感情を自覚している。また、光源氏の言動を非難する言葉の中に、他者の存在（傍線部）が意識されていることも確かである。しかし、生前の御息所は、「身ひとつのうき嘆きよりほかに人をあしかれなど思ふ心もなけれど」（「葵」二―三五・三六頁）と、他者を恨む心に無自覚であり、(2)表現の上においても「憎し」「恨めし」といった言葉は使われていない。(3)御息所の生霊は、本人が嫉妬や怨恨といった感情を自覚する以前の、まさに累積した「もの思ひ」によってあくがれ出る魂として表現されているのである。(4)ただし、葵の上方との車争いにおいて、御息所は「またなう人わろく、悔しう」と感じているし、葵の上が男子を出産したと聞いては「ただならず。」と思っており、それが後に、中宮への誡めとする「人ときしろひそねむ心」であったことは間違いない。六条御息所と中宮は、対照的ながらも運命共同体とも言うべき関係にあり[5]、特に密着した母娘関係を築いていた[6]。御息所は「もののけ」化した自分と同じ道を娘に歩ませたくなかったのである。

また、この場面における死霊の登場については、源氏の罪障意識や愛執の問題を焦点化する意義が指摘される[7]一方、深刻なもの思いに苦しむ紫の上に呼応し、女君が宗教的悟達を目指すことと対応するように死霊の登場を捉える意見もある[8]。実際、御息所と紫の上との密接なつながりは、女三宮の元を訪れていた時、光源氏の夢に現れた「もののけ」のような紫の上にも示されている。

御息所の死霊は、紫の上に取り憑いたことについて、「この人を、深く憎しと思ひきこゆることはなけれど」と言い、源氏には仏神の加護が強くて取り憑くことができなかったように述べている。御息所の死霊が、光源氏に愛されている紫の上を憎くないはずはないであろうが、紫の上に取り憑いたのは、死霊の言葉通り、光源氏の身代わりというだけでなく、紫の上本人が既に「もののけ」化の疑われるような状態であったことと深く関わっていよう。かつて、生霊化した六条御息所と同じく、紫の上にも、今は自己を揺さぶる正妻・女三宮の存在がある。御息所の憑依を許したのは、何よりその感情と共振する紫の上自身だったのではないか。

御息所の「もののけ」に憑かれる女君が「もの思わしき女」であり、その内面こそ御息所の悪霊の良導体となることは、既に指摘されている[9]。

しかし、本章では、そのことをさらに憑く者と憑かれる者との共振・同化現象と位置づけ、その過程を物語の表現に即して検討していきたい。中でも最終的に命を落とす葵の上と紫の上とに注目する。

二　葵の上の「心」と六条御息所 ―― 藤壺と若紫の存在

桐壺巻に登場する葵の上は、左大臣家の皇女腹の姫君で、東宮からの参入要請もあったが、桐壺帝の意向を受けて光源氏の妻となる。(10) また、元服時の添臥しであったため、源氏はまだ幼く、逆に葵の上は少し年長で「似げなく恥づかし」と感じていた。この頃の光源氏は、元服したとはいえまだ十二歳。「上（父桐壺帝）の常に召しまつはせば」という状態であり、藤壺への思いが大きく胸の内を占めていた。「幼きほどの心ひとつにかかりて」と語られるように、光源氏は母恋の延長で藤壺を求めており、葵の上が愛情の対象となりえなかったのも、主として源氏側の事情による。しかし、数年後、青年となった光源氏の目に、葵の上は次のように映っていた。

おほかたの気色、人のけはひも、けざやかに気高く、乱れたるところまじらず、なほこれこそは、かの人々の棄てがたくとり出でしまめ人には頼まれぬべけれと思すものから、あまりうるはしき御ありさまの、とけがたく恥づかしげに思ひしづまりたまへるを、さうざうしくて、中納言の君、中務などやうのおしなべたらぬ若人どもに、戯れ言などのたまひつつ、暑さに乱れたまへる御ありさまを、見るかひありと思ひきこえたり。

（「帚木」一―九一頁）

「けざやかに気高く」というのは、皇女の血を引く深窓の姫君らしいが、雨夜の品定め中、人々が「棄てがたく」と言っていた信頼できる実直な妻として、光源氏は葵の上を眺めている。たとえ、品定め中寝たふりをしていても、議論にあった夫婦としてのありよう、妻としての理想を、光源氏はしっかりと受けとめていたのである。[11]

『花鳥余情』では、この帚木巻の品定め論を受け、葵の上を紫の上とともに「女の本様」として高く評価しており、『無名草子』でも、葵の上は「めでたき女」にその名を連ねていた。[12] これらの評価には、当時の儒教的価値観が影響していることも考えられるが、実際、光源氏自身、葵の上が世に言うところの「理想的な妻」であることを認識していたのである。それでも、そのあまりにきちんとした様子が気詰まりで、女房たちに戯れかかるのは、左馬頭の指喩いの女の体験談にあるように、「若きほどのすき心地」のせいであり、「よるべとは思ひながら、さうざうしくて、とかく紛れはべりしを」といったところなのだろう。おそらく、葵の上に「乱れたるところ」がないからこそ、逆に源氏は「乱れたまへる」のであり、女主人の代わりを務める女房が相手となる点でも、葵の上の関心を惹きたい様が窺える。

また、光源氏は、この後に描かれる左大臣の挨拶に対し、「暑きに」と漏らして女房たちに笑われ、「あなかま」と言って脇息に寄りかかる。語り手にも「いと安らかなる御ふるまひなりや」と言われており、光源氏もすっかり左大臣家になじんでいた。

しかし、光源氏の藤壺への恋は、源氏の「国の親」たる宿命を帯びて動きだす。人妻・空蟬との恋は、藤壺との最初の逢瀬の代替として語られていると見る説[13]もあるが、夕顔巻には次のような記述がある。

　秋にもなりぬ。人やりならず心づくしに思し乱るることどもありて、大殿には絶え間おきつつ、恨めしくのみ思ひきこえたまへり。

　六条わたりも、とけがたかりし御気色をおもむけきこえたまひて後、ひき返しなのめならんはいとほしかし。

されど、よそなりし御心まどひのやうに、あながちなることはなきも、いかなることにかと見えたり。女は、いとものをあまりなるまで思ししめたる御心ざまにて、齢のほども似げなく、人の漏り聞かむに、いとどかくつらき御夜離れの寝ざめ寝ざめ、思ししをるることいとさまざまなり。

（「夕顔」一―一四六・一四七頁）

傍線部の「（源氏の君には）自らが原因となる物思いにお心を乱されることが色々あって」とは、恐らく藤壺との関係において、何らかの進展があったことを意味していよう。そのために、源氏の左大臣家への訪れは途絶えがちになる。「恨めしくのみ思ひきこえたまへり」とは、葵の上を中心とする左大臣家の人々の心情である。また、同時に語られるのが六条御息所のありようで、こちらは恋が成就した途端、扱いが疎かになり、既に「夜離れ」の状態にあるという。波線部の御息所の様子は、葵の上ともよく似ており、上流階級の女性らしいことが窺えるが、新婚間もないこちらの女君の方が悩みはより深刻である。しかし、葵の上方も、藤壺の存在によって同じく動揺し、「恨めしく」と語られる状態であることには、やはり注意しておきたい。

そして、ついに若紫巻では、光源氏と葵の上とが不和の状態であることが語られる。女君は、父親に促されなければ、源氏の元へ渡らないようにまでなっており、光源氏は年々隔て心を強くする女君に対し、言葉を尽くして恨んでいる。しかし、既にこの時、光源氏は、藤壺によく似た少女・若紫に出会っており、実際気もそぞろであったことを思えば、葵の上の態度ばかりを責めることはできないだろう。後の紅葉賀巻で、出産のため退出した藤壺との逢瀬を期した光源氏は、再び左大臣家から足が遠のくが、さらに若紫が二条院へ引き取られたことを知った葵の上は、「いと心づきなし」と不快に思っている。またその思いは、直接言葉にはせずとも光源氏に伝わるものであった。源氏は「心うつくしく例の人のやうに恨みのたまはば、我もうらなくうち語りて慰めきこえてんものを」と、葵の上が素直に「恨み」を述べないことを非難するが、一方で「つひには思しなほされなむと、おだしく軽々しからぬ御心のほどもおのづからと、頼まるる方はことなりけり」のように、最終的には思い直してくれるだろうと、葵の上に全幅の信頼を置いていた。この思いこそ、夕霧の誕生につながるのだろうが、その頑な性格のために、葵の上の感情は内に隠りがちである。また物語中の用例から、左大臣邸における葵の上の「這ひ隠る」行為を源氏に対する「恨み言」の代替と位置づけ、葵の上が唯一漏らした言葉「問はぬはつらきものにやあらん」（「若紫」一―二三六頁）の引歌が、物語のもののけが言う「つらし」に通じるとの指摘(14)もあるように、その感情の奥底には「恨み」が沈められていた。

……わざと人するゑてかしづきたまふと聞きたまひしよりは、やむごとなく思し定めたることにこそはと心のみおかれて、いとど疎く恥づかしく思さるべし、しひて見知らぬやうにもてなして、乱れたる御けはひにはえしも心強からず、御答へなどうち聞こえたまへるは、なほ人よりはいとことなり。（「紅葉賀」一―三三二・三三三頁）

源氏の邸へ引き取られている若紫を、大切に思い定めた妻だろうと認識している葵の上は、そればかりが気になるが、あえて知らないふりをしている。このような態度は、後述する女三宮降嫁後の紫の上にも通じるものである。しかし光源氏は、葵の上方で戯れかかる態度を続けており、女君もつい解れて返事をしてしまうことがあるように、夫婦関係はいまだ修復可能な状態である。源氏も「何ごとかはこの人の飽かぬところはものしたまふ、わが心のあまりけしからぬすさびにかく恨みられたてまつるぞかし」と、夫婦不和の原因は、葵の上に不足があるからではなく、自分の心があまりにも不埒で気まぐれなせいだと感じている。また源氏は、そのような自分が葵の上から恨まれていると推測するが、女君は相変わらず直接恨んだり憎んだりすることはないのである。

しかし、葵の上が二条院の君を気にしていたことは確かであり、葵巻において、実際、光源氏が祭の見物に伴ったのは、この二条院の君――若紫であった。そして光源氏に同行することのなかった二人の妻が、車争いを起こすのである。光源氏は最初、葵の上の思いやりのなさに言及し、六条御息所に同情するが「なぞや。かくかたみにそばそばしからでおはせかし」と、最終的には両者の疎々しさ、互いの振る舞いに嘆息を漏らす。源氏に対する父帝の諫めが、この二人の女君への扱いに向けられていたように、源氏にとって二人の妻は、その身分上、同等の重さがある反面、若紫と異なり「藤壺の代わりになれない」ことにおいてもやはり同質であった。(15) しかし、この葵の上方からの「後妻打ち」(16)とも言える車争いにより、御息所は対外的な己の立場を自覚し、源氏の子を宿す葵の上を明確に意識することになる。また光源氏は、葵の上が様々な「もののけ」に苦しんでいる折、忍び歩きを遠慮し、二条院へも「ときどきぞ渡りたまふ」と語られるが、後に紫の上が病気で二条院に移された際、女三宮のいる六条院への訪れが「まれまれ渡りたまひて」とあることに鑑みれば、苦しみの中にあって、葵の上もまた若紫という他者の存在を意識せざるをえなかったのではないか。(17)

このような折、六条御息所の生霊の憑依によって、葵の上から光源氏へと言葉が発せられるのであるが、この言葉は、必ずしも御息所のものだけではなかったかもしれない。

「……かく参り来むともさらに思はぬを、もの思ふ人の魂はげにあくがるるものになむありける」となつかしげに言ひて、（「葵」二―四〇頁）

葵の上は、夕霧出産後、源氏不在の折に息を引き取る。光源氏は、生まれた夕霧が藤壺との間に生まれた若宮によく似ていたことから、宮中に参内せずにはいられなくなり、[18]いまだ生気の戻らない葵の上を置いて出かけてしまう。ただし出かける直前、葵の上のひどくやつれた様子を見た光源氏は、痛ましく思うのと同時にその美しさに感じ入り、いつになく優しい言葉をかけている。また、光源氏を見送る葵の上の様子も「常よりは目とどめて見出して臥したまへり」とあることから、この時点においてようやく夫婦としての連帯を確認できたとする意見も多い。[19]

しかし、秋の除目のためとはいえ、源氏の外出先は、まず「院などに参りて」と、藤壺の居所が挙げられており、葵の上の見つめる光源氏が「いときよげにうち装束きて出でたまふ」と語られることに注意したい。この時の葵の上の「見出す」行為については既に指摘があるが、[20]やはり単に男君を送り出すだけでなく、後の紫の上や雲居雁のように、愛する男を他の女の元へ見送る意が含まれていたのではないだろうか。紫の上は、朝顔の姫君の元へ向かう光源氏の「鈍びたる御衣どもなれど、色あひ重なり好ましくなかなか見えて、雪の光にいみじく艶なる御姿」（「朝顔」二―四八〇頁）を、また雲居雁は、落葉宮の元へ向かう夕霧の「なよびたる御衣ども脱いたまうて、心ことなるをとり重ねてたきしめたまひ、めでたうつくろひ化粧じ」（「夕霧」四―四七五頁）た姿をともに「見出し」ている。葵の上の場合は、これらの例ほどあからさまではないが、やはり綺麗に身繕いして出かける光源氏を見送っており、その先には藤壺や若宮がいるのである。葵の上はその事を知らないにしても、自分を置いて出かける光源氏が葵の上の見た最後の姿となったのは何とも皮肉である。また「見る」女として造型されている六条御息所のまなざしについては、[21]葵の上のまなざしとともにその身体に交錯していたとの指摘もあり、[22]二人の共振・同化状態は、光源氏の外出によってさらに強められた可能性がある。

実際、葵の上にしぶとく取り憑いて離れなかった「もののけ」に対し、「この御息所、二条の君などばかりこそは、おしなべてのさまには思したらざめれば、恨みの心も深かからめ」（「葵」二―三二頁）と、御息所と若紫の二人がその正体として疑われていたが、葵の上自身、その性格から「恨みの心」をうまく表現することができず、その感情を内に秘めていた女君なのである。自ら生霊となるほど強い「心の執」ではなかったにしても、他者より「もののけ」の正体として俎上に上った若紫への意識は御息所の憑依を許すものであり、また藤壺の元へ向かう光源氏を追いかける遊離魂[23]として、葵の上の魂もまた身体から抜け出したのではなかったか。無論、仏神の加護の厚い光源氏が葵の上の傍を離れた途端、勢いを取り戻した「もののけ」によって導かれた「死」とも考えられるが、葵の上の魂は、ついにその身に戻ることはなかったのである。

三　紫の上の「心」と六条御息所 —— 藤壺と女三宮の存在

葵の上の死後、二条院で新枕を交わし、光源氏の妻となった紫の上が、初めて嫉妬した相手は明石の君であった。

……我はまたなくこそ悲しと思ひ嘆きしか、すさびにても心を分けたまひけむよ、とただならず思ひつづけたまひて、我は我とうち背きながめて、「あはれなりし世のありさまかな」と、独り言のやうにうち嘆きて、

思ふどちなびく方にはあらずともわれぞ煙にさきだちなまし

（「澪標」二―二九二・二九三頁）

光源氏は、須磨流謫中、受領の娘・明石の君との間に一女を儲けたことを紫の上に告白する。その際、源氏は「憎みたまふなよ」と最初から女君の感情を牽制したこともあり、仕方なく紫の上は明石の君とのことを当座の慰みとして整理をつける。しかし、光源氏が明石の君のことを詳しく語る内、再び心にもたげてきたのが右記の心情と歌であ

る。

源氏との別離をひたすら悲しんでいた自分に対し、源氏は一時の慰めであっても、他の女君と心を通わせていた。そのことに思い至った時、「ただならず思ひつづけたまひて」と、生霊化の回路にもつながりかねない「思ひ」の累積が見られるが、「我は我」という紫の上独自の矜持がその回路を遮断する。自分より格下の明石の君にではなく、光源氏に対して向けられる「我は我」意識は、「きみはきみわれはわれとも隔てねば心々にあらんものかは」[24]（和泉式部）等の和歌表現の蓄積を介し、孤／個を獲得した新たな表現であることが指摘されている。[25] 先の和泉式部の歌は、敦道親王の歌「われひとり思ふ思ひはかひもなしおなじ心に君もあらなん」の返歌であり、この歌を踏まえるならば、他の女に「心」を分けた源氏とは当然「おなじ心」ではいられない、それゆえに導かれた紫の上の「我は我」表現であったとも考えられる。

また、「あはれなりし世のありさまかな」と、源氏との親しい夫婦仲を過去のものとし、「思ふどちなびく方にはあらずともわれぞ煙にさきだちなまし」と、自らの「死」による愛憎関係からの脱却が示される点には、執着や同化を意図しない魂のもう一つのあくがれ方を見ることができる。この時点で、紫の上が光源氏という他者への執着に苛まれ、それに同化する（取り憑く）ことがなかったのも、光源氏側の加護や思考の問題があるにせよ、まずは紫の上の心のあり方に因ると言えよう。とはいえ、それがあくまで「仮想」として詠われ、そのような形で源氏に直接訴えることができる間は、「思ひ」の累積も深刻ではない。光源氏自身、この時の紫の上の態度を「をかしう見どころありと思す」と、余裕を持って捉えることができるのも、そのような嫉妬の様が、他者に執着し沈殿していくような性質のものではなかったからであろう。

しかし、明石の君とは異なり、紫の上の立場、いわゆる自己の存在を脅かす女君が現れた時、嫉妬の様も変化する。

藤壺の死後、光源氏は故式部卿宮の姫君である朝顔の前斎院に接近するが、二人が結婚にまで至れば、この姫君が源氏の正妻となることが予想された。同じ親王の娘でも兵部卿宮の庶子である紫の上は身分的に格下であり、さらに源氏の愛情が移ればこれまで最愛の妻として扱われてきただけにその苦悩は深まる。

……同じ筋にはものしたまへど、おぼえことに、昔よりやむごとなく聞こえたまふを、御心など移りなばはしたなくもあべいかな。年ごろの御もてなしなどは立ち並ぶ方なくさすがにならひて、人に押し消たれむことなど、人知れず思し嘆かる。かき絶えなごりなきさまにはもてなしたまはずとも、いとものはかなきさまにて見馴れたまへる年ごろの睦び、あなづらはしき方にこそはあらめ、などさまざまに思ひ乱れたまふに、よろしきことこそ、うち怨じなど憎からず聞こえたまへ、まめやかにつらしと思せば、色にも出だしたまはず。

（「朝顔」二―四七八・四七九頁）

人の噂から源氏が朝顔の姫君に執心[26]していることを知った紫の上は、自分の立場が脅かされることに独り思い嘆き、また親もなく源氏のみを頼りにしてきたこれまでの気安い関係ゆえに軽んじられるのだろうと、様々に思いを巡らす。また波線部のように、その思いが深刻であるために、源氏に対して容易に恨みかけることもできず、顔色にさえ出さない状態であると語られる。またこの本文の続きには、物思いに耽り明らかに怪しい様子の光源氏と、そのような源氏を見て噂が真実であることを確信し、この件について源氏から何も話がないことを厭わしく思う紫の上の姿が描かれる。光源氏が葵の上に対し、二条院の君について明確に説明することがなかったように、源氏は藤壺への思いの代替である朝顔の姫君への執心を当然のことながら説明できない。その代わり紫の上に対しては、源氏の女性評が展開される。藤壺の素晴らしさを述べるくだりが最も長く、源氏の思いのほどが知られるが、その血を引く紫の上を「……少しわづらはしき気添ひて、かどかどしさのすすみたまへるや苦しからむ」と言い、朝顔の姫君については「さうざうしきに、何とはなくとも聞こえ合はせ、我も心づかひせらるべきあたり、ただこの一ところや、世に残りたまへらむ」と評している。斎院という禁忌のイメージや、式部卿宮の姫君であるという重々しさは、気安い夫婦関係にある紫の上とは異なる緊張感や風流なやりとりを生み出し、まさに藤壺との関係がしのばれる間柄であったのだろう。

しかし、この時朝顔の姫君は源氏の気持ちに応じなかったため、紫の上の不安は杞憂に終わった。ただし、藤壺を思いながら就寝し、死霊・藤壺を夢に見る（同化させてしまう）ほど藤壺を求める源氏のありようからは、紫の上でさえ藤壺の代わりたり得ないことが明白となる。光源氏の飽くなき藤壺への思慕は、若菜上巻、藤壺の姪である女三宮降嫁で再燃し、再び紫の上を苦しめるのである。

> 三日がほど、かの院よりも、主の院方よりも、いかめしくめづらしきみやびを尽くしたまふ。対の上も事にふれて、ただにも思されぬ世のありさまなり。げに、かかるにつけて、こよなく人に劣り消たるることもあるまじけれど、また並ぶ人なくならひたまひて、はなやかに生ひ先遠く侮りにくきけはひにて移ろひたまへるに、なまはしたなく思さるれど、つれなくのみもてなして、御渡りのほども、もろ心にはかなきこともし出でたまひて、いとらうたげなる御ありさまを、いとどありがたしと思ひきこえたまふ。
>
> （「若菜上」四―六二・六三頁）

紫の上は、女三宮の盛大な輿入れの様子に、平常心を保っていられない。朝顔の姫君の時とは異なり、「こよなく人に劣り消たるることもあるまじけれど」と、これまで六条院の女主人として君臨してきた自信も窺えるが、一方で

「はなやかに生い先遠く」と年を重ねた自分とうら若い女三宮とが比較され、新たな不安も加わっている。それでも「つれなくのみもてなして」とあるのは、紫の上の自尊心からの振る舞いであり、かつて葵の上が若紫への意識を「しひて見知らぬやうにもてなして」と語られた時よりもさらに自我を抑えた対応である。紫の上は、この降嫁の話を告げられて以来、「をこがましく思ひむすぼほるるさま世人に漏りきこえじ」、また「人笑へならむこと」など、六条御息所同様、(27) 他者の視線を気にかけ「いとおいらかにのみもてなしたまへり」という状態にあった。

このように、他者に対して精一杯自己を取り繕うありさまは、光源氏と女三宮の新婚三日目、紫の上の今後を心配する女房たちの嘆きに対し、「つゆも見知らぬやうに、いとけはひをかしく物語などしたまひつつ」と語られるところに顕著である。ましてや、この結婚を喜ばしいものとし、女三宮を擁護する発言まで行うに至っては、特に親しい女房たちから「あまりなる御思ひやりかな」と言われるように、紫の上自身かなりの無理をしていたことが窺える。結果、六条御息所と同じく、他者への、あるいは他者と比べられることへの過剰なまでの自意識――特に紫の上の場合は強い自己抑制によって、魂が身体からあくがれ出ることになる。

わざとつらしとにはあらねど、かやうに思ひ乱れたまふけにや、かの御夢に見えたまひければ、うちおどろきたまひて、いかにと心騒がしたまふに、鶏の音待ち出でたまへれば、夜深きも知らず顔に急ぎ出でたまふ。

（「若菜上」四―六八頁）

光源氏の夢に紫の上が現れた。無論、藤壺の時のように、光源氏が紫の上を相当気にかけながら休んだことは確かであろう。しかし、傍線部のように、語り手も紫の上の「思ひ」の乱れに言及し、その意識がまるで光源氏の夢にもぐりこんだかのような言い方をしている。この事件は、これまで紫の上自ら「憎げにも聞こえなさじ」と、負の感情を封印してきただけに、強い自己抑制によって累積した「思ひ」が引き起こした現象として読み取れる。六条御息所ほど明確なものではないが、これも「もののけ」（生霊）発現の一形態と見ておきたい。

また、紫の上が発病に至る原因についても、この「思ひ」の累積が疑われるが、当初、加持祈禱において「もののけ」が現れることはなかった。しかし、源氏が二条院を離れ、女三宮のいる六条院に滞在していた折、紫の上死去の報が伝えられる。源氏はすぐさま二条院に戻り、蘇生のための祈願を必死に行わせ、六条御息所の死霊らしき「もののけ」をようやく出現させた。紫の上は一命を取り留める。

いみじく調ぜられて、「人はみな去りね。院一ところの御耳に聞こえむ。おのれを、月ごろ、調じわびさせたまふが、情けなくつらければ、同じくは思し知らせむと思ひつれど、さすがに命もたふまじく身をくだきて思しまどふを見たてまつれば、今こそ、かくいみじき身を受けたれ、いにしへの心の残りてこそかくまでも参り来たるなれば、ものの心苦しさをえ見過ぐさでつひに現れぬること。さらに知られじと思ひつるものを」とて、髪を振りかけて泣くけはひ、ただ、昔見たまひしもののけのさまと見えたり。

（「若菜下」四―二三五頁）

光源氏不在の折、女君が息を引き取るという経緯は、葵の上と同様であり、仏神の加護が厚い源氏がいない隙に「もののけ」が力を振るったとも、また他の女君の所にいる源氏を追いかけるように紫の上の魂があくがれ出たとも、考えることは可能である。ただこの「もののけ」は、幾月も加持祈禱に苦しめられたと言っており、紫の上の発病時から関わっていたことになる。発病直前の紫の上は、「人よりことなる宿世もありける身ながら、人の忍びがたく飽かぬことにするもの思ひ離れぬ身にてややみなむとすらん、あぢきなくもあるかな、など思ひつづけて」（「若菜下」四―二二二頁）とあり、女三宮降嫁による光源氏の夜離れに苦しんでいた。当初は、宮に物足りなさを感じていた源氏も、自分の言うことを聞き、琴を無心に練習する宮の姿に心を動かし始めている。そのような変化に、紫の上も気づいていたのかもしれない。誰を恨むというわけでなく、「もの思ひ離れぬ身」[28]と、その苦しみを自らの宿命として終わることに思い至った時、六条御息所のかつての「もの思ひ」と共振し[29]、その死霊を受け入れてしまったとしても不思議ではない。紫の上は、葵の上同様、藤壺とその影に自己の存在を脅かされ続けた。「もののけ」・六条御息所は、唯一、そのような女君たちの苦しみを直接源氏に訴えうる存在でもあったのである[30]。

四　結　語

六条御息所の「もののけ」については、東宮妃時代の父大臣家と左大臣家[31]、あるいは先帝系の一族[32]との対立を示唆するなど、多くは物語の政治性と絡めて論じられてきた。死霊の出現を娘の中宮に子がないまま冷泉帝が退位したことによるとする意見[33]も、御息所を家の祖霊として考える当時の思想・信仰に拠っている。このことは、「もののけ」が共同体による解釈の産物であり、内部に発生した危機を第三項として排除すべく生み出されているとの指摘[34]とも合致する。桓武天皇が懼れた早良親王の怨霊、宮中を恐怖に陥れた菅原道真の怨霊など、史上の例を見ても、政治にまつわる「もののけ」については枚挙に暇がない。このように、現実の問題を政変等によって追いやられた者のせいとするのは、共同体内の良心の呵責であり居直りでもある。

一方、この事を物語に応用して考えると、個人のレベルにおいて、六条御息所の「もののけ」は、女性たちの苦しみを直視しない光源氏の妄想と見ることが可能である。ただし、御息所の「もののけ」は、特に生霊の場合、取り憑く側と取り憑かれる側の双方に足場を置き、もの思いによりあくがれ出る魂の共振・同化現象として、実に生々しく描き出されている。

近年『紫式部集』の「もののけ」調伏の絵を見て詠まれた紫式部の歌にある「おのが心の鬼」も、その主体は取り憑かれた妻であることが指摘されている。[35] 物語中においては、憑依された女君たちが、「もののけ」の口を借りて、また「もののけ」のせいにして自己の存在を主張し、命をかけて最後の思いを訴えているとも考えられる。女三宮の出家も、むしろ御息所が力を貸したというべきかもしれない。

このように、物語は、本来政治上の敗者から生み出される[36]「もののけ」を、あえて女性たちの思いを吐露させるべき媒体として描き出す。先行研究の指摘するように、そこに伏流する政治性を読み取ることも可能ではある。だが一方で、このような「もの思ひ」の集積が自我の枠組みを食い破り、他者へ入り込む過程にここまでこだわりを見せる物語のあり方は、他者との関係性に翻弄される人の世の不条理そのものへの興味を表しているように思えてならない。

注

（1）藤本勝義「六条御息所の死霊―賀茂祭、鎮魂―」（『源氏物語の〈物の怪〉―文学と記録の狭間』笠間書院、一九九四年）

（2）大朝雄二「六条御息所の苦悩」（『講座源氏物語の世界』第三集、有斐閣、一九八一年）は、「御息所は葵の上をひどく恨んだり激しい嫉妬に苦しむというようには描かれていない」と言い、御息所の怨念や嫉妬が生霊出現に直結しているものでないことを指摘する。

（3）今井上「六条御息所　生霊化の理路―「うき」をめぐって―」（『源氏物語　表現の理路』笠間書院、二〇〇八年）

（4）注（3）に同じ。御息所の生霊化には「もの思へば沢の螢も我が身よりあくがれいづる魂かとぞ見る」（後拾遺和歌集・

二六二・和泉式部）等の和歌固有の発想が梃子となっていることを指摘する。
（5）奥村英司「秋好中宮―娘の内なる母―」（『物語の古代学―内在する文学史』風間書房、二〇〇四年、初出一九九一年）
（6）湯淺幸代「秋好中宮と仏教―前斎宮の罪と物の怪・六条御息所について」（日向一雅編『源氏物語と仏教―仏典・故事・儀礼』青簡舎、二〇〇九年）
（7）森一郎「六条御息所の造型―その役割と問題―」（『源氏物語作中人物論』笠間書院、一九七九年）、鈴木日出男「紫の上の罹病―光源氏の道心と愛執（一）」（『源氏物語虚構論』東京大学出版会、二〇〇三年）等。
（8）奥出文子「六条御息所の死霊をめぐる再検討―第二部における紫上と関連して―」（『中古文学』一八、一九七六年九月）
（9）深澤三千男「六条御息所悪霊事件の主題性について」（紫式部学会編『源氏物語とその影響　研究と資料』六、武蔵野書院、一九七八年）
（10）吉井美弥子「葵の上の「政治性」とその意義」（『読む源氏物語読まれる源氏物語』森話社、二〇〇八年、初出一九九三年）は、葵の上がその登場から死後にわたるまで「政治性」から逃れられない人物であることを指摘する。
（11）日向一雅「「雨夜の品定」の諷諭の方法」（『源氏物語の準拠と話型』至文堂、一九九九年）は、帚木巻の雨夜の品定が諷喩・教誡の文学というべき独自の方法と性格を持つことを指摘する。
（12）伊井春樹「葵上の悲劇性―源氏物語享受の変遷にふれて―」（『源氏物語論考』風間書房、一九八一年）
（13）岡一男『源氏物語の基礎的研究―紫式部の生涯と作品』（東京堂、一九五四年）四三二頁、村井利彦「帚木三帖仮象論」（日本文学研究資料叢書『源氏物語Ⅳ』有精堂、一九八二年、所収）等。
（14）針本正行「大殿の姫君論」（『人物で読む源氏物語』五、勉誠出版、二〇〇五年）。また「とはぬは……」の引き歌について、猿渡学「とはぬはつらきものにやあらむ―葵上試論」（『文藝研究』東北大学、一三五、一九九四年一月）が、葵の上の情感の発動を指摘している。
（15）山田利博「葵上の機能」（『源氏物語の構造研究』新典社、二〇〇四年、初出一九九四年）は、葵の上と六条御息所の造型が極めて近似していることを指摘する。
（16）林田孝和「源氏物語の祭りの場と車争い」（『源氏物語の鑑賞と基礎知識』九、至文堂、二〇〇〇年三月）

（17）原陽子「葵巻における葵の上―六条御息所の嫉妬とのかかわりにおいて―」（『中古文学論攷』一五、一九九四年十二月）は、六条御息所と葵の上との同質性、共通性が、六条御息所の「もののけ」によって葵の上の若紫に対する嫉妬心の存在を証立てるとする。
（18）「若君の御まみのうつくしさなどの、春宮にいみじう似たてまつりたまへるを見たてまつりたまひても、まづ恋しう思ひ出でられさせたまふに忍びがたくて、参りたまはむとて」（「葵」二―四三頁）と、光源氏の外出の目的が宮中へ参内するためであることが語られている。
（19）注（10）の吉井論文では「初めて二人が夫婦であることを意識しあったと言える場面」とし、注（14）の猿渡論文でも「ようやく完成した一対の男女としての個人的情感の交錯の場」と見る。また新編日本古典文学全集本の鑑賞欄には「源氏と葵の上がはじめて、互いに情愛で結ばれた場面。」とある。
（20）太田敦子「葵の上の最期のまなざし―「葵」巻の死をめぐる表現機構―」（『源氏物語　姫君の世界』新典社、二〇一三年）
（21）原岡文子「六条御息所考―「見る」ことを起点として―」（『源氏物語の人物と表現―その両義的展開』翰林書房、二〇〇三年）
（22）注（20）に同じ。
（23）今井上「平安朝の遊離魂現象と『源氏物語』―葵巻の虚と実―」（『源氏物語　表現の理路』笠間書院、二〇〇八年）など、物語の生霊が、平安時代の遊離魂現象（恋するあまり相手の元へと魂が遊離してしまう恋歌の発想等）を投影していることが諸氏によって指摘されている。
（24）『和泉式部集』四一〇番歌。詞書は「おなじこころにとあるかへりごとに」とある。
（25）三村友希「紫の上の〈我は我〉意識」（『姫君たちの源氏物語―二人の紫の上』翰林書房、二〇〇八年）
（26）鈴木日出男「藤壺から紫の上へ―「朝顔」巻論―」（注（7）鈴木氏前掲書）は、光源氏が朝顔の姫君との交渉に、藤壺と関わり続けた過往の日々を重ね合わせていることを指摘する。
（27）鈴木日出男「光源氏の女君たち」（『源氏物語とその影響　研究と資料』六、武蔵野書院、一九七八年）

（28）　原岡文子「紫の上の「祈り」をめぐって」（『人物で読む源氏物語』五、勉誠出版、二〇〇五年、再録）は、紫の上の「もの思ひ」の用例が、第二部に入ってから他者と比べて目に立つことを指摘する。
（29）　「共振」とまでは述べられていないが、注（8）奥出論文や山田利博「六条御息所の機能」（注（15）前掲書、初出一九八九年）は、六条御息所と紫の上との深い関係を指摘する。
（30）　注（29）山田論文では、六条御息所の「もののけ」が、理想性のために自身で嫉妬の情を顕わにしたり障害を排除したりすることができない紫の上に代わってその願望を実現する役割を果たすことを述べている。ただし、本論では、御息所の「もののけ」がそのように願望の実現を助けるのは、紫の上のみならず、御息所が憑く女君たち全員に及ぶものと考える。
（31）　坂本昇「故前坊妃六条御息所」（『源氏物語構想論』明治書院、一九八一年）等。
（32）　浅尾広良「源氏物語における物の怪―六条御息所と先帝―」（『源氏物語の准拠と系譜』翰林書房、二〇〇四年）
（33）　藤井貞和「光源氏物語主題論」（『源氏物語の始原と現在』定本、冬樹社、一九八〇年）、高橋亨「源氏物語の〈ことば〉と〈思想〉」（『源氏物語の対位法』東京大学出版会、一九八二年）、日向一雅「恨みと鎮魂―源氏物語への一視点―」（『源氏物語の主題―「家」の遺志と宿世の物語の構造』桜楓社、一九八三年）
（34）　三田村雅子「もののけという〈感覚〉」（フェリス女学院大学編『源氏物語の魅力を探る』翰林書房、二〇〇二年）
（35）　森正人「紫式部集の物の気表現」（『中古文学』六五、二〇〇〇年六月）は、紫式部の歌にある「亡き人にかごとはかけてわづらふ」の主体をもののけに病悩する現在の妻とし、もののけの正体を亡き先妻とする「おのが心の鬼」を妻の疑心暗鬼、良心の呵責と読むが、この解釈は、これまで夫の「心の鬼」としてきた解釈（亡妻の霊を鎮めようと困惑苦慮している）を排除するものではないとする。
（36）　土方洋一「『源氏物語』における〈物の怪コード〉の展開―六条院の物の怪・再論―」（三田村雅子・河添房江編『夢と物の怪の源氏物語』翰林書房、二〇一〇年）では、物語の「物の怪」コードの背後に歴史的敗者への眼差しがあることを指摘し、物語ることで諸霊を鎮魂する発想があると述べる。

第十五章　明石入道への予言と王権
――夢告への対応から――

一　王権に関わる予言

『源氏物語』には、様々な予言が記されている。中でも主人公・光源氏に関する予言は、その宿世を最大の謎としながら未来を暗示することで、物語を領導するモチーフとして機能している。(1)また、それらの予言が大方光源氏の「帝王相」と関わることは、この物語が主人公の王権性の問題を語りの基軸に据えていることを意味する。ただし物語には、このような王権に関する予言を得た人物がもう一人いる。明石入道である。

入道への予言は、自身が直接的に王権と関わるものではないが、子孫と王権とのつながりを示す内容は、源氏に付された宿曜の予言に近しい。しかし、源氏の「御子三人」の未来を「帝」「后」「太政大臣」と明言した宿曜の予言とは異なり、明石入道が得たのは「夢告」であって、それも抽象的な夢として示される。また入道が夢を見たのは、娘である明石の君が生まれようとする時であったが、同様に、源氏も藤壺との密通後、暗示的な夢を見ている。源氏の場合、すぐさま夢解人に夢を解かせるが、思えば光源氏に関する予言は、総じて高麗相人、倭相、宿曜道の名人、夢解人、とあらゆる方面の専門家から発せられたものであった。しかも、時の帝（桐壺帝）と帝の子（光源氏）が召し寄せた者であることを考えれば、彼らが特にすぐれた能力者であったことは想像に難くない。またそのような者たちを介すればこそ、予言の信憑性も高まり、真にモチーフとして物語中に機能し得ているとも言える。しかし、明石入道が予言を得るまでのプロセスには、このような専門家が介在していないようなのである。

夢さめて、朝より、数ならぬ身に頼むところ出で来ながら、何ごとにつけてか、さるいかめしきことをば待ち出でむと心の中に思ひはべしを、そのころより孕まれたまひにしこなた、俗の方の書を見はべしにも、また内教の心を尋ぬる中にも、夢を信ずべきこと多くはべしかば、賤しき懐の中にも、かたじけなく思ひいたづきたてまつりしかど、力及ばぬ身に思うたまへかねてなむ、かかる道におもむきはべりにし。（「若菜上」四―一一四頁）

入道は、まず自分で夢の信憑性を確認する作業を行っている。西郷信綱氏は、当時（平安中期）を夢が一つの独自な現実として、また人間が神々と交わる回路として絶対的に信じられていた神話時代が過ぎさり、かといってそれを救済すべき中世の宗教的ドグマがまだ形をなさない過渡期であったと述べるが(2)、明石入道の夢への対応にも、確かにそのような時代の風潮が表れている。ここでの入道の行為には、夢への懐疑とまではいかなくとも、ある程度確信がなければ信じるわけにはいかないという信条は読み取ることができるだろう。やはり、この物語においては、「夢の告知機能は認めつつも、告知の内容を無条件に信じるというようなことはないのである(3)」といった夢に対する態度が貫かれている。

また、このような入道の行為について玉上琢彌氏は、「外典を見、内典を見る。当然『過去現在因果経』をも見る。ほぼ夢のなぞを彼自身の力でといた」と解釈している。[4]入道の夢は、「須弥の山」を右手に捧げたり、その山の左右から「月日の光」がさし出でて世を照らすといった実に暗号的なものであるが、『花鳥余情』が指摘する通り、[5]『過去現在因果経』に依拠すれば大方内容の見当はつく夢である。後に、その夢を夢解きに託したというような記述は見られないことから、やはり入道は自分一人でこの夢を解釈し、夢告の内容を知ったと考えてよいのだろう。

しかし、物語に記される予言のほとんどが専門家を介して示される中、なぜ明石入道の予言のみ、一人で解釈し、導かれたものとして示されるのであろうか。先述したように、ともに夢告である夢を見てはいても、明石入道と光源氏とでは、その対応は大きく異なっている。つまり、明石入道の予言は、すぐれた第三者によって確たる保証を得ている光源氏の予言とは、明らかに位相の異なるものとして捉える必要があるのではなかろうか。

入道への予言が、当時、家没落の危機に直面していた明石入道にとって、まさに「希望の光」となるような「王権」に関わる予言でありながら、光源氏の予言のごとき保証を得ていない予言として物語に記される意図とは何であるのか。

本章では、この点について、明石入道の夢告への対応を中心に考えていきたい。

二　夢解きの不在

夢解きを介さない明石入道の行為について、玉上氏は次のようにも述べている。

源氏なら夢占いを召すであろう。そして、まごつき、ごまかす。入道は、それほどの生まれでない。あまりの懸絶に夢占いをとわないでよかった。自分の力でといてよかった。(6)

氏は、明石入道と光源氏の夢告への対応の違いは、身分の違いによるものと理解している。つまり、わざわざ夢解きを召すという行為は、光源氏のような限られた貴人の所為であるということなのだろう。しかし、本当にそうなのであろうか。

明石入道の夢との関わりが指摘される(7)『蜻蛉日記』記載の夢は、法師の見た夢で作者本人（藤原道綱母）が見た夢ではないが、その法師は夢の内容を作者に伝えた上で「これ夢解きに問はせたまへ」と言ってくる。作者は、「日・月」で示されるその夢があまりに大袈裟であったことから、(8)はじめは夢解きに解かせない状態にしていたが、偶然夢解人が来たため、その夢を他人の夢として解かせた。結果、その内容は、「みかど」を意のままにし、思うような政治ができる、というものであり、それを知った作者は、「さればよ。これがそらあはせにはあらず。言ひおこせたる僧の疑はしきなり。あなかま。いと似げなし」と憤慨している。作者の疑い通り、この夢が僧の虚偽であったとするならば、僧はその夢告を信憑性あるものとして作者に認識させるべく、夢解きに夢を解かせるよう指示した可能性があろう。

また、『更級日記』においては、母親の依頼で僧が本人（菅原孝標女）の代わりに初瀬に参詣して夢を得ている。(9)孝標女本人は、その夢告についてほとんど気にとめていなかったらしく、「いかに見えけるぞとだに耳もとどめず」といった具合で、夢解きに夢を託した気配はない。特に孝標女は、度々夢告的な夢を見ているようだが、本人はとにかく物語に夢中で、ほとんど気にかけなかったことが繰り返し記されている。ただし日記の終わりの方に、天照御神に祈りを捧げることを指示される内容の夢を長年見ていたことについて、夢解きから、高貴な人の乳母となり、帝や后の庇護を受けるようになるといった予言を受けていたことが記されるので[10]、孝標女が夢を解かせることができない境遇にいたわけではない。彼女が後にひたすら後悔しているように、ただ、夢告を真剣に受けとめていなかっただけなのである。

つまり、逆に夢を夢告として真剣に受けとめた場合、またその夢告を予言として確実に受け取りたい場合には、夢解きの存在が必要であったのではないだろうか。

『大鏡』には、兼家が逆境におかれていた時期に、ある人が兼家にとって不吉だと思われる夢を見たことを兼家本人に知らせたところ、その夢を恐れて夢解きに問わせる話が記されている[11]。恐怖に駆られたせいとはいえ、兼家もその夢告と思われる夢を真剣に受けとめたからこそ、夢解きにその夢を問わせたのだ。

また、『うつほ物語』においては、俊蔭巻で、使用人風情の嫗が主人である俊蔭の女に関する瑞夢を見ており[12]、「夢合はする人」に夢を解釈させてから主人にその結果を話している。ここでは、自分が見た夢を解かせているが、やはり夢告として嫗がその夢を真剣に受けとめたために、夢解きに夢を占わせたのだろう。当時、嫗の主人である俊蔭の女は、結婚前に両親と死別し、その生活は全く惨めなものに成り果てていた。嫗は主人の不幸な境遇を思い、その夢に一抹の希望を見出そうとしたのだ。

つまり、光源氏のような身分の者でなくても、夢に個人の思い入れがあれば、夢を夢解きに解かせることは十分あり得ると考えてよいのではないだろうか。『蜻蛉日記』の作者・藤原道綱母は、時の権力者である藤原兼家の妻であったが、陸奥守などを歴任した藤原倫寧を父に持つ。『更級日記』の作者・菅原孝標女も、上総介や常陸介を務めた国司の父を持つ中流貴族の娘であった。光源氏が召したほどのすぐれた夢解き（帝の事として占わせることができるぐらい信用に足り、光源氏の須磨流謫を読み取ることができた）を呼び寄せることは無理かもしれないが、身分相応に請け負ってくれる夢解人はいたはずである。

そう考えると、ますます明石入道が自分の夢を夢解きに託さずに自ら解こうとした行為は疑問に思われる。(13)父に大臣をもつ家柄でありながら、自分の代は近衛中将で終わってしまいそうな状況にあった当時の入道は、まさに家没落の危機に直面していた。そのような中で見られた夢は、入道にとって何としてもすがりたい夢ではなかったか。夢への妄信的とも言える情熱は、その後の入道の行動（播磨国への赴任、娘を光源氏と結婚させた事など）に充分表れているにもかかわらず、夢解人は登場しないのである。この事は、一体何を意味しているのだろうか。

三　夢告の曖昧性

明石入道は、自分の夢を夢解きに解釈させた上で、その夢告を予言として受け取ることができたはずである。しかし、入道はそうしなかった。入道が自ら見た夢に対して強い信念を抱いていたことは、後の入道の行動に明らかであるので、入道がその夢を真摯に受けとめていなかったはずはない。いや、それどころか、一つの夢に生涯をかけるほどの入道の思い入れは、夢を夢解きに託した人々の比ではないように思われる。入道は、あえて夢解人を介在させないことを選択したのではないだろうか。そして、そのような入道の行為は、あくまで夢に対する積極的な対応の一つであったと考えたい。

入道が夢解きを介在させなかった理由としてまず考えられることは、当時の夢解きの能力が、必ずしも信用に足る者ばかりではなかったということである。

たとえば、『蜻蛉日記』の場合、作者である道綱母が見た夢を、子である道綱がゆくゆくは大臣公卿になるべき吉夢だと夢解きが解いたことについて、作者は「をこなるべきことなれば、ものぐるほし」と記しているが、これは「性的な欲望のあらわれ」と見るのが最も自然な作者の夢が、息子の立身出世というとんでもない方向に合わされたことに対する作者の感想であるという。(15)また先述した僧が見た夢については、「みかど」を意のままにすることができる夢であると、夢解きが解いたことに対し、作者は僧への疑念を呈するが、西郷信綱氏によれば、恋の事を願っていた作者にとって、そのような夢はまさに見当違いであり、夢見た僧だけでなく、夢解きに関しても信用できる者ではなかったのであろうと推測している。(16)なぜなら、作者の夫・兼家が摂関家の御曹子である点に思い及べば、誰だってこのように解くと思われるからだ。つまり、夢解きの中には、氏の言われるような依頼人に媚びる世渡人が少なからずいたことになる。光源氏のように、帝の事としても占わせることができるぐらい信用に足る夢解きでないかぎり、夢判断によって正しい予言が引き出されるかどうか保証はないのだ。

また、夢はその夢見のよしあしよりも、その合わせ方の方が重要であった。いわば、夢は善く合わせるとその身の幸となり、悪く合わせると凶になると信じられていた。(17)古くは『風土記逸文』『日本書紀』にそのような思想を見ることができる。(18)

また『大鏡』には、道長の息である顕信の出家前に、母である高松殿（明子）が顕信の左の方の髪を中ほどから剃り落とした夢を見たが、後に出家の前兆であったとわかって、高松殿自身、夢解きに夢を吉夢に変えさせればよかったと後悔している記述がある。(19)このような話は、夢解きの合わせ方次第で、凶夢も吉夢に変えられたことを意味しており、夢解きの重要性が示唆されていると言えるだろう。『更級日記』の作者、菅原孝標女も、僧が見た吉凶混合の夢(20)を真剣に受けとめ、夢解きに夢をうまく解かせていたら、凶夢だけが叶うといった悲劇を免れていたかもしれない。

このように、夢解き如何で夢告の内容がいくらでも操作されてしまうということは、吉夢を見たとしても安心はできない。『大鏡』では、師輔が「朱雀門の前に、左右の足を西東の大宮にさしやりて、北向きにて内裏を抱きて立てり」といった吉夢を見るが、そのことを女房の前で話したところ、女房が「いかに御股痛くおはしましつらむ」と言ったために、それが夢解きとなり、吉夢は実現しなかった（師輔は摂政、関白になれなかった）と語られている。[21] ここでは、夢告が一介の女房にさえ左右されてしまうような、実に曖昧ではかないものとして記されているのである。ましてや、西郷氏が言われるように、当時夢が買ったり取ったりできるものであると考えられていたならば、[22] ますます吉夢に対しては慎重に事を運ばねばならなかったに違いない。

入道は、自分が見た夢をいい加減に合わせさせることも、また大事な夢を横取りされるような事態も避ける必要があった。夢のことを誰にも話さず一人で解釈するという行為は、非常に慎重な対応であり、曖昧で脆い夢告の内容を実現させる最も有効な方法だったのである。

四　予言実現の主体者 ―― 明石入道 ――

明石入道が見た夢については、孫である明石女御の皇子出産を伝え聞いた入道からの手紙中、次のように記されている。

わがおもと生まれたまはむとせしその年の二月のその夜の夢に見しやう、みづから須弥の山を右の手に捧げたり、山の左右より、月日の光さやかにさし出でて世を照らす、みづからは、山の下の蔭に隠れて、その光にあたらず、山をば広き海に浮かべおきて、小さき舟に乗りて、西の方をさして漕ぎゆくとなむ見はべし。

（「若菜上」四―一一三・一一四頁）

この夢を見た入道が、娘を貴人と娶せることに精力を尽くし、その結果生まれた孫娘が後宮入りして皇子を生んだ事実を前にして、「思ひのごと時に逢ひたまふ」と言い、女御が立后した際には願いがすべて叶ったということで、住吉の御社などへ願ほどきに行きなさい、と言うからには、この予言が開示された時点で大方実現していることが知られる。入道が自分で夢解きを行った際、どこまで具体的に自分の夢を解いていたかはわからないが、入道は明石の君等を都に送り出してからも祈り続けていたことがここで明らかにされる以上、入道には果たされるべき予言の内容が理解されていたことになる。また、そうでなければ、予言がほぼ果たされたことを都へ知らせることもできなかったであろう。

明石入道は、自身に付された予言を、いわば一人で管理してきたと言える。もし、妻である明石の尼君や、娘・明石の君にこの予言について話していれば、光源氏との結婚も、彼女たちの賛同を得られる形で進めることができたかもしれない。元々、近衛中将であった入道が播磨守となり、娘を貴人と娶せたいと願っていた時点で、「世のひがもの」と中傷されていた入道である。[23]その上家族にも不信感を抱かせてしまっては、入道自身、さらなる孤立を余儀なくされたはずである。しかし、このような入道のあり方は、在家ながらも周囲と隔絶し、より神仏との交流にのめり込む契機となっていたようにも思われる。入道が、嵐に遭った源氏を迎えに行くことができたのは、新たな夢告を得たからであるが、その授受を可能にしたのは、王権と深い関わりを持つ住吉神[24]への厚い信仰と、修行者としての入道のあり方によるだろう。このように、多くの犠牲を払いつつ重ねられた入道の不断の努力こそ、明石女御の皇子出産という慶事をもたらしたと考えられる。

しかも、明石入道に与えられた予言は、夢告という曖昧で脆い形の予言であった。光源氏が夢解きを経て得た予言ほど確たる保証は与えられていない。しかし、それは入道自ら選択した予言授受の方法であった。夢解きの保証を得ない代わりに、少しでも第三者を介入させることのリスクを減らし、自分の力だけで予言を守っていくことを彼自身が選択したのである。その選択は、生涯この夢にかけた入道の情熱、ひいては没落していく家の名誉を何とかして回復したいと切に願う入道の心意気を、はじめから示すものであった。おそらく、このような「予言の管理者」という入道の役割こそ、最後に彼を予言実現の主体者として、また一家の長として改めてその存在を据え直すことを可能にするのだろう。

若菜上巻という位置での予言開示は、明石入道の家の栄誉を源家の物語とは一線を画す形で描く意図があったからだと考えられる。また、そのような栄誉を描くためには、明石入道が「家の長」として据え直されることが必要不可欠であった。入道が単なる「世のひがもの」ではなく、あくまで一人で予言を管理し、その実現を導いた「主体者」であったことが明かされなければ、今まで光源氏の持ち駒として源家の傘下に組み入れられてきた明石女御に、明石一族としての自覚を芽生えさせることは困難であったはずだ。

このように、ここで光源氏の栄華を支える大事な柱である明石女御が明石側に取り込まれ、その栄誉が語られることは、明石入道の生涯をかけた長としての生き方、力強さに、一時ではあるが、同じく家の長である光源氏が圧倒されてしまっていることを意味する。これまで、明石姫君の入内、及び皇子出産は、大方、宿曜の予言実現のために尽くしてきた光源氏の力によるものと思われていた。しかし、明石入道の手紙によって、予言実現の主体者は、源氏以外にも存在したことが明らかとなる。二人の予言の背後には、明石一門（按察大納言家と明石大臣家）の願いがあったことが確認され、源氏も彼らの願いを果たすべく生かされていたことを知るのである。源氏は、明石入道の願文を目にした後、入道の人柄を讃え、その家に降りかかった不幸と女子を介しての王権回帰への道筋について、語りながら涙している。己のあやにくな宿世に、思いもよらない大きな願いがかけられていたことを知った光源氏は、改めて自身の生き方に思うところがあったのであろう。一門の願いは、女子を介しての王権への回帰と、源家としての再興にあった。(25) 源氏は、父桐壺院の望みだけでなく、母方の一門の望みも叶えていたことになる。

また、竹内正彦氏は、入道の山入りが女御の立后前であり、夢が完全に実現される前に行われていることから、この山入りを自らの往生のためだけではなく、熊狼（山の王）に自分の身を施す（供犠として祖霊をも含む神霊に身を差し出す）ことにより、夢の実現を委託しているのではないかと述べている。(26) 氏の見解によれば、入道は自身の命までも子孫のために使い果たそうとしたことになり、まさに最後まで予言実現に生きた人物であったと言えよう。このような入道の真摯な生き方は、後に六条院を「ただ一人（明石の君）の末のため」にあるように思えると語られるほどの子孫繁栄を招来することになるのである。

注

（1）日向一雅「予言とは何か」（『解釈と鑑賞』四五―五、一九八〇年五月）
（2）西郷信綱『古代人と夢』（平凡社ライブラリー、一九九三年）
（3）日向一雅「第一部についての断章　1「夢」をめぐって」（『源氏物語の主題―「家」の遺志と宿世の物語の構造』桜楓社、一九八三年）
（4）玉上琢彌「若菜上」『源氏物語評釈』（角川書店、一九六六年）二〇九頁
（5）『花鳥余情』は、明石入道の夢を『過去現在因果経』に拠るものとし、次のように解釈する。「……須弥の山にをきては

うへなき山なり右の手にさゝくるといふは女をは右につかさとれはあかしのうへをいふなるへし山の左右より月日のさし出たるは月は中宮日は東宮にたとふれはあかしの上の御女中宮にたちて孫に東宮を生給へき瑞也みつからは山のしたにかくれてその光にあたらぬといふはあかしの入道世をのかれて栄花をむさほる心なけれはかの御徳をはみさるを光にあたらぬとはいへり山をはひろき海にうかへをくとは東宮つゐに御位につき給て四海をたな心にきり給ふへき心なりわか身はちいさき舟にのりてにしをさして行は入道般若の舟にさほさし生死の海をわたりて西方極楽の岸にいたるへきにたとふ現当二世の願望成就して目出たき瑞夢也」（松永本『花鳥余情』桜楓社、一九七八年）

（6）注（4）に同じ。ただし引用は一部省略した。

（7）阿部秋生『源氏物語研究序説』（東京大学出版会、一九五九年）七六六頁、等。

（8）『蜻蛉日記』天禄三年（九七二）二月十七日の記事。穀断ちの法師が作者である道綱母について「……御袖に月と日とを受けたまひて、月をば足の下に踏み、日をば胸にあてて抱きたまふ」という夢を見たので、その夢を作者が夢解きに合わせさせた所、「みかどをわがままに、おぼしきさまのまつりごとせむものぞ」と合わせたという（新編日本古典文学全集『蜻蛉日記』二七七・二七八頁参照）。日・月の夢が古くより皇位との関連を示唆するとの指摘は、近年では青島麻子「『源氏物語』明石入道の夢」（鈴木健一編『天空の文学史―太陽・月・星』三弥井書店、二〇一四年）にあり、『蜻蛉日記』の作者がこの夢を解かせる前から内容を予想できていたことが知られる。

（9）僧が見た夢とは、奉納した一尺の鏡を携えて現れた女性に「臥しまろび泣き嘆きたる」影と、「御簾ども青やかに、几帳おし出でたる下より、いろいろの衣こぼれ出で、梅桜咲きたるに、鶯、木づたひ鳴きたる」といった晴れやかな影の吉凶両方の未来が鏡に映し出される様子を見せられる夢である（新編日本古典文学全集『更級日記』三二〇・三二一頁参照）。

（10）新編日本古典文学全集『更級日記』三五七頁参照。

（11）兼家の兄である兼通の全盛時代で、兼家は様々な官職を停められていた時に、ある人が兼通の住む堀河の邸からたいそう多くの矢を東の方へ射ているのを見、その矢が兼家の住む東三条殿に皆落ちたという夢を見て、不吉に思い兼家に伝えた話が記される。夢解きは、この夢を天下がこの殿に移り、兼通に仕えている者たちがそっくり兼家のもとへ参るようになるという素晴らしい吉夢だと解いた（新編日本古典文学全集『大鏡』「兼家」二三九・二四〇頁参照）。

(12) 俊蔭の女が仲忠を出産して後、自らの運命を悲観して嘆いていたところ、嫗は自分の見た夢（たいそう美しく光っているなめらかなくけ針に、縹色の糸を左右によって一尋半ほどの長さを通したものを、鵜がくわえてきて、俊蔭の女の前に落としたところ、その針をまことに尊く修行してやせた行者が女の下前の衽に長く縫い付けて立ち去ったが、その針を落とした鵜が針を探しにやってきて女の着物についていたと知ると女の袖の上にとまったきり飛び立たない）と、夢判断の結果（後に的中）について話し出す。その夢は夢解きによると大変な吉夢であり、俊蔭の女が上達部の御子を生んで、その子供によって幸せになれると言う。しかも、今現在、相手の男との仲が絶えていることを言い当てる（室城秀之校注『うつほ物語』全、おうふう、三四・三五頁参照）。

(13) 『小右記』等の古記録では、見た夢をそのまま信じて行動に移す例が見られることを藤本勝義氏が指摘するが（『源氏物語の表現と史実』笠間書院、二〇一二年）、この論考ではあくまで物語に見られる人物たちの行動を基軸に考えるものとする。

(14) 道綱母が見たのは、「右のかたの足のうらに、大臣門といふ文字を、ふと書きつくれば、驚きて引き入る」という夢であり、夢解きはこの夢を侍女が見た夢（邸の門を四脚門に造り変える）同様、子である道綱が将来大臣になることを予言する夢であるとした（新編日本古典文学全集『蜻蛉日記』二七八・二七九頁参照）。

(15) 西郷信綱「第六章　蜻蛉日記、更級日記、源氏物語のこと」（注（2）前掲書）

(16) 注（15）に同じ。

(17) 西郷信綱「補論二　夢あわせ」（注（2）前掲書）

(18) 『風土記逸文』（摂津国）「夢野刀我野」には、妾を持つ牡鹿が嫡である牝鹿に自分の見た夢を話してきたので、牝鹿は、夫の鹿が妾の所へ通うのを嫌って、牡鹿が妾のいる場所へ行けば死ぬことになる、といった嘘の夢合わせをしたところ、実際その夢合わせ通りになってしまったという話が記載されている（新編日本古典文学全集『風土記』四二七・四二八頁参照）。そして、話の最後に「俗、説へて云はく『刀我野に立てる真牡鹿も夢相のまにまに』といふ。」と記される。これと似た話が『日本書紀』の仁徳天皇三十八年七月の条に出てくる。『書紀』では諺が「鳴く牡鹿も相夢の随《まにま》に」と記されるが、何れにせよ、人はもとより鹿でさえ夢合わせのまにまにだという意の諺であると、西郷氏（注（17））は述べている。

(19) 新編日本古典文学全集『大鏡』「道長」三〇五頁参照。

(20) 注（9）に同じ。

(21) 新編日本古典文学全集『大鏡』「師輔」一六八頁参照。

(22) 西郷信綱「補論一　夢を買う話」（注（2）前掲書）

(23) 注（7）前掲書七三一頁。阿部秋生氏は、近衛中将であった入道が播磨守となったことについて、古注がその例を求めかねているように、かなり異常な人事であったことを指摘している。

(24) 『古事記』（中巻・仲哀天皇）『日本書紀』（巻第八・仲哀天皇、巻第九・神功皇后）には、神功皇后の信託によって現れた住吉神の求めに応じて船上に祭ったところ、無事新羅へ行き着き征伐に成功したという記事を載せる。

(25) 日向一雅「王権譚と家の物語―「澪標」巻の世界―」（『源氏物語の鑑賞と基礎知識』二四、至文堂、二〇〇二年）

(26) 竹内正彦「山のかなたの明石入道―「若菜上」巻における山入りがはらむもの―」（『源氏物語発生史論―明石一族物語の地平』新典社、二〇〇七年、初出一九九七年）

第十六章　光源氏の夢告と柏木の夢
――「一夜孕み」を手掛かりに――

一　はじめに

「予言」「夢」「密通」――これらが古代の物語文学において、登場人物の生を規定、あるいは翻弄するほどの力を持ち、その展開に大きな影響をもたらしてきたことは間違いない。天変地異や疫病の流行が「天からのさとし」や「怨霊の祟り」として解釈される時代、『源氏物語』が描く貴族社会においても、病気や出産等の非常時には、その原因や妨げとなる「もののけ」を祓うべく加持祈禱が行われ、方違えや物忌みといった吉凶をコントロールするための陰陽道が日常を支配した。人々は、まさに現実では目に見えないものを信じ、その力を頼りに生きていたのである。(1)

そのような中で、「夢」は魂の交信・交会の場所であり、生死を問わず現実には会えない人との邂逅を可能にした。(2)また神の託宣や予言めいた映像を受信する場としても機能する。(3)そして、これらの「夢」に共通する要素はその儚さである。眠りから覚めれば一時の夢として邂逅は終わる。物語の密通の多くが「夢のような逢瀬」として表現されるのは、『伊勢物語』以来の常套表現であるとともに[4]、実際、その一時の儚さが、平時の逢瀬以上に切実に感じられるからだろう。また夢の託宣・予言は、人相見のような人を介さない予言であるため、信憑性に乏しく、その多くが第三者からの認定を必要とするものとして描かれる[5]。つまり、最初から人を介して得る予言より、不確かで儚いと言える[6]。

このように、「夢」を介して「予言」と「密通」は結びつけられるのであるが、この三つの要素が同時に描かれるのが光源氏と藤壺の密通事件、および柏木と女三宮の密通事件である。この二つの事件は、その発端と過程において、多くの類似点が指摘され、光源氏に因果応報を知らしめるべく機能し、柏木の密通事件が光源氏の陰画の物語としてあることが指摘されている[7]。つまり、物語は意図的に、それぞれの密通に夢告を配して展開していると見られるが、そこにはそれらの密通における差異も自ずから明らかにされていよう。

本章では、二つの密通事件に関わるそれぞれの夢告の特性を検討し、比較することで、この二つの夢告が、神話・説話における夢告とは異なり、『源氏物語』を物語たらしめる特異な構造を持つことを論じてみたい。

二　光源氏の「おどろおどろしうさま異なる夢」

光源氏は、藤壺との逢瀬の後、次のような夢を見る。

中将の君も、おどろおどろしうさま異なる夢を見たまひて、合はする者を召して問はせたまへば、及びなう思しもかけぬ筋のことを合はせけり。「その中に違ひ目ありて、つつしませたまふべきことなむはべる」と言ふに、わづらはしくおぼえて、「みづからの夢にはあらず、人の御事を語るなり。この夢合ふまで、また人にまねぶな」とのたまひて、心の中には、いかなることならむと思しわたるに、この女宮の御事、聞きたまひて、もしさるやうもやと思しあはせたまふに、いとどしくいみじき言の葉尽くし聞こえたまへど、命婦も思ふに、いとむくつけう、わづらはしさまさりて、さらにたばかるべき方なし。はかなき一行《くだり》の御返りのたまさかなりしも絶え果てにたり。
（「若紫」四―二三三・二三四頁）(7)

光源氏の夢は、明石入道の日月の夢や柏木の猫の夢のように具体的には語られていない。夢解き後の内容についても、「及びなう思しもかけぬ筋」と、源氏にとってこの予言が全く予想外の方面であったことがわかるだけである。さらに、夢解き後も「いかなることならむ」と源氏は疑問を抱き続けており、藤壺の様子を聞いてようやく思い当たるほど、信じがたい内容であったようである。またその予言成就の過程において「違ひ目ありてつつしませたまふべきこと」があると言われるからには、この夢が単なる吉夢でないことも示されている。また、源氏自身の夢であると知られると不都合であるものの、予言の成就まで口止めがなされるということは、やはり成就が望まれる内容であったことになる。というのも、当時の夢解きとは、凶夢を吉夢に変えることが可能であり、また容易にその逆もあり得たことが、『大鏡』等の記述によって知られるからである。(8)

このように、詳細に光源氏が夢を見た後の経緯を追っていくと、源氏が見た夢は、直接的に藤壺が源氏の子を宿したことを示す内容ではなかったようである。しかしながら、この夢は、藤壺が逢瀬後の自分を「心憂き身」と嘆き、その悩ましさが次第に懐妊による不調と一続きに語られ、さらに懐妊の事実が周囲にも明確になるに従い、その精神が深刻に追い込まれていく様――「心憂く」「思し乱る」「そら恐ろしう」「ものを思すこと隙なし」――に引き続いて記されるため、そのような藤壺の精神に同調する形で源氏が夢見たように読めてしまう。まるで、藤壺の悩める魂が光源氏に自分の懐妊を知らせるために見せた夢であるかのように。しかし、光源氏の夢は、むしろ『蜻蛉日記』に記される次の夢に近い内容ではなかったか。

（穀断ちの法師が）「いぬる五日の夜の夢に、御袖に月と日とを受けたまひて、月をば足の下に踏み、日をば胸にあてて抱きたまふとなむ、見てはべる。これ夢解きに問はせたまへ」と言ひたり。いとうたておどろおどろしと思ふに、疑ひそひて、をこなる心地すれば、人にも解かせぬ時しもあれ、夢あはする者来たるに、異人の上にて問はすれば、うべもなく、「いかなる人の見たるぞ」とおどろきて、「みかどをわがままに、おぼしきさまのまつりごとせむものぞ」とぞ言ふ。「さればよ。これが空あはせにはあらず。言ひおこせたる僧の疑はしきなり。あなかま。いと似げなし」とてやみぬ。

（『蜻蛉日記』天禄三年（九七二）二月十七日）[9]

藤原道綱の母は、石山寺で祈禱を依頼した穀断ちの法師が見た夢について、いやに仰々しいと思い、疑わしく馬鹿馬鹿しい気持ちになったため、夢を解釈させせずにいたが、ちょうど夢解人が来たので、人のこととして夢を解かせてみた。傍線部の表現は、光源氏の夢が「おどろおどろしうさま異なる夢」であったこと、また夢解人に自分の夢でなく人の事として話した点で共通する。道綱母は、法師の見た夢が自分の身にはそぐわない内容であることを最初から理解していたのだろう。

このような日月の夢が、王権と関わる意を持つことは、明石入道の予言と照らし合わせても明らかである。[10]また夫・兼家が摂関家の御曹司である点に思い及べば、僧の夢も「みかどを意のままにして自分の思い通りの政治ができる」

という夢解人の解釈も、依頼人に媚びたものとして理解することが可能である。[11]実際、恋の事（兼家との）を願っていた道綱母にとって、僧の見た夢が見当違いの内容であったというのも確かであろう。[12]そのため、光源氏の場合とは、状況において大きく異なるわけではあるが、その夢告が「王権にかかわる大それた内容」であったことは、光源氏の夢と通じる部分がある。つまり、その夢が具体的に記されるとすれば、『蜻蛉日記』の夢や明石入道の夢のように、日月で表現された可能性は高い。

しかし、源氏の場合、不義密通によりもたらされる王権との関わりであって、それは吉夢とも凶夢とも表現しえなかったのではなかろうか。ただ後の須磨流離を意味する「違ひ目」についての予言があるため、この夢告が凶事を含んでいたことは確かである。[13]

また、藤壺の様子を知ってからようやく自分の子を宿した可能性に思い至る点では、やはりこの予言が藤壺の懐妊のみを直接指し示す内容ではなかったと考えられる。そのような意味では、桐壺巻の高麗相人の予言、澪標巻の宿曜の予言同様、これからの源氏の運命を領導する長期的な視野をもった予言と言える。

ただ、その一方で、この夢が藤壺の宿した子を己の子であると源氏本人に知らしめる役割を持つことは間違いない。このような夢のあり方について、早い時点における藤壺との罪意識の共有をその理由とする意見もあるが、[14]源氏が子の実父であることを知る方法は、夢告以外にもあったはずである。しかし、この知らせが夢告でなければならなかった理由は、神々や高僧の誕生にあたって導入される夢のモチーフ[15]（聖なる子の懐胎を意味する）のように、将来、帝として即位する者の誕生が示されていたからではないか。

本来、子を孕む夢というのは、処女懐胎を中心とし、女性側で見られることが多く、男性が見るというのは異例である。ただし物語の場合、たとえば『うつほ物語』では、俊蔭の女が天人の生まれ変わりの子・仲忠を懐妊することについて、その女に仕えていた嫗が夢告を得るように、当事者以外が見る場合もあり、このような形での話型の変奏は、人物関係が複雑化する長編物語にあっては自然の流れのようにも思われる。

しかし、『源氏物語』では、この夢告により、藤壺は宮を寵愛してきた桐壺帝ではなく、たまさかの関係を持った光源氏の子を宿したことが明らかになるのである。このことは、藤壺自身「あさましき御宿世のほど心憂し」と源氏との恐るべき縁を思わざるをえないのであるが、このような夢告のあり方をどのように考えればよいのか。本章では、この点について、一夜孕みのモチーフを手掛かりに検討してみたい。

若紫巻に描かれる光源氏と藤壺との密通は、藤壺の述懐により、初度の逢瀬であるかは不確かだが、たとえば『常陸国風土記』の記述によれば、夜毎に神が訪れていても「一夕に懐妊《はら》めり」という表現が用いられており、「一夜孕み」が神婚譚にとっての様式的なものである可能性が指摘されている。(16)つまり『源氏物語』の光源氏と藤壺の場合も、若紫巻の密通による「一夜孕み」として描かれていると理解してよいだろう。しかしその上で問題となるのは、先行作品において、その一夜孕みの子は男親から容易に認知されないという事実である。

たとえば、天孫降臨の後に描かれるホノニニギノミコトとコノハナノサクヤヒメの神婚譚では、ニニギはコノハナサクヤヒメが一夜で懐妊したことを疑い、他の国つ神の子ではないかとコノハナサクヤヒメに詰め寄っている。その結果、コノハナサクヤヒメは、自ら火の放たれた産屋で子を産み、身の潔白を証し立てる。この後のニニギの対応は記紀で異なるものの、(17)一夜孕みにおいては、何らかの証明が必要であり、それをもって聖婚もまた証明されるという二重の手続きが踏まれているのである。

また雄略紀には、一夜孕みで采女が生んだ子を我が子か否か疑う雄略天皇の話がある。しかし、その子が雄略と瓜二つであったこと、また後の雄略の証言を元に、実子であると認められる。つまり、ここでも一夜孕みへの疑念とその解消の手続きが記されていると考えてよいだろう。

これらの話には、男親が我が子を認知することへの普遍的な不安が示されているとも言えるが、『源氏物語』の場合も、これらの神や天皇の場合と同様、その一夜孕みを証明する手続きが必要だったということではなかろうか。その手段が夢告であり、聖なる子が生まれることも同時に約束される。また自分が父であることを男親が疑う「一夜孕み」とは、潜在的に第三者（間男）の存在が想定されている。『源氏物語』では、まさにその第三者である光源氏が、神代より万世一系であるとして語られる「天皇」、いわゆる物語の桐壺帝を退けて「一夜孕み」の父となる。ここに神話の相対化を見て取ることも可能だが、このような物語のあり方をどのように考えればよいのか。

その点、光源氏こそ聖婚を成し遂げるべき真の王者であり、夢告を得られたのも、既存の王権を相対化する存在としてあることの証拠と見るのは容易だが、事はそう簡単ではない。この逢瀬は、密通の当事者二人の心中において、紛れもなく「罪」として意識されており、それは柏木と女三宮の密通事件が源氏に因果応報を知らしめる出来事として描かれることに明らかである。夢告の内容が明示されないのも、先述したように、不義密通という「罪」と引き替えの予言であって、やはりそのような夢を描くことの難しさがあったのだと思われる。さらに「違ひ目」という凶相の予言が伴われるところを見るに、この夢告は高麗相人の予言同様[18]、光源氏の帝王相とそれに伴う凶事（「乱れ憂れふること」）を表すものとして理解できるのではなかろうか。

そのように考えると、若紫巻の夢告は、高麗相人の予言をもう少し具体化する内容であり、光源氏の凶事の部分を「不義の子即位による皇統乱脈の罪を犯す可能性があること」と明示するはたらきがある。つまり、この夢告は、あくまで光源氏の運命に関わる予言として、源氏自身で見る必要があったのである。

それでは、このような光源氏の夢と構造上、対の関係にある柏木の夢は、どのように描かれるのか。次節で具体的に検討してみたい。

三　柏木の猫の夢

柏木が女三宮との密通後に見た夢については、次のように語られる。

ただいささかまどろむともなき夢に、この手馴らしし猫の、いとらうたげにうち鳴きて来たるを、この宮に奉らむとて、わが率て来たると思しきを、何しに奉りつらむと、思ふほどにおどろきて、いかに見えつるならむと思ふ。

（「若菜下」四―二二六頁）

柏木は猫の夢を見る。この猫は、柏木が女三宮を垣間見する契機を作り、後に女三宮の形代として柏木に引き取られた猫である。またこの猫の夢は、古注において「夢レ獣懐胎之相也」などと注されており、[19]もっぱら女三宮の懐妊を予告する夢であると言われてきた。けれども「猫の夢」自体に当時そのような俗信があったことを裏付ける資料、もしくは典拠となる文献はいまだ見つけられていない。そのため「男から女への物の授受」という行為自体に、宮の懐妊を象徴的に見出し、懐妊を表す夢の機能を認める意見もある。[20]

しかし、それがなぜ猫であるのか、ということについては、形代としての猫が柏木から返されることにより、女三宮との逢瀬が確かに成就したことを示す、[21]また猫が柏木自身の形代（撫で物）として己が命と引き替えに宮の懐妊がもたらされたことを意味するなどの指摘があり、[22]これらによれば、この猫の夢が柏木と女三宮に固有の恋の論理を意味することは明らかである。想い続けた当人の傍らにいながら、長い間その代替としてきた猫の夢を見るとは滑稽な感もあるが、柏木の猫愛玩の行為自体、『小右記』が一条天皇の猫の産養について冷ややかに書き留めていたように、[23]女房たちからは訝しく思われていた。

このような形代としての猫のあり方は、光源氏における紫の上との共通性が表現の上で指摘されている。[24]ただ紫の上が藤壺の代替たり得なかったことは、光源氏の女性評や紫の上を得てなお源氏がその幻影を希求したことに明らかであり、その反面、そういった紫の上の個性が最終的には藤壺を超えて光源氏の心を捉え得た理由であったと考えられる。だが、柏木の場合はいかがであろう。

柏木の夢が、形代としての猫を女三宮に返す夢であった場合、いわば猫と女三宮は交換可能で等価な存在として描かれていることになる。また柏木の得た形代が「猫」であったことは、それが「人」であった紫の上とは異なり、柏木の思うように手懐けることを可能にし、柏木の欲望を存分に受けとめてくれる存在となった。そこには、柏木自身の手前勝手な幻想が幾重にも渦巻いていたことだろう。そして猫との対話の中にいる限り、その思いは満たされ続ける。

女三宮の垣間見から七年――その間、変わらず宮を思い続けていられたのは、この猫の存在あってのことかもしれない。「ただいささかまどろむともなき夢」――情交の象徴的な表現ともされる[25]この夢が、そのまま猫の夢と地続きに語られるのは、女三宮との逢瀬が猫への愛撫同様、柏木の一方的なものであったことを示している。夢を見る（情交に至る）直前、女三宮の様子は「いとさばかり気高う恥づかしげにはあらで、なつかしくらうたげに、やはやはとのみ見えたまふ御けはひ」と語られており、これらは夢中の猫が「いとらうたげにうち鳴きて」とあるのに似ている。[26]柏木は宮を相手にすることで、潜在的に形代の猫を思い出す。

しかし、逢瀬時の宮は、猫のように「らうたげにうち鳴きて」と答えたはずはない。そこに形代の猫を見るのは、このように答えてほしいと願う柏木の心情によろう。また「(猫を)何しに奉りつらむ」の柏木の言葉に、女三宮の懐妊に対する潜在的な悔悟と自責の念を読み解く意見もあるが、(27)そう読むとその後も柏木が女三宮と逢瀬を持ち続けた理由が判然としない。ここにこの猫を返したことによる後悔を読み取るのであれば、それは女三宮との逢瀬を経ても形代を返すだけの満足感が得られない、すなわちままならない逢瀬の現実へ至ってしまった事実、そのものへの潜在的な後悔ではなかったか。相手が生身の女である以上、自分の想いに対する何らかの回答を得たくなるのは必定である。柏木の場合、それが女三宮からの「あはれ」の一言であったと見たい。

また、猫を宮に差し上げるという夢でありながら、宮自身は現れず、それが完全な授受として描かれないのも、その逢瀬が柏木の一方的な思いによるものであり、その思いが僅かにでも受けとめられたと柏木には感じられなかった証拠と言える。つまり、この夢が「子を孕む夢」として本当に機能しているのか、甚だ疑わしいのである。

しかし、この柏木と女三宮の密通は、大方一夜孕みとして理解されており、柏木の一方的な思いの結実であったとしても夢告を得ている。光源氏の場合と照らし合わせても、やはり「子を孕む夢」として認めたいところではある。

柏木は、夢を得た後、女三宮の元を立ち去る際、次のような言葉を残している。

……「あはれなる夢語も聞こえさすべきを、かく憎ませたまへばこそ。さりとも、いま、思しあはする事もはべりなむ」とて、のどかならず立ち出づる明けぐれ、秋の空よりも心づくしなり。　(「若菜下」四―二二八頁)

柏木は、自分が見た夢を女三宮に話したかったが、自分のことを憎んでいる様子の宮に話すことはできなかった。

それでも「そのうち思い当たる事もあるでしょう」と、この夢によって何か確信を得ている話し方をする。現在の注釈書の多くは、その確信の内容を女三宮の懐妊とするが、むしろ柏木にとっては、そのように受け取りたい夢であっただけで、この夢解き自体、柏木の思いこみである可能性も否定できないのではないか。

たとえば、柏木の夢は、後に「……心一つに思ひあはせて、また語る人もなきが、いみじういぶせくもあるかな」（「柏木」四―二九五頁）と語られるように、最後まで柏木の胸の内に秘められたものであった。つまり光源氏のように、夢解人による解釈を介在させておらず、第三者による予言の保証を受けていない。また柏木が自ら見た夢をすぐさま「懐妊の夢」であるとして宮におぼめかす事自体、源氏が夢告を得てもすぐには藤壺の懐妊に思い至らなかったことと大きな違いがある。

またもう一つ気になるのが次の記述である。

姫宮は、あやしかりしことを思し嘆きしより、やがて例のさまにもおはせず、なやましくしたまへど、おどろおどろしくはあらず、立ちぬる月より物聞こしめさで、いたく青みそこなはれたまふ。かの人は、わりなく思ひあまる時々は夢のやうに見たてまつりけれど、宮は、尽きせずわりなきことに思したり。

（「若菜下」四―二四三頁）

光源氏の場合、一夜孕みとなる逢瀬の後、出産まで藤壺は光源氏を近づけないのに対し、柏木の場合、傍線部のように、その後も幾度か逢瀬のあったことが示されている。賀茂祭の初度の逢瀬があった後、どれほどの月日を経て二度目の逢瀬があったかはわからないが、柏木は自ら得た夢の確信を現実化すべく行動しているとも言える。

土方洋一氏は、柏木と女三宮の賀茂祭での逢瀬に、神婚としての宿命の恋を読み取るが、(28)むしろ物語は、「一夜孕み」への徹底的な疑義を持っているようにさえ思われる。初度の逢瀬後、自邸に戻った柏木については「……見つる夢のさだかにあはむことも難きをさへ思ふに、かの猫のありしさま、いと恋しく思ひ出でらる」とあり、その夢告の実現が難しいことを、柏木自身、自覚している。夢告後に描かれる度重なる逢瀬は、そのような夢告を得てなお女三宮との浅からぬ宿世を確かめたい思いに駆られる柏木の焦慮を示す。

このように、柏木が見た夢は、己の願望と不満を潜在化させた内容であって、(29)完全に「子を孕む夢」とは言い難い部分がある。けれども、前記の本文引用のように、宮は最初の逢瀬を嘆き悲しんでいるうちにいつもとは異なる体調不良（懐妊による）に見舞われたとあるからには、やはり最初の逢瀬による一夜孕みであったと考えてよい。ただその後の柏木の行動は、その「一夜孕み」の事実を疑うかのようであり、源氏の子を懐妊して確かに藤壺が感じたような宿世の縁を、柏木は女三宮との間に求め続ける。そのような意味では、柏木と女三宮の関係は、光源氏と藤壺との関係を矮小化したものと言える。実際、柏木と女三宮の密通は、たとえ光源氏が准太上天皇であったとはいえ、光源氏と藤壺の密通のように、王権への犯しとなるような出来事ではない。(30)

しかし、その一方で、柏木の恋には、『伊勢物語』の主人公のような「恋の英雄」をなぞる表現が見られ、歌物語的にも純化された世界に到達しているとの指摘がある。(31)少なくとも、これらの表現は、かつての光源氏が負っていた世界であり、その位置を柏木に奪われたことを意味していよう。ただし、そこには差異があり、「恋の英雄」を目指しているようで、実際のところ「光源氏」という社会の中心を前に自滅していく部分は、もう一つの歌物語（『大和物語』一五五段）の恋のありようを想起させる。(32)この恋が所詮、柏木の父・頭中将より続く藤家と源家の勢力争いの延長線上にあることの証拠とも言えるが、(33)物語に描かれる二つの密通は、二つの夢告によって、最初からその違いが明らかにされていたのである。

それでも、そのような若い野心家・柏木が、光源氏の過去を暴き相対化するのは事実であり、正妻が不義の子を宿し、その事実が源氏に知られるに至って引き起こされる事態は、光源氏自身が罪の上に築いた地位――准太上天皇の栄華を形骸化させる。元々、柏木と女三宮の密通は、新たに皇統の祖となった朱雀院鍾愛の娘である女三宮との結婚を、源氏が藤壺のゆかりと意識した上で承諾したことに端を発しており、いつまでも王権への犯しの記憶である藤壺思慕を断ち切れない源氏への罰とも言える。そこに、紫の上の発病同様、女三宮の密通と出家に関して、源氏の藤壺思慕に翻弄された六条御息所の死霊の介在が認められる理由もある。(35)

つまり、光源氏による「王権」への犯しを矮小化した柏木の「光源氏世界」への侵犯は、犯される側の権威を明らかに「王権」とは異なる特殊な位相にある事実を突きつける。光源氏の築いた栄華は、自ら犯した過去の過ちの産物でもあり、若き柏木の衝動によって、脆くも崩れ去るのである。

四　結　語

光源氏と藤壺の密通においては、一夜孕みとそれを証立てる夢告により、「子を孕む夢」の説話や「一夜孕み」の神話などと同様に、聖なる子――冷泉帝の誕生が予言され、二人の「宿世」の深さも窺える。しかし、それは不義密通という「罪」の結果としての一夜孕みであった。そのため夢告についても、王権に関わる予言でありながら、具体的に描かれることはない。しかも「違ひ目」という凶相の予言が伴われる。この夢告は、高麗相人の予言同様、光源氏の帝王相とそれに伴う凶事（「乱れ憂れふること」）を表すものとしてあり、さらにその凶事の部分を「不義の子即位による皇統乱脈の罪を犯す可能性があること」と明示するはたらきがある。夢を見たのが源氏自身であったのも、この夢告が光源氏の運命に関わる一連の予言の一つであったことを意味していよう。

一方、柏木と女三宮の密通においては、源氏の場合同様、一夜孕みと夢告が描かれるものの、柏木はその夢を確かなものにすべく女三宮との逢瀬を重ね続ける。また猫の形代・猫の夢は、柏木と女三宮の密通における男側の一方的な恋のありようを物語る。つまり、二つの夢告は、その恋の違いを明確に表すが、それでも若い野心家・柏木の引き起こす密通事件は、結果的に光源氏を相対化し、源氏自身が罪の上に築いた准太上天皇の栄華を形骸化させる。柏木と女三宮の密通は、いつまでも藤壺への思慕を断ち切れない源氏への罰としてあり、六条御息所の死霊の介在がそのことを証している。

このように、光源氏による「王権」への犯しを矮小化した柏木の「光源氏世界」への侵犯は、犯される側の権威を明らかに「王権」とは異なる特殊な位相にある事実を突きつける。罪の上に築かれた光源氏の栄華は、若き柏木の衝動によって、脆くも崩れ去るのである。

元々、予言・夢・密通とは、それぞれが脆く儚いものである。密通による不義の子誕生を、一夜孕みと夢告で描くことは、むしろ神話や説話で描かれていたそれらの保証性を疑う行為と言えるだろう。実際、その儚い夢に強固な「宿世」を幻視し、因果として結びつけるのは、むしろ人間の側であることを、柏木物語は語ってはいまいか。予言も夢も密通も、不確かであるからこそ、そこに人の思惑が投影され、それらを受けとめる素地となる。『源氏物語』は、その特性を巧みに利用し、物語世界を形作るのであり、光源氏の築いた六条院世界の栄華も、物語固有の特殊な世界であったことが知られるのである。

注

（1）藤本勝義『源氏物語の表現と史実』第二編「王朝文学の夢・霊・陰陽道」（笠間書院、二〇一二年）では、当時の人々の日常に「陰陽道」信仰が浸透していたこと、「御霊」が恐れられていたこと、「夢」が大きな意味を持ってその精神生活を規定していたことなどが古記録や文学作品等から論証されている。そのような時代の風潮に沿って『源氏物語』の夢想があり、将来の予兆の機能等を物語が極めて有効に利用したと言われる点、同意できるが「源氏物語の夢の設定に際だった独自性があるわけではない」とする点には疑問が残る。

（2）当時の夢については、西郷信綱『古代人と夢』（平凡社ライブラリー、一九九三年）に基本的文献がまとめられているが、近年では、注（1）前掲書第二編ほか、倉本一宏『平安貴族の夢分析』（吉川弘文館、二〇〇八年）、酒井紀美『夢の日本史』（勉誠出版、二〇一七年）、荒木浩編『夢見る日本文化のパラダイム』（法蔵館、二〇一五年）、同編『夢と表象―眠りと心の比較文化史』（勉誠出版、二〇一七年）など多くの論考がある。

（3）注（2）に同じ。

（4）『伊勢物語』六九段は昔男と斎宮の密通を描くが、その贈答が以下のように記される。

……女のもとより、詞はなくて、

君や来しわれやゆきけむおもほえず夢かうつつか寝てかさめてか

男、いといたう泣きてよめる、

かきくらす心のやみにまどひにき夢うつつとは今宵さだめよ

（新編日本古典文学全集『伊勢物語』六九段「狩の使」一七三・一七四頁）

本書ではとりあげないが、光源氏、藤壺、女三宮が、密通後の贈答歌に「夢」を詠み込んでおり、その差異については、土方洋一「女三の宮の懐妊―コードとしての一夜孕みと夢の機能―」（『源氏物語のテクスト生成論』笠間書院、二〇〇〇年）に論じられている。

（5）注（2）西郷氏前掲書

（6）注（1）藤本論文が指摘するように、『小右記』等の古記録では、見た夢をそのまま信じて行動に移す例が見られ、夢に確信を得た行動をとっているが、注2西郷氏前掲書には、夢を買ったり取ったりできる話が示されるなど、当時夢が不確なものとして捉えられていたことも窺える。詳しくは本書第十五章参照。

（7）日向一雅「柏木物語の方法―光源氏の陰画の物語あるいは宿世の物語の構造―」（『源氏物語の準拠と話型』至文堂、一九九九年）

（8）『大鏡』（新編日本古典文学全集『大鏡』「道長」三〇五頁）には、道長の息である顕信の出家前に、母である高松殿（明子）が顕信の左の方の髪を中ほどから剃り落とした夢を見たが、後に出家の前兆であったとわかって、高松殿自身、夢解きに夢を吉夢に変えさせればよかったと後悔している記述がある。

（9）新編日本古典文学全集『蜻蛉日記』二七七・二七八頁、表記は一部改めた。

（10）本書第十五章「明石入道への予言と王権―夢告への対応から―」

（11）注（2）西郷氏前掲書第六章「蜻蛉日記、更級日記、源氏物語のこと」

（12）注（11）に同じ。

（13）凶事の象徴としての日月の夢に『中右記』大治四年（一一二九）七月十五日条の例「又夢日落地」（史料纂集）があり、白河院崩御時に日の落ちる夢が見られている。

（14）笹生美貴子「『源氏物語』を中心とした仮名文学における夢主の設定―子出生に関する「夢」を見る者達―」（『語文』一二〇（日本大学）、二〇〇四年十二月）

（15）笹生美貴子「子出生に関する「夢」資料一覧―中古文学関連の資料を中心に―」（『日本大学大学院国文学専攻論集』第一号、二〇〇四年九月）と注（14）論文、藤井由紀子「柏木の猫の夢」（『国語国文』七七―二、二〇〇八年二月）等で、「子を孕む夢」のモチーフを持つ話と『源氏物語』の夢とが比較検討されている。

（16）斎藤英喜「「一夜孕み」譚の分析―共同幻想と表現の恣意性―」（『古代文学』一九、一九八〇年三月）、坂本勝「一夜孕み譚のゆくえ」（『図書』五八八号、一九九八年四月）等。

（17）『日本書紀』では、ニニギノミコトは我が子だとわかっていたが、人々の疑いを晴らし、天つ神の力と母子の霊力を知らしめるべく疑いを掛けたと説明する。

（18）高麗相人の予言は「国の親となりて、帝王の上なき位にのぼるべき相おはします人の、そなたにて見れば、乱れ憂ふることやあらむ。朝廷のかためとなりて、天の下を輔くる方にて見れば、またその相違ふべし」というもので、本書第一章「光源氏の観相と漢籍に見る観相説話—継嗣に関わる観相を中心に—」において、この予言が漢籍における継嗣に関わる観相説話の観相と、日本の吉凶混合の予言を含む観相、両方の位相を持つことを指摘している。

（19）『岷江入楚』「若菜下」（武蔵野書院）三五九頁に、「秘」説として記載。

（20）注（15）藤井論文

（21）河添房江「女三の宮物語と唐物—メディアとしての室礼と唐物」（『源氏物語時空論』東京大学出版会、二〇〇五年）等。

（22）神田洋「柏木と猫の夢」（『物語研究』四、一九八三年四月）

（23）『小右記』長保元年（九九九）九月十九日条に「日者内裏御猫産㆑子、女院・左大臣・右大臣有㆓産養事㆒、有㆓衝重・垸飯・納筥之□□㆒云々、猫乳母馬命婦、時人咲㆑之云々」（大日本古記録）とある。

（24）注（6）に同じ。

（25）『源氏物語』「若菜下」二二六頁、頭注四。

（26）阿部好臣「喩と心象風景—柏木の猫」（『物語文学組成論Ⅰ』笠間書院、二〇一一年、初出一九九一年）

（27）注（15）藤井論文

（28）注（4）土方論文

（29）藤井由紀子「怪異の〈萌芽〉—平安文学における猫—」（『清泉女子大学人文科学研究所紀要』三四、二〇一三年）は、柏木の夢について、「柏木自身の精神世界を映す〈鏡〉のような役割を果たすもの」と言い、「かなり近代的な意味を持つ夢」である可能性を指摘する。論者もこの意見に賛同する。

（30）柏木自身、己の所為について「帝の御妻をもとり過ちて、事の聞こえあらむにかばかりおぼえむことゆゑは、身のいたづらにならむ苦しくおぼゆまじ。しかいちじるき罪には当たらずとも、」（「若菜下」四—二三〇頁）と、その違いを自覚している。

（31）石田穣二「柏木の巻について」（『源氏物語論集』桜楓社、一九七一年）、高橋亨「源氏物語の〈ことば〉と〈思想〉」

『源氏物語の対位法』東京大学出版会、一九八二年）、今井久代「柏木物語の「女」と男たち―業平幻想の解体と柏木の死」（『源氏物語構造論―作中人物の動態をめぐって』風間書房、二〇〇一年）等。

（32）室田知香「柏木物語の引用的表現とその歪み―「帝の御妻をも過つたぐひ」の像と柏木」（『日本文学』五六―一二、二〇〇七年十二月）

（33）注（7）に同じ

（34）浅尾広良「朱雀院の出家―「西山なる御寺」仁和寺准拠の意味―」（『源氏物語の准拠と系譜』翰林書房、二〇〇四年）

（35）本書第十四章「憑く女君、憑かれる女君―六条御息所と葵の上・紫の上―」

第十七章　薫の孤独

――匂宮三帖に見る人々と王権――

一　はじめに

「匂兵部卿」「紅梅」「竹河」の三帖は、光源氏没後の世界を描き、宇治十帖への橋渡しの役を担う。これらの巻は、語られる時間の錯綜、他巻との語彙の違い[1]、また官職の矛盾等によって、作者別人説や、成立・構想の問題が長いこと論じられてきた。しかし、後にそれらは、主に語りの問題として位置づけられ[2]、各巻の内容そのものに目が向けられるようになった。

特に、竹河巻の語り手が、鬚黒大臣家の「悪御達」と明記され、「紫のゆかり」の語りと区別されることは、物語を分析する際、必ず留意すべき点であろう。実際、竹河巻の語りは、正編に描かれる密事の真偽を知らず、また「紫のゆかり」同様、主家に忠実な視点を持つことが諸氏により指摘されている。中でも「紫のゆかり」の語りが含むとされる「ひが事」の内容を詮議する論は尽きないが、とにかくこれまでとは異なる視点で物語が語られる以上、そこに新たな事実、人物像が盛り込まれることは確かである。また、光源氏を讃美するあまり、匂宮と薫の存在を矮小化しがちな「紫のゆかり」の語り(3)を相対化しなければ、後に、彼らを新たな主人公として積極的に物語を紡いでいくことは難しかったはずである。語り手の変更を告げる竹河巻冒頭部の意味は重い。

本章では、以上のような匂宮三帖の語りに注意を払いつつ、新たな主人公として造型される薫のあり方に注目する。特に、光源氏亡き後放棄された「王権物語」の行く末を人々の中に辿り、さらにその中で孤立する薫の姿に迫りたい。

二　光源氏の子孫たち ―― 匂兵部卿巻の人々 ――

正編では、臣下の身分にある光源氏が、自身の「帝王相」を独自な形で実現させ、後に准太上天皇の地位に上りつめるが、このような源氏の「王権物語」は、最終的に、亡き紫の上をしのぶ寂しい源氏の姿と、無邪気に走り回る幼い孫・三の宮（匂宮）の姿を残して幕を引く。実際には、夕霧と明石姫君によって、多くの子孫が残されていたのであるが、「紫のゆかり」の語りにおいては、紫の上が鍾愛した匂宮と源氏によって彼女をしのびつつ物語を結ぶ意図がはたらいたのであろう。

しかし、光源氏の死後を語る匂兵部卿巻は、「いとまばゆき際にはおはせざるべし」「ただ世の常の人ざま」と、辛口ながら、世間で評判の高い匂宮と薫について触れ、匂宮が二条院、今上の皇子女たちが六条院に住み、夕霧の娘たちが明石中宮腹の東宮、及び将来有望な第二皇子に配されていることなどを記し、源氏の子孫たちが見事に繁栄する様を伝えている。

今上帝は、朱雀院の皇子であるが、院は既に亡くなっているようである。また東宮時代に母を失い、竹河巻によれば、さらに母の兄・鬚黒大臣も亡くなったと記されることから、帝は明石中宮の兄である夕霧を頼りとすべく、皇子たちと積極的に姻戚関係を結ばせたと見られる。明石中宮（妹）と夕霧（兄）の関係は、異腹ながら共に早く母と別れ、六条院で親しんだことから、二人は同腹の姉弟である女院詮子と道長の関係に近しいのではなかろうか。(4) 後に、配した娘が皇子を生み、即位すれば、夕霧の家から后、帝が立つことになり、その栄華は道長に匹敵すると予想されるからである。そうなると、物語では、王統の后が四代続き、源氏の家からは三代の后が出ることになる。近い将来、夕霧率いる源氏一族が世を席巻する可能性は高いと言えるだろう。(5) また、世の人は、第三皇子である匂宮にも夕霧の娘が配されることを当然と考え、中宮も勧めていた。一方、当の匂宮は全く興味を示さないが、夕霧は帝の意向をも想定し、大事に娘・六の君を傅いている。そこには、夕霧の並々ならぬ王権参画への意欲が窺える。

また、源氏の妻たちが去った六条院に、夕霧は落葉宮を渡し、残りの町は、明石の君の子孫によって占められるが、源氏をしのぶ者たちの憩いの場となった六条院を再び統べる者はなく、光源氏の創り上げた「王権」がまさに一回的なものであったことを示している。

一方、薫については、「二品の宮の若君」と重々しく記され、源氏の希望により冷泉院を後見として育てられたと語られる。表向き、准太上天皇の地位についてからの実子である薫は、同じ源氏とはいえ、夕霧とは昇進の早さが違っている。元服も冷泉院方で行われているが、后共々その寵愛ぶりは、弘徽殿女御腹の女宮に劣らない様子であって、薫への強い期待が見てとれる。

しかし、実際は柏木の子であり、本来藤氏の薫が、皇族並の待遇を受け、源氏の子として世間の評判を得ている事態は、自身がその矛盾に気づいているだけに重い栄華と言える。冷泉院と薫は、同じ不義の子ではあっても、抱える問題が大きく異なっているのである。冷泉院は、自らの生い立ちに疑問を持つことなく育ち、成人してから明確に真実を知ることで、実父である光源氏に孝を尽くし、准太上天皇の地位につける形で、知らぬ間に犯していた不孝の罪を軽くすることができた。しかし、薫は幼い頃から自らの出自に不安を抱き、そのことを確かめる相手・柏木もこの世になく、自身の存在をひたすら疑い続けるしかない。しかも「院にも内裏にも召しまつはし、春宮も、次々の宮たちも、なつかしき御遊びがたきにてともなひたまへば」と語られており、その中で一人、王統の子でない薫の孤独がしのばれる。

若くして仏門に入った母、早世した父、また自身の苦悩のために、薫が仏道を求めたことは当然の帰結であった。また、先述したように、世は源氏の子孫たちで占められるありさまであるからには、実は藤氏の薫が賭弓で負け方となるのも物語の道理であろう。しかし、静かに退出することも叶わず、六条院での還饗に参加せざるをえない薫の姿が描かれる。しかも、自身は「はじめもはても知らぬわが身」(6)でありながら、自らの存在を人に知らしめる作用を持つ薫の芳香は、薫自身、矛盾した存在である（柏木の子であるが源氏の子として生きる）ことを端的に示しており、闇の中にいても、そこに隠れていることは許されない。(7)

このように、物語は、目に見える形で皇統からはじき出された人間・光源氏から、王孫の中で密かに孤独に耐える人間・薫に主人公を移し、新たに動き始めるのである。

三　按察大納言家と匂宮 ―― 紅梅巻の人々 ――

紅梅巻は、兄・柏木の代わりに太政大臣家を継いだ按察大納言の家に焦点をあてた巻である。匂兵部卿巻とは異なり、藤氏の家が語りの中心に据えられるわけだが、かつて、鬚黒大臣家に新たな妻・玉鬘が迎えられたため、家を出た先妻の娘・真木柱が大納言の後妻として登場し、冒頭から源家との因縁を感じさせる。大納言には、先妻との間に大君と中の君、真木柱の連れ子に宮の姫君がおり、まずは大君を東宮に参らせることを決めている。一旦は、帝への入内を思案するが、東宮の母として確固たる地位を築く明石中宮がいる後宮よりも、まだ皇子のいない東宮へ参内させる方が得策と考えたのであろう。大君の参内に関して、大納言の胸中は次のように語られている。

まづ春宮の御事を急ぎたまうて、春日の神の御ことわりも、わが世にやもし出で来て、故大臣の、院の女御の御事を胸いたく思してやみにし慰めのこともあらなむと心の中に祈りて、参らせたてまつりたまひつ。

（「紅梅」五―四二頁）

かつて、冷泉帝の後宮で繰り広げられた斎宮女御と弘徽殿女御との争いは、絵合などの行事を介しつつ、斎宮女御（秋好中宮）の立后により、弘徽殿方が圧倒された形で終わった。大納言は、亡き大臣への鎮魂の意を込めて、再度、源家（夕霧側）に挑む意を示すのである。

また、大納言は、中の君の婿として匂宮を考えており、「人におとらむ宮仕よりは、この宮にこそはよろしからむ女子は見せたてまつらまほしけれ」と述べている。このような匂宮評は、かつて朱雀院が女三宮の婿を選ぶ際、源氏に対して述べた評と似ており、(8) 後に大納言が唯一匂宮を光源氏の「御形見」であると述べる心情に一致する。しかし、中の君を次の「坊がね」と見られる第二皇子ではなく、匂宮に縁付けようとする理由は、かつての光源氏を髣髴とさせる魅力だけではないようだ。後に、物語は、第三皇子である匂宮が立坊する可能性を繰り返し示しているからである。

しかし、史上において、帝の皇子が三人続けて即位する例は珍しく、(9) そこには常に皇位をめぐる抗争や不慮の事故が付きまとうとの見方もある。(10) 玉上琢彌氏は、明石中宮腹の三皇子が立坊する可能性が示されることについて、今上帝の権力、及び明石中宮の無類な幸運を証するものと捉えているが、(11) 夕霧が第二皇子を婿取り、按察大納言が第三皇子である匂宮を婿取ろうとしている紅梅巻の時点では、二人の皇子が両家の抗争に巻き込まれる可能性が十分考えられる。(12) 後に、匂宮は夕霧の六の君と結婚するため、今上帝の三皇子は夕霧を舅とし、源家を後ろ盾とする王権の構造が確立するのであるが、この時点では、まだ藤氏の巻き返しも十分あり得るものとして語られている。また源氏びいきの語り手ではない竹河巻において、右大臣となった按察大納言邸で行われる賑やかな大饗の様子は、源家との勢力差がまだそれほど広がっていないことを示していよう。

一方、匂宮も大納言の娘に対し興味を抱いていたが、中の君ではなく、真木柱の連れ子である宮の姫君に執心する。この事については、宇治十帖に先駆けて、匂宮が「皇統の姫君」、また「不遇の女君」に恋する布石と見る論が多い(13)が、光源氏を思慕する「紫のゆかり」の語りを通して見える匂宮の恋は、源氏への憧憬と源氏からの懸隔とが入り混ざった形で展開しているのではないだろうか。

正編では、不遇の女君が男君（光源氏）によって救われる型《パターン》がよく見られ、継子では紫の上や玉鬘の物語が挙げられる。いわば、光源氏は、女君を救うヒーローとして描かれるのであり、匂宮も途中までは、そのような光源氏のあり方になずらえて語られていると思われる。しかし、引き取られた先で継子苛めに遭うことが目に見えていた紫の上や玉鬘とは異なり、宮の姫君の境遇はそれほど悪いものではない。大君に付き添って真木柱が大納言家を離れた後、大納言は宮の姫君の容貌を確かめようと接近したりもするが、それ以上の進展はなく、宮の姫君の安息は比較的保たれている。また大納言が、匂宮を中の君の元に誘う歌を詠み送る様は、かつて故大臣が夕霧に雲居雁との結婚を許す歌を詠み送った行為に似ているが、匂宮の関心は、宮の姫君へとずれている。しかも、匂宮が姫君の弟と親しくする様は、かつての光源氏と空蟬の弟・小君を髣髴とさせ、匂宮の興味も恐らく当時の光源氏同様、好色人としてのものであり、夕霧のような真剣さはなかったはずだ。実際、匂宮が好色人である噂を聞くにつけ、真木柱は悩んでおり、匂宮の恋が成就する気配は見られない。

結局のところ、宮の姫君は、明確に「不遇の女君」とは言えず、匂宮もそのような女君を救うヒーローには成り得ないのである。(14)しかし、按察大納言を始め、多くの者の源氏思慕が描かれる匂宮三帖――いわば光源氏追悼の巻々に(15)おいて、源氏に匹敵し得ない匂宮が描かれるのは必然であろう。

また、薫については、匂宮を誘い出す「紅梅」の話題から転じ、宮の焚きしめる匂いと対照的な生得の香りをまとう人物として大納言の口に上る。

源中納言は、かうざまに好ましうはたき匂はさで、人柄こそ世になけれ。あやしう、前の世の契りいかなりける報いにかと、ゆかしきことにこそあれ。同じ花の名なれど、梅は生ひ出でけむ根こそあはれなれ。
（「紅梅」五一―五四頁）

「生ひ出でけむ根」――薫が光源氏の子であることを意識した表現であるが、それでも大納言が匂宮に執着するのは、匂宮が「ただ人」でないからである。大納言は始めから中の君について、「ただ人にてはあたらしく見せまうき御さま」と述べており、源氏である薫は婿候補から外されていた。大納言が、匂宮を唯一光源氏の形見と見るのは、匂宮が後に院となった光源氏同様、「ただ人」ではないからである。このような婿選定の論理は、まさしく朱雀院のそれを髣髴とさせるものであり、薫が実父・柏木同様、婿候補から外されたことを意味している。また後の竹河巻では、匂宮を諦めた大納言、及び真木柱が薫を婿候補として見ている様が描かれるが、やはり匂宮の次点である感は否めない。

このように、本来、大納言の甥であるはずの薫が、紅梅巻において、ほとんど意に介されない状況は、薫の孤独な身の上を一層しのばせるものとなる。

四　鬚黒大臣家と薫 ── 竹河巻の人々 ──

鬚黒亡き後の大臣家について描く竹河巻は、その冒頭に、語り手の変更を告げる記述がある。語り手は、光源氏の近くにいた「紫のゆかり」から、鬚黒大臣家の「悪御達」へと変わり、彼女たち自身、次のように述べている。

……かの女どもの言ひけるは、「源氏の御末々にひが事どものまじりて聞こゆるは、我よりも年の数つもりほけたりける人のひが言にや」などあやしがりける、いづれかはまことならむ。（「竹河」五―五九頁）

「悪御達」が言う「ひが事」とは、早くは『花鳥余情』によって、冷泉院や薫の出生の秘密であると指摘されたが、宣長の『玉の小櫛』がその説を否定して以来、具体的な事柄を想定しないのが通説となっている。ただし、その内容に関する議論は尽きず[16]、単に読者の気を引く物言いとの位置づけから、『花鳥』説を支持して竹河巻全体の語りに反映させる説[17]まで様々見られる。中でも竹河巻の語りが主人である玉鬘に寄り添い、冷泉院からの熱烈な求愛や玉鬘の若さを強調すること、[18]また源氏一族から語りが離れたことで、息子・蔵人少将の恋を成就に導けない夕霧大臣家や、「すき者」の真似事をする薫の姿を浮かび上がらせることは確かであろう。語り手が変われば、当然、知りうる出来事も人物たちへの見方も変わる。これまで光源氏との比較から矮小化されていた匂宮や薫が、新たな像を結び、後に主人公として積極的に語り出される契機もあると言えよう。ここでは、玉鬘を中心に、鬚黒大臣家の王権への関与と、その中での薫のあり方について見ていきたい。

鬚黒亡き後の大臣家は、かつての勢いを失い、「娘を宮仕えさせよ」という鬚黒の遺言についても、玉鬘は明確な答えを出せずにいた。最終的に、家の将来よりも、自身の想いを優先させるように、冷泉院への大君参院を決めるが、この決断は、玉鬘の子息を始め、今上帝や夕霧、異母姉妹である雲居雁や弘徽殿女御など、多くの人々の不興を買う事態となる。そこでまずは帝の気持ちを和らげるべく、中の君を尚侍として入内させるが、明石中宮を脅かすような存在にはなりえず、大臣家に栄えをもたらすことはなかった。巻の最後に、玉鬘が息子たちの昇進の遅さを嘆くくだりがあるが、実際、鬚黒大臣家の王権に関する戦略は、ほとんど失敗に終わったと見てよい。

一方、薫は、母のいる三条宮に近い鬚黒大臣家に、玉鬘の子息たちと連れだって訪れる様が描かれている。語り手は、夕霧の息である蔵人少将と薫を対に見て、「……容貌のよさは、この立ち去らぬ蔵人少将、なつかしく心恥づかしげになまめいたる方は、この四位侍従の御ありさまに似る人ぞなかりける」と評する。蔵人少将は、早くから大君に心を寄せていたが、玉鬘は大君を臣下の妻にすることは考えておらず、中の君なら将来考慮してもよいと考えていた。また薫の方は、十四歳で既に四位を得ていたこともあり、玉鬘は始めから婿にしたいと思っている。この二人は、同じ源氏ながら、蔵人少将は三世源氏、薫は院の子で一世源氏であるため、玉鬘の対応は違っていて当然と言えるが、実際は、夕霧の息と柏木の息であり、かつての光源氏と頭中将、夕霧と柏木に類する間柄と言える。

よって、その恋の展開も、自然と祖父や父たちになずらうものとなり、一人の女性をめぐって争う様は祖父たちに、またひどく執心する一人を、もう一人が冷静に見つめる様は父たちに似ている。[19] しかし、積極的に柏木の恋を想起させる叙述を以て語られる蔵人少将の恋は、「苦しげや、人のゆるさぬこと思ひはじめむは罪深かるべきわざかな」という感慨を薫に抱かせ、薫自身、蔵人少将のような熱烈さを見せることはない。[20] 元々薫の恋は、玉鬘に「まめ人」と言われたことに反発し、蔵人少将を真似する形で始まっており、一流貴族の嗜みとして、風流人を装う恋であった。また催馬楽「竹河」（禁忌の恋を主題に持つ）を薫に歌わせておきながら、結局その主題が実を結ぶことがないのは、あえて密通には至らない物語を語る意図がはたらいていると言えよう。さらに、大君の参院後、薫が大君の琴の音を聞き、想いを寄せる点などは、光源氏が藤壺を慕い、「琴笛の音に聞こえ通ひ、ほのかなる御声を慰めに」していた姿を髣髴とさせる。このように、まるで親代わりである冷泉院の妻と薫とが通じる可能性を示唆するが、これも読者にかつての光源氏を想起させつつ、実際に禁忌が破られることはない。

また、竹河巻の語り手が、密通の真偽を知らない語りを展開しながら、玉鬘が薫を源氏とあまり似ていないと感じる様を伝えるなど、それを知る「紫のゆかり」の語りでないだけに、逆に薫が源氏の子でない事実を客観的に浮かび上がらせる。ようやく語られた薫の具体的な恋も、明らかに光源氏のそれとは異なっており、実質的な恋に踏み出せない心の内に、不義の子の闇が広がっていることを感じさせる。

一方、大君腹の皇子誕生の後、明確に秋好中宮の不快感が示されるのは、[21] 猶子とも言うべき薫の立場を危ぶんだためと見られ、玉鬘に大君のことを相談された薫が冷たい態度を見せたのも、この事が関係していよう。後に、薫が冷泉院の元を離れ、新たな「父」として宇治の八の宮を求める根拠が、竹河巻に記されていると言えるだろう。冷泉院を後見とすることは、薫にとって、身にそぐわない栄華を受ける苦しみとなっていたかもしれないが、冷泉院の皇子誕生は、より一層、薫の身の置き所を奪い、宇治へと誘う契機としてはたらいたと見られる。また元々薫は、光源氏世界の重圧の下、破滅の恋に苦しんだ父・柏木と、母・女三宮の嘆きの中で生まれた子である。彼がいまだ光源氏の威光に満ちた都から逃避していくことは、必定だったと言えるかもしれない。

五　結　語

基本的に匂宮三帖は、亡き光源氏を讃美することで追悼し、子孫たちの繁栄を描くことで光源氏の魂を鎮める巻々である。匂兵部卿巻は、光源氏の子孫たちの繁栄を、明石中宮の皇子たちと夕霧大臣家との強固な結びつきによって示し、「紅梅」「竹河」といった他家の物語では、各家が源家を意識しつつ王権への戦略を練る様が描かれる。しかし、亡き源氏の姿にいまだ囚われ続ける人々が、源家に勝る手を真に打つことは難しい。後に、匂宮まで婿取ることとなった夕霧大臣家が、絶対的優位に立つのも自然の流れであろう。光源氏が正編で築いた自身の「王権」は一回的なものであったが、臣下として築いた源家は、夕霧によってしっかり受け継がれていくのである。

このように、人々と王権との関係が描かれる中、登場する薫は、表向きこの上ない栄華に浴している。しかしその内実は、柏木の子（藤氏）でありながら光源氏の子（源氏）として生きるという自己矛盾に苛まれていた。匂兵部卿巻では、繁栄する源氏の子孫たちの中で孤立し、紅梅巻では本来帰属すべき家から意識されず、竹河巻では、恋する相手ばかりか、生まれた皇子により、自身の拠り所まで失うことになる。

また竹河巻における語り手の変更は、光源氏の影を薄め、薫の恋を描くことに成功したが、竹河巻の語り手自身、

「紫のゆかり」の語りに囚われている限り、確たる主人公として薫を描くことは難しかったようである。

以上、語り手の問題に鑑みても、物語が舞台を宇治に移すのは、必然であったと言えるが、匂宮三帖に描かれる薫の孤独は、薫が宇治を心の拠り所としていく根拠を示す巻々として、重要な意味を持つと言える。またこのような薫のあり方は、宇治十帖に登場する八の宮の生き方――光源氏と冷泉帝の栄華の裏面で苦しみ、仏道に慰めを求めるありようと自然重なっていくのである。

注

（1）石田穣二「匂兵部卿の巻語彙考証―その紫式部作にあらざるべきことの論―」（『源氏物語論集』桜楓社、一九七一年）

（2）たとえば人物呼称についてなど、語彙の変化については、語り手の違いによるものと見られており（田中隆昭「異説・別伝・紀伝体―竹河巻をめぐって―」『源氏物語　歴史と虚構』勉誠社、一九九三年等）、また官職については、各巻を個別的に読む視点から、その部分の表現効果を重視し、よりふさわしい官職で記述されているとの指摘がある（室伏信助「続編の胎動―匂宮・紅梅・竹河の世界―」新日本古典文学大系『源氏物語』四、一九九六年、等）。

（3）陣野英則「「光源氏の物語」としての「匂宮三帖」―「光隠れたまひにしのち」の世界―」（『源氏物語の話声と表現世界』勉誠出版、二〇〇四年）

（4）このような兄妹で治世を支える相互扶助の関係については、島田とよ子「明石中宮―光源氏崩後―」（『大谷女子大国文』一五、一九八五年三月）により、醍醐朝の穏子と時平・忠平兄弟、また村上朝の安子と伊尹・兼通・兼家兄弟との類似性が指摘されている。

（5）後に匂宮が新たな東宮候補に浮上する理由として、東宮と第二皇子を婿取り摂関的な様相を示す夕霧よりも薫とのつながりを深めようとしている帝の意図を読む意見（縄野邦雄「東宮候補としての匂宮」『人物で読む源氏物語』十八、勉誠出版、二〇〇六年）もある。ただし匂宮三帖については、主として光源氏追悼の巻々である（神田龍身「匂宮三帖の再評価―王朝時代への挽歌―」『新講源氏物語を学ぶ人のために』世界思想社、一九九五年）ことに鑑みても、帝と夕霧との間にそのような不安要素はなく、夕霧を中心とする源家の栄華が後々まで続くことが予想される語られ方がなされていよう。

（6）薫の独詠歌に「おぼつかな誰に問はましいかにしてはじめもはても知らぬわが身ぞ」（「匂兵部卿」五―二四頁）とある。

（7）「かくかたはなるまで、うち忍び立ち寄らむ物の隈もしるきほのめきの隠れあるまじきにうるさがりて」（「匂兵部卿」五―二七頁）とある。

（8）「まことにすこしも世づきてあらせむと思はむ女子持たらば、同じくはかの人のあたりにこそは、触れぱはせまほしけれ。」（「若菜上」四―二八頁）とある。ただし匂宮評では、「人におとらむ宮仕えよりは」とある分、光源氏の方が婿として評価が高いと思われる。

（9）玉上琢彌『源氏物語』八、補注（角川文庫）では、一条朝以前の兄弟三人以上が即位した例として、「履中・反正・允恭、安閑・宣化・欽明、敏達・用明・崇峻・推古、弘文・持統・元明、平城・嵯峨・淳和」を挙げる。ただし全員同腹なのは、仁徳の皇子である履中・反正・允恭のみであること、また弘文は明治時代に天皇と認定されたため、兄弟三人即位の例とは言い難いことを、助川幸逸郎「匂宮の社会的地位と語りの戦略―〈朱雀王統〉と薫・その1―」（『物語研究』四、二〇〇四年三月）が指摘している。また玉上氏同様、三人が続けて即位することを予想する論考に、辻和良「明石中宮と「皇太弟」問題―〈源氏幻想〉の到達点」（『源氏物語の王権―光源氏と〈源氏幻想〉―』新典社、二〇一一年）がある。

（10）注（9）助川論文

（11）注（9）玉上補注

（12）たとえば安和の変は、藤原氏が擁する守平親王（円融天皇）と源高明が婿取りしていた為平親王との皇位をめぐる緊張から起った政変と言える。

（13）神野藤昭夫「紅梅巻の機能と物語の構造―『源氏物語』宇治の物語論のための断章―」（『源氏物語とその前後』桜楓社、一九八六年）等。

（14）鈴木泰恵「匂宮―負性の内面化とヒーロー喪失」（『物語を織りなす人々』源氏物語講座2、勉誠社、一九九一年）

（15）注（5）神田論文
（16）齊藤弘康「「竹河」巻の語り手」（『源氏物語の鑑賞と基礎知識』三八、至文堂、二〇〇四年）
（17）星山健「「竹河」巻論―「信用できない語り手」「悪御達」による「紫のゆかり」引用と作者の意図―」（『王朝物語史論―引用の『源氏物語』』笠間書院、二〇〇八年）
（18）助川幸逸郎「竹河巻のアイロニ――『源氏物語』における〈他氏排斥〉の方法―」（『中古文学論攷』一二、一九九一年十二月）
（19）ただし柏木の立場を蔵人少将が担い、夕霧の立場を薫が担うという役割については、女三宮密通事件を夕霧ではなく柏木が起こしたのと同様な人物の入れ替えが見られる（湯淺幸代「柏木と夕霧―密通の可能性とその転移―」『源氏物語の鑑賞と基礎知識』三五、至文堂、二〇〇四年）。
（20）池田和臣「竹河巻と橋姫物語試論―竹河巻の構造的意義と表現方法―」（『源氏物語　表現構造と水脈』武蔵野書院、二〇〇一年、初出一九七九年）
（21）後に玉鬘が大君のことを薫へ相談する際、「……女御を頼みきこえ、また后の宮の御方にもさりとも思しゆるされなんと思ひたまへ過ぐすに、いづ方にも、なめげにゆるさぬものに思されたなれば」（「竹河」五一一〇八頁）とある。

初出一覧

序　『源氏物語』蛍巻の物語論—物語と史書との関わりを中心に」（『明治大学古代学研究所紀要』二三、二〇一五年）を基に書き下ろした

Ⅰ　桐壺朝と朱雀朝—「帝王の治世」と「摂関政治」—

第一章　光源氏の観相と漢籍に見る観相説話—継嗣に関わる観相を中心に—
同題（『中古文学』七〇、二〇〇二年十一月）

第二章　藤壺宮入内の論理—「先帝」の語義検証と先帝皇女の入内について—
「『源氏物語』に見る藤壺宮入内の論理—「先帝」の語義検証と先帝皇女の入内について—」（日向一雅・仁平道明編『源氏物語の始発—桐壺巻論集』竹林舎、二〇〇六年十一月）

第三章　朱雀院行幸の舞人・光源氏の菊の「かざし」—紅葉と菊の「かざし」の特性、及び対照性から—
同題（『日本文学』五六—九、二〇〇七年九月）

第四章　嵯峨天皇と花宴巻の桐壺帝—仁明朝に見る嵯峨朝復古の萩花宴を媒介として—
「嵯峨天皇と「花宴」巻の桐壺帝—仁明朝に見る嵯峨朝復古の萩花宴を媒介として—」（『中古文学』七六、二〇〇五年十月）

第五章　朱雀朝の「摂関政治」—摂関と母后の位相・関係性から—

「摂関と母后―『源氏物語』朱雀王権の「摂関政治」を中心として―」(『明治大学大学院文化継承学論集』二、二〇〇六年三月)

Ⅱ　冷泉朝と光源氏―「帝王」と「臣下」の二面性から―

第六章　澪標巻の光源氏―宿世の自覚と予言実現に向けて―

「『澪標』巻の諸相―研究の現在と展望―」(『源氏物語の鑑賞と基礎知識』二四、至文堂、二〇〇二年十月)

第七章　薄雲巻の冷泉帝と光源氏―〈日本紀〉に見る兄弟皇位相譲譚を媒介として―

「『薄雲』巻の冷泉帝と光源氏―〈日本紀〉に見る兄弟皇位相譲譚を媒介として―」(『明治大学人文科学研究所紀要』五三、二〇〇三年三月)

第八章　光源氏の六条院―源融と宇多上皇の河原院から―

同題(日向一雅編『源氏物語の礎』青簡舎　二〇一二年三月)

第九章　太上天皇の算賀―王権の世代交代と准太上天皇・光源氏―

「『源氏物語』に見る太上天皇の算賀―王権の世代交代と准太上天皇・光源氏―」(日向一雅編『源氏物語重層する歴史の諸相』竹林舎、二〇〇六年四月)

Ⅲ　『源氏物語』の「后」と「后がね」―理想の「后」の表象―

第十章　玉鬘の筑紫流離―「后がね」への道筋―

同題(『文芸研究』一二六、明治大学文芸研究会、二〇一五年三月)

第十一章　玉鬘の尚侍就任―「市」と「后」をめぐる表現から―
「玉鬘の尚侍就任―「市と后」をめぐる表現から―」（『むらさき』四五、武蔵野書院、二〇〇八年十二月）
第十二章　前坊の娘・秋好中宮の「季御読経」―史上の「中宮季御読経」と国母への期待―
「秋好中宮の「季御読経」―史上の「中宮季御読経」例、再考」（『明治大学大学院文学研究論集』二三、二〇〇五年九月）
第十三章　『源氏物語』の立后と皇位継承―宇治十帖の世界へ―
『源氏物語』の立后と皇位継承―史上の立后・立坊例から宇治十帖の世界へ―」（『中古文学』九八、二〇一六年十二月）

Ⅳ　物語の基層―もののけ・夢・王権―

第十四章　憑く女君、憑かれる女君―六条御息所と葵の上・紫の上―
同題（三田村雅子・河添房江編『夢と物の怪の源氏物語』翰林書房、二〇一〇年十月）
第十五章　明石入道への予言と王権―夢告への対応から―
「夢告への対応―明石入道の場合」（『明治大学大学院文学研究論集』一二、二〇〇〇年二月）
第十六章　光源氏の夢告と柏木の夢―「一夜孕み」を手掛かりに―
「物語を切り開く磁場―「予言」「夢」「密通」―」（助川幸逸郎・立石和弘・土方洋一・松岡智之編『源氏物語の生成と再構築』新時代の源氏学1、竹林舎、二〇一四年五月）
第十七章　薫の孤独―匂宮三帖に見る人々と王権―
同題（室伏信助監修・上原作和編『人物で読む源氏物語』一七、勉誠出版、二〇〇六年十一月）

＊全体にわたり補訂と改稿を行い、表記等の統一をはかった。

あとがき

本書は、博士論文として提出した十編と、その後、依頼原稿やその時々の関心に基づいて執筆した論文のうち、七編を選んで一書としたものである。

博士論文のタイトルは、「源氏物語の王権に関する考察」であった。私は当時、光源氏の帝王相（王権性）のあり方、表現に大変関心を持っていた。ただ私が大学院に進学した頃は、王権論は既に下火で、抜き刷りをお送りした方から「なぜ（今頃）王権論なのですか？」と、お返事いただくこともあった。「なぜ？」と聞かれても、それはやはり主人公の位相（「魅力」とも言い換えられるかもしれない）が気になるから、という理由以外にない。「光源氏」という人物がどのように描かれ、物語の主人公として位置づけられているのか、それを明らかにする突破口として、帝王相の謎に迫りたい、というのが、私の出発点である。

ただ主人公に恋するあまり、ひたすら源氏の「帝王相」（魅力）の素晴らしさを言い述べるだけでは能がない。どうしたらよいものか、と考えあぐねていたころ、既に主人公自身の王権性については、表現の観点から、河添房江氏や小嶋菜温子氏の著書が上梓されていた。光源氏の超越性の由来については、光の喩であったり、儀式のあり方であったり、様々な角度から考察が加えられていたのである。

ただ、私の中では、光源氏自身、その時々の天皇との関係性、及び治世の枠組の中で、どのような位置づけにあるのか、もっと論じられて良いのではないか、という思いもあった。そのような中、「王権」を、王個人の権威・権力として捉えるだけでなく、他の構成要素（太上天皇・キサキ・皇太子）を含む多極的な構造体として把握し、それらとの補完・対抗関係を検討する見方が歴史学において提示されていることを知った。

特に平安期は、これまで貴族政権の文脈で押さえられていた幼帝、及び摂関政治の到来を、太上天皇の不在など、王権側の問題として捉え返す試みが積極的になされていた。私はこの考えに大いに刺激を受けた。博士論文の副題を「多極構造としての王権と歴史、その諸相について」とした所以である。

もちろんそれまで文学の側でも、人物論としての帝論、后論、東宮論、は個別に存していた。ただ本書は、それらを有機的に関連づけて考察することで、各治世のありようをより明確化し、その中での光源氏の役割、位相を捕捉することを目論んだつもりである。また博論では、桐壺帝や光源氏など「太上天皇」の役割に注目した論が多くなったので、その後は、主に藤壺、秋好、玉鬘、明石、といった物語における「后」や「后がね」のあり方の解明に取り組んだ。ただし第四編など、「王権」の語だけにはおさまりきらないテーマの論文も所収したため、本書のタイトルから「王権」の語は外したが、「史書」は天皇の命令で書かれた「王の年代記」とも言え、『源氏物語』はそのような史書を意識して書かれたからには、物語の「王権」テーマの有効性・普遍性については、ここで改めて言うまでもない。論じられるテーマに、流行り廃りなどないが、常に更新され続けてこそのテーマであろう。

さて、ここで少し自分の来歴を振り返っておきたい。私が『源氏物語』に興味を持ったのは、中学生の時、新聞社勤めの父の書棚になぜか一冊だけあった小学館の旧全集本『源氏物語』を見つけたことによる。まずは、本の装幀の美しさと扉のカラー絵に惹きつけられ、登場人物は遙か昔の人々であるのに、今よりよっぽど洗練された生活を送っているように思えた。このような人たちが登場する物語とは、どのような話なのだろう、内容を知って、読めるようになりたい、というのが、『源氏物語』に抱いた最初の印象である。そして今も、その気持ちは変わらない。

大学選びは、『源氏物語』の専門家がいること、好きな平安文学を最初から学べることを条件に選んだ。そのため、後の指導教員となる日向一雅先生と出会うことは、入学の時点で決まっていたはずだった。しかし、実際、先生から『源氏物語』を学ぶことができたのは、大学三年生から。結局、ゼミにも抽選があり、『和泉式部集』や『万葉集』のゼミを経て、念願の源氏ゼミへ入ることができた。このように、それまで様々な作品に触れられたことは、今の私の糧となっている。

博士後期課程に進学した直後、先生から研究室に呼び出され「君は何を（どのような研究を）しようかね〜。」と言われたことがあった。その頃、多分に私は「研究の方向性が定まっていない」と心配されていたのだろう。「表現論なのか、構造論なのか、何をやりたいの？」「君の論文の「はじめに」にはそれが見えない」などと言われた。その頃は、九十年代後半、旧来の作者論、主題論の縛りから「作品」を「テクスト」として解放し、読者の「読み」（解釈）に重きを置くテクスト論すら全盛期を過ぎた時分だった。様々な文学理論や精神分析、イデオロギー批評等を用いての研究は、『源氏物語』の意味を現代の価値観で問い直す、また物語に新たな価値を見出す手法として、一定の成果を上げているように思えた。けれど如何せん、結論が見えている、また開くはずの試みがかえって「私の読み」に自閉してしまう、といった批判も出てきて、状況は閉塞していた。さらに「文化研究」の登場により、「文学研究」がそれに包括されるような事態になると、まさに「文学」としての自立性、その特異性を証し立てる研究が急務な様相を帯びていた。

大雑把な把握ではあるが、そのような研究状況の中、私は、先述した通り、まずは「光源氏」の位相を明らかにしたかった。そこで、その方法として、各時代の「読み」を見直す意味での「准拠」や、改めて物語が書かれた時代、あるいは意識した時代の「史実」に注目して読む方法に、心惹かれた。もちろん物語を読むのは、現代を生きる私たちではあるけれど、やはり千年もの昔に、この物語が生まれた意味、また時を経て読み継がれる意味を、探究し続けたいと思った。その頃、大学院の演習では、古注釈書の准拠集成を作成しており、また東京大学史料編纂所から加藤友康先生（現在明治大学大学院特任教授）が来られていて、『小右記』を読むことができたのも励みになった。

そのように自分の研究方法が定まりつつあった時、ちょうど日本史専攻の吉村武彦先生を中心とする先生方のご尽力で、明治大学日本古代学研究所が開設された。そこでは、考古学、文献史学、文学、の古代学研究者が集い、越境的な研究に取り組んだ。私は博士後期課程在学中の二年間、研究所のＲＡ（リサーチアシスタント）として雇用され、分野の異なる研究者たちと交流し、研究への示唆を大いに受けた。学位取得後も、引き続きＰＤ（ポストドクター）として勤務し、その恩恵に預かったが、途中から学術振興会の特別研究員（ＰＤ）となり、東京大学の藤原克己先生の研究室でお世話になった。学会以外では、「物語研究会」や「古代文学研究会」、「日本漢文を読む会」（世話人・津田博幸氏）、「うつほ物語を読む会」（國學院大學・針本正行先生）、歴史系では「王権研究会」（荒木敏夫氏等主宰）にも顔を出していたが、自ら立ち上げに関わった「古代言語蔵開の会」（九世紀の文献を読む会）での活動は、様々な大学の院生が主体的に関わり、特に楽しかった。

その一方で、中学校や母校の大学の非常勤、家庭教師などもやったが、初めての専任教員生活は、駒澤大学でさせて頂いた。同じく平安文学をご専門とする松井健児先生や鈴木裕子先生をはじめ、魅力的な先生方が多く、深い学びと出会いがあった。また中学・高校・大学と吹奏楽漬けの日々を送っていた私としては、全国大会で金賞を獲る吹奏楽部の強い大学への就職で、内心、縁の深さを感じていたが、明治大学との因縁は切れず、再び教員として母校に戻り、今に至る。

恩師・日向一雅先生の主査の下、博士論文を提出し、早十年の歳月が過ぎた。大学を移って三年、東日本大震災の翌月、頻発する余震の中で生まれた娘も五歳になる。自分では、ようやく書いてきた論文を落ち着いて見直せる時期に入ったと感じた。機を逃してはならない。

同じ勤め先の杉田昌彦先生に新典社をご紹介頂いたのは、一昨年のことである。以前より、書籍の作りや装幀、販売の仕方に好感を持っていた会社から、最初の著書を出して頂けるのは幸甚なことと思う。編集担当の小松由紀子氏、社長の岡元学実氏には大変お世話になった。この場を借りて御礼申し上げたい。

最後に、このような私を支えてくれている日本古代史研究者の夫・遠藤慶太と、互いの実家である大阪・福岡の両親へ――心より感謝しています。今後もどうか末永くよろしくお願いいたします。

二〇一七年八月

湯淺幸代

索　　引

凡　例

（1）本索引は、序～第17章までの語句を対象とし、書名・事項と人名に分け、五十音順に配列して作成した。ただし各章の題目、節の見出し、表、注における引用内の語、は除いた。また注については、基本的に研究書以外の書名、巻名、人名のみ索引にあげた。
（2）関連する語句として一括したものは（　）で括って表記した。たとえば「准拠（論）」は、「准拠」と「准拠論」の両語句をまとめて表記している。また注記については「大君〔玉鬘女〕」のように〔　〕で括った。
（3）巻名は「　」で括って表記した。たとえば本文中に「葵巻」とあるものも「葵」の項に含まれている。
（4）人名は、基本的に作品内の登場人物、歴史上の人物、史料内の人物、研究者名（編者・校注者名・同論文の論者名を除く）を記した。また本書の本文表記にかかわらず、史上の天皇の場合は「○○天皇」、物語の天皇の場合は「○○帝」として区別した。

書名・事項索引

あ　行

か　行

さ　行

た 行

な　行

は　行

ま 行

や 行

ら　行

わ　行

人 名 索 引

あ 行

か　行

さ　行

た 行

な　行

は　行

ま　行

や 行

ら 行

わ 行

湯淺 幸代（ゆあさ　ゆきよ）
1975年1月　福岡県筑紫野市に生まれる
1997年3月　明治大学文学部文学科卒業
2006年3月　明治大学大学院博士後期課程修了
専攻　日本文学（平安文学）
学位　博士（文学）
現職　明治大学文学部准教授
論文　「『源氏物語』の立后と皇位継承―史上の立后・立坊例から宇治十帖の世界へ―」（『中古文学』98，2016年12月）
「『うつほ物語』国譲巻に見る氏族の論理―「かぐや姫」の見定める「心ざし」と『九条右丞相遺戒』の「一心同志」から―」（『日本文学』66-2，2017年2月）

新典社研究叢書297

源《げん》氏《じ》物《もの》語《がたり》の史《し》的《てき》意《い》識《しき》と方《ほう》法《ほう》

平成30年1月25日　初版発行

著　者　湯淺　幸代
発行者　岡元　学実
印刷所　惠友印刷㈱
製本所　牧製本印刷㈱
検印省略・不許複製

発行所　株式会社　新典社
東京都千代田区神田神保町一―四四―一一
営業部＝〇三（三二三三）八〇五一番
編集部＝〇三（三二三三）八〇五二番
FAX＝〇三（三二三三）八〇五三番
振　替　〇〇一七〇―〇―二六九三二番
郵便番号一〇一―〇〇五一番

ISBN 978-4-7879-4297-5 C3395
http://www.shintensha.co.jp/　E-Mail:info@shintensha.co.jp

新典社研究叢書

（本体価格）

257 石清水物語の研究 ——第三系統伝本の校本と影印—— 宮崎 裕子 一八四〇〇円
258 古典論考 ——日本という視座—— 前田 雅之 一二六〇〇円
259 和歌構文論考 中村 幸弘 一二〇〇〇円
260 源氏物語続編の人間関係 付 物語文学教材試論 有馬 義貴 一〇六〇〇円
261 冷泉為秀研究 鹿野しのぶ 一六〇〇〇円
262 源氏物語の音楽と時間 森野 正弘 一四二〇〇円
263 源氏物語〈読み〉の交響Ⅱ 源氏物語を読む会 九九〇〇円
264 源氏物語の創作過程の研究 呉羽 長 一二〇〇〇円
265 日本古典文学の方法 廣田 收 一二六〇〇円
266 信州松本藩崇教館と多湖文庫 山本英二・鈴木俊幸 九二〇〇円
267 テキストとイメージの交響 ——物語性の構築をみる—— 井黒佳穂子 一二五〇〇円
268 近世における『論語』の訓読に関する研究 石川 洋子 一五〇〇〇円
269 うつほ物語と平安貴族生活 ——史実と虚構の織りなす世界—— 松野 彩 八八〇〇円
270 『太平記』生成と表現世界 和田 琢磨 一四二〇〇円
271 王朝歴史物語史の構想と展望 加藤静子・桜井宏徳 二〇〇〇〇円
272 森鷗外『舞姫』 本文と索引 杉本 完治 七七〇〇円
273 記紀風土記論考 神田 典城 一四〇〇〇円
274 江戸後期紀行文学全集 第三巻 津本 信博 八〇〇〇円
275 奈良絵本絵巻抄 松田 存 八二〇〇円
276 女流日記文学論輯 宮崎 莊平 二六八〇〇円
277 中世古典籍之研究 ——どこまで書物の本姿に迫れるか—— 武井 和人 一九八〇〇円
278 愚問賢注古注釈集成 酒井 茂幸 一三五〇〇円
279 萬葉歌人の伝記と文芸 川上 富吉 一二〇〇〇円
280 菅茶山とその時代 小財 陽平 一四二〇〇円
281 根岸短歌会の証人 桃澤茂春 ——『庚子日録』『曾我蕭白』—— 桃澤 匡行 一三〇〇〇円
282 平安朝の文学と装束 畠山大二郎 一二五〇〇円
283 古事記構造論 ——大和王権の〈歴史〉—— 藤澤 友祥 七四〇〇円
284 源氏物語 草子地の考察 ——「桐壺」〜「若紫」—— 佐藤 信雅 一〇二〇〇円
285 山鹿文庫本発心集 ——影印と翻刻 付解題—— 神田 邦彦 一三四〇〇円
286 古事記續考と資料 尾崎 知光 六五〇〇円
287 古代和歌表現の機構と展開 津田 大樹 一三四〇〇円
288 平安時代語の仮名文研究 阿久澤 忠 一三六〇〇円
289 芭蕉の俳諧構成意識 ——其角・蕪村との比較を交えて—— 大城 悦子 一五一〇〇円
290 二松學舍大学附属図書館蔵 奈良絵本 保元物語 平治物語 小井土守敏 一〇八〇〇円
291 未刊 江戸歌舞伎年代記集成 倉橋・桑原・小池・齋藤・光延 二八〇〇〇円
292 物語展開と人物造型の論理 ——源氏物語〈二層〉構造論—— 中井 賢一 一二五〇〇円
293 源氏物語の思想史的研究 ——妄語と方便—— 佐藤勢紀子 七八〇〇円
294 春画論 ——性表象の文化学—— 鈴木 堅弘 一七六〇〇円
295 『源氏物語』の罪意識の受容 古屋 明子 一三六〇〇円
296 袖中抄の研究 紙 宏行 九七〇〇円
297 源氏物語の史的意識と方法 湯淺 幸代 一一五〇〇円